La Habitación de Ámbar

Steve Berry

Traducción de Carlos Lacasa Martín

LA FACTORIA
DE IDEAS

Título original: *The Amber Room*
Primera edición

© Steve Berry, 2003

Ilustración de portada: © Opalworks

Diseño de colección: Alonso Esteban y Dinamic Duo

Derechos exclusivos de la edición en español:
© 2006, La Factoría de Ideas. C/Pico Mulhacén, 24. Pol. Industrial «El Alquitón».
28500 Arganda del Rey. Madrid. Teléfono: 91 870 45 85

informacion@lafactoriadeideas.es
www.lafactoriadeideas.es

ISBN: 978-84-9800-316-1   Depósito Legal: B-12094-2007

Impreso por Litografía Rosés S.A.
Energía,11-27
08850 Gavà (Barcelona)
Printed in Spain — Impreso en España

Con mucho gusto te remitiremos información periódica y detallada sobre nuestras publicaciones, planes editoriales, etc. Por favor, envía una carta a «La Factoría de Ideas» C/ Pico Mulhacén, 24. Polígono Industrial El Alquitón 28500, Arganda del Rey. Madrid; o un correo electrónico a
informacion@lafactoriadeideas.es, que indique claramente:
INFORMACIÓN DE LA FACTORÍA DE IDEAS

Para mi padre,
que sin sospecharlo encendió el fuego hace décadas,

y para mi madre,
que me enseñó la disciplina necesaria para mantener viva la llama.

Agradecimientos

Alguien me dijo una vez que la escritura es una actividad solitaria y he comprobado que es cierto. Pero un manuscrito nunca se termina en el vacío, especialmente aquel que tiene la suerte de ser publicado, y en mi caso son muchas las personas que me ayudaron en la travesía.

Primero está Pam Ahearn, una extraordinaria agente que convirtió todas las tempestades en aguas tranquilas. Después, Mark Tavani, un editor notable que me dio una oportunidad. Después tenemos a Fran Downing, Nancy Pridgen y Daiva Woodworth, tres mujeres encantadoras que hicieron especial cada una de las noches de los miércoles. Tengo el honor de ser «una de las chicas». Los novelistas David Poyer y Lenore Hart no solo me ofrecieron lecciones prácticas, sino que me condujeron hasta Frank Green, que dedicó el tiempo necesario a enseñarme lo que debía saber. También están Arnold y Janelle James, mis suegros, que nunca intentaron desanimarme. Por último, están todos aquellos que escucharon mis disquisiciones, leyeron mis pruebas y ofrecieron su opinión. Temo escribir sus nombres porque podría olvidar a alguno. Sabed, por favor, que todos habéis sido importantes y que vuestras meditadas opiniones llevaron este barco a buen puerto, sin duda alguna.

Y por encima de todo hay dos personas especiales que significan todo para mí: mi esposa Amy y mi hija Elizabeth, que juntas hacen que todo sea posible. Incluido esto.

Sea cual sea el motivo por el que se devasta un país, deberíamos salvar aquellos edificios que honran la sociedad humana y no contribuyen a aumentar la fuerza del enemigo, como, por ejemplo, los templos, las tumbas, los edificios públicos y todas las obras de notable belleza... Es declararse enemigo de la humanidad privarla injustificadamente de tales maravillas del arte.

—Emmerich de Vattel, *La ley de las naciones,* 1758

He estudiado en detalle el estado de los monumentos históricos en Peterhof, Tsarskoe Selo y Pavlovsk, y en estas tres ciudades he sido testigo de ultrajes monstruosos contra la integridad de tales espacios. Además, los daños causados, cuya extensión dificulta en extremo la elaboración de un inventario completo, muestran señales de premeditación.

—Testimonio de Iosif Orbeli, director del museo Hermitage, ante el Tribunal de Nuremberg el 22 de febrero de 1946

Prólogo

Los prisioneros lo llamaban *Oídos* porque era el único ruso en el pabellón ocho que entendía el alemán. Nadie usaba jamás su verdadero nombre, Karol Borya. *Ýxo* (*Oídos*) había recibido este remoquete el mismo día en que llegó al campamento, hacía más de un año. Era una etiqueta que llevaba con orgullo y una responsabilidad que acometía con devoción.

—¿Oyes algo? —le susurró uno de los prisioneros desde la tiniebla.

Ýxo estaba acurrucado junto a la ventana, apoyado sobre el vidrio gélido. Su respiración se convertía en leves volutas de gasa en aquel aire seco y tétrico.

—¿Quieren más diversión? —preguntó otro prisionero.

Hacía dos noches, los guardias habían entrado en el pabellón ocho en busca de un ruso. El hombre resultó ser un soldado de infantería relativamente recién llegado al campamento y procedente de Rostov, cerca del Mar Negro. Sus gritos se oyeron durante toda la noche y solo los interrumpió al final una ráfaga entrecortada de ametralladora. Su cuerpo ensangrentado fue colgado a la mañana siguiente de la puerta principal, de modo que todos pudieran verlo.

Ýxo apartó la mirada rápidamente de la ventana.

—Silencio. El viento no deja oír bien.

Los catres, llenos de piojos, estaban dispuestos en literas de tres pisos. Cada prisionero disponía de menos de un metro cuadrado. Un centenar de pares de ojos le devolvieron la mirada.

Todos ellos respetaron su orden. Ninguno se movió, pues su miedo había quedado diluido hacía ya tiempo por el horror de Mauthausen. De repente, Borya se apartó de la ventana.

11

—Vienen.

La noche helada entró detrás del sargento Humer, el responsable de los prisioneros del barracón ocho.

—*¡Achtung!*

Claus Humer era *Schutzstaffel,* SS. Otros dos soldados armados de las SS aguardaban a su lado. Todos los carceleros de Mauthausen pertenecían a dicho cuerpo. Humer no llevaba armas. Nunca lo hacía. No necesitaba más protección que su metro ochenta y sus recios miembros.

—Se requieren voluntarios —dijo—. Tú, tú, tú y tú.

Borya fue el último elegido. Se preguntó qué estaría sucediendo. Pocos prisioneros morían durante la noche. Las cámaras letales estaban entonces inactivas, y se empleaban esas horas para expulsar el gas y fregar el suelo en previsión de la matanza del día siguiente. Los guardias permanecían por lo general en sus barracones, arracimados alrededor de estufas de hierro alimentadas con leña en cuya tala morían muchos prisioneros. Asimismo, los doctores y sus asistentes dormían y recuperaban fuerzas para otro día de experimentos con los reclusos, que eran empleados de forma indiscriminada como cobayas.

Humer miró directamente a Borya.

—Tú me entiendes, ¿no es así?

El ruso no contestó y se limitó a corresponder la mirada siniestra del carcelero. Un año de terror le había enseñado el valor del silencio.

—¿No tienes nada que decir? —preguntó Humer en alemán—. Muy bien. Necesito que entiendas... pero con la boca cerrada.

Otro guardia entró en el pabellón. Llevaba en los brazos cuatro abrigos de lana.

—¿Abrigos? —musitó uno de los rusos.

Ningún prisionero disfrutaba del lujo de un abrigo. A su llegada se les entregaba una sucia camisa de arpillera y unos pantalones astrosos, más harapos que vestimenta. Tras la muerte se los despojaba de ellos para volver a asignarlos, hediondos y sin lavar, a los recién llegados. El guardia arrojó los abrigos al suelo.

Humer los señaló.

—*Mäntel anziehen.*

Borya se agachó para recoger una de las prendas verdes.

—El sargento quiere que nos los pongamos —explicó en ruso.

Los otros tres siguieron su ejemplo.

La lana picaba, pero se trataba de una sensación agradable. Hacía mucho que Borya no sentía algo remotamente parecido al calor.

—Afuera —ordenó Humer.

Los tres rusos miraron a Borya, que señaló la puerta. Todos salieron a la noche.

Humer dirigía la fila a través del hielo y la nieve, hacia el patio principal, acompañados por un viento gélido que aullaba entre las hileras de pabellones bajos de madera. Ochenta mil personas se hacinaban en los edificios circundantes, más de los que vivían en toda la provincia natal de Borya, Bielorrusia. Este había llegado a hacerse a la idea de que no volvería a ver su casa jamás. El tiempo se había tornado prácticamente irrelevante, pero con el fin de conservar la cordura había tratado de mantener un cierto sentido del mismo. Era finales de marzo. No. Primeros de abril. Y el frío todavía resultaba terrible. ¿Por qué no podía simplemente morir, o ser ejecutado? Centenares afrontaban aquel sino todos los días. ¿Acaso estaba él destinado a sobrevivir a aquel infierno?

¿Pero para qué?

En el patio central, Humer viró a la izquierda y marchó hacia un espacio abierto. La mayoría de las cabañas de los prisioneros se encontraba en un lado. La cocina, el calabozo y la enfermería del campamento estaban al otro. En un extremo estaba el rodillo, una tonelada de acero que era arrastrada todos los días sobre la tierra congelada. Esperaba que su cometido no estuviera relacionado con tan desagradable trabajo.

Humer se detuvo ante cuatro postes altos.

Dos días atrás se había llevado un destacamento al bosque circundante, diez prisioneros de los que Borya había formado parte. Habían talado tres álamos, y un prisionero se había roto un brazo debido al esfuerzo. Allí mismo lo liquidaron de un disparo. Después cortaron las ramas y cuartearon los troncos, antes de arrastrar la madera hasta el campamento y plantar los postes, de la altura de un hombre, en el patio principal. Pero los palos habían permanecido desnudos el último par de días. En ese momento estaban vigilados por dos guardias armados. Arcos de luz restallaban en el cielo y velaban el aire, amargamente seco.

—Esperad aquí —dijo Humer.

El sargento subió con paso firme una corta escalinata y entró en el calabozo. La luz se derramó desde la puerta abierta hasta delinear un rectángulo amarillo. Un momento después, cuatro hombres desnudos fueron conducidos al exterior. Sus cabezas rubias no estaban rapadas como las de los demás rusos, polacos y judíos que constituían la vasta mayoría de los prisioneros del campamento. Tampoco presentaban la musculatura flácida y los movimientos lentos. Ni la mirada apática o los ojos profundamente hundidos en las cuencas, ni el cuerpo demacrado e hinchado. Aquellos hombres eran robustos. Soldados. Alemanes. Ya había visto antes a otros así. Expresión granítica, sin muestra alguna de emociones. Frialdad pétrea como la noche.

Los cuatro caminaban erguidos y desafiantes, con los brazos a los costados. Ninguno de ellos evidenciaba el frío insoportable que su piel lechosa estaría sufriendo. Humer los acompañó fuera del calabozo y señaló las estacas.

—Por ahí.

Los cuatro alemanes desnudos marcharon donde se les indicó.

Humer se aproximó y arrojó cuatro rollos de cuerda a la nieve.

—Atadlos a los postes.

Los tres compañeros de Borya se lo quedaron mirando. Él se agachó y recogió las cuatro cuerdas, se las entregó a los otros y les indicó lo que debían hacer. Cada uno se acercó a uno de los alemanes desnudos, que aguardaban en posición de firmes ante los bastos postes de álamo. ¿Qué violación había provocado tamaña locura? Pasó el tosco cabo alrededor del pecho de su soldado y amarró el cuerpo a la madera.

—Fuerte —gritó Humer.

El oficial preparó entonces un lazo y apretó cuanto pudo la cuerda áspera contra el pecho desnudo del alemán, que no emitió ni el más leve quejido. Humer dedicó entonces su atención a los otros tres. Borya aprovechó la oportunidad para susurrar en alemán:

—¿Qué hicisteis?

No hubo respuesta.

Apretó aún más la cuerda.

—Ni siquiera a nosotros nos hacen esto.

—Es un honor enfrentarse abiertamente a tu captor —susurró el teutón.

Sí, pensó. Lo era.

Humer se dio la vuelta mientras Borya ataba el último nudo.

—Ahí —dijo el alemán.

Él y los otros tres rusos se apartaron un poco sobre la nieve virgen. Para alejar el frío, Borya se metió las manos en las axilas y empezó a cambiar el peso de un pie a otro. El abrigo era toda una bendición, el primer calor que había sentido desde su llegada al campamento, momento en que se lo habían despojado por completo de su identidad, reemplazada por un número, el 10901, que le fue tatuado en el antebrazo derecho. En el lado izquierdo del pecho de la camisa andrajosa llevaba cosido un triángulo. La «R» en el interior del mismo denotaba que era ruso. El color también era importante: el rojo para los prisioneros políticos; el verde para los criminales; la estrella de David amarilla para los judíos; el negro y el marrón para los prisioneros de guerra.

Humer parecía estar esperando algo.

Borya miró a su izquierda.

Más relámpagos iluminaron el campo de desfiles hasta el portón principal. La carretera exterior que llegaba al campamento se perdía en las tinieblas. El edificio del cuartel general, justo al otro lado de la valla, se encontraba a oscuras. Entonces vio cómo se abría el portón y cómo una figura solitaria entraba en el campamento. El hombre vestía un abrigo que le llegaba hasta las rodillas. Unos pantalones claros sobresalían de las botas pardas. Llevaba la cabeza cubierta por una gorra clara de oficial. Los muslos abombados del pantalón se abolsaban ante el paso decidido. El vientre prominente del recién llegado abría el camino. Las luces revelaban una nariz aguileña y unos ojos claros. Los rasgos no resultaban desagradables.

Y eran instantáneamente reconocibles.

El último comandante del escuadrón Richthofen, comandante de la Fuerza Aérea alemana, portavoz del Parlamento alemán, primer ministro de Prusia, presidente del Consejo de Estado prusiano, *Reichmaster* de Caza y Pesca, presidente del Consejo de Defensa del Reich, *Reichmarschall* del Gran Reich alemán. El sucesor elegido por el Führer.

Hermann Göring.

Borya ya lo había visto una vez, en 1939. En Roma. Göring apareció entonces vestido con un llamativo traje gris y el cuello protegido por un pañuelo escarlata. Los rubíes adornaban sus dedos gruesos, y en la solapa izquierda llevaba un águila nazi de diamantes. Había pronunciado entonces un discurso contenido en el que urgía a Alemania a ocupar su lugar bajo el sol, y en el que se preguntaba: «¿Qué preferís, cañones o mantequilla? ¿Deberíamos importar sebo o metal? La preparación nos hace poderosos. La mantequilla solo nos hace gordos». Göring había terminado aquella alocución con una perorata en la que prometía que Alemania e Italia marcharían hombro con hombro en el conflicto que se avecinaba. Borya recordó que había escuchado con atención y que no se había sentido especialmente impresionado.

—Caballeros, confío en que se encuentren cómodos —dijo Göring con voz calmada a los cuatro prisioneros amarrados.

Ninguno respondió.

—¿Qué ha dicho, *Ýxo?* —susurró uno de los rusos.

—Los está ridiculizando.

—Cállate —murmuró Humer—. Presta atención o te unirás a ellos.

Göring se colocó directamente frente a los cuatro hombres desnudos.

—Se lo preguntaré de nuevo a cada uno de ustedes: ¿tienen algo que decir?

Solo el viento respondió.

Göring se acercó poco a poco a uno de los trémulos alemanes. Aquel al que Borya había amarrado al poste.

—Mathias, no tengo duda de que no querrá morir de este modo. Es usted un soldado, un fiel sirviente del Führer.

—El... Führer... no tiene nada... que ver con esto... —balbució el prisionero en alemán, su cuerpo estremecido por violentos temblores.

—Sin embargo, todo cuanto hacemos lo hacemos por su mayor gloria.

—Por lo cual yo... elijo morir.

Göring se encogió de hombros. Un gesto despreocupado, como si acabara de decidir comerse otro pastel. Hizo una señal a Humer. El sargento señaló a su vez a dos guardias, que acercaron un gran tonel hacia los hombres atados. Otro guardia más se acercó con cuatro cazos y los arrojó sobre la nieve. Humer lanzó una mirada a los rusos.

—Llénenlos de agua y acérquense cada uno a un hombre.

Borya explicó a sus compañeros lo que debían hacer, y cada uno recogió un cazo y lo llenó.

—Que no se caiga nada —advirtió Humer.

Borya tenía cuidado, pero el fuerte viento hizo que unas pocas gotas se derramaran. Nadie reparó en ello. Se dirigió hacia el alemán al que había atado al poste, el llamado Mathias. Göring aguardaba en el centro. Se estaba quitando los guantes de cuero negro.

—Mire, Mathias —dijo—. Me estoy quitando los guantes para poder sentir el frío tal y como lo hace usted.

Borya se encontraba lo bastante cerca como para ver el pesado anillo de plata que le rodeaba el dedo corazón de la mano derecha: un guantelete de hierro cerrado en un puño. Göring metió esa mano en el bolsillo del pantalón y sacó una piedra. Era de color dorado como la miel. Borya reconoció su naturaleza: ámbar. Göring le dio unos golpecitos.

—Se los rociará con agua cada cinco minutos hasta que alguien me diga lo que quiero saber o hasta que mueran. Ambas cosas me resultan aceptables. Pero recuerden que aquel que hable vivirá. Y entonces uno de estos rusos miserables ocupará su lugar. Podrán recuperar su abrigo y ser ustedes quienes viertan agua sobre ellos hasta que mueran. Imaginen lo divertido que puede llegar a ser. Lo único que deben hacer es contarme lo que quiero saber. Muy bien: ¿algo que decir?

Silencio.

Göring asintió en dirección a Humer.

—*Gieße es* —dijo Humer. «Vertedla.»

Borya lo hizo, y los otros tres siguieron su ejemplo. El agua empapó la melena rubia de Mathias antes de empezar a caer sobre la cara y el pecho. El vertido vino acompañado de temblores. Pese a todo, el alemán no emitió más sonido que el castañeteo de los dientes.

—¿Algo que decir? —volvió a preguntar Göring.

Nada.

Cinco minutos más tarde se repitió el proceso. Pasados veinte minutos, y después de cuatro cazos de agua más, empezaron a notarse los síntomas de la hipotermia. Göring permanecía impasible y manoseaba el ámbar de forma metódica. Justo antes de que expiraran los siguientes cinco minutos, se acercó a Mathias.

—Esto resulta ridículo. Dígame dónde está escondida *das Bernstein-zimmer* y detenga su sufrimiento. No es algo por lo que merezca la pena morir.

El tembloroso alemán se limitó a devolverle la mirada con actitud admirablemente desafiante. Borya casi odiaba ser el cómplice de Göring en su asesinato.

—*Sic sind ein lügnerisch diebisch-schwein* —logró proferir Mathias entre los dientes apretados. «Eres un cerdo embustero y ladrón». Después escupió.

Göring dio un paso atrás. La saliva le manchaba el pecho del abrigo. Abrió los botones y limpió la mancha, antes de echar atrás los faldones y revelar un uniforme gris perla cargado de condecoraciones.

—Soy su *Reichmarschall*. Solo soy segundo ante el Führer. Nadie sino yo viste este uniforme. ¿Cómo se atreve a pensar que puede mancillarlo tan fácilmente? Va a decirme lo que quiero saber, Mathias, o se congelará hasta morir. Lenta, muy lentamente. No resultará agradable.

El alemán volvió a escupir, y esta vez alcanzó el uniforme. Göring mantuvo una sorprendente calma.

—Admirable, Mathias. Me hago cargo de su fidelidad. ¿Pero cuánto más espera resistir? Mírese. ¿No le gustaría estar calentito? ¿No le apetece acercarse a un gran fuego, envuelto en una manta agradable y cálida? —De repente, Göring se adelantó y de un empujón acercó a Borya hacia el alemán atado. El agua del cazo se derramó sobre la nieve—. Este abrigo resultaría maravilloso, ¿no cree, Mathias? ¿Va a permitir que este cosaco miserable esté tan calentito mientras usted se congela?

El soldado guardó silencio. Únicamente temblaba.

Göring apartó a Borya de un empellón.

—¿Qué tal una pequeña muestra de calor, Mathias?

El *Reichmarschall* se bajó la cremallera del pantalón. La orina caliente trazó un arco y humeó al alcanzar su objetivo, dejando sobre la piel desnuda riachuelos amarillos que corrían hasta alcanzar la nieve. Göring se sacudió el miembro y volvió a subirse la cremallera.

—¿Ya se siente mejor, Mathias?

—*Verrottet in der schweinshölle.*

Borya convino con aquello. «Púdrete en el infierno, cerdo.»

Göring se abalanzó sobre el soldado y le propinó un fuerte revés en la cara, abriéndole una herida con el anillo de plata. Empezó a manar la sangre.

—¡Vierta! —gritó el mariscal.

Borya regresó al tonel y rellenó su cazo.

El alemán llamado Mathias comenzó a gritar.

—¡*Mein Führer*! ¡*Mein Führer*! ¡*Mein Führer*! —Su voz era cada vez más fuerte. Los otros tres cautivos se unieron al coro.

Llovió sobre ellos.

Göring se quedó observando el procedimiento mientras manoseaba el ámbar, ahora con furia. Dos horas más tarde, Mathias murió, envuelto en una costra de hielo. A lo largo de la hora siguiente sucumbieron los otros tres alemanes. Nadie dijo palabra alguna acerca de *das Bernstein-zimmer*.

La Habitación de Ámbar.

Primera parte

1

La jueza Rachel Cutler echó un vistazo por encima de sus gafas de pasta. El letrado había vuelto a decirlo, y esta vez no iba a dejar pasar el comentario.

—¿Puede repetírmelo, letrado?

—He dicho que la defensa quiere la nulidad del procedimiento.

—No. Antes de eso. ¿Qué es lo que ha dicho?

—He dicho «sí, señor».

—Por si no lo había notado, no soy un señor.

—Completamente cierto, su señoría. Discúlpeme.

—Lo ha hecho cuatro veces esta mañana. He ido anotando cada una de las ocasiones.

El abogado se encogió de hombros.

—Parece un asunto de poca relevancia. ¿Por qué se ha tomado su señoría la molestia de llevar la cuenta de un simple lapsus línguae?

Aquel hijo de perra impertinente incluso se permitió una sonrisa. La jueza se irguió sobre su sillón y lo perforó con la mirada. Pero de inmediato comprendió lo que T. Marcus Nettles pretendía hacer, de modo que no respondió.

—Mi cliente está siendo juzgado por asalto con agravantes, jueza. Pero el tribunal parece más preocupado por el modo en que me dirijo a usted que por el asunto del abuso policial.

Rachel echó un vistazo al jurado, y después a la mesa de la defensa. El ayudante del fiscal del distrito del condado de Fulton se sentaba impasible, aparentemente satisfecho con que su oponente estuviera cavando su propia tumba. Resultaba obvio que aquel joven abogado no comprendía lo que Nettles intentaba.

—Tiene usted toda la razón, letrado —dijo—. Es un asunto insustancial. Proceda.

Se recostó en su silla y percibió la momentánea mirada enojada de Nettles. Una expresión propia del cazador al comprobar que ha errado el tiro.

—¿Qué hay acerca de mi petición de nulidad del procedimiento? —preguntó Nettles.

—Denegada. Sigamos. Continúe con su exposición.

Rachel vio que el presidente del jurado se incorporaba y emitía un veredicto de culpabilidad. Las deliberaciones habían durado menos de veinte minutos.

—Su señoría —dijo Nettles mientras se ponía en pie—, solicito una investigación previa a la sentencia.

—Denegada.

—Solicito una cancelación provisional de la sentencia.

—Denegada.

Nettles pareció reparar en el error que había cometido anteriormente.

—Solicito que este tribunal se recuse a sí mismo.

—¿Sobre qué base?

—Prejuicios.

—¿Hacia qué o quién?

—Hacia mí y hacia mi cliente.

—Explíquese.

—Este tribunal se ha mostrado prejuicioso.

—¿Cómo?

—Con su demostración de esta mañana, acerca del uso inadvertido de «señor» por mi parte.

—Creo recordar, letrado, que admití que se trataba de un asunto sin importancia.

—Sí, lo hizo. Pero nuestra conversación se produjo con el jurado presente, por lo que el daño ya estaba hecho.

—No recuerdo que de nuestra conversación se derivara ninguna protesta ni solicitud de nulidad del procedimiento.

Nettles guardó silencio. La jueza lanzó una mirada al ayudante del fiscal del distrito.

—¿Cuál es la posición del Estado?

—El Estado se opone a la moción. El tribunal ha sido justo.

Rachel reprimió una sonrisa. Al menos, aquel joven abogado se sabía la respuesta correcta.

—La moción de recusación queda denegada. —Se quedó mirando al defensor, un joven blanco de pelo desaliñado y la cara picada por la viruela—. Que se levante el acusado. —Así lo hizo—. Barry King, ha sido encontrado culpable del delito de asalto con agravantes. Por tanto, este tribunal lo condena a cumplir una sentencia de veinte años en prisión. El alguacil se hará cargo de la custodia del acusado.

Dicho esto, la jueza se levantó y se encaminó hacia la puerta forrada de roble que conducía a su despacho.

—Señor Nettles, ¿podría hablar un momento con usted? —El ayudante del fiscal del distrito se levantó y se dirigió hacia ella—. A solas.

Nettles dejó a su cliente, que en ese momento estaba siendo esposado, y la acompañó a su despacho.

—Cierre la puerta, por favor. —La jueza se bajó la cremallera de la toga, pero no se la quitó. Se colocó detrás de su escritorio—. Buen intento, letrado.

—¿Cuál de ellos?

—El primero, cuando pensó que aquel ataque con el «señor» y «señora» iba a hacerme saltar. Con su defensa de tres al cuarto le estaban dando por todas partes, de modo que pensó que, si me hacía perder los papeles, conseguiría la nulidad del procedimiento.

Él se encogió de hombros.

—Hay que hacer todo lo posible.

—Lo que hay que hacer es mostrar respeto hacia el tribunal y no llamar «señor» a una jueza. Pero usted persistió. Y de forma deliberada.

—Acaba usted de sentenciar a mi cliente a veinte años sin el beneficio de una vista previa a la sentencia. Si eso no es prejuicio, ¿qué lo es?

Rachel se sentó entonces, sin ofrecer asiento al abogado.

—No necesitaba una vista. Hace dos años condené a King por agresión con agravantes. Seis meses en la cárcel y otros seis en régimen condicional. Lo recuerdo. Esta vez cogió un bate de béisbol y le abrió la cabeza a un hombre. Ha agotado mis escasas reservas de paciencia.

—Debería haberse recusado. Toda esa información ha nublado su juicio.

—¿De veras? Tenga en cuenta que la investigación previa a la sentencia por la que clamaba hubiera revelado todo eso. No hice más que ahorrarle el problema de esperar lo inevitable.

—Es usted una puta y una ramera.

—Eso va a costarle cien dólares. A pagar ahora mismo. Junto con otros cien por el numerito en la sala.

—Tengo derecho a una vista antes de que me condene por desacato.

—Es cierto. Pero créame que no le conviene. No ayudará en nada a esa imagen chovinista que tanto se esfuerza por mostrarnos.

El abogado no respondió y Rachel pudo sentir cómo la caldera comenzaba a bullir. Nettles era un hombre grueso y con papada, reputado por su tenacidad. Sin duda, no estaba acostumbrado a recibir órdenes de una mujer.

—Y cada vez que pretenda montar otro numerito en mi sala con ese culo gordo, le costará otros cien dólares.

El abogado dio un paso hacia la mesa y sacó un fajo de billetes del que extrajo dos billetes de cien dólares nuevos, con el retrato hinchado de Ben Franklin. Depositó ambos sobre la mesa, antes de desdoblar tres más.

—Que la follen.

Cayó un billete.

—Que la follen.

Cayó el segundo.

—Que la follen.

El tercer Ben Franklin terminó sobre la mesa.

2

Rachel se puso la toga, regresó a la sala y subió los tres escalones que la conducían al asiento de roble que llevaba ocupando cuatro años. El reloj al otro extremo de la sala marcaba las dos menos cuarto de la tarde. Se preguntó durante cuánto tiempo conservaría el privilegio de ser jueza. Aquel era año electoral. El período de habilitación había terminado dos semanas atrás, y le habían salido dos oponentes para las primarias de julio. Se oían comentarios acerca de gente que pensaba entrar en la carrera, sí, pero hasta las cinco menos diez de la tarde del viernes no había aparecido nadie para depositar la fianza de cuatro mil dólares necesaria para participar. Lo que podía haber sido una sencilla elección sin oposición había evolucionado hasta tornarse un largo verano de discursos y recaudación de fondos. Ninguna de las dos actividades resultaba placentera.

En aquel momento no necesitaba más problemas. Tenía la agenda atestada, y cada día que pasaba se le acumulaban más casos. Sin embargo, aquel día quedó acortado por el rápido veredicto en el estado de Georgia contra Barry King. Menos de media hora de deliberación era muy poco tiempo, se mirara como se mirara. Resultaba evidente que los miembros del jurado no se habían sentido impresionados por las artimañas teatrales de T. Marcus Nettles.

Disponía de la tarde libre, de modo que decidió dedicarla a tareas atrasadas no relacionadas con los asuntos que la habían tenido durante dos semanas ocupada con juicios. Había sido una serie de procesos bastante productiva: cuatro condenas, seis declaraciones de culpabilidad y una absolución. Once causas criminales fuera del camino, lo que hacía espacio para la nueva tanda que, según su secretaria, le llevaría por la mañana el encargado del reparto.

El *Fulton County Daily Report* valoraba todos los años a los jueces del tribunal superior. Durante los últimos tres años Rachel había permanecido cerca de la cima, pues disponía de los casos más rápidamente que la mayoría de sus colegas, con una proporción de correcciones en los tribunales de apelación de solo el dos por ciento. No estaba mal tener razón en el noventa y ocho por ciento de las ocasiones.

Se acomodó en su sillón y observó cómo pasaba el desfile vespertino. Los abogados entraban y salían, algunos acompañados por clientes necesitados de un divorcio definitivo o la firma de un juez. Otros buscaban la resolución de asuntos en causas civiles pendientes de juicio. En resumen, unas cuarenta cuestiones diferentes. Para cuando volvió a echar una ojeada al reloj de la pared de enfrente, ya eran las cuatro y cuarto de la tarde y no quedaban más que dos asuntos pendientes. El primero era una adopción, unas cuestiones con las que realmente disfrutaba. El muchacho, de siete años, le recordaba a Brent, su propio hijo, que tenía la misma edad. El último asunto era un sencillo cambio de nombre en el que el peticionario no estaba representado por letrado alguno. Rachel había dejado aquello intencionadamente para el final, con la esperanza de que para entonces la sala estuviera vacía.

El secretario le entregó el informe.

La jueza se quedó mirando al viejo, vestido con una chaqueta beis de *tweed* y unos pantalones marrones, de pie ante la mesa de los abogados.

—¿Cuál es su nombre completo? —le preguntó.

—Karl Bates. —Su voz cansada tenía acento del este de Europa.

—¿Cuánto tiempo lleva viviendo en el condado de Fulton?

—Cuarenta y seis años.

—¿No nació usted en este país?

—No. Procedo de Bielorrusia.

—¿Y es usted ciudadano estadounidense?

Él asintió.

—Soy un hombre anciano. Ochenta y tres. He pasado aquí casi la mitad de mi vida.

Ni la pregunta ni la respuesta eran relevantes para la petición, pero ni el pasante ni el secretario del juzgado dijeron nada. Por su expresión, parecían comprender la situación.

—Mis padres, hermanos y hermanas... fueron todos asesinados por nazis. Muchos murieron en Bielorrusia. Éramos rusos blancos. Gente muy orgullosa. Después de la guerra, cuando soviéticos se anexionaron nuestras tierras, no quedamos muchos. Stalin era peor que Hitler. Un loco. Un carnicero. Cuando él llegó, a mí ya no me quedaba nada en mi antiguo hogar, de modo que marché. Este país era la tierra de las promesas, ¿no?

—¿Era usted ciudadano ruso?

—Creo que designación correcta era ciudadano soviético. —Negó con la cabeza—. Aunque yo nunca me consideré soviético.

—¿Sirvió durante la guerra?

—Solo por necesidad. La Gran Guerra Patriótica, la llamaba Stalin. Fui teniente. Me capturaron y me enviaron a Mauthausen. Dieciséis meses en un campo de concentración.

—Y cuando llegó aquí, ¿a qué se dedicó?

—Orfebrería.

—Ha solicitado usted a este tribunal un cambio de nombre. ¿Por qué desea ser conocido como Karol Borya?

—Es mi nombre de nacimiento. Mi padre me llamó Karol, que significa «voluntad fuerte». Fui el más joven de seis y casi morí al nacer. Cuando llegué a este país pensé que debía proteger mi identidad. En la Unión Soviética trabajé para comisión gubernamental. Odiaba a los comunistas. Ellos arruinaron mi patria y yo denuncié. Stalin envió muchos hombres de campo a cárceles siberianas. Pensé que mi familia sufriría. Muy pocos podían marchar entonces. Pero antes de morir quiero recuperar herencia.

—¿Está usted enfermo?

—No. Pero me pregunto cuánto aguantará este cuerpo cansado.

Rachel miró al anciano que tenía delante, encogido por la edad, pero aun así distinguido. Sus ojos eran inescrutables y profundos, el cabello completamente blanco, la voz grave y enigmática.

—Tiene un aspecto estupendo para alguien de su edad.

Él sonrió.

—¿Pretende usar este cambio de nombre para defraudar, evadir una causa judicial u ocultarse de algún acreedor?

—Jamás.

—Entonces le concedo su petición. Volverá usted a ser Karl Borya.

Firmó la orden adjunta a la petición y entregó el informe al secretario. Se levantó del estrado y se acercó al anciano, por cuyas mejillas arrugadas caían las lágrimas. Rachel también estaba al borde del llanto.

—Te quiero, papá —le dijo en voz baja mientras lo abrazaba.

3
16:50

Paul Cutler se levantó del sillón de roble y se dirigió al tribunal. Su paciencia de abogado se estaba acabando.

—Su señoría, la herencia no discute los servicios del peticionario. Lo único que discutimos es la cantidad que intenta cobrar por ellos. Doce mil trescientos dólares se nos antoja muchísimo dinero por pintar una casa.

—Era una casa muy grande —indicó el abogado del acreedor.

—Ya debe serlo —añadió el juez de legalización.

—La casa tiene ciento ochenta y cinco metros cuadrados —siguió Paul—. No hay en ella nada fuera de lo ordinario. El trabajo de pintura debió ser rutinario por fuerza. El peticionario no tiene derecho a recibir la cantidad solicitada.

—Señoría, el finado contrató con mi cliente la pintura completa de su casa, y ese es el trabajo que él realizó.

—Lo que el peticionario hizo, señoría, fue aprovecharse de un anciano de setenta y tres años. No realizó servicios por valor de doce mil trescientos dólares.

—El finado prometió a mi cliente una bonificación si terminaba en menos de una semana, cosa que hizo.

Paul no podía creerse que el otro abogado intentara colar sus argumentos sin echarse a reír.

—Eso resulta de lo más conveniente, sobre todo si consideramos que la única persona capaz de contradecir esa promesa ha muerto. La conclusión es que nuestro bufete es el ejecutor designado de la herencia, y que en buena conciencia no pensamos satisfacer esta factura.

—¿Quieren ir a juicio? —preguntó a la otra parte el ceñudo juez.

El abogado del acreedor se inclinó hacia delante y susurró algo al oído del pintor, un hombre más joven y claramente incómodo con su traje marrón de poliéster y su corbata.

—No, señor. Quizá un compromiso. Siete mil quinientos.

Paul no se amilanó.

—Mil doscientos cincuenta. Ni un centavo más. Hemos llamado a otro pintor para que supervise el trabajo realizado. Por lo que se me ha dicho, tenemos una buena base para presentar demanda por un trabajo de mala calidad. Además, parece que la pintura se ha aguado. Por lo que a mí respecta, que decida un jurado. —Miró al otro abogado—. Yo gano doscientos veinte dólares por cada hora que estemos discutiendo, letrado, así que puede tardar lo que desee.

El otro abogado ni siquiera lo consultó con su cliente.

—Carecemos de los recursos para litigar en este asunto, de modo que no tenemos más opción que aceptar la oferta de la herencia.

—Ya te digo. Maldito extorsionista... —musitó Paul con el tono justo para que el otro abogado pudiera oírlo mientras recogían sus papeles.

—Solicite una orden, señor Cutler —dijo el juez.

Paul abandonó rápidamente la sala de audiencias y recorrió los pasillos de la división de legalización del condado de Fulton. Se encontraba tres plantas por debajo de la *mélange* del tribunal superior, y era un mundo aparte. Nada de sensacionales asesinatos, litigios de altos vuelos o enconados divorcios. Testamentos, representaciones y custodias conformaban su limitada jurisdicción, asuntos mundanos, aburridos, con pruebas que solían consistir en recuerdos diluidos e historias de alianzas, tanto reales como imaginarias. Un reciente estatuto estatal, cuyo borrador Paul había ayudado a redactar, permitía la celebración de juicios en determinados supuestos, y en ocasiones un litigante se acogía a esta posibilidad. Pero en gran medida los asuntos eran atendidos por jueces estables y de cierta edad, antiguos abogados que en el pasado habían recorrido aquellas mismas salas en busca de cartas testamentarias.

Desde que la Universidad de Georgia lo sacara al mundo con un doctorado en Derecho, el trabajo de legalización se había convertido en la especialidad de Paul. No entró directamente en la escuela de Derecho desde la universidad, ya que había sido sumariamente rechazado por las veintidós en las que solicitó plaza. Su padre estaba destrozado. Durante tres años Paul trabajó en el Georgia Citizens Bank, en el departamento de legalización y representación, como pasante glorificado. La experiencia supuso una motivación suficiente para volver a probar suerte con el examen de ingreso en la escuela de Derecho. Al final fueron tres las facultades que lo admitieron, y una pasantía de tres años cristalizó tras su graduación en un trabajo en Pridgen & Woodworth. Ahora, trece años después, era socio parcial de la compañía y tenía la experiencia suficiente en el departamento de legalización y representación como para ser el siguiente en la lista para convertirse en socio de pleno derecho y hacerse con las riendas de su sección.

Volvió una esquina y se dirigió hacia las puertas dobles que había al otro extremo del pasillo.

El día había sido una locura. La moción del pintor llevaba programada más de una semana, pero justo después del almuerzo su oficina había recibido una llamada del abogado de otro acreedor para que atendiera otra audiencia organizada a toda prisa. En principio se había programado para las cuatro y media de la tarde, pero el abogado de la otra parte no había aparecido, de modo que él se había marchado a una sala de audiencias adyacente para ocuparse del intento de robo del pintor.

Abrió las puertas de golpe y recorrió el pasillo central de la sala de juicios, vacía en ese momento.

—¿Se sabe algo ya de Marcus Nettles? —preguntó a la secretaria que había en el otro extremo.

Una sonrisa arrugó el rostro de la mujer.

—Desde luego.

—Son casi las cinco. ¿Dónde está?

—Ha recibido una invitación del departamento del *sheriff*. Lo último que sé de él es que lo tienen en una celda.

Paul dejó caer el maletín sobre la mesa de roble.

—Estás de guasa.

—No. La tuvo con tu ex esta mañana.

—¿Con Rachel?

La secretaria asintió.

—Se rumorea que se pasó de listo con ella en el despacho. Le pagó trescientos dólares y la mandó tres veces donde puedes imaginarte.

Las puertas de la sala se abrieron para dejar paso a T. Marcus Nettles. Su traje beis de Neiman Marcus estaba arrugado, la corbata Gucci mal colocada, los zapatos italianos sucios y llenos de rozaduras.

—Ya era hora, Marcus. ¿Qué ha pasado?

—Esa perra a la que llamabas esposa me ha metido en un calabozo y allí me ha tenido desde esta mañana. —La voz de barítono era tensa—. Dime,

Paul, ¿es de verdad una mujer, o una especie de híbrido con huevos entre esas piernas tan largas?

Paul se dispuso a contestarle, pero prefirió dejarlo pasar.

—Se me echa encima, delante del jurado, por llamarla «señor»...

—Cuatro veces, por lo que he oído —dijo la secretaria.

—Sí. Probablemente. Después de intentar conseguir la nulidad del procedimiento, que debería haberme concedido, le echa a mi cliente veinte años sin una audiencia previa. Después pretende darme lecciones de ética. No necesito gilipolleces de esas, en especial de una zorra listilla. Te juro que voy a meter dinero en la campaña de sus oponentes. Un montón de dinero. Pienso librarme de este problema el segundo jueves de julio.

Paul ya había oído suficiente.

—¿Estás preparado para discutir este asunto?

Nettles depositó su maletín sobre la mesa.

—¿Por qué no? Llegué a imaginarme que me pasaría toda la noche en esa celda. Parece que la muy puta tiene corazón y todo.

—Ya es suficiente, Marcus —respondió Paul con una voz más firme de lo que había pretendido.

Nettles entrecerró los ojos y lo taladró con una mirada feroz que parecía leerle el pensamiento.

—¿Y a ti qué coño te importa? ¿Cuánto lleváis divorciados, tres años? Debe de sacarte un buen pellizco todos los meses con la excusa de la manutención.

Paul guardó silencio.

—No me jodas —siguió Nettles—. Todavía te mola, ¿eh?

—¿Podemos proceder?

—Qué hijo de puta, claro que te mola. —Nettles sacudió la cabeza bulbosa.

Se dirigió hacia la otra mesa y se preparó para la vista. La secretaria se levantó de su silla para ir a por el juez. Paul se alegró de que se marchara. Los rumores de tribunales se extendían como la pólvora.

Nettles acomodó su corpulencia en el asiento.

—Paul, chaval, acepta un consejo de un pentaperdedor: una vez que te libras de ellas, asegúrate de haberte librado de ellas.

.

4
17:45

Karol Borya tomó el camino de entrada de su casa y estacionó el Oldsmobile. Tenía ochenta y un años y se sentía feliz de poder seguir conduciendo. Su vista era asombrosamente buena y su coordinación, aunque algo lenta, resultó lo bastante adecuada para que el Estado le renovara el permiso. No conducía demasiado, ni demasiado lejos. A la verdulería, en ocasiones al centro comercial, y a casa de Rachel al menos dos veces por semana. Aquel día solo se había aventurado seis kilómetros y medio hasta la estación del MARTA, donde tomó un tren hacia el centro que lo llevó al juzgado, para su audiencia de cambio de nombre.

Llevaba casi cuarenta años viviendo al nordeste del condado de Fulton, mucho antes de la explosión de Atlanta hacia el norte. Las colinas de arcilla roja, antaño boscosas y cuyo desagüe había terminado en el cercano río Chattahoochee, habían sido invadidas por el desarrollo comercial y por urbanizaciones residenciales para gente acomodada, por apartamentos y carreteras. Varios millones de personas vivían y trabajaban a su alrededor, y a lo largo de ese tiempo Atlanta había logrado las designaciones de «metrópoli» y «anfitriona olímpica».

Se acercó a la calle y comprobó el buzón que había en la acera. La noche resultaba inusualmente cálida para aquellas alturas de mayo, lo que convenía a sus articulaciones artríticas, que parecían sentir la llegada del otoño y sencillamente detestaban el invierno. Se dirigió entonces hacia la casa y reparó en que los aleros necesitaban una mano de pintura.

Había vendido sus tierras originales hacía veinticuatro años, lo que le había proporcionado dinero suficiente para pagarse una casa nueva. Aquella urbanización era entonces uno de los planes urbanísticos más recientes, y la calle había evolucionado desde entonces hasta convertirse en un agradable rincón bajo la cobertura de los árboles. Su adorada esposa, Maya, murió dos años después de que acabaran la casa. El cáncer se la llevó muy rápido. Demasiado. Apenas si tuvo tiempo para despedirse de ella. Rachel contaba entonces catorce años y era una chica valiente; él tenía cincuenta y siete, y estaba muerto de miedo. La idea de envejecer solo lo aterraba. Pero Rachel siempre estuvo cerca de él. Había sido muy afortunado por tener una hija tan buena. Su única hija.

Entró en la casa caminando con pesadez, y pocos minutos después la puerta trasera se abrió de golpe y sus dos nietos entraron en tromba en la cocina. Nunca llamaban, y él tampoco cerraba con llave. Brent tenía siete años, Marla seis. Los dos lo abrazaron. Rachel entró tras ellos.

—Abuelo, abuelo, ¿dónde está *Lucy*? —preguntó Marla.

—Dormida en su sitio. ¿Dónde si no? —El animal se había colado en el patio trasero hacia cuatro años, para no marcharse ya.

Los niños salieron disparados hacia la parte delantera de la casa.

Rachel abrió la puerta del refrigerador y sacó una jarra de té.

—Te pusiste un poco emotivo en el juzgado.

—Ya sé que hablé demasiado, pero me acordé de mi padre. Ojalá hubieras conocido. Trabajaba campos todos los días. Un zarista. Leal hasta el fin. Odiaba comunistas. — Se quedó un momento pensativo—. Estaba pensando... No tengo ninguna fotografía de él.

—Pero vuelves a tener su nombre.

—Y por eso te doy gracias, querida. ¿Descubriste dónde estaba Paul?

—Lo comprobó mi secretaria. Estaba liado en el tribunal de legalización y no pudo llegar.

—¿Cómo le va?

Ella bebió un sorbo de té.

—Bien, supongo.

Borya estudió a su hija. Se parecía muchísimo a su difunta esposa. Piel blanca como una perla, pelo castaño rojizo lleno de rizos, ojos castaños y perspicaces que irradiaban la mirada autoritaria de una mujer al cargo. Y era lista. Quizá demasiado lista para su propio bien.

—¿Cómo te va a ti? —preguntó.

—Tirando. Como siempre.

—¿Estás segura, hija? —Karol había notado cambios últimamente. Falta de dirección, una cierta distancia y fragilidad. Una dubitación ante la vida que a él le resultaba perturbadora.

—No te preocupes por mí, papá. Estaré bien.

—¿Sigue sin haber pretendientes? —No sabía de ningún hombre en los tres años que habían pasado desde el divorcio.

—Como si tuviera tiempo. Lo único que hago es trabajar y cuidar de esos dos. Por no hablar de ti.

—Me preocupas —se vio obligado a decir su padre.

—No tienes por qué.

Pero apartó la mirada mientras respondía. Quizá ella misma no lo tuviera tan claro.

—No es agradable envejecer solo.

Rachel pareció captar el mensaje.

—Tú no estás solo.

—No hablo de mí, ya sabes.

Rachel se acercó al fregadero y limpió el vaso. Él decidió no seguir presionando y encendió el televisor que había sobre la encimera. Aún estaba sintonizada la cadena CNN Headline News, de aquella mañana. Bajó el volumen y se sintió en la necesidad de decir:

—El divorcio está mal.

Ella lo cortó con una de sus miradas patentadas.

—¿Vas a empezar a leerme la cartilla?

—Trágate orgullo. Deberíais intentarlo de nuevo.

—Paul no quiere.

Él le sostuvo la mirada.

—Los dos sois muy orgullosos. Piensa en mis nietos.

—Eso hacía cuando me divorcié. No hacíamos más que discutir. Ya lo sabes.

Él negó con la cabeza.

—Testaruda, como tu madre. —¿O en realidad se parecía más a él? Era difícil decirlo.

Rachel se secó las manos con un trapo de cocina.

—Paul se acercará hacia las siete para recoger a los chicos. Él los llevará a casa.

—¿Adónde vas?

—A recaudar fondos para la campaña. Va a ser un verano muy complicado, y no es que tenga ganas precisamente de que llegue.

Borya se concentró en el televisor y vio cordilleras, laderas empinadas y terrenos escarpados. El paisaje le resultó instantáneamente familiar. Un texto en la esquina inferior izquierda rezaba «Stod, Alemania». Subió el volumen.

«... millonario contratista Wayland McKoy piensa que esta región, en el centro de Alemania, aún podría ocultar tesoros nazis. Su expedición comienza la semana que viene en las montañas Harz, localizadas en la antigua República Democrática Alemana. Solo recientemente se ha podido acceder a estos lugares, gracias a la caída del comunismo y a la reunificación de las dos Alemanias.» La pantalla cambió para mostrar una pequeña imagen de cuevas en laderas boscosas. «Se cree que, durante los últimos días de la Segunda Guerra Mundial en Europa, el botín nazi fue ocultado de forma apresurada en los cientos de túneles que horadan estas antiguas montañas. Algunas de estas cavernas también fueron empleadas como depósitos de munición, lo que complica la búsqueda y hace más peligrosa la aventura. De hecho, más de veinte personas han perdido la vida en esta región desde el final de la guerra, en su intento de localizar los supuestos tesoros.»

Rachel se acercó a él y le dio un beso en la mejilla.

—Tengo que irme.

Él apartó la vista del televisor.

—¿Paul estará aquí a las siete?

Su hija asintió y se dirigió hacia la puerta.

Él volvió a fijar de inmediato la mirada en la pantalla.

5

Borya esperó hasta la siguiente media hora, con la esperanza de que Headline News repitiera algunas de las noticias. Tuvo suerte. Al final del bloque de las seis y media volvió a aparecer el mismo reportaje sobre la expedición de Wayland McKoy a las montañas Harz, en busca de los tesoros nazis.

Seguía pensando en aquella información veinte minutos más tarde, cuando llegó Paul. Para entonces estaba en la salita, con un mapa de carreteras de Alemania desplegado sobre la mesa de café. Lo había comprado en el centro comercial hacía algunos años para reemplazar el de la *National Geographic,* que había usado durante décadas, pero que ya había quedado muy anticuado.

—¿Dónde están los niños? —preguntó Paul.

—Regando el jardín.

—¿Estás seguro de que tu jardín estará a salvo?

Borya sonrió.

—Han sido días secos. No pueden hacer mal.

Paul se desplomó sobre una butaca, se aflojó el nudo de la corbata y se desabrochó el botón del cuello.

—¿Te ha contado tu hija que esta mañana ha metido a un abogado en el calabozo?

El viejo no levantó la mirada del mapa.

—¿Se lo merecía?

—Probablemente. Pero ella está en pleno proceso de reelección y ese tipo no es alguien con quien convenga meterse. Un día de estos, ese temperamento suyo la va a meter en líos.

Borya miró a su ex yerno.

—Igualito que mi Maya. En un momento se volvía medio loca.

—Y no hace caso a lo que le diga nadie.

—Eso también sacó de su madre.

Paul sonrió.

—No lo dudo. —Señaló el mapa—. ¿Qué estás haciendo?

—Comprobar algo. Salió en CNN. Un individuo asegura que en las montañas Harz aún hay obras de arte.

—Esta mañana, el USA *Today* sacaba algo acerca de eso. Me llamó la atención. Un tipo llamado McKoy, de Carolina del Norte. Yo creía que la gente ya se habría olvidado de todo eso del legado nazi. Cincuenta años en una mina húmeda es mucho tiempo para un supuesto lienzo de trescientos años. De ser cierto, sería todo un milagro que no fuera ya poco más que una masa de moho.

Borya arrugó el ceño.

—Todo lo bueno ya se encontró o se perdió para siempre.

—Supongo que tú lo sabrás todo al respecto.

El viejo asintió.

—Un poco de experiencia, sí. —Intentó ocultar su verdadero interés, aunque en realidad era incapaz de sacárselo de la cabeza—. ¿Podrías comprarme un ejemplar de ese diario USA?

—No hace falta, tengo el mío en el coche. Voy a por él.

Paul salió por la puerta delantera justo cuando la trasera se abría y los dos niños entraban trotando en la salita.

—Ya ha llegado vuestro padre —le dijo a Marla.

Paul regresó y le entregó el periódico.

—¿Habéis ahogado los tomates? —les preguntó.

La niña rió.

—No, papá. —Tiró del brazo de Paul—. Ven a ver el huerto del abuelo.

Paul miró a Borya y sonrió.

—Enseguida vuelvo. El artículo ese andará en la página cuatro o cinco, creo.

Borya esperó hasta que se marcharon por la cocina antes de encontrar el artículo y leer con suma atención cada palabra.

¿Quedan tesoros alemanes?
Por Fran Downing, redacción

Cincuenta y dos años han transcurrido desde que los convoyes nazis recorrieron las montañas Harz en dirección a los túneles específicamente excavados para ocultar obras de arte y otros objetos de valor del Reich. En un principio las cavernas se emplearon como emplazamientos de fabricación de armas y depósito de municiones, pero en los últimos días de la Segunda Guerra Mundial se convirtieron en perfectos repositorios para los tesoros nacionales saqueados.

Hace dos años, Wayland McKoy organizó una expedición hacia las cavernas Heimkehl, cerca de Uftrugen, Alemania, en busca de dos vagones de ferrocarril supuestamente enterrados bajo toneladas de yeso. McKoy encontró estos vagones, junto con varias obras maestras de la pintura por las que los gobiernos francés y holandés pagaron una cuantiosa suma al descubridor.

Esta vez McKoy, un constructor de Carolina del Norte, promotor inmobiliario y aficionado a la búsqueda de tesoros, espera lograr un botín aún mayor. En el pasado ha formado parte de cuatro expediciones, y alberga la esperanza de que esta última, que dará comienzo la semana que viene, alcance el mayor éxito de todas.

«Piense en ello. Estamos en 1945. Por un lado, llegan los rusos y por el otro, los americanos. Eres el conservador de un museo berlinés lleno de obras de arte robadas en todos los países invadidos. Te quedan muy pocas horas. ¿Qué metes en el tren que sale de la ciudad? Obviamente, las cosas más valiosas.»

McKoy cuenta que un tren así abandonó Berlín en los últimos días de la Segunda Guerra Mundial en Europa. Se dirigió hacia el sur, hacia el centro de Alemania, hacia las montañas Harz. No existe registro alguno de su destino, pero McKoy tiene la esperanza de que su cargamento se encuentre en unas cavernas que no fueron descubiertas hasta el pasado otoño. Las entrevistas celebradas con familiares de los soldados alemanes que ayudaron a cargar el tren han convencido al explorador de su existencia. A principios de año, McKoy empleó un radar capaz de penetrar el terreno para registrar las nuevas cavernas.

«Ahí hay algo», asegura McKoy. «Y sin duda es lo bastante grande como para ser vagones de tren o cajones de almacenamiento.»

McKoy ya se ha procurado un permiso de excavación, expedido por las autoridades alemanas. Se encuentra especialmente emocionado ante la perspectiva de registrar este nuevo emplazamiento, ya que, hasta donde alcanzan sus datos, nadie ha excavado nunca en esta área. La región, que formaba parte de la antigua Alemania Oriental, ha estado vedada durante muchas décadas. Las actuales leyes alemanas señalan que McKoy solo puede conservar una pequeña parte de todo aquello que no sea reclamado por su legítimo propietario, pero esto no lo detiene. «Es emocionante. Qué demonios, quién sabe: la Habitación de Ámbar bien podría estar escondida bajo toda esa roca.»!

Las excavaciones serán lentas y difíciles. Excavadoras y *bulldozer* podrían dañar los tesoros, de modo que McKoy se verá obligado a taladrar orificios en la roca y después romperla por procedimientos químicos.

«Se trata de un proceso penoso y peligroso, pero compensa el esfuerzo», asegura. «Los nazis obligaron a los prisioneros a cavar cientos de cavernas, donde almacenaron munición para ponerla a salvo de los bombardeos. Aun así, incluso las cuevas empleadas como repositorios de obras de arte fueron atacadas varias veces. El truco está en dar con la cueva correcta y entrar de forma segura.»

El material de McKoy, siete empleados y un equipo de televisión ya lo esperan en Alemania. Él planea llegar al lugar a lo largo del fin de semana. El coste de la operación, que asciende a casi un millón de dólares, está siendo sufragado por inversores privados que esperan hacer dinero con la expedición.

«En ese suelo hay algo», asegura McKoy. «Estoy convencido. Alguien encontrará antes o después todos esos tesoros. ¿Por qué no yo?»

Borya levantó la mirada del periódico. Madre de Dios todopoderoso. ¿Era cierto aquello? De ser así, ¿qué podía hacerse al respecto? Él era un hombre viejo. Para ser realistas, no había mucho que pudiera intentar.

Se abrió entonces la puerta trasera y Paul entró en la salita. Dejó el periódico sobre la mesilla de café.

—¿Sigues interesado en todo eso de las obras de arte? —preguntó Paul.

—Los hábitos de toda una vida.

—Excavar en esas montañas debe de resultar bastante emocionante. Los alemanes las usaban como cámaras acorazadas. Vete a saber qué quedará allí.

—Este McKoy menciona la Habitación de Ámbar. —Negó con la cabeza—. Otro hombre a la busca de paneles perdidos.

Paul sonrió.

—La atracción del tesoro. Les encanta a los de los especiales de televisión.

—Yo vi una vez los paneles de ámbar —dijo Borya, rindiéndose a su necesidad de hablar—. Tomé un tren de Minsk a Leningrado. Comunistas habían convertido el Palacio de Catalina en un museo. Vi la habitación en toda su gloria. —Gesticuló con las manos—. Cien metros cuadrados. Paredes de ámbar. Como gigante rompecabezas. Toda la madera hermosamente tallada y dorada. Asombroso.

—He leído al respeto. Eran muchos los que la consideraban la octava maravilla del mundo.

—Era como entrar en cuento de hadas. El ámbar era duro y resplandeciente como la piedra, pero no frío como el mármol. Más como madera. Limón, el tono del güisqui, cereza... Colores cálidos. Como estar en el sol. Increíble lo que los viejos maestros podían hacer. Figuras talladas, flores, conchas. Intrincadísimos pergaminos. Toneladas de ámbar, todo trabajado a mano. Nunca antes nadie había hecho algo así.

—¿Cuándo robaron los nazis los paneles? ¿En 1941?

Borya asintió.

—Criminales, hijos de mala madre... Saquearon la habitación. Desde 1945 no se la ha vuelto a ver. —Se estaba enfadando al pensar en ello y se daba cuenta de que ya había hablado demasiado, de modo que cambió de tema—. ¿Has dicho que mi Rachel metió en calabozo a un abogado?

Paul se recostó en la silla y cruzó los tobillos sobre una otomana.

—La Reina de Hielo ataca de nuevo. Así es como la llaman en los juzgados. —Lanzó un suspiro—. Todos se creen que, como estamos divorciados, no me molesta.

—¿Y te molesta?

—Me temo que sí.

—¿Quieres a mi Rachel?

—Y a mis chicos. El apartamento está demasiado silencioso. Echo de menos a los tres, Karl. O debería decir Karol. Me va a costar un poco acostumbrarme.

—A los dos.

—Siento no haber podido estar hoy. Pospusieron mi audiencia. Era con el abogado al que Rachel encarceló.

—Te agradezco la ayuda con petición.

—Ha sido un placer.

—¿Sabes? —dijo Borya guiñando un ojo—. Desde divorcio no se ha visto con ningún hombre. Quizá por eso esté tan gruñona... —Paul se enderezó de forma evidente. Creía haber entendido bien lo que su ex suegro pretendía—. Dice estar demasiado ocupada. Pero no sé.

Sin embargo, Paul no mordió el anzuelo y se limitó a sentarse en silencio. Borya devolvió la atención al mapa. Después de unos momentos dijo:

—Los Braves juegan en TBS.

Paul se inclinó para coger el mando a distancia y encendió el televisor.

Borya no volvió a mencionar a Rachel, pero a lo largo del partido no dejó de mirar el mapa. Un contorno verde claro delineaba las montañas Harz, que se alzaban de norte a sur antes de doblar hacia el este, desaparecida ya la antigua frontera entre las dos Alemanias. Las localidades aparecían marcadas en negro. Göttingen. Münden. Osterdode. Warthberg. Stod. Las cuevas y túneles no aparecían marcados, pero él sabía que estarían allí. Por centenares.

¿Pero dónde se encontraría la cueva correcta?

A esas alturas era difícil de decir.

¿Seguía Wayland McKoy la pista adecuada?

6
22:25

Paul cogió a Marla en brazos y la llevó cuidadosamente dentro de la casa. Brent caminaba detrás, entre bostezos. Siempre lo asaltaba una sensación extraña al entrar. Él y Rachel habían comprado aquella casa de ladrillo de estilo colonial de dos plantas justo después de casarse, hacía diez años. Cuando llegó el divorcio, siete años después, él se marchó voluntariamente. La titularidad de la vivienda seguía a nombre de los dos y, lo que resultaba interesante, Rachel insistía en que él tuviera una llave. Pero Paul la usaba muy poco y siempre con el conocimiento previo de ella, pues el párrafo VII del acuerdo definitivo decretaba que de ella eran el uso y disfrute exclusivos, y él respetaba la privacidad de su ex mujer, por mucho que en ocasiones le doliera.

Subió las escaleras hasta la primera planta y depositó a Marla en la cama. Los dos niños se habían bañado en casa de su abuelo. La desvistió y le puso uno de sus pijamas de *La Bella y la Bestia*. Había llevado dos veces a los chicos a ver aquella película de Disney. Le dio un beso de buenas noches y le acarició el pelo hasta que se quedó profundamente dormida. Después de meter a Brent en la cama, se dirigió abajo.

El salón y la cocina estaban hechos un desastre. No era nada inusual. Una mujer acudía dos veces a la semana, ya que Rachel no era conocida por su tendencia al orden. Aquella era una de sus diferencias. Él era una persona perfectamente ordenada. No se trataba de una compulsión, sino de simple disciplina. Le molestaba la desorganización, no podía evitarlo. A Rachel no parecía importarle ver ropa por el suelo, juguetes tirados por todas partes y el fregadero lleno de platos sucios.

Rachel Bates había sido un enigma desde el principio. Inteligente, extravertida, asertiva pero cautivadora. Que ella se sintiera atraída por él resultaba toda una sorpresa, ya que las mujeres nunca habían sido su punto fuerte. Había tenido un par de amigas duraderas en la universidad y una relación que podía considerarse seria en la escuela de Derecho, pero Rachel lo había hechizado. Por qué, nunca llegó a entenderlo de verdad. Su lengua afilada y sus modales bruscos podían herir, aunque no decía en serio el noventa por ciento de las barbaridades que soltaba. Al menos eso era lo que Paul se repetía una y otra vez para excusar la insensibilidad de su mujer. Él era acomodadizo. Demasiado acomodadizo. Le resultaba mucho menos problemático limitarse a ignorarla que aceptar sus desafíos. Pero en ocasiones tenía la sensación de que lo que ella quería era que la retara.

¿Acaso la defraudó al dar un paso atrás, al dejarle salirse con la suya?

Era difícil asegurarlo.

Se dirigió hacia la entrada de la casa e intentó aclararse la cabeza, pero cada habitación lo asaltaba con recuerdos. La consola de caoba con el fósil encima la habían encontrado en Chattanooga, un fin de semana que habían pasado buscando antigüedades. El sofá color crema en el que se habían sentado tantas noches a ver la televisión. El aparador de cristal con las cabañas liliputienses, que ambos habían coleccionado con pasión y que muchas Navidades se habían convertido en sus recíprocos regalos. Incluso el olor evocaba ternura, aquella fragancia que parecían poseer las casas... El aroma de la vida, de su vida, un olor tamizado por la criba del tiempo.

Pasó al recibidor y reparó en que allí seguía su fotografía con los niños. Se preguntó cuántas divorciadas conservaban a la vista de todo el mundo una fotografía de veinticinco por treinta de su ex. Y cuántas insistían en que este conservara una llave de la casa. Incluso disponían todavía de alguna inversión conjunta, que él administraba por ambos.

El silencio quedó roto por el sonido de una llave en la cerradura de la puerta principal.

Un segundo después, la puerta se abrió y Rachel entró en la casa.

—¿Algún problema con los niños? —preguntó.

—Ninguno.

Paul se fijó en la chaqueta negra ceñida en la cintura y en la falda ajustada por encima de la rodilla. Unas piernas largas y esbeltas conducían hasta los zapatos de tacón bajo. El cabello castaño rojizo caía escalonado hasta los hombros, que apenas llegaba a rozar. De cada uno de los lóbulos pendía un ojo de tigre verde bordeado en plata, a juego con sus ojos. Parecía cansada.

—Siento no haber llegado al cambio de nombre —dijo—, pero tu numerito con Marcus Nettles retrasó las cosas en el tribunal de legalización.

—Es un hijo de puta sexista.

—Eres jueza, Rachel, no la salvadora del mundo. ¿No puedes ser un poquito más diplomática?

Ella arrojó el bolso y las llaves sobre una mesilla. Su mirada era dura como el mármol. Paul ya conocía esa expresión.

—¿Y qué pretendes que haga? Ese gordo hijo de perra empieza a soltar billetes de cien sobre mi mesa mientras me dice que me follen. Se merecía pasar unas cuantas horas entre rejas.

—¿Es necesario que te pruebes constantemente?

—No eres mi guardián, Paul.

—Pues alguien tendrá que serlo. Tienes una elección a la vuelta de la esquina. Y dos oponentes muy fuertes, y esta es tu primera legislatura. Nettles ya está hablando de soltarle una pasta a los dos. Lo que, todo sea dicho, puede permitirse. No te conviene esa clase de problemas.

—Que le den a Nettles.

En la anterior ocasión Paul se había encargado de la obtención de fondos, de la publicidad y de cortejar a la gente necesaria para lograr la aprobación, atraer a la prensa y asegurar votos. Se preguntó quién se haría cargo esa vez de la campaña. La organización no era el punto fuerte de Rachel. De momento no le había pedido ayuda, y tampoco lo esperaba.

—Puedes perder, ¿lo sabes?

—No necesito una lección de política.

—¿Y qué necesitas, Rachel?

—Nada que a ti te interese. Estamos divorciados, ¿lo recuerdas?

Paul se acordó de las palabras de su ex suegro.

—¿Y tú? Ya llevamos tres años separados. ¿Te has visto con alguien en todo este tiempo?

—Eso tampoco es de tu incumbencia.

—Puede que no, pero parece que yo soy el único a quien le importa.

Rachel se acercó a él.

—¿Qué se supone que significa eso?

—La Reina de Hielo. Así es como te llaman en los juzgados.

—Hago mi trabajo. La última vez que el *Daily Report* publicó estadísticas, yo estaba la primera, por delante de todos los jueces del condado.

—¿Eso es lo único que te importa, la velocidad con que sacas adelante los casos?

—Los jueces no pueden permitirse tener amigos. O te acusan de parcial o te odian por no serlo. Prefiero ser la Reina de Hielo.

Era tarde y Paul no tenía ganas de discutir. Pasó a su lado en su camino hacia la puerta de la calle.

—Un día podrías necesitar un amigo. De ser tú, yo no quemaría todos los puentes.

Abrió la puerta.

—Tú no eres yo —dijo ella.

—Gracias a Dios.

Y se marchó.

7

Su uniforme oscuro, guantes de cuero negro y zapatillas como el carbón se fundían con la noche. Incluso el pelo muy corto y teñido de castaño, las cejas del mismo tono y la piel bronceada lo ayudaban, pues las dos semanas que acababa de pasar en el norte de África habían oscurecido su rostro nórdico.

A su alrededor se elevaban unos picos descarnados, un anfiteatro mellado apenas distinguible contra el cielo tenebroso. La luna llena flotaba al este. Un frío primaveral se aferraba al aire fresco, vivo, diferente. Las montañas devolvían el eco retumbante de un trueno lejano.

Hojas y pajas amortiguaban cada uno de sus pasos, y el sotomonte bajo los árboles enjutos era ralo. La luz de la luna se filtraba entre el follaje y resaltaba una senda iridiscente. Eligió sus pasos cuidadosamente y resistió las ganas de usar la pequeña linterna. Su mirada aguzada estaba constantemente alerta.

La localidad de Pont Saint Martin se encontraba diez kilómetros hacia el sur. El único camino hacia el norte era una serpenteante carretera de dos carriles que, tras cuarenta kilómetros, llegaba hasta la frontera austríaca, y más allá hasta Innsbruck. El BMW que había alquilado el día anterior en el aeropuerto de Venecia esperaba un kilómetro más atrás, entre los árboles. Después de terminar con sus asuntos planeaba conducir hacia el norte, hasta Innsbruck, donde al día siguiente, a las ocho y treinta y cinco de la mañana, un vuelo de Austrian Airlines lo llevaría a San Petersburgo. Allí lo esperaban nuevos negocios.

Lo rodeaba el silencio. No había campanas de iglesia tañendo, ni coches que recorrieran rugiendo la *autostrada*. Solo venerables robles, abetos y alerces que salpicaban las laderas montañosas. Los helechos, musgos y flores silvestres alfombraban las oscuras cavidades. No resultaba difícil entender por qué Da Vinci había incluido los Dolomitas como fondo de su *Mona Lisa*.

El bosque llegó a su fin. Ante él se extendía una pradera herbosa de lirios anaranjados. El *château,* al que se llegaba por un camino empedrado que terminaba en forma de herradura, se erigía al otro extremo. El edificio tenía dos plantas y sus muros de ladrillo rojo estaban decorados con grandes losas grises en forma de rombo. Recordaba las piedras de su visita anterior, hacía dos meses. Eran sin duda obra de albañiles que habían aprendido el oficio de sus padres y abuelos.

En ninguna de las aproximadamente cuarenta ventanas abuhardilladas vio luz alguna. La puerta principal, de roble, también estaba a oscuras. No había verjas, ni perros, ni guardias. Tampoco alarmas. Solo una apartada hacienda rural en los Alpes italianos, propiedad de un solitario industrial que llevaba semirretirado casi una década.

El visitante sabía que Pietro Caproni, el dueño del *château,* dormía en la segunda planta, en una serie de estancias que conformaban la *suite* principal. Caproni vivía solo, si se exceptuaba a los tres miembros del servicio que acudían diariamente allí desde Pont Saint Martin. Pero aquella noche tenía visita. El Mercedes de color crema estacionado en el exterior probablemente siguiera caliente a causa del viaje desde Venecia. Su invitada era una de tantas trabajadoras de alto nivel que en ocasiones acudían a pasar la noche o el fin de semana, y que a cambio de su trabajo recibían una buena suma de un hombre que podía permitirse el precio del placer. La subrepticia excursión de aquella noche se había hecho coincidir con la visita de la mujer, de la que esperaba que fuera distracción suficiente como para cubrir una entrada y una salida rápidas.

La grava crujía a cada paso que daba. Cruzó el camino de entrada y rodeó el *château* hasta alcanzar la esquina nordeste. Un jardín elegante conducía hacia una veranda de piedra. Hierro forjado italiano separaba las mesas y sillas de la hierba. Un juego de puertas francesas daba a la casa, pero ambos picaportes estaban cerrados con llave. El visitante giró el brazo derecho: un estilete se liberó de su funda y se deslizó por el antebrazo, hasta que la empuñadura de jade estuvo firmemente sujeta en su palma enguantada. La vaina de cuero era de su propia invención, y había sido diseñada especialmente para poder disponer rápidamente del arma.

Clavó la hoja en la jamba de madera. Con un giro de muñeca, la cerradura cedió. Volvió a asegurar el estilete dentro de la manga.

Pasó al salón abovedado y cerró cuidadosamente la puerta de cristal. Le gustaba aquella decoración neoclásica. Dos bronces etruscos adornaban la pared opuesta a la entrada, bajo un cuadro, *Paisaje de Pompeya*, del que sabía que era un artículo de coleccionista. Un par de *bibliothèques* del siglo XVIII abrazaban dos columnas corintias. Los anaqueles estaban atestados de antiguos volúmenes. De la última visita recordaba el estupendo ejemplar de la *Storia d'Italia* de Guicciardini y los treinta tomos del *Teatro Francese*. El valor de cualquiera de estas obras resultaba incalculable. Sorteó los muebles a oscuras, pasó entre columnas y se detuvo en el vestíbulo para escuchar los ruidos procedentes de la planta superior. No se oía nada. Anduvo de puntillas sobre el suelo de mármol de patrones circulares, con cuidado de no arrastrar las suelas de caucho para que no rechinaran. Pinturas napolitanas adornaban unos paneles de falso mármol. Unas vigas de castaño sostenían el techo a oscuras, dos plantas más arriba.

Entró en el salón.

El objeto de su búsqueda yacía inocente sobre una mesa de ébano. Una fosforera. Fabergé. De plata y oro, con un lacado traslúcido de color rojo fresa sobre un fondo de cintas entrelazadas. El borde de oro estaba decorado con puntas de hoja, y el cierre era de zafiro y cabujón. Se podía ver una leyenda en caracteres cirílicos: «N. R. 1901». Nicolás Romanov. Nicolás II. El último zar de Rusia.

Extrajo un saquito de fieltro de su bolsillo trasero y cogió la caja.

La sala quedó de repente inundada de luz, lanzas incandescentes que le quemaban los ojos, proyectadas desde el candelabro del techo. El intruso entrecerró los ojos y se volvió. Pietro Caproni se encontraba en la arcada que conducía al vestíbulo, con una pistola en la mano derecha.

—*Buona sera, signor* Knoll. Me preguntaba cuándo regresaría.

El aludido trató de recuperar la visión y respondió en italiano:

—No sabía que estuviera esperando mi visita.

Caproni entró en el salón. Era un hombre bajo y de pecho ancho, de unos cincuenta años, con el cabello innaturalmente moreno. Llevaba puesta una bata azul marino atada en la cintura. Las piernas y los pies estaban desnudos.

—Su caracterización de la anterior visita no resistió el menor escrutinio. Christian Knoll, historiador del arte y académico. En serio, fue bien sencillo verificarlo.

La visión del intruso empezó a adaptarse a la luz. Estiró la mano hacia la caja, pero cuando la pistola de Caproni se elevó un poco, levantó las manos en una parodia de rendición.

—Solo quería tocar la caja.

—Adelante. Lentamente.

47

El intruso levantó el tesoro.

—El Gobierno ruso lleva buscando esto desde la guerra. Pertenecía al mismísimo Nicolás. Fue robada en Peterhof, a las afueras de Leningrado, hacia 1944. Un soldado que quería llevarse un recuerdo de su paso por Rusia. Pero menudo recuerdo... Uno totalmente único. Hoy en día, en el mercado libre debe de valer unos cuarenta mil dólares americanos. Eso si alguien fuera lo bastante estúpido como para venderla. Creo que el término que usan los rusos para describir cosas como esta es «hermoso botín».

—Estoy convencido de que, tras su liberación de esta noche, hubiera encontrado rápidamente el camino hasta Rusia.

El intruso sonrió.

—Los rusos no son mejores que los ladrones. Solo quieren recuperar los tesoros para venderlos. He oído que tienen problemas de liquidez. El problema del comunismo, al parecer.

—Siento curiosidad. ¿Qué lo ha traído aquí?

—Una fotografía de esta habitación en la que se veía la fosforera. Así que vine y me hice pasar por profesor de historia del arte.

—¿Determinó la autenticidad por su breve visita de hace dos meses?

—Soy un experto en estas cosas. Particularmente Fabergé. —Depositó la caja en su sitio—. Debería haber aceptado mi oferta de compra.

—Demasiado baja, incluso para un «hermoso botín». Además, la pieza tiene un valor sentimental. Mi padre fue el soldado que se llevó el... recuerdo, como tan apropiadamente lo ha descrito.

—¿Y usted lo exhibe con tal naturalidad?

—Después de cincuenta años, asumí que ya no interesaba a nadie.

—Debería tener cuidado con los visitantes y con las fotografías.

Caproni se encogió de hombros.

—Viene muy poca gente.

—¿Solo las *signorinas*? ¿Como la que está ahora arriba?

—Y a ninguna de ellas le interesan estas cosas.

—¿Solo los euros?

—Y el placer.

El intruso sonrió y acarició de nuevo la caja, con aparente despreocupación.

—Es usted un hombre con medios, *signor* Caproni. Esta villa es como un museo. El tapiz Aubusson que hay en esa pared es de un valor incalculable. Los dos *capriccios* romanos son, sin duda, piezas valiosas. Hof, creo. ¿Siglo XIX?

—Muy bien, *signor* Knoll. Estoy impresionado.

—Seguro que puede desprenderse de esta fosforera.

—No me gustan los ladrones, *signor* Knoll. Y, como le dije durante su última visita, la pieza no está en venta. —Caproni hizo un gesto con el arma—. Ahora debe marcharse.

El intruso permaneció inmóvil.

—Menudo dilema. No hay duda de que usted no puede involucrar a la policía. Después de todo, posee una valiosa reliquia que el Gobierno ruso insistiría en recuperar, y que fue robada por su padre. ¿Qué otras cosas en esta casa encajan en tal categoría? Habría preguntas, interrogatorios, publicidad... Sus amigos de Roma le serían de poca ayuda, ya que para entonces todos lo habrían tildado de ladrón.

—Suerte tiene, *signor* Knoll, de que no pueda acudir a las autoridades.

El intruso se estiró con aparente despreocupación y retorció el brazo derecho. Fue un gesto que pasó desapercibido y que quedó en parte oculto por el muslo. Knoll vio cómo la mirada de Caproni permanecía fija en la caja que él sostenía en la mano izquierda. El estilete se liberó de su funda y descendió lentamente por la manga hasta terminar en la palma derecha.

—¿No desea reconsiderarlo, *signor* Caproni?

—No. —Caproni se retiró hacia el vestíbulo y volvió a hacer un gesto con la pistola—. Por aquí, *signor* Knoll.

Este aferró con fuerza la empuñadura con los dedos y realizó un giro de muñeca. Con ese mero gesto, la hoja salió disparada por la estancia y atravesó el pecho desnudo del italiano, en la uve hirsuta formada por la bata. El hombre sufrió un espasmo, miró la empuñadura y se desplomó hacia delante, al tiempo que la pistola rebotaba con estrépito sobre el suelo.

El intruso metió rápidamente la fosforera en el saquito de fieltro y se colocó sobre el cuerpo. Extrajo el estilete y comprobó el pulso. Nada. Sorprendente. Había muerto rápido.

Aunque su puntería había sido perfecta.

Limpió la sangre en la bata, devolvió la hoja a su vaina y subió las escaleras hasta la primera planta. Más paneles de falso mármol cubrían el pasillo superior, interrumpidos de forma periódica por puertas forradas de madera, todas las cuales estaban cerradas. Avanzó con ligereza y se dirigió hacia la parte trasera de la casa. Al final del pasillo lo esperaba otra puerta cerrada.

Giró el picaporte y entró.

Un par de columnas de mármol definían una alcoba que albergaba una enorme cama con dosel. Sobre la mesilla de noche había encendida una lámpara de poca potencia, cuya luz quedaba absorbida por una sinfonía de paneles de nogal y cuero. No había duda de que aquel era el dormitorio de un hombre acaudalado.

La mujer sentada en el borde de la cama estaba desnuda. Su espectacular melena pelirroja servía como marco de unos pechos piramidales y unos exquisitos ojos con forma de almendra. Daba caladas a un delgado cigarrillo negro y dorado, y se limitó a lanzarle una mirada desconcertada.

—¿Y tú quién eres? —preguntó en italiano, con voz baja.

—Un amigo del *signor* Caproni. —Entró en el dormitorio y cerró la puerta con naturalidad.

Ella se terminó el cigarrillo, se incorporó y se acercó con pasos intencionadamente largos. Sus piernas eran delgadas.

—Vistes de un modo extraño para ser un amigo suyo. A mí me pareces más un allanador.

—Y a ti no parece importarte.

Ella se encogió de hombros.

—Los hombres extraños son lo mío. Sus necesidades son las mismas que las de todos los demás. —Lo contempló lentamente, de arriba abajo—. Tu mirada tiene un brillo ruin. Alemán, ¿no?

Él no respondió.

La mujer le masajeó las manos a través de los guantes de cuero.

—Poderoso. —Recorrió el pecho y los hombros—. Músculos. —Estaba ya muy cerca de él, y los pezones erectos le rozaban el torso—. ¿Dónde está el *signore?*

—Entretenido. Me sugirió que podría disfrutar de tu compañía.

Ella lo miró con ojos ansiosos.

—¿Tienes las capacidades del *signore?*

—¿Te refieres a las monetarias?

Ella sonrió.

—A ambas.

Estrechó a la prostituta entre sus brazos.

—Ya veremos.

8
SAN PETERSBURGO, RUSIA
10:50

El taxi se detuvo con un frenazo y Knoll salió a un atestado Nevsky Prospekt tras pagar al conductor con dos billetes de veinte dólares. Se preguntó qué le había sucedido al rublo, que en esos momentos no valía mucho más que el dinero del Monopoly. Hacía años que el Gobierno ruso había proscrito abiertamente el uso de los dólares so pena de cárcel, pero al taxista no pareció importarle y demandó ansiosamente los billetes, que puso a buen recaudo en su bolsillo antes de alejar el taxi de la acera.

Su vuelo desde Innsbruck había aterrizado en el aeropuerto Pulkovo hacía una hora. La fosforera la había enviado por la noche a Alemania, junto con una nota acerca de su éxito en el norte de Italia. Pero antes de que también él regresara a Alemania, tenía un trabajo más pendiente.

El *prospekt* estaba lleno de gente y de coches. Estudió la cúpula verde de la catedral Kazan, al otro lado de la calle, y se dio la vuelta para observar la aguja dorada del distante Almirantazgo, parcialmente oculta por la bruma matutina. Imaginó el pasado del bulevar, cuando todo el tráfico era el tirado por caballos y las prostitutas arrestadas durante la noche barrían el adoquinado. ¿Qué pensaría ahora Pedro el Grande de su «viuda de Europa»? Grandes almacenes, cines, restaurantes, museos, tiendas, estudios de arte y cafeterías se alineaban en aquella concurrida ruta de cinco kilómetros. Neones resplandecientes y elaborados quioscos vendían de todo, desde libros hasta helados, y anunciaban el rápido avance del capitalismo. ¿Cómo lo había descrito Somersert Maugham?: «Triste, sórdido y ruinoso».

Pues ya no era así, pensó.

Y ese cambio era la razón de que pudiera siquiera viajar a San Petersburgo. Hacía muy poco que se había extendido a los extranjeros el privilegio de

51

revisar los antiguos registros soviéticos. Ya había realizado dos viajes ese mismo año (uno hacía seis meses y otro hacía dos), ambos al mismo depósito de la ciudad, el edificio en el que ahora entraba por tercera vez.

Tenía cinco plantas y una fachada de piedra tosca y tallada, ennegrecida por el humo de los tubos de escape. El Commercial Bank de San Petersburgo operaba como filial en una zona de la planta baja, y el área restante del nivel estaba ocupada por Aeroflot, la compañía aérea de bandera de Rusia. Desde la primera planta hasta la tercera, así como en la quinta, se podían encontrar austeras oficinas gubernamentales: el Departamento de Visados y Registro de Ciudadanos Extranjeros, Control de Exportaciones y el Ministerio Regional de Agricultura. La cuarta planta estaba dedicada exclusivamente a la depositaría de registros. Era una de las muchas repartidas por todo el país, un lugar donde los restos de setenta y cinco años de comunismo podían ser almacenados y estudiados de forma segura.

Mediante el Comité Ruso de Documentación, Yeltsin había abierto a todo el mundo el acceso a los documentos, como un modo de que los estudiosos predicaran el mensaje anticomunista del ex presidente. En realidad se trató de una maniobra astuta. No había así necesidad de purgar las filas, superpoblar los gulags o reescribir la historia, como Jruschev y Brezhnev habían hecho. No hacía falta más que dar a los historiadores la oportunidad de desvelar la multitud de atrocidades, saqueos y espionajes, secretos ocultos durante décadas bajo toneladas de papel putrefacto y tinta en vías de desaparición. Sus eventuales escritos serían propaganda más que suficiente para servir adecuadamente a las necesidades del Estado.

Subió las escaleras de hierro negro hasta la cuarta planta. Eran estrechas, al estilo soviético, lo que indicaba a los entendidos como él que aquel edificio era posterior a la Revolución. Una llamada desde Italia el día anterior le había informado de que la depositaría estaría abierta hasta las cinco de la tarde. Había visitado aquella y otras cuatro en el sur de Rusia, pero esta resultaba única porque disponía de fotocopiadora.

En la cuarta planta, una puerta de madera que había conocido tiempos mejores se abrió a un espacio atestado en el que la pintura verde de las paredes se pelaba por falta de ventilación. No había techo en sí, sino tuberías y conductos de asbesto que se entrecruzaban bajo el frágil hormigón que formaba el forjado de la quinta planta. Sin duda era un lugar extraño para alojar documentos que se suponían valiosísimos.

Avanzó sobre el solado desastrado y se dirigió hacia una mesa solitaria. Lo esperaba el mismo encargado de cabello castaño y escaso y expresión equina. En su última visita había concluido que aquel individuo era un involucionado, un nuevo burócrata ruso que se lamentaba por su situación. Típico. Apenas había diferencias con su versión soviética.

—*Dobriy den* —dijo, sin dejar de añadir una sonrisa.

—Buen día —respondió el encargado.

—Necesito estudiar los archivos —indicó Knoll en ruso.

—¿Cuáles? —Una irritante sonrisa acompañó aquella pregunta, la misma que recordaba de dos meses atrás.

—Estoy seguro de que me recuerda.

—Su cara me resultaba familiar. Los documentos de la Comisión, ¿correcto?

El intento de apaciguamiento del burócrata resultó infructuoso.

—*Da.* Los documentos de la Comisión.

—¿Quiere que se los traiga?

—*Nyet.* Sé dónde están. Pero gracias por su amabilidad.

Knoll se disculpó y desapareció entre las estanterías metálicas cuajadas de cajas de cartón en descomposición. El aire estancado tenía un fuerte olor a polvo y humedad. Sabía que a su alrededor había muchos registros, bastantes de ellos llegados desde el cercano Hermitage, en su mayoría procedentes del incendio que hacía años se había cebado en la Academia de las Ciencias local. Recordaba bien el incidente: «el Chernóbil de la cultura», había denominado el suceso la prensa soviética. Pero él se preguntaba cuánto no habría de intencionado en aquel desastre. En la URSS, las cosas siempre tenían una conveniente tendencia a desaparecer en el momento justo, y la Rusia reformada no resultaba demasiado diferente.

Revisó los estantes intentando recordar dónde había dejado el trabajo la última vez. Revisar completamente cualquier registro podía convertirse en un trabajo de años, pero recordaba dos cajas en particular. En su última visita se había quedado sin tiempo antes de llegar a ellas, ya que la depositaría había cerrado pronto debido al Día Internacional de la Mujer.

Encontró ambas cajas y las sacó deslizándolas de sus estantes, para después depositarlas sobre una de las mesas de madera. Cada una tenía un metro cuadrado aproximadamente, y eran pesadas: quizá pesaran veinticinco o treinta kilogramos. El encargado seguía sentado en la parte delantera de la depositaría. Knoll se dio cuenta de que aquel imbécil impertinente no tardaría en acercarse para tomar nota de sus nuevos intereses.

La etiqueta en cirílico que adornaba la parte superior de ambas cajas rezaba: «Comisión estatal extraordinaria sobre el registro e investigación de los crímenes de los ocupantes germano-fascistas y sus cómplices, y del daño causado por ellos a los ciudadanos, granjas colectivas, organizaciones públicas, empresas estatales e instituciones de la Unión de Repúblicas Socialistas Soviéticas».

Conocía bien aquella comisión. Había sido creada en 1942 para resolver problemas relacionados con la ocupación nazi, y al final había terminado por encargarse desde la investigación de los campos de concentración liberados por el Ejército Rojo hasta la tasación de los tesoros artísticos expoliados en los museos soviéticos. Hacia 1945, la comisión había evolucionado y se había convertido en el principal proveedor de prisioneros y supuestos traidores para los gulags. Fue uno de los inventos de Stalin, un modo de mantener el control que llegó a emplear a miles de personas y que encuadraba a investigadores de campo que buscaban en la Europa occidental, el norte de África y Suramérica obras de arte expoliadas por los alemanes.

Knoll se acomodó en una silla metálica y comenzó a pasar, una por una, las páginas de la primera caja. Se trataba de un trabajo lento debido al volumen y a las interminables diatribas en ruso y cirílico. En resumen, aquella primera caja resultó frustrante, ya que en su mayoría se trataba de sumarios de diversas investigaciones de la comisión. Dos largas horas pasaron sin que hallara nada de interés. Comenzó a trabajar con la segunda caja, que contenía más resúmenes. Hacia la mitad se topó con un taco de informes de campo realizados por los investigadores. Adquisidores como él, pero pagados por Stalin y a las órdenes exclusivas del Gobierno soviético.

Revisó cuidadosamente esos documentos, uno por uno.

En muchos casos se trataba de narraciones sin importancia acerca de búsquedas fallidas y viajes frustrantes. Aunque había también algunos éxitos, y estas recuperaciones quedaban resaltadas con el idioma triunfalista. El *Place de la Concorde* de Degas. *Dos hermanas* de Gauguin. El último cuadro de Van Gogh, *La casa blanca de noche*. Incluso reconoció el nombre de los investigadores. Sergei Telegin. Boris Zernov. Pyotr Sabsal. Maxim Voloshin. En otras depositarías había leído otros informes de campo redactados por ellos. La caja contenía aproximadamente un centenar de informes, todos probablemente olvidados, de poco uso en aquellos tiempos excepto para los pocos que todavía seguían buscando.

Transcurrió una hora más durante la que el encargado se acercó tres veces con la pretensión de ayudar.

Knoll lo había rechazado en todas las ocasiones, ansioso por que aquel hombrecillo irritante se ocupase de sus propios asuntos. Cerca de las cinco de la tarde halló una nota dirigida a Nikolai Shvernik, el despiadado acólito de Stalin que había encabezado la Comisión Extraordinaria. Pero aquel memorando no era como los demás. Carecía del sello oficial de la comisión y se trataba de un manuscrito personal, fechado el 26 de noviembre de 1946. La tinta negra sobre papel cebolla prácticamente había desaparecido:

Camarada Shvernik,
Espero que este mensaje lo encuentre a usted con plena salud. He visitado Donnersberg, pero no pude localizar ninguno de los manuscritos de Goethe que creíamos allí. Las indagaciones, por supuesto discretas, revelaron que anteriores investigadores soviéticos podrían haber retirado los artículos en el mes de noviembre de 1945. Sugiero una nueva comprobación de los inventarios de Zagorsk. Ayer me encontré con *Ýxo*. Informa de actividad por parte de Loring. Las sospechas de usted parecen correctas. Las minas Harz fueron visitadas repetidamente por varios equipos de operarios, pero no se empleó a ningún obrero local. Todos ellos fueron llevados y devueltos por Loring. La *yantarnaya komnata* podría haber sido encontrada y retirada. Es imposible decirlo en este momento. *Ýxo* sigue pistas adicionales en Bohemia, y le informará a usted directamente a lo largo de la semana.

Danya Chapaev

Unidas con un sujetapapeles a la hoja había dos páginas más recientes, ambas fotocopias. Se trataba de memorandos informativos de la KGB fechados en el mes de marzo de hacía siete años. Le resultaba extraño que estuviesen allí, metidos de forma inopinada entre originales de hacía más de cincuenta años. Leyó la primera nota, mecanografiada en cirílico:

Se confirma que *Ýxo* es Karol Borya, empleado en el pasado por la Comisión, 1946-1958. Emigrado a los Estados Unidos, 1958, con permiso gubernamental. Nombre cambiado a Karl Bates. Dirección actual: 959 Stokeswood Avenue. Atlanta, Georgia (condado de Fulton), EE.UU. Contacto realizado. Niega cualquier información acerca de la *yantarnaya komnata* posterior a 1958. No ha sido posible localizar a Danya Chapaev. Borya asegura desconocer su paradero. Solicitamos instrucciones adicionales respecto al modo de proceder.

Reconocía el nombre de Danya Chapaev. Hacía cinco años había buscado a aquel viejo ruso, pero había sido incapaz de dar con él. Era el único de los buscadores supervivientes a los que no había entrevistado. Ahora parecía haber otro más, Karol Borya, alias Karl Bates. Un apodo extraño. A los rusos parecían encantarles los nombres en clave. ¿Era una cuestión de seguridad, o simple querencia? Resultaba difícil de decir. Había visto referencias como Lobo, Oso Negro, Águila y Vista Aguzada, pero ¿ *Ýxo?* «Oídos». Aquel nombre era único.

Dio la vuelta a la segunda hoja, otro memorando de la KGB mecanografiado en cirílico, y que en este caso contenía más información acerca de Karol Borya. Aquel hombre tendría ahora ochenta y tres años. De oficio orfebre, jubilado. Su mujer había muerto hacía un cuarto de siglo. Tenía una hija, casada, que vivía en Atlanta, Georgia, y un nieto. Sí, se trataba de información con siete años de antigüedad, pero seguía siendo mucho más que lo que él sabía de Karol Borya.

Volvió a revisar el documento de 1946, en particular la referencia a Loring. Era ya la segunda ocasión en que había visto aquel nombre entre los informes. No podía tratarse de Ernst Loring. Demasiado joven. Era más probable que hiciera referencia a su padre, Josef. Se iba haciendo con el tiempo más evidente que la familia Loring también llevaba mucho tras la pista. Quizá aquel viaje a San Petersburgo hubiera merecido la pena. Dos referencias directas a la *yantarnaya komnata,* raras en los documentos soviéticos, e información totalmente novedosa.

Un nuevo rastro.

«Oídos.»

—¿Acabará pronto?

Levantó la mirada. El encargado lo estaba observando. Se preguntó cuánto tiempo llevaría allí de pie aquel hijo de mala madre.

—Ya son las cinco pasadas —dijo el hombre.

—No me había dado cuenta. Terminaré enseguida.

La mirada del encargado se posó en la página que tenía en la mano, con la esperanza de poder comprobar de qué se trataba. Knoll dejó con gesto despreocupado la hoja sobre la mesa y la tapó con la mano. El otro pareció captar el mensaje y regresó a su escritorio.

Knoll levantó las hojas.

Resultaba interesante que la KGB hubiera estado buscando a dos antiguos miembros de la Comisión Extraordinaria hacía muy pocos años. Pensaba que la búsqueda de la *yantarnaya komnata* había concluido a mediados de los años setenta. En cualquier caso, aquella era la afirmación oficial. En los años ochenta solo había encontrado algunas referencias aisladas al respecto. Nada reciente... hasta entonces. Los rusos no se rendían, eso tenía que concedérselo. Aunque, considerando el premio, no le costaba entenderlo. Él tampoco se rendía. Llevaba los últimos ocho años siguiendo rastros. Había entrevistado a ancianos de memoria frágil y boca cerrada. Boris Zernov, Pyotr Sabsal. Maxim Voloshin. Buscadores como él, todos a la caza del mismo premio. Pero ninguno de ellos sabía nada. Quizá Karol Borya fuera diferente. Quizá él supiera dónde se hallaba Danya Chapaev. Esperaba que ambos siguieran vivos. Desde luego, merecía la pena realizar un viaje a Estados Unidos para comprobarlo. Había estado una vez en Atlanta, durante las olimpiadas. Un lugar cálido y húmedo, aunque impresionante.

Buscó al encargado con la mirada. Aquel hombre retorcido se encontraba al otro lado de las estanterías, y parecía ocupado colocando carpetas en su sitio. Knoll dobló rápidamente las tres hojas y se las guardó en el bolsillo. No tenía intención de dejar nada al alcance de otra mente inquisitiva. Devolvió las dos cajas a la estantería y se dirigió hacia la salida. El encargado lo esperaba con la puerta abierta.

—*Dobriy den* —le dijo él al salir.

—Buenos días tenga usted.

La puerta se cerró con llave inmediatamente a su espalda. Knoll imaginó que aquel estúpido no tardaría en informar de la visita, y sin duda en pocos días recibiría una propina por su atención. Daba igual. Él se sentía satisfecho. Extático. Tenía una nueva pista. Quizá se tratara de algo definitivo. El comienzo de una nueva línea de investigación. Quizá incluso lograra una recuperación.

La recuperación.

Bajó las escaleras con las palabras del memorando aún resonando en sus oídos.

La *yantarnaya komnata*.

La Habitación de Ámbar.

9
BURG HERZ, ALEMANIA
19:54

Knoll miró por la ventana. Su dormitorio ocupaba la zona superior del torreón oeste del castillo. La ciudadela pertenecía a su empleador, Franz Fellner. Se trataba de una reproducción del siglo XIX cuyo original los franceses habían incendiado y destruido hasta los cimientos durante su asalto a Alemania en 1689.

Burg Herz, «Castillo Corazón», resultaba un nombre adecuado, ya que la fortaleza se hallaba situada casi en el centro de la Alemania reunificada. Martin, el padre de Franz, había adquirido el edificio y el bosque circundante después de la Primera Guerra Mundial, cuando su anterior propietario se equivocó en sus previsiones y apoyó al káiser. El cuarto de Knoll, el que había sido su hogar durante los últimos once años, había servido en el pasado como aposento del mayordomo jefe. Era espacioso y apartado, y contaba con baño propio. Las vistas se extendían kilómetros y kilómetros y abarcaban praderas herbosas, los altos boscosos del Rothaar y el fangoso Eder, que fluía hacia el este en dirección a Kassel. El mayordomo jefe había atendido a Martin Fellner todos los días de los últimos veinte años de vida de este, y de hecho no había sobrevivido más que una semana a su señor. Knoll había oído las habladurías que aseguraban que habían sido algo más que empleador y empleado, pero él nunca había dado demasiado pábulo a los rumores.

Estaba cansado. Los dos últimos meses habían resultado realmente agotadores. Un largo viaje a África y después una carrera a través de Italia, para terminar en Rusia. Había pasado mucha agua bajo el puente desde el apartamento de tres piezas en un bloque de protección oficial a treinta kilómetros al norte de Múnich, su hogar hasta que cumplió diecinueve años. Su padre era un trabajador fabril y su madre, profesora de música. Los recuerdos de su madre siempre le evocaban ternura. Era griega y su padre la había conocido durante la guerra. Knoll siempre la había llamado por su nombre de pila, Amara, que significaba «imperecedera», una perfecta descripción. De ella había heredado el ceño marcado, la nariz recta y la insaciable curiosidad. La buena mujer también había forjado en él la pasión por aprender y lo había llamado Christian, pues era una devota creyente.

Su padre lo convirtió en un hombre, pero ese estúpido amargado también le había impartido la enseñanza de la furia. Jakob Knoll luchó en el ejército de Hitler como un nazi fervoroso. Apoyó al Reich hasta el final. Era un hombre muy difícil de querer, aunque igualmente difícil resultaba ignorarlo.

Se apartó de la ventana y echó un vistazo a la mesilla de noche que había junto a su cama.

Encima descansaba un ejemplar de *Hitler's Willing Executioners*. El volumen le había llamado la atención dos meses atrás. Era uno de los muchísimos libros que se habían publicado recientemente acerca de la psique del pueblo alemán durante la guerra. ¿Cómo tantos habían consentido a tan pocos tamaña barbarie? ¿Habían sido cómplices de buen grado, como el escritor sugería? No resultaba fácil de decir respecto de nadie, pero con su padre no cabía duda. Odiaba con suma facilidad. Para él, el odio era como una droga. ¿Cómo era aquella cita de Hitler que repetía con frecuencia? «Yo marcho por el camino que la Providencia me dicta, con la confianza de un sonámbulo.»

Y eso era exactamente lo que Hitler había hecho, hasta el mismísimo final. Del mismo modo, Jakob Knoll tuvo una muerte amarga doce años después de que Amara sucumbiera a la diabetes.

Knoll contaba dieciocho años y se encontraba solo cuando su cociente intelectual, propio de un genio, le abrió las puertas de la Universidad de Múnich. Siempre le habían interesado las humanidades, y durante su último año consiguió una beca de Historia del Arte en la Universidad de Cambridge. Recordó con agrado el verano en que se relacionó brevemente con simpatizantes neonazis. En aquellos tiempos no eran grupos tan visibles como lo serían después, proscritos como estaban por el Gobierno alemán. Pero su visión única del mundo no le había resultado interesante. Ni entonces ni ahora. Tampoco el odio. Ambos resultaban contraproducentes y poco provechosos.

Sobre todo, dada la atracción que sentía por las mujeres de color.

Solo cursó un año en Cambridge antes de dejarlo y conseguir un empleo como mediador en Nordstern Fine Art Insurance Limited. Recordó lo rápido que se había hecho un nombre al recuperar un cuadro de un maestro holandés que se creía perdido para siempre. Los ladrones llamaron y exigieron un rescate de veinte millones a cambio de no quemar el lienzo. Aún podía ver la mueca de espanto de sus superiores cuando dijo llanamente a los delincuentes que le prendieran fuego. Pero no lo hicieron. Él sabía que no se atreverían. Y un mes más tarde recuperó la pintura cuando los malhechores, desesperados, trataron de vendérsela a su legítimo propietario.

Con la misma facilidad llegaron posteriores éxitos.

Trescientos millones de dólares en viejos cuadros robados del fondo de un museo de Boston. La recuperación de un Jean-Baptiste Oudry de doce millones de dólares, robado en el norte de Inglaterra a un coleccionista privado. Dos magníficos Turners sustraídos de la Tate Gallery de Londres, y localizados en un cochambroso apartamento parisino.

Había conocido a Franz Fellner once años atrás, cuando Nordstern lo despachó para elaborar un inventario de la colección de Fellner. Como cualquier coleccionista cuidadoso, este había asegurado sus activos artísticos conocidos, aquellos que en ocasiones aparecían en revistas especializadas de arte europeas o americanas, siendo la publicidad un modo de labrarse un nombre para sí y de espolear a los tratantes del mercado negro para que le presentaran sus tesoros más valiosos. Fellner se lo arrebató a Nordstern con un salario generoso, una habitación en Burg Herz y la emoción de robar a los ladrones algunas de las más grandes creaciones de la humanidad. Poseía un talento especial para buscar, y disfrutaba inmensamente del reto que representaba encontrar cosas que los demás trataban de ocultar con el máximo de los celos. Las mujeres con las que se cruzaba resultaban igualmente atrayentes. Pero lo que lo excitaba en particular era matar. ¿Se trataba, quizá, del legado de su padre? No era fácil de decir. ¿Era un enfermo? ¿Un depravado? ¿Acaso le importaba? No. La vida era maravillosa.

Absolutamente maravillosa.

Se alejó de la ventana y entró en el cuarto de baño. El ventanuco circular sobre el inodoro estaba abierto, y un fresco aire nocturno limpiaba los azulejos de la humedad provocada por la ducha que se había dado hacía poco. Se estudió en el espejo. El tinte castaño que había utilizado durante las dos últimas semanas había desaparecido y su cabello volvía a ser rubio. Los disfraces no eran su punto fuerte, pero consideraba que, dadas las circunstancias, el cambio de aspecto había sido un movimiento inteligente. Se había afeitado mientras se duchaba y su rostro moreno estaba terso y despejado. Aún exhibía un aire de confianza, la imagen de un hombre directo, con gustos y convicciones firmes. Se echó un poco de colonia por el cuello y se secó la piel con una toalla, antes de ponerse la chaqueta para la cena.

Comenzó a sonar el teléfono que había sobre la mesilla de la habitación exterior. Cruzó el dormitorio y respondió antes del tercer timbrazo.

—Estoy esperando —dijo la voz femenina.

—¿La paciencia no es una de tus virtudes?

—Más bien no.

—Voy para allá.

Descendió la escalera de caracol. El angosto camino de piedra se retorcía en el sentido de las agujas del reloj, copiando un diseño medieval que obligaba a los espadachines invasores diestros a enfrentarse no solo a los defensores del castillo, sino también al obstáculo del torreón central. El complejo era inmenso. Ocho enormes torres con estructura de madera vista acomodaban más de cien habitaciones. Ventanas abuhardilladas con maineles daban vida al exterior y proporcionaban unas exquisitas vistas de los ricos valles boscosos. Las torres estaban agrupadas en un octógono que rodeaba un amplio patio interior. Cuatro salas los conectaban, y los edificios estaban coronados por empinadas cubiertas de pizarra que servían como indicador de la crudeza del invierno alemán.

Llegó al desembarco de la escalera y siguió una serie de pasillos forrados de pizarra, en dirección a la capilla. Sobre él se alzaban las bóvedas de medio punto, y el camino quedaba amenizado por segures, lanzas, picas, yelmos con visera y cotas de malla, todo ello piezas de coleccionista. Él personalmente había comprado a una mujer de Luxemburgo la armadura más grande, un caballero completo que medía casi dos metros cuarenta. Tapices flamencos originales adornaban los muros. La iluminación era suave e indirecta, y las habitaciones cálidas y secas.

Una puerta arqueada al final del corredor se abría a un claustro. La cruzó y llegó, acompañado por una corriente de aire, hasta un umbral flanqueado por columnas. Vigilaban sus pasos tres rostros de piedra tallados en la fachada del castillo. Eran restos de la estructura original del siglo XVII y se desconocía su identidad, aunque cierta leyenda proclamaba que se trataba del maestro constructor del castillo y de dos ayudantes, y que los tres hombres habían sido asesinados y emparedados en la piedra, de modo que nunca jamás pudieran volver a construir una estructura similar.

Se dirigió a la capilla de santo Tomás. Un nombre interesante, ya que no solo era el de un monje agustino que había fundado siete siglos atrás un monasterio cercano, sino también el del viejo mayordomo jefe de Martin Fellner.

Empujó hacia dentro la pesada puerta de roble.

La mujer se encontraba en el pasillo central, detrás de una rejilla dorada que separaba el recibidor de seis bancos de roble. Tras ella, unos apliques incandescentes iluminaban un altar rococó negro y dorado, al tiempo que la envolvían a ella en sombras. Las pequeñas ventanas circulares de vidrio grueso que había a izquierda y derecha estaban a oscuras. Los símbolos heráldicos de los caballeros del castillo representados en la vidriera se alzaban insulsos, a la espera de ser revividos por el sol matutino. Poco culto se celebraba allí. La capilla se había convertido en una exposición de relicarios de oro, la colección de Fellner, que pasaba por ser una de las más extensas del mundo y que rivalizaba con la mayoría de las catedrales europeas.

Sonrió a su anfitriona.

Monika Fellner tenía treinta y cuatro años y era la hija mayor de su empleador. La piel que cubría su cuerpo alto y esbelto tenía el tinte oscuro de su madre, una libanesa a la que su padre había amado apasionadamente cuarenta años atrás. Pero el viejo Martin no quedó muy impresionado por la esposa que su hijo había elegido y terminó por forzar el divorcio y devolver a la mujer al Líbano, dejando atrás a los dos hijos. Knoll pensaba a menudo que la actitud fría, calculada y casi intocable de Monika era el resultado del rechazo de su madre, pero no era algo de lo que ella hablara ni sobre lo que él preguntara nunca. La mujer se alzaba orgullosa, como siempre, y sus rizos oscuros y enmarañados caían con despreocupación. En sus labios se dibujaba un asomo de sonrisa. Vestía una chaqueta gris pardo de brocado y una falda ceñida de gasa cuya raja subía por los muslos delgados y bien formados. Era la única heredera de la fortuna Fellner, merced a la prematura muerte de su hermano mayor dos años atrás. Su nombre significaba «devota de Dios». Aunque era cualquier cosa menos eso.

—Cierra —dijo ella.

Knoll bajó la palanca.

Monika se dirigió hacia él. Sus tacones resonaron con fuerza sobre el antiguo suelo de mármol. Se encontraron en la puerta abierta en la celosía. Justo debajo de ella estaba la tumba de su abuelo, «Martin Fellner 1868-1941» tallado sobre el mármol gris y pulimentado. El último deseo del viejo había sido ser enterrado en el castillo que tanto amaba. Ninguna esposa lo había acompañado en la muerte. A su lado yacía el anciano mayordomo, en cuya tumba también se veía la correspondiente inscripción de piedra.

Monika reparó en que Knoll miraba hacia el suelo.

—Pobre abuelo... Tan fuerte en los negocios y tan débil de espíritu. En aquella época debía de ser toda una putada ser marica.

—Quizá sea genético.

—Lo dudo. Aunque debo decir que, en ocasiones, una mujer puede representar una diversión interesante.

—A tu padre no le gustaría oír eso.

—No creo que ahora mismo le importara demasiado. Es contigo con quien está enfadado. Tiene un ejemplar de un periódico de Roma. Hay un artículo en primera plana acerca de la muerte de Pietro Caproni.

—Pero también tiene la fosforera.

Ella sonrió.

—¿Crees que el éxito lo compensa todo?

—He llegado a descubrir que se trata del mejor seguro contra la pérdida del empleo.

—En tu nota de ayer no decías nada de haber matado a Caproni.

—Me pareció un detalle poco importante.

—Solo tú considerarías como poco importante una puñalada en el pecho. Papá quiere hablar contigo. Está esperando.

—Ya me lo imaginaba.

—No pareces preocupado.

—¿Debería estarlo?

Ella le dedicó una mirada severa.

—Eres un auténtico hijo de puta, Christian.

Este reparó en que Monika carecía del aura de sofisticación de su padre, pero que en dos aspectos eran muy similares: ambos eran fríos y decididos. Los periódicos la relacionaban con un hombre tras otro, y se preguntaban quién conseguiría hacerse al fin con ella y con la fortuna correspondiente, pero Knoll sabía que nadie podría jamás llegar a controlarla. Fellner había pasado los últimos años preparándola meticulosamente para el día en que tuviera que tomar el relevo de su imperio de comunicaciones y de su pasión por el coleccionismo. Un día que sin duda no tardaría en llegar. Había sido educada fuera de Alemania, en Inglaterra y los Estados Unidos, y en el proceso había conseguido una lengua todavía más afilada y una actitud todavía más avasalladora. Su riqueza y el hecho de ser el ojo derecho de su padre tampoco había ayudado a endulzar su personalidad.

Monika extendió el brazo y le palpó la manga derecha.

—¿Esta noche no llevas el estilete?

—¿Lo necesito?

Ella se acercó más.

—Puedo ser bastante peligrosa.

Lo rodeó con los brazos. Sus bocas se fundieron y la lengua de ella buscó con ansia. A Knoll le gustaba su sabor, y paladeaba la pasión que ella ofrecía libremente. Al apartarse, Monika le mordió con fuerza el labio inferior. Knoll saboreó su propia sangre.

—Sí, puedes serlo —dijo mientras se limpiaba la herida con un pañuelo.

Monika le desabrochó el pantalón.

—Creía haber oído que *Herr* Fellner estaba esperando.

—Hay tiempo de sobra —respondió ella mientras lo empujaba hacia el suelo, directamente encima de la tumba de su abuelo—. Y no llevo ropa interior.

10

Knoll siguió a Monika por la planta baja del castillo en dirección a la sala de colecciones. El espacio consumía la mayor parte de la torre noroeste y estaba dividido en una sala pública, donde Fellner mostraba sus notables piezas legales, y otra secreta, donde solo él, el propio Fellner y Monika se aventuraban.

Entraron en la sala pública y Monika cerró tras ellos las pesadas puertas de madera. Los expositores iluminados se disponían en hileras como los soldados en revista, y exhibían diversos objetos preciosos. Cuadros y tapices se alineaban en las paredes. El techo estaba adornado con frescos que representaban a Moisés al dar la ley al pueblo, la construcción de Babel y la traducción del septuagésimo.

La entrada al estudio privado de Fellner se encontraba en el muro norte. Pasaron y Monika cruzó el suelo de parqué hasta una hilera de estanterías de roble grabado y forrado con pan de oro, en un estilo barroco y recargado. Sabía que todos aquellos volúmenes eran piezas de coleccionista. Fellner adoraba los libros. Su *Beda Venerabilis* del siglo IX era la pieza más antigua en su poder, y probablemente la más valiosa. Knoll había tenido la suerte hacía unos años de encontrar aquel tesoro en el refectorio de una parroquia francesa. El párroco se había separado gustoso de él a cambio de una modesta contribución tanto para la iglesia como para sí mismo. Monika sacó del bolsillo de la chaqueta un mando a distancia negro y pulsó el botón. La estantería central giró lentamente sobre su eje y una luz blanca se derramó desde la estancia que poco a poco quedaba a la vista. Franz Fellner se encontraba en medio de un espacio ciego y alargado, una galería ingeniosamente oculta entre la unión de dos grandes salones. Unos techos altos y la forma oblonga del castillo proporcionaban un camuflaje arquitectónico adicional. Los gruesos muros de piedra estaban acústicamente aislados, y un mecanismo especial filtraba el aire.

Allí había más expositores dispuestos en hileras ordenadas, todos ellos iluminados por medio de luces halógenas cuidadosamente colocadas. Knoll se abrió camino entre los expositores mientras admiraba algunas de las adquisiciones. Una escultura de jade que él mismo había robado de una colección privada en México, lo que no resultaba un problema porque el supuesto propietario la había robado a su vez del Museo Municipal de Jalapa. Varias figurillas africanas, esquimales y japonesas obtenidas en un apartamento en Bélgica, botín de guerra que se creía destruido hacía ya tiempo. Se sentía especialmente orgulloso de la escultura de Gauguin de la izquierda, una pieza exquisita que había liberado de las garras de un ladrón en París.

Las paredes estaban adornadas con cuadros. Un autorretrato de Picasso. *La Sagrada Familia* de Correggio. El *Retrato de una dama* de Botticelli. El *Retrato de Maximiliano I* de Durero. Todos ellos originales que se creían perdidos para siempre.

El muro de piedra restante estaba cubierto por dos enormes tapices de Gobelin saqueados por Hermann Göring durante la guerra, recuperados de otro supuesto propietario hacía dos décadas y aún buscados intensamente por el Gobierno austríaco.

Fellner se encontraba de pie, tras un expositor de cristal que albergaba un mosaico del siglo XIII en el que se mostraba al papa Alejandro VI. Knoll sabía que se trataba de una de las piezas favoritas del viejo. Junto a él estaba el expositor con la fosforera de Fabergé. Una diminuta luz halógena iluminaba el esmaltado, de color rojo fresa. Era evidente que Fellner había pulimentado la pieza. Sabía que a su empleador le gustaba preparar personalmente cada uno de los tesoros, ya que así evitaba que ojos extraños vieran sus adquisiciones.

Se trataba de un hombre delgado de facciones aguileñas, con un rostro irregular del color del hormigón y sentimientos a juego. Llevaba unas gafas con montura de alambre que enmarcaban los ojos suspicaces. Knoll había pensado en muchas ocasiones que, sin duda, aquella cara había sido en el pasado la de un brillante idealista. Ahora mostraba la palidez de un hombre que se acercaba a los ochenta y que había creado un imperio a partir de revistas, periódicos, radios y televisiones, pero que había perdido interés en la obtención de dinero una vez superada la marca del multimillonario. Su naturaleza competitiva estaba canalizada en esos momentos hacia otros menesteres más privados. Actividades en las que los hombres con muchísimo dinero y un temple sin límites podían sobresalir.

Fellner tomó con un gesto brusco un ejemplar del *International Daily News* de lo alto del expositor y lo extendió hacia Knoll.

—¿Quiere explicarme por qué era esto necesario? —La ronquera de la voz delataba un millón de cigarrillos.

Knoll sabía que el periódico era una de las posesiones corporativas de Fellner, y que un ordenador situado en el estudio exterior recibía diariamente artículos procedentes de todo el mundo. Sin duda, la muerte de un industrial italiano adinerado atraería la atención del viejo. El artículo se encontraba en la parte inferior de la primera página.

> Pietro Caproni, de 58 años, fundador de Due Mori Industries, fue encontrado ayer en su hacienda en el norte de Italia con una puñalada mortal en el pecho. También se encontró el cadáver apuñalado de Carmela Terza, de 27 años, residente en Venecia, según la identificación realizada en el lugar de los hechos. La policía halló pruebas de una entrada forzada a través de una de las puertas de la planta baja, aunque aún no se ha podido determinar si se produjo algún robo en la mansión. Caproni había abandonado ya el timón de Due Mori, el conglomerado que llegó a convertir en uno de los principales productores de lana y cerámica de Italia. Permanecía activo como accionista mayoritario y asesor, y su muerte deja un gran vacío en la compañía.

Fellner interrumpió su lectura.

—Ya hemos tenido antes esta discusión. Se le ha advertido que se dedique a sus peculiaridades en su tiempo libre.

—Fue necesario, *Herr* Fellner.

—Matar nunca es necesario si se hace el trabajo correctamente.

Knoll echó una mirada a Monika, que observaba la escena con aparente satisfacción.

—El *signor* Caproni se entrometió en mi cometido. Me estaba esperando. Había sospechado ya desde mi primera visita. Visita que realicé, por si no lo recuerda, debido a la insistencia de usted.

Fellner pareció comprender inmediatamente el mensaje, y su expresión se suavizó. Knoll conocía muy bien a su jefe.

—El *signore* Caproni no estaba dispuesto a compartir la fosforera sin lucha. No tuve otra opción, ya que concluí que usted deseaba la pieza de todos modos. La única alternativa era marcharme sin ella y arriesgarnos a ser descubiertos.

—¿El *signore* no le ofreció la oportunidad de marcharse? Después de todo, bien podría haber llamado a la policía.

Knoll pensó que una mentira sería mejor que la verdad.

—Lo que el *signore* quería en realidad era dispararme. Estaba armado.

—El periódico no menciona ese hecho —indicó Fellner.

—Buena prueba de la poca fiabilidad de la prensa —respondió Knoll con una sonrisa.

—¿Y qué hay de la puta? —intervino Monika—. ¿También ella estaba armada?

Knoll se volvió hacia ella.

—No sabía que albergara tales simpatías hacia las mujeres trabajadoras. Ella conocía los riesgos, no tengo la menor duda, cuando convino en relacionarse con un hombre como Caproni.

Monika se acercó a él.

—¿Te la follaste?

—Por supuesto.

La mirada de la mujer estalló en llamas, pero no dijo nada. Sus celos resultaban casi tan jocosos como sorprendentes. Fellner medió entre ambos, conciliador como era su costumbre.

—Christian, consiguió usted la fosforera. Se lo agradezco. Pero las muertes no hacen sino llamar la atención. Y eso es lo último que deseamos. ¿Y si consiguen rastrear su ADN mediante el semen?

—No había más semen que el del *signore*. El mío acabó en el estómago de la mujer.

—¿Y qué hay de las huellas?

—Llevaba guantes.

—Sé que es usted precavido y le estoy agradecido por ello. Pero soy un hombre mayor que no desea más que legar a mi hija cuanto he acumulado. No quiero que ninguno de nosotros termine entre rejas. ¿Ha quedado claro?

Fellner parecía exasperado. Ya habían tenido antes aquella discusión y Knoll detestaba sinceramente defraudarlo. Su empleador se había portado bien con él y había compartido de forma generosa la riqueza que meticulosamente habían acumulado. En muchos aspectos, era más su padre de lo que nunca había sido Jakob Knoll. Aunque Monika distaba mucho de ser su hermana.

Reparó en la mirada de ella. No había duda de que la conversación acerca del sexo y la muerte la excitaba. Era más que probable que lo visitara más tarde.

—¿Qué descubrió en San Petersburgo? —preguntó por fin Fellner.

Knoll le informó acerca de las referencias a la *yantarnaya komnata* y entonces les mostró las hojas que había robado en los archivos.

—Resulta interesante que los rusos sigan inquiriendo acerca de la Habitación de Ámbar, incluso de forma tan reciente. Sin embargo, ese Karol Borya, *Ýxo*, es un dato nuevo.

—¿«Oídos»? —Fellner hablaba ruso a la perfección—. Un extraño apelativo.

Knoll asintió.

—Creo que merece la pena realizar una visita a Atlanta. Quizá *Ýxo* siga vivo. Podría saber dónde está Chapaev. Es el único a quien no encontré hace cinco años.

—Creo que la referencia a Loring también lo corrobora —admitió Fellner—. Ya se ha topado dos veces con su nombre. Parece ser que los soviéticos estaban muy interesados en lo que Loring estaba haciendo.

Knoll conocía la historia. La familia Loring controlaba el mercado del acero y las armas en la Europa oriental. Ernst Loring era el principal rival de Fellner en la adquisición de tesoros. Era checo, el hijo de Josef Loring, y exudaba un aire de superioridad que llevaba cultivando desde su juventud. Como Pietro Caproni, sin duda se trataba de un hombre acostumbrado a salirse con la suya.

—Josef era un hombre muy decidido. Ernst, por desgracia, no heredó el carácter de su padre. Me da que pensar. Siempre ha habido algo que me ha preocupado respecto a él, esa irritante cordialidad que cree que yo acepto de buen grado. —Fellner se volvió hacia su hija—. ¿Qué te parece, *liebling*? ¿Debería marcharse Christian a América?

La expresión de Monika se endureció. En aquellos momentos era cuando más se parecía a su padre. Inescrutable. Reservada. Furtiva. No había duda de que en los años venideros lograría que el anciano se sintiese orgulloso.

—Quiero la Habitación de Ámbar.

—Y yo la quiero para ti, *liebling*. Llevo cuarenta años buscándola, pero nada. Absolutamente nada. Nunca he entendido cómo tantas toneladas de ámbar pudieron simplemente... desaparecer. —Fellner se volvió hacia Knoll—. Vaya a Atlanta, Christian. Encuentre a Karl Borya, a ese *Ýxo*. Compruebe qué es lo que sabe.

—Sabe usted que si Borya está muerto nos hemos quedado sin pistas. He consultado las depositarías en Rusia. Solo la de San Petersburgo contiene alguna información relevante.

Fellner asintió.

—Sin duda, el encargado de San Petersburgo está a sueldo de alguien. Volvió a prestar atención. Por eso me llevé las hojas.

—Lo que resultó inteligente. Estoy seguro de que Loring y yo no somos los únicos interesados en la *yantarnaya komnata*. Qué descubrimiento sería ese, Christian. Casi darían ganas de contárselo a todo el mundo.

—Casi. Pero el Gobierno ruso exigiría su devolución y de ser encontrada aquí, sin duda los alemanes la confiscarían. Se trataría de una excelente arma en la negociación sobre la devolución de los tesoros que los soviéticos se llevaron.

—Por eso debemos encontrarla nosotros —replicó Fellner.

Knoll lo miró fijamente.

—Por no mencionar la bonificación prometida...

El anciano rió entre dientes.

—Bien cierto, Christian. No lo he olvidado.

—¿Una bonificación, papá?

—Diez millones de euros. Es una promesa de hace muchos años.

—Y yo la honraré —dejó claro Monika.

Vaya que si la honrarás, pensó Knoll.

Fellner se alejó del expositor.

—Ernst Loring estará con toda probabilidad buscando la Habitación de Ámbar. Bien podría ser el benefactor de ese tecnócrata de San Petersburgo. De ser así, ya sabe de la existencia de Borya. No debe retrasarse, Christian. Es necesario que vaya un paso por delante.

—Eso pretendo.

—¿Puede manejar a Suzanne? —inquirió el viejo con una sonrisa maliciosa—. Se pondrá agresiva.

Knoll notó cómo Monika se encrespaba claramente ante aquella mención. Suzanne Danzer trabajaba para Ernst Loring. Poseía una vasta educación y una determinación que la llevaba a matar de ser necesario. Hacía solo dos meses había competido con Knoll en una carrera por el suroeste de Francia en busca de un par de coronas nupciales rusas del siglo XIX. Más «hermoso botín» oculto durante décadas por los furtivos. Danzer había ganado la carrera. Había dado con las coronas enjoyadas en poder de una anciana de los Pirineos, cerca de la frontera española. Su marido las había liberado de un colaborador nazi después de la guerra. Danzer había sido implacable en la obtención del premio, un rasgo que Knoll admiraba profundamente.

—No esperaría menos de ella —dijo.

Fellner le ofreció la mano.

—Buena caza, Christian.

Este aceptó el gesto y se volvió para marcharse por donde había llegado. Un rectángulo vacío apareció en la piedra cuando la estantería que había al otro lado se abrió de nuevo.

—Y mantenme informada —le advirtió Monika.

11

Suzanne Danzer se incorporó sobre la almohada. El joven veinteañero dormía como un tronco a su lado. Dedicó un momento a estudiar su esbelta desnudez. El joven proyectaba la seguridad de un caballo de exposición. Qué placer había sido tirárselo.

Se levantó de la cama y avanzó por el crepitante suelo de tarima. El dormitorio estaba a oscuras y se encontraba en la tercera planta de una mansión del siglo XVI, una hacienda propiedad de Audrey Whiddon. La anciana había servido durante tres legislaturas en la Cámara de los Comunes y había terminado por obtener el título de *lady*. Entonces aprovechó para comprar la mansión en la subasta que siguió al impago, por parte del anterior propietario, de la pequeña hipoteca. La vieja Whiddon visitaba el lugar en ocasiones, pero su principal residente era ahora Jeremy, su único nieto.

Qué sencillo había sido engancharse a Jeremy. Era un joven alocado e impetuoso, más interesado en la cerveza y el sexo que en las finanzas y el beneficio. Había pasado dos años en Oxford y ya había sido expulsado dos veces por sus deficiencias académicas. La anciana lo amaba con pasión y empleaba cuantas influencias aún conservaba para lograr su readmisión, con la esperanza de que no hubiese nuevas decepciones. Pero Jeremy parecía incapaz de aclimatarse.

Suzanne llevaba casi dos años buscando la última cajita de rapé. La colección original constaba de cuatro piezas. Había una de oro con un mosaico en la tapa. Otra era ovalada y estaba bordeada por bayas de color rojo y verde traslúcido. La tercera había sido tallada en piedra y tenía monturas de plata. Por último, había una caja turca lacada y adornada con una escena del Cuerno Dorado. Todas ellas habían sido creadas en el siglo XIX por el mismo maestro artesano (su marca distintiva aparecía siempre en la parte inferior) y durante la Segunda Guerra Mundial habían sido sustraídas de una colección privada en Bélgica.

Se las creía perdidas, fundidas para obtener su oro y arrancarles las joyas, pues tal era el destino de muchos objetos preciosos. Pero una de ellas había aparecido cinco años atrás en una casa de subastas londinense. Suzanne estaba presente y la había comprado. Su empleador, Ernst Loring, se sentía fascinado por la intrincada artesanía de las cajitas de rapé antiguas y poseía una amplia colección. Algunas piezas eran legítimas, adquiridas en el mercado abierto, pero en su mayoría habían sido obtenidas con subterfugios de gente como Audrey Whiddon. La caja comprada en la subasta había generado una batalla judicial con los herederos del propietario original. Los representantes legales de Loring habían ganado al final, pero la lucha había sido costosa y pública, y Loring no tenía la menor gana de repetir la experiencia. De modo que la obtención de las tres restantes fue delegada en su subrepticia representante.

Suzanne había encontrado la segunda en Holanda y la tercera en Finlandia. La cuarta había aparecido inesperadamente cuando Jeremy intentó venderla a otra casa de subastas sin el conocimiento de su abuela. El avispado anticuario había reconocido la pieza y, sabiendo que no podría venderla, obtuvo su beneficio cuando Suzanne le pagó diez mil libras a cambio de su paradero. Poseía contactos similares repartidos por casas de subastas de todo el mundo, gente que mantenía los ojos abiertos ante la aparición de tesoros robados; cosas que no podrían manejar legalmente, pero que podían venderse sin dificultad.

Terminó de arreglarse y peinarse.

Engañar a Jeremy había sido pan comido. Como siempre, sus rasgos de modelo, sus enormes ojos azules y su cuerpo esbelto le habían servido bien. Estas características enmascaraban una calma controlada y le hacían parecer algo que no era, algo que no había por qué temer, algo fácil de dominar y contener. Los hombres se sentían cómodos junto a ella, que había aprendido que la belleza podía ser un arma mucho más efectiva que las balas y los cuchillos.

Salió de puntillas del dormitorio y bajó la escalera de madera, cuidándose de reducir en lo posible los crujidos. Unos delicados estarcidos isabelinos decoraban las altísimas paredes. En el pasado se había imaginado que viviría en un sitio similar, con un marido e hijos. Pero eso había sido antes de que su padre le enseñara el valor de la independencia y el precio de la dedicación. También él había trabajado para Ernst Loring y había soñado con el día en que compraría su propia mansión. Pero nunca llegó a hacer realidad sus ambiciones, pues había muerto hacía once años en un accidente de avión. Ella tenía entonces veinticinco años y acababa de salir de la universidad, pero Loring no lo dudó un instante y de inmediato permitió que Suzanne sucediera a su padre. Aprendió los trucos del oficio y descubrió pronto que ella, como su padre, poseían una habilidad instintiva para la búsqueda. Y que disfrutaba enormemente con la cacería.

Bajó la escalera, atravesó el comedor y entró en la sala de música, forrada en roble. Las ventanas que enmarcaban los jardines estaban a oscuras y los albos techos jacobitas guardaban silencio. Se acercó a la mesa y cogió la cajita de rapé.

La número cuatro.

Estaba elaborada con oro de dieciocho quilates y la tapa con bisagras había sido lacada *en plein* y mostraba la fecundación de Dánae por parte de Júpiter mediante una lluvia de oro. Acercó la cajita y contempló la imagen de la fofa Dánae. ¿Cómo habían podido considerar alguna vez los hombres atractiva tal obesidad? Pero al parecer así había sido, ya que consideraban necesario fantasear con que sus dioses deseaban a tales bolas de grasa. Dio la vuelta a la cajita y trazó las iniciales con la uña.

«B. N.».

El artesano.

Sacó un paño del bolsillo de sus vaqueros. La cajita, que medía menos de diez centímetros de lado, desapareció entre sus pliegues escarlata. Se metió el paquete en el bolsillo y atravesó la planta baja camino a la biblioteca.

Criarse en la hacienda Loring había tenido ventajas evidentes. Una buena casa, los mejores tutores, acceso al arte y a la cultura. Loring se aseguraba de que la familia Danzer estuviera bien atendida. Pero el aislamiento en el castillo Loukov la había privado de sus amigos de la infancia. Su madre murió cuando ella contaba tres años y su padre viajaba constantemente. Fue con Loring con quien pasaba el tiempo y los libros se convirtieron en sus compañeros de confianza. Una vez había leído que los chinos otorgaban a los libros el poder de proteger contra los malos espíritus. Para ella, así había sido. Las historias se convirtieron en su vía de escape, en especial la literatura inglesa. Las tragedias de Marlowe sobre reyes y potentados, la poesía de Dryden, los ensayos de Locke, los cuentos de Chaucer, la *Morte d'Arthur* de Malory.

Antes, cuando Jeremy le había enseñado la planta baja, había reparado en un libro concreto de la biblioteca. De forma inocente había sacado el volumen encuadernado en cuero de la estantería y había encontrado en el interior el inesperado y llamativo ex libris con la esvástica, y la inscripción que rezaba: «Ex libris Adolf Hitler». Dos mil de los libros de Hitler, todos ellos pertenecientes a su biblioteca personal, habían sido evacuados apresuradamente desde Berchtesgaden y habían sido almacenados en una mina de sal cercana, apenas unos días antes del fin de la guerra. Los soldados americanos los encontraron y los volúmenes acabaron siendo catalogados en la Biblioteca del Congreso. Sin embargo, algunos fueron robados antes de que esto sucediera. A lo largo de los años ya habían aparecido algunos. Loring no poseía ninguno, pues no deseaba nada que le recordara el horror del nazismo. Sin embargo, sí conocía a algunos coleccionistas que lo querrían.

Sacó el libro de la estantería. Loring se sentiría complacido con aquel regalo inesperado.

Se volvió para marcharse.

Jeremy se encontraba en el umbral a oscuras, desnudo.

—¿Es el mismo que estabas mirando antes? —preguntó—. Mi abuela tiene tantos libros que no echará uno de menos.

Ella se acercó y decidió rápidamente emplear su mejor arma.

—Esta noche me lo he pasado muy bien.

—Yo también. No has respondido mi pregunta.

Ella hizo un gesto con el libro.

—Sí. Es el mismo.

—¿Lo necesitas?

—Así es.

—¿Volverás?

Una pregunta extraña si se consideraba la situación, pero Suzanne comprendió lo que él quería en realidad. Así que alargó la mano y lo agarró por donde sabía que él no podría resistir. Jeremy respondió de inmediato a sus caricias.

—Quizá —dijo ella.

—Te vi en la sala de música. No serás una de esas mujeres que acaban de salir de un matrimonio horrible, ¿no?

—¿Qué más da, Jeremy? Te divertiste. —Siguió acariciándolo—. Y ahora también te estás divirtiendo, ¿no es así?

Él lanzó un suspiro.

—Además, todo lo que hay aquí es de tu abuela. ¿Qué más te da?

—No me importa.

Ella relajó la presión y el miembro se puso en posición de firmes. Suzanne lo besó suavemente en los labios.

—Estoy segura de que volveremos a vernos.

Pasó a su lado y se dirigió hacia la puerta principal.

—De no haber cedido, ¿me hubieras hecho daño con tal de conseguir el libro y la caja?

Suzanne se dio la vuelta. Resultaba interesante que alguien tan inmaduro respecto a las realidades de la vida fuera lo bastante perspicaz como para comprender la profundidad de los deseos que la movían.

—¿Tú qué crees?

Jeremy pareció meditar seriamente la cuestión. Quizá fuera el esfuerzo mental más intenso que había realizado en mucho tiempo.

—Que me alegro de haber follado contigo.

12

Suzanne dirigió bruscamente el Porsche hacia la derecha y los amortigua-dores y la dirección del 911 Speedster trazaron la cerrada curva. Hacía un rato había retirado la capota de fibra de vidrio para que el aire de la tarde jugara con su pelo cortado en escalón. Había dejado el coche estacionado en el aeropuerto Ruzynè y los ciento veinte kilómetros entre Praga y el suroeste de la Bohemia se recorrían fácilmente en una hora. El coche era un regalo de Loring, una bonificación materializada dos años atrás tras una temporada especialmente productiva en adquisiciones. Gris metalizado, interior de cuero negro y alfombras de terciopelo. Solo se habían producido ciento cincuenta vehículos de aquel modelo. El suyo tenía una insignia dorada en el salpicadero: «*Drahá*». «Pequeña», el apodo que Loring le había dado en su niñez.

Suzanne había oído y leído las historias y artículos sobre Ernst Loring. La mayoría lo mostraba como un hombre temible, amenazador y despec-tivo, con la energía de un fanático y la moral de un déspota. No andaban muy lejos de la realidad. Pero también tenía otra cara. La que ella conocía, amaba y respetaba.

La hacienda de Loring ocupaba ciento veinte hectáreas del suroeste checo, a pocos kilómetros de la frontera con Alemania. La familia había florecido bajo el régimen comunista, pues sus fábricas y minas en Chomutov, Most y Teplice habían sido vitales para la supuesta autosu-ficiencia de Checoslovaquia. A ella siempre le había hecho gracia el que las minas de uranio de la familia, al norte de Jáchymov y a cargo de prisioneros políticos (el índice de muertes entre los trabajadores se acercaba al cien por cien) fueran consideradas oficialmente irrelevantes por el nuevo gobierno. Parecía del mismo modo poco interesante el que, después de años de lluvia ácida, las Montañas Tristes se hubieran transformado en inquietantes cementerios de árboles putrefactos. Era una mera nota al pie el que Teplice, antaño próspera localidad turística cerca de la frontera polaca, fuera reconocida más por la escasa esperanza de vida de sus habitantes que por sus terapéuticas aguas tibias. Suzanne había reparado hacía tiempo en que no había fotografías de la región en los hermosos libros de imágenes que los comerciantes vendían, en las afueras del castillo Praga, a los millones de visitantes que recibían todos los años. El norte de la República Checa era un yermo. Un recordatorio. En el pasado una necesidad, ahora algo que era mejor olvidar. Pero se trataba de un lugar del que Ernst Loring se beneficiaba y la razón por la que vivía en el sur.

La Revolución de Terciopelo de 1989 había asegurado la caída de los comunistas. Tres años después se produjo el divorcio entre Eslovaquia y la República Checa, que se repartieron apresuradamente los restos del país. Loring se benefició de ambos acontecimientos y se alió rápidamente con Havel y con el nuevo gobierno de la República Checa, un nombre al que consideraba digno, pero falto de potencia. Suzanne conocía sus opiniones acerca de los cambios. Sabía que sus fábricas y fundiciones eran más demandadas que nunca. Aunque había crecido en el comunismo, Loring era un verdadero capitalista. Su padre, Josef, y su abuelo antes que él, habían sido capitalistas.

¿Cómo era aquello que decía constantemente?: «Todos los movimientos políticos necesitan acero y carbón». Loring suministraba ambos productos a cambio de protección, libertad y un beneficio más que razonable.

La mansión apareció de repente en el horizonte. El castillo Loukov. El *hrad* de un antiguo caballero, puntal de una tierra formidable que miraba a las rápidas aguas del Orlík. Había sido construido en el estilo borgoñés cisterciense y sus cimientos se habían tendido ya en el siglo XV, aunque no se había terminado hasta mediados del XVII. Una triple grada de piedra y capiteles de hoja cubrían los altísimos muros. Las almenas cubiertas de hiedra estaban salpicadas de miradores. La cubierta de teja anaranjada resplandecía bajo el sol del mediodía.

Un incendio había arrasado todo el complejo durante la Segunda Guerra Mundial. Los nazis lo habían confiscado como cuartel general en la zona y los Aliados terminaron por bombardearlo. Pero Josef Loring luchó por recuperar su propiedad y se alió con los rusos que liberaron la región en su camino hacia Berlín. Tras la guerra, el mayor de los Loring resucitó su imperio industrial y se expandió, y cuando murió lo legó todo a Ernst, el único hijo que le quedaba. Fue un movimiento con el que el Gobierno estuvo totalmente de acuerdo.

«Siempre hay demanda de hombres listos y trabajadores», le había dicho muchas veces Ernst a Suzanne.

Redujo a tercera. El motor del Porsche rugió y obligó a las ruedas a aferrarse al pavimento seco. El vehículo recorría la ondulante y angosta carretera de asfalto negro, flanqueada por un bosque cerrado. Se detuvo ante la puerta principal del castillo. El espacio que en el pasado había albergado los carruajes de caballos y rechazado a los agresores había sido ampliado y pavimentado para admitir coches.

Loring se encontraba en el patio, vestido de manera informal. Llevaba guantes de trabajo negros y aparentaba cuidar de sus plantas en flor. Era alto y anguloso, con un pecho sorprendentemente plano y una gran fortaleza para un hombre de casi ochenta años. A lo largo de la pasada década Suzanne había visto cómo su cabello rubio ceniza se apagaba hasta adoptar un gris deslustrado. Una barba del mismo color cubría el mentón y el cuello arrugado. La jardinería siempre había sido una de sus obsesiones. Los invernaderos más allá de los muros estaban atestados de plantas exóticas del mundo entero.

—*Dobriy den,* cariño —la saludó Loring en checo.

Ella estacionó y salió del Porsche tras coger su bolsa de viaje del asiento del pasajero.

Loring se limpió el polvo de los guantes con varias palmadas y se acercó a ella.

—Espero que hayas tenido buena caza.

Ella sacó del coche una pequeña caja de cartón. Ni las aduanas de Londres ni las de Praga habían puesto reparos tras explicarles que aquellas cosas las había comprado en la tienda de regalos de la Abadía de Westminster por menos de treinta libras. Incluso les mostró un recibo, ya que se había detenido en esa misma tienda de camino al aeropuerto para comprar una reproducción barata que había tirado a una papelera del mismo aeropuerto.

Loring se quitó los guantes y levantó la tapa. Estudió la caja para rapé bajo la luz de la tarde.

—Muy hermosa —susurró—. Perfecta.

Suzanne metió la mano en su bolsa y extrajo el libro.

—¿Qué es eso? —preguntó él.

—Una sorpresa.

Loring devolvió el tesoro de oro a la caja de cartón y tomó con ansia el volumen. Abrió la cubierta y se maravilló ante el ex libris.

—*Drahá,* me has sorprendido. Qué maravilloso regalo.

—Lo reconocí al instante y pensé que te gustaría.

—Sin duda podemos venderlo o cambiarlo. A *Herr* Greimel le encantan estos libros y a mí me encantaría poseer un cuadro que él tiene.

—Sabía que te gustaría.

—Seguro que esto llama la atención de Christian, ¿eh? Ya verás qué revelación va a ser durante nuestro próximo encuentro.

—Y la de Franz Fellner.

Él negó con la cabeza.

—Ya no. Creo que se va a encargar Monika. Parece que está tomando el control de todo. Poco a poco, pero con paso firme.

—Puta arrogante...

—Cierto. Pero no es ninguna idiota. Hace poco hablé con ella largo y tendido. Es un poco impaciente y ansiosa. Parece haber heredado el espíritu de su padre, que no su cerebro. ¿Pero quién sabe? Es joven, quizá aprenda. Estoy convencido de que Franz le enseñará.

—¿Y qué hay de mi benefactor? ¿Tiene algún plan similar respecto a su jubilación?

Loring sonrió.

—¿Y qué iba a hacer yo?

Ella señaló las plantas.

—¿La jardinería?

—No creo. Lo que hacemos es de lo más reconstituyente. El coleccionismo está lleno de emociones. Soy como un niño en Navidad.

Tomó sus dos tesoros y la acompañó al interior del taller de carpintería, que ocupaba la planta baja de un edificio anejo al patio.

—He recibido una llamada de San Petersburgo —dijo Loring—. Christian ha vuelto a visitar la depositaría. En la Comisión de registros. Es evidente que Fellner no se rinde.

—¿Encontró algo?

—Es difícil decirlo. Ese oficinista imbécil ya debería haber revisado las cajas, pero dudo que sea así. Dice que le llevará años. Parece mucho más interesado en recibir su dinero que en trabajar. Pero sí pudo ver que Knoll había descubierto una referencia sobre Karol Borya.

Suzanne comprendió lo que aquello significaba.

—No entiendo esta obsesión de Fellner —dijo Loring—. Hay tantas cosas a la espera de que las encuentren... *La Virgen y el niño* de Bellini, desaparecido desde la guerra. Qué magnífico hallazgo sería. El Cordero Místico del altar de Van Eyck. Los doce viejos maestros robados en el museo Treves en el 68. Y esas obras impresionistas que desaparecieron en Florencia... De esas ni siquiera hay fotografías para su identificación. ¿A quién no le encantaría hacerse siquiera con una de ellas?

—Pero la Habitación de Ámbar está en lo alto de la lista de todo coleccionista —respondió ella.

—Cierto, pero ese precisamente parece ser el problema.

—¿Crees que Christian intentará encontrar a Borya?

—Sin duda. Borya y Chapaev son los dos únicos buscadores que quedan con vida. Knoll no encontró a Chapaev hace cinco años. Probablemente tenga la esperanza de que Borya conozca su paradero. A Fellner le encantaría que la Habitación de Ámbar fuera el primer descubrimiento de Monika. No me cabe la menor duda de que enviará a Knoll a América, al menos para intentar dar con Borya.

—¿Pero no es un callejón sin salida, un punto muerto?

—Exacto. Literalmente. Pero solo de ser necesario. Esperamos que Borya siga sabiendo cerrar la boca. Quizá ya haya muerto, al fin. Debe de andar cerca de los noventa. Ve a Georgia, pero mantente a un lado a no ser que te veas obligada a actuar.

La recorrió un escalofrío. Era maravilloso volver a enfrentarse a Knoll. Su último encuentro en Francia había sido muy tonificante y el sexo posterior memorable. Era un oponente de valía. Pero también peligroso. Eso hacía la aventura todavía más excitante.

—Cuidado con Christian, cariño. No te acerques demasiado. Es posible que tengas que hacer algunas cosas desagradables. Déjaselo a Monika. Están hechos el uno para el otro.

Suzanne dio un leve beso en la mejilla al anciano.

—No te preocupes. Tu *Drahá* no te defraudará.

13

Karol Borya se acomodó en la otomana y volvió a leer el artículo que siempre consultaba cuando necesitaba recordar los detalles. Había aparecido en octubre de 1972, en *International Art Review*. Lo había encontrado en uno de sus habituales viajes al centro, a la biblioteca de la Georgia State University. Fuera de Alemania y Rusia, los medios habían mostrado poco interés en la Habitación de Ámbar. Desde la guerra apenas si se habían impreso veinte reseñas en inglés, en su mayoría refritos de hechos históricos o una reflexión sobre la teoría más reciente del momento acerca de lo que podría haber sucedido. Le encantaba el modo en que comenzaba el artículo, una cita de Robert Browning que desde su primera lectura estaba subrayada con tinta azul: «De repente, como sucede con las cosas extrañas, desapareció».

Aquella observación era de particular relevancia al hablar de la Habitación de Ámbar. No se la había visto desde 1945 y su historia estaba marcada por los conflictos políticos, la muerte y la intriga.

La idea procedía de Federico I de Prusia, un hombre complicado que había vendido su voto como elector del regente del Sacro Imperio Romano Germánico para asegurarse una corona hereditaria propia. En 1701 encargó la construcción de unos paneles de ámbar para un estudio en su palacio de Charlottenburg. Federico se divertía todos los días con sus trebejos de ajedrez, sus candelabros y sus lámparas, todo ello elaborado en ámbar. Bebía cerveza en jarras de ámbar y fumaba en pipas cuya boquilla era del mismo material. ¿Por qué no un estudio forrado del suelo al techo con paneles tallados de ámbar? De modo que encargó al arquitecto de su corte, Andreas Schülter, que construyera tamaña maravilla.

El contrato original recayó en Gottfried Wolffram, pero en 1707 Ernst Schact y Gottfried Turau reemplazaron al danés. Schact y Turau trabajaron a lo largo de cuatro años, buscando meticulosamente por toda la costa báltica ámbar para joyería. Aquella región llevaba siglos produciendo toneladas de dicha sustancia, tanta que Federico había llegado a instruir destacamentos enteros de soldados en su obtención. Con el tiempo se rebanaron todos los toscos pedazos hasta conseguir láminas no más gruesas de cinco milímetros, que fueron después pulimentadas y calentadas para alterar su color. Después, las piezas fueron dispuestas como un rompecabezas hasta crear un mosaico sobre paneles decorados con motivos florales, rollos de pergamino y símbolos heráldicos. Cada panel incluía un relieve del escudo de armas prusiano, un águila coronada de perfil, y estaba forrado de plata por el otro lado para aumentar su brillo.

La cámara se completó parcialmente en 1712 y fue entonces cuando Pedro el Grande de Rusia la visitó y admiró su factura. Un año más tarde, Federico I murió y fue sucedido por su hijo, Federico Guillermo I. Como es el caso muchas veces, Federico Guillermo odiaba todo cuanto su padre amaba. Como no albergaba deseo alguno de gastar más dinero de la Corona en el capricho de su progenitor, ordenó que los paneles de ámbar fueran desmantelados y embalados.

En 1716, Federico Guillermo firmó una alianza rusoprusiana con Pedro el Grande contra Suecia. Para conmemorar el tratado, los paneles de ámbar fueron ceremoniosamente ofrecidos a Pedro y transportados a San Petersburgo el enero siguiente. Pedro, más preocupado con la construcción de la armada rusa que con el coleccionismo de arte, se limitó a almacenarlos. Pero, en señal de gratitud, devolvió el cumplido con doscientos cuarenta y ocho soldados, un torno y una copa de vino tallada por él mismo. Incluidos entre los soldados había cincuenta y cinco de sus más altos guardias, en reconocimiento a la pasión que el rey prusiano sentía hacia los guerreros altos.

Treinta años pasaron antes de que la emperatriz Isabel, la hija de Pedro, pidiera a Rastrelli, su arquitecto de la corte, que mostrara los paneles en un estudio del Palacio de Invierno en San Petersburgo. En 1755 ordenó que fueran transportados al palacio de verano de Tsarskoe Selo, a cincuenta kilómetros al sur de San Petersburgo, y que fueran instalados en lo que llegaría a conocerse como el Palacio de Catalina.

Allí fue donde se perfeccionó la Habitación de Ámbar.

A lo largo de los siguientes veinte años, a los treinta y seis metros cuadrados de paneles de ámbar originales se añadieron cuarenta y ocho más, en su mayoría decorados con el blasón de los Romanov y elaborados motivos. Esta ampliación se hizo necesaria porque las paredes de diez metros de altura del Palacio de Catalina eran mucho más altas que la cámara original. El rey prusiano incluso contribuyó a la creación con el envío de otro panel, este con un bajorrelieve del águila bicéfala de los zares rusos. En definitiva se labraron ochenta y seis metros cuadrados de ámbar. Las paredes terminadas estaban salpicadas de delicadas figurillas, motivos florales, tulipanes, rosas, conchas marinas, monogramas y rocallas, todo ello en resplandecientes tonos pardos, rojizos, amarillos y anaranjados. Rastrelli enmarcó cada uno de los paneles en un *cartouche* de *boiserie* de estilo Luis xv que los separaba verticalmente en parejas de estrechas pilastras espejadas y adornadas con candelabros de bronce, todo ello dorado, para fundirse con el ámbar.

El centro de cuatro de los paneles estaba salpicado con exquisitos mosaicos florentinos elaborados en jaspe y ágata, y enmarcados en bronce bruñido. Se añadió un mural a modo de techo, junto con una intrincada tarima grabada de roble, arce, sándalo, palisandro, nogal y caoba, tan magnífica en sí misma como las paredes que la rodeaban.

Cinco maestros de Königsberg habían trabajado hasta 1770, año en que la cámara fue declarada terminada. La emperatriz Isabel estaba tan encantada que usaba a menudo aquel espacio para impresionar a los embajadores extranjeros. También sirvió como *kunstkammer,* un gabinete de curiosidades para ella y para los zares posteriores, el lugar en que se mostraban los tesoros reales. Para 1765 eran setenta los objetos de ámbar que decoraban la estancia: cofres, candelabros, cajas de rapé, fuentes, cuchillos, tenedores, crucifijos y tabernáculos. El último añadido se produjo en 1913: una corona de ámbar sobre un cojín, una pieza adquirida por el zar Nicolás ii.

Increíblemente, los paneles sobrevivieron intactos a ciento setenta años y a la revolución bolchevique. Se realizaron tareas de restauración en 1760, 1810, 1830, 1870, 1918, 1935 y 1938. Se había programado una extensa restauración en los años cuarenta del siglo xx, pero el 22 de junio de 1941 las tropas alemanas invadieron la Unión Soviética. Para el 14 de julio, el ejército de Hitler había tomado Bielorrusia, la mayor parte de Letonia, Lituania y Ucrania, y había alcanzado el río Liga, apenas a ciento cincuenta kilómetros de Leningrado. El 17 de septiembre, las tropas nazis tomaron Tsarskoe Selo y los palacios que lo rodeaban, incluido el de Catalina, que bajo el régimen comunista se había transformado en museo estatal.

En los días anteriores a su captura, los oficiales del museo enviaron apresuradamente todos los objetos pequeños de la Habitación de Ámbar hacia la Rusia oriental, aunque no fueron capaces de desmontar los paneles.

En un esfuerzo por ocultarlos se camuflaron detrás de un papel pintado, pero aquella treta no engañó a nadie. Hitler ordenó a Erich Koch, *gauleiter* de Prusia Oriental, que devolviera la Habitación de Ámbar a Königsberg, donde según el Führer debía estar en justicia. Seis hombres tardaron treinta y seis horas en desmantelar los paneles, y veinte toneladas de ámbar fueron meticulosamente embaladas en cajas y enviadas al oeste en un convoy de camiones y trenes, donde terminaron por ser reinstaladas en el castillo de Königsberg, junto con una vasta colección de arte prusiano. Un artículo periodístico alemán fechado en 1942 proclamaba que el acontecimiento significaba «el regreso a su verdadero hogar, el auténtico lugar de origen y origen único del ámbar». Se repartieron postales con fotografías del tesoro restaurado. La exhibición se convirtió en el más popular de todos los espectáculos museísticos de la Alemania nazi.

El primer bombardeo aliado sobre Königsberg se produjo en agosto de 1944. Algunas de las pilastras espejadas y unos cuantos de los paneles de ámbar más pequeños resultaron dañados. Lo que sucedió después es incierto. En algún momento entre enero y abril de 1945, a medida que el ejército soviético se acercaba a la ciudad, Koch ordenó que los paneles fueran embalados y escondidos en el sótano del restaurante Blutgericht. El último documento alemán que hacía mención de la Habitación de Ámbar estaba fechado el 12 de enero de 1945, e indicaba que los paneles estaban siendo embalados para su transporte a Sajonia. En algún momento, Alfred Rohde, el custodio de la cámara, supervisó la carga de las cajas en un convoy de camiones. Dichas cajas fueron vistas por última vez el 6 de abril de 1945, cuando abandonaron Königsberg por carretera.

Borya dejó el artículo a un lado.

Cada vez que leía aquellas palabras, su mente regresaba a la primera línea: «De repente, como sucede con las cosas extrañas, desapareció».

Cuán cierto.

Se quedó un momento pensativo y empezó a hojear el documento que tenía en el regazo. Contenía copias de otros artículos que había ido reuniendo a lo largo de los años. Echó un vistazo por encima a algunos de ellos y los detalles empezaron a regresar a su memoria. Era bueno recordar.

Hasta cierto punto.

Se levantó de la otomana y salió al patio para cerrar el agua. Su jardín estival resplandecía tras el riego. Había aguantado todo el día con la esperanza de que lloviera, pero hasta entonces la primavera había sido seca. *Lucy* observaba desde el patio, enderezada, y estudiaba con ojos felinos cada uno de sus movimientos. Karol sabía que no le gustaba la hierba, en especial cuando estaba húmeda, ya que desde que se había convertido en gata de interior se había vuelto muy celosa de su pelaje.

Karol recogió la carpeta.

—Vamos, gatita, vamos adentro.

La gata lo siguió por la puerta a oscuras y entraron en la cocina. Borya dejó la carpeta en la encimera, junto a su cena, un filete con beicon marinado en *teriyaki*. Estaba a punto de empezar a cocer un poco de maíz cuando sonó el timbre de la puerta.

Salió de la cocina arrastrando los pies y se dirigió hacia la entrada principal de la casa. *Lucy* le seguía los pasos. Echó un vistazo por la mirilla y vio a un hombre vestido con un traje oscuro, camisa blanca y corbata de rayas. Probablemente fuera otro testigo de Jehová o un mormón. A menudo aparecían a esas horas y le gustaba charlar con ellos.

Abrió la puerta.

—¿Karl Bates? ¿Antiguamente conocido como Karol Borya?

La pregunta lo cogió desprevenido y sus ojos lo traicionaron respondiendo afirmativamente.

—Soy Christian Knoll —dijo el extraño.

Teñía sus palabras un leve acento alemán que le produjo un rechazo inmediato. Le presentó sin ofrecérsela una tarjeta comercial que reiteraba el nombre en letras negras resaltadas y bajo el que se podía leer: «Proveedor de antigüedades perdidas». La dirección y el número de teléfono eran de Múnich, Alemania. Borya estudió al visitante. Mediados los cuarenta, ancho de hombros, pelo rubio ondulado, piel morena y ajada por los elementos. Los ojos grises dominaban un rostro gélido... que exigía total atención.

—¿Qué quiere de mí, señor Knoll?

—¿Puedo pasar? —inquirió el visitante con un gesto mientras volvía a guardarse la tarjeta.

—Depende.

—Quiero hablar acerca de la Habitación de Ámbar.

Borya pensó en protestar, pero se lo pensó mejor. En realidad, llevaba años esperando una visita.

Knoll lo siguió a la salita. Ambos se sentaron. *Lucy* se acercó furtivamente para investigar antes de acomodarse en una silla cercana.

—¿Trabaja para los rusos? —preguntó Borya.

Knoll negó con la cabeza.

—Podría mentirle y decirle que sí, pero no. Soy empleado de un coleccionista privado que busca la Habitación de Ámbar. Hace poco supe por medio de documentos de la era soviética de su nombre y dirección. Parece que en el pasado se dedicó usted a una búsqueda similar a la mía.

Borya asintió.

—Hace mucho tiempo.

Knoll deslizó una mano dentro de la chaqueta y sacó tres hojas dobladas.

—Encontré estas referencias en los registros soviéticos. Se refieren a usted como *Ýxo*.

Borya revisó los papeles. Habían pasado décadas desde la última vez que leyó en cirílico.

—Era mi nombre en Mauthausen.

—¿Fue prisionero?

—Durante muchos meses. —Se levantó la manga derecha y señaló su tatuaje—. «10901». He intentado quitármelo, pero no he sido capaz. Artesanía alemana.

Knoll señaló los papeles.

—¿Qué sabe usted de Danya Chapaev?

Borya notó con interés que Knoll ignoraba por completo la pulla que le había lanzado.

—Danya era mi compañero. Formamos un equipo hasta que me marché.

—¿Cómo llegó usted a trabajar para la comisión?

Borya miró atentamente a su visitante mientras debatía si debía o no responder. Hacía décadas que no hablaba de aquella época. Solo Maya lo había sabido todo, pero aquella información había muerto con ella hacía años. Rachel sabía lo suficiente como para comprender y no olvidar nunca. ¿Debía hablar de ello? ¿Por qué no? Era un viejo que vivía ya con tiempo prestado. ¿Qué importaba ya?

—Después del campo de exterminio regresé a Bielorrusia, pero mi patria había desaparecido. Los alemanes fueron como las langostas. Mi familia había muerto. La comisión parecía un buen modo de ayudar en la reconstrucción.

—He estudiado con suma atención a la comisión. Una organización muy interesante. Los nazis saquearon mucho, pero los soviéticos los superaron con creces en ese aspecto. Los soldados parecían contentarse con lujos mundanos como bicicletas y relojes. Sin embargo, los oficiales enviaban a casa vagones y aviones cargados de obras de arte, porcelana y joyería. La comisión parecía ser la principal saqueadora. Creo que se apropió de millones de piezas.

Borya negó desafiante con la cabeza.

—No saqueo. Los alemanes destruyen tierra, hogares, fábricas, ciudades. Matan a millones. Entonces los soviéticos lo vieron como reparación.

—¿Y ahora? —Parecía que Knoll había advertido su titubeo.

—Lo admito. Saqueo. Comunistas son peor que nazis. Es increíble cómo el tiempo abre los ojos.

Knoll parecía satisfecho con aquella concesión.

—La comisión se convirtió en una parodia, ¿no cree usted? Terminó ayudando a Stalin a mandar millones a los gulags.

—Por eso me marché.

—¿Sigue vivo Chapaev?

La pregunta llegó veloz. Inesperada. Sin duda pretendía obtener una respuesta igualmente presurosa. Borya casi sonrió. Knoll sabía lo que se hacía.

—No tengo ni idea. Desde que me marché no he visto a Danya. La KGB vino hace años. Checheno apestoso. Le dije la misma cosa.

—Fue entonces muy valiente, señor Bates. A la KGB no hay que tomarla tan a la ligera.

—Los años me hacen valiente. ¿Qué iba a hacer? ¿Matar a un viejo? Esos días terminaron, *Herr* Knoll.

El cambio de señor a *Herr* había sido intencionado, pero de nuevo Knoll no reaccionó. De hecho, el alemán se negó a cambiar de tema.

—Me he entrevistado con muchos de los antiguos buscadores. Telegin. Zernov. Voloshin. Nunca logré dar con Chapaev. De usted ni siquiera había oído hablar hasta hace unos pocos días.

—¿Otros no me mencionaron?

—De haberlo hecho, hubiera venido antes.

Lo que no resultaba sorprendente. Igual que él, todos ellos habían aprendido bien la importancia de mantener la boca cerrada.

—Conozco la historia de la comisión —dijo Knoll—. Contrataba buscadores que recorrieran Alemania y la Europa del Este en busca de obras de arte. Fue una carrera contra el ejército por el derecho al saqueo. Pero logró un gran éxito y llegó a hacerse con el oro de Troya, el Altar de Pérgamo, la *Sistine Madonna* de Rafael y toda la colección del Museo de Dresde, por lo que tengo entendido.

Borya asintió.

—Muchas, muchas cosas.

—Por lo que tengo entendido, solo ahora algunos de estos objetos comienzan a ver la luz del día. En su mayoría llevan décadas escondidos en castillos o cámaras selladas.

—Leo historias. *Glasnost.* —Borya decidió ir al grano—. ¿Cree que sé dónde está la Habitación de Ámbar?

—No. De ser así ya la hubiera encontrado.

—Quizá sea mejor que permanezca perdida.

Knoll negó con la cabeza.

—Alguien con su pasado, amante de las bellas artes, nunca hubiera permitido que una pieza maestra de tal categoría resultara destruida por el tiempo y los elementos.

—El ámbar dura siempre.

—Pero no la forma que se le da. El barniz de almáciga del siglo XVIII no es tan eficaz.

—Tiene razón. Esos paneles hallados hoy serían como rompecabezas recién sacados de la caja.

—Mi empleador está dispuesto a financiar el ensamblado de ese rompecabezas.

—¿Quién es su empleador?

El visitante sonrió.

—No puedo decirlo. Es una persona que prefiere el anonimato. Como bien sabe usted, el mundo del coleccionismo es un lugar traicionero para los que asoman la cabeza.

—Buscan un gran premio. Habitación de Ámbar no se ha visto en más de cincuenta años.

—Pero imagine, *Herr* Bates, disculpe, señor Bates...

—Llámeme Borya.

—Muy bien, señor Borya. Imagine la cámara restaurada hasta recobrar su antigua gloria. Qué espectáculo sería... Ahora mismo no existen más que unas pocas fotografías en color, junto con algunas en blanco y negro que desde luego no hacen justicia a su hermosura.

—Vi una de esas fotografías durante búsqueda. También vi la cámara antes de la guerra. Realmente majestuosa. Ninguna foto podría capturar. Triste, sí, pero parece perdida para siempre.

—Mi empleador se niega a creerlo.

—Existen buenas pruebas de que paneles fueron destruidos cuando Königsberg fue arrasada por los bombarderos en 1944. Hay quienes creen están en el fondo del Báltico. Yo investigué *Wilhelm Gustloff*. Nueve mil quinientos muertos cuando los soviéticos lo mandaron a pique. Algunos dicen que Habitación de Ámbar estaba en la sentina. Fueron en camión de Königsberg a Danzig, luego se cargaron camino a Hamburgo.

Knoll cambió de posición en la silla.

—Yo también investigué el *Gustloff*. Las evidencias resultan, siendo generosos, contradictorias. Para ser francos, la historia más creíble que he seguido es la de que los paneles fueron sacados de Königsberg por los nazis y enviados a una mina cerca de Göttingen, junto con munición diversa. Cuando los británicos ocuparon la zona en 1945 explosionaron la mina. Pero, como sucede en todas las demás versiones, existen muchas ambigüedades.

—Algunos incluso aseguran americanos encuentran y transportan por el Atlántico.

—Sí, también lo he oído. Y una versión que propone que los soviéticos llegaron a encontrar los paneles y que los escondieron en algún lugar desconocido para cualquiera que ocupe el poder en estos momentos. Dado el inmenso volumen de todo lo saqueado, resulta perfectamente posible. Pero no probable, dado el valor de este tesoro y el gran deseo de recuperarlo.

El visitante parecía conocer muy bien aquel asunto. Borya había releído antes todas esas teorías. Se quedó contemplando aquel rostro granítico, pero en los ojos del alemán no se traslucía nada de lo que estuviera pensando. Borya recordó lo mucho que había tenido que practicar él para erigir una barrera así de forma discreta.

—¿No le preocupa la maldición?

Knoll sonrió.

—He oído sobre ella. Pero tales cosas son para los sensacionalistas y los mal informados.

—Qué grosero he sido —dijo Borya de repente—. ¿Quiere algo de beber?

—Me encantaría —respondió Knoll.

—Vuelvo enseguida. —Señaló a la gata, que dormía en la silla—. *Lucy* le hará compañía.

Se dirigió a la cocina y dedicó una última mirada a su visitante antes de abrir la puerta basculante. Llenó dos vasos con hielo y sirvió un poco de té. También metió el filete, que aún se estaba marinando, en el refrigerador. Lo cierto era que ya no tenía hambre. Su mente corría a toda velocidad, como en los viejos tiempos. Miró la carpeta con los artículos, que seguía sobre la encimera.

—¿Señor Borya? —lo llamó Knoll.

La voz llegó acompañada por el sonido de pasos. Quizá fuera conveniente que no viera los artículos. Abrió rápidamente el congelador y deslizó la carpeta dentro de la bandeja superior, donde se hacía el hielo. Cerró justo en el momento en que Knoll empujaba la puerta y entraba en la cocina.

—¿Sí, *Herr* Knoll?

—¿Podría pasar al baño?

—En el pasillo, nada más salir del salón.

—Gracias.

No creía ni por un momento que Knoll necesitara usar el baño. Lo más probable es que tuviera que cambiar la cinta de una grabadora de bolsillo sin preocuparse por interrupciones, o usar la excusa para echar un vistazo por la casa. Se trataba de un truco que él mismo había usado muchas veces en el pasado. El alemán se estaba volviendo molesto. Decidió divertirse un poco. Del armarito que había junto al fregadero sacó el laxante que sus viejos intestinos le obligaban a tomar al menos dos veces por semana. Vertió algunos de los insípidos granos en uno de los vasos y lo sacudió un poco. Ese hijo de puta iba a necesitar un cuarto de baño, pero esta vez de verdad.

Llevó los vasos fríos al salón. Knoll regresó y aceptó el té, que bebió con grandes tragos.

—Excelente —dijo—. Té helado. Toda una bebida americana.

—Nos enorgullecemos de ello.

—¿Nos? ¿Se considera estadounidense?

—Llevo aquí muchos años. Ahora es mi hogar.

—¿No vuelve a ser independiente Bielorrusia?

—Sus dirigentes no son mejores que soviéticos. Suspendieron la constitución.

—¿No otorgó el pueblo bielorruso esos poderes a su presidente?

—Bielorrusia es provincia de Rusia, no independiente de verdad. Tarda uno siglos en sacudirse la esclavitud.

—Parece que no le caen bien ni los alemanes ni los comunistas.

Borya se estaba cansando de aquella conversación y empezó a recordar lo mucho que odiaba a los germanos.

—Dieciséis meses en campo de exterminio cambian el corazón.

Knoll apuró el té. Los cubitos de hielo tintinearon cuando depositó el vaso sobre la mesilla.

—Alemanes y comunistas asolaron Bielorrusia y Rusia. Los nazis usaron Palacio de Catalina como barracones y después para practicar tiro. Visité tras la guerra. Poco queda de belleza regia. ¿No intentaron alemanes destruir la cultura rusa? Bombardearon y arrasaron palacios para enseñar una lección.

—Yo no soy nazi, señor Borya, de modo que no puedo responder su pregunta.

Se produjo un momento de tenso silencio.

—¿Por qué no bajamos los guantes? —preguntó Knoll al fin—. ¿Encontró la Habitación de Ámbar?

—Como dije, habitación perdida para siempre.

—¿Por qué será que no le creo?

Borya se encogió de hombros.

—Soy hombre viejo. Moriré pronto. No hay razón para mentir.

—Pues me permito dudar de esta última observación, señor Borya.

Karol miró a Knoll a los ojos.

—Voy a contarle una historia. Quizá le ayude con búsqueda. Meses antes de caída de Mauthausen, Göring visitó el campamento. Me obligó a ayudar a torturar a cuatro alemanes. Los hizo atar a estacas, desnudos, congelados. Les echamos agua hasta morir.

—¿Con qué propósito?

—Göring quería *das Bernstein-zimmer*. Los cuatro hombres estaban entre los que evacuaron paneles de ámbar de Königsberg, antes de invasión rusa. Göring quería Habitación de Ámbar, pero Hitler se adelantó.

—¿Reveló alguna información alguno de los soldados?

—Nada. Solo gritaron «*Mein Führer*» hasta morir congelados. Aún veo en sueños sus caras congeladas. A veces. Extraño, *Herr* Knoll, pero en cierto modo debo vida a un alemán.

—¿Cómo es eso?

—Si uno de ellos haber hablado, Göring hubiera atado a mí y hubiera matado de igual modo. —Se había cansado de recordar. Quería que aquel cabrón se marchara de su casa antes de que el laxante hiciera efecto—. Odio a los alemanes, *Herr* Knoll. Odio a los comunistas. No dije nada a KGB. No diré nada a usted. Ahora váyase.

Knoll pareció comprender que cualquier otra pregunta sería inútil y se incorporó.

—Muy bien, señor Borya. Que no se diga que lo he presionado. Le deseo una buena noche.

Se dirigieron hacia el vestíbulo y Karol abrió la puerta principal. Knoll salió, se volvió y le ofreció la mano. Se trataba de un gesto despreocupado, que parecía más surgido de la educación que del deber.

—Ha sido un placer, señor Borya.

Este volvió a recordar al soldado alemán, Mathias, desnudo bajo una temperatura intolerable y el modo en que había respondido a Göring.

Escupió en la mano que se le tendía.

Knoll guardó silencio y tardó algunos segundos en reaccionar. Por fin, con calma, el alemán sacó un pañuelo del bolsillo del pantalón y se limpió el esputo mientras la puerta se le cerraba en las narices.

14
21:35

Borya volvió a revisar el artículo de la revista *International Art Review* y encontró la sección que recordaba.

... Alfred Rohde, el hombre que supervisó la evacuación de la Habitación de Ámbar desde Königsberg, fue rápidamente detenido después de la guerra y convocado ante las autoridades soviéticas. La denominada Comisión Estatal Extraordinaria para el Daño Causado por los Invasores Fascistas Alemanes buscaba la cámara y quería respuestas. Pero Rohde y su mujer aparecieron muertos la mañana en que deberían haber declarado. La causa oficial fue la disentería, lo que resultaba plausible porque en aquellos tiempos de agua contaminada las epidemias campaban a sus anchas, pero se especuló mucho con que habían sido asesinados para proteger la ubicación de la Habitación de Ámbar.

Aquel mismo día desapareció el doctor Paul Erdmann, el médico que había firmado el certificado de muerte de los Rohde.

Erich Koch, representante personal de Hitler en Prusia, terminó por ser arrestado y juzgado por los polacos por crímenes de guerra. Fue condenado a muerte en 1946, pero su ejecución se pospuso una y otra vez a petición de las autoridades soviéticas. Existía la creencia generalizada de que Koch era el único hombre vivo que conocía el paradero real de los cajones que habían abandonado Königsberg en 1945. Paradójicamente, la supervivencia de Koch dependía de que no revelara esta ubicación, ya que no había motivo para pensar que los soviéticos volverían a intervenir en su favor una vez que la Habitación de Ámbar estuviera en sus manos.

En 1965, los abogados de Koch obtuvieron al fin de los soviéticos garantías de que se anularía la sentencia de muerte una vez que revelara la información. Koch anunció entonces que las cajas habían sido emparedadas en un búnker a las afueras de Königsberg, pero se declaró incapaz de recordar el lugar exacto como resultado de la reconstrucción que después de la guerra habían llevado a cabo los rusos. Se fue a la tumba sin llegar a revelar el paradero de los paneles.

En las décadas siguientes, tres periodistas de la Alemania del Este murieron misteriosamente mientras buscaban la Habitación de Ámbar. El primero de ellos se precipitó por la columna de una mina de sal abandonada en Austria, un lugar del que se rumoreaba que era un repositorio de botín de los nazis. Los otros dos fueron atropellados por sendos conductores que se dieron a la fuga. George Stein, un investigador alemán que llevaba mucho tiempo tratando de dar con el paradero de la cámara, fue encontrado muerto. Al parecer, se había suicidado. Estos acontecimientos dieron pábulo a las habladurías acerca de una maldición asociada con la Habitación de Ámbar, lo que volvió aún más intrigante la búsqueda del tesoro.

Estaba en la planta superior, en lo que había sido la habitación de Rachel. Ahora albergaba un estudio donde Karol guardaba sus libros y papeles. Había un antiguo escritorio, un armario de roble y un sillón en el que le gustaba sentarse a leer. Cuatro estanterías de nogal alojaban novelas, tratados históricos y literatura clásica.

Había subido después de cenar, aún pensando en Christian Knoll, y había encontrado más artículos en uno de los armarios. En su mayoría eran piezas escuetas y mal documentadas, sin información real alguna. Lo demás seguía en el congelador. Necesitaba bajar a por ellos, pero no tenía ganas de subir de nuevo las escaleras.

Por lo general, las noticias de periódicos y revistas acerca de la Habitación de Ámbar resultaban contradictorias. Unas aseguraban que los paneles desaparecieron en enero de 1945, otras que en abril. ¿Partieron en camiones, por tren o por barco? Distintos escritores ofrecían distintas perspectivas. Un relato señalaba que los soviéticos habían torpedeado el *Wilhelm Gustolff* y lo habían enviado al fondo del Báltico con los paneles dentro, y otro mencionaba que el barco había sido bombardeado desde el aire. Uno estaba seguro de que setenta y dos cajones partieron de Königsberg, el siguiente rebajaba la cuenta a veintiséis y un tercero a dieciocho. Varios artículos estaban convencidos de que los paneles ardieron en Königsberg durante el bombardeo. Otro había seguido pistas que implicaban que la cámara había viajado subrepticiamente hasta Estados Unidos a través del Atlántico. Era difícil extraer nada de utilidad y ninguno de los artículos llegaba a mencionar siquiera sus fuentes de información. Podía tratarse de rumores de segunda mano. O de tercera. O peor aún, de pura especulación.

Solo uno de aquellos artículos, el de una publicación desconocida, *The Military Historian,* se hacía eco de la historia de un tren que había abandonado la Rusia ocupada allá por el primero de mayo de 1945, con la Habitación de Ámbar embalada supuestamente a bordo. Los informes de testigos aseguraban que las cajas habían sido descargadas en la diminuta localidad checoslovaca de Týnecnad-Sázavou. Allí habrían sido supuestamente transportadas en camión hacia el sur y almacenadas en un búnker subterráneo que albergaba el cuartel general del mariscal de campo Von Schörner, comandante del ejército alemán, un millón de hombres que seguían resistiendo en Checoslovaquia. Pero el artículo señalaba que los soviéticos habían realizado una excavación en el búnker en 1989 sin encontrar nada.

Aquello estaba muy cerca de la verdad, pensó. *Muy, muy cerca.*

Hacía siete años, la primera vez que leyó el artículo, se preguntó por su fuente, e incluso intentó ponerse en contacto con su autor, mas sin éxito.

Ahora, un hombre llamado Wayland McKoy estaba horadando las montañas Harz, en las cercanías de Stod, Alemania. ¿Seguía la pista correcta? Lo único claro era que la búsqueda de la Habitación de Ámbar se había cobrado vidas. Lo que les había sucedido a Alfred Rohde y a Erich Koch era historia documentada. Así lo eran las demás muertes y desapariciones. ¿Coincidencia? Quizá. Pero él no estaba tan seguro. En especial después de lo que había sucedido hacía nueve años. Cómo olvidarlo. El recuerdo lo acosaba cada vez que miraba a Paul Cutler. Y se había preguntado muchas veces si no se añadirían dos nombres más a la lista de bajas.

Desde el salón llegó un chirrido.

No era un sonido propio de una casa vacía.

Levantó la mirada y esperó ver a *Lucy* entrar en la habitación, pero no veía a la gata por ninguna parte. Dejó a un lado los artículos y se incorporó. Se dirigió hacia el pasillo de la planta alta y miró hacia abajo sobre la barandilla de roble. Las luces que custodiaban la puerta principal a ambos lados estaban a oscuras. La planta baja solo estaba iluminada por una lámpara del salón. Arriba también estaba a oscuras, salvo por la lámpara de suelo del estudio. Justo delante de él, la puerta del dormitorio estaba abierta. La habitación se encontraba a oscuras, silenciosa.

—¿*Lucy*? ¿*Lucy*?

La gata no respondió. Escuchó con atención. No oía nada más. Todo parecía tranquilo. Se volvió y empezó a caminar de vuelta al estudio. De repente, alguien se abalanzó hacia él desde atrás, saliendo del dormitorio. Antes de que Borya pudiera reaccionar, un fuerte brazo le rodeó el cuello y lo levantó del suelo. Pudo oler el látex de las manos enguantadas.

—*Können wir reden mehr, Ýxo*.

Era la voz de su visitante, Christian Knoll. Tradujo con facilidad.

«Ahora vamos a seguir hablando, Oídos».

Knoll le apretó la garganta con fuerza y se quedó sin aliento.

—Maldito ruso miserable. Escupirme la mano... ¿Quién cojones te crees que eres? He matado por menos que eso.

Borya no respondió, ya que toda una vida de experiencia le recomendaba guardar silencio.

—Ahora vas a decirme lo que quiero saber, viejo, o te mataré.

Borya recordó unas palabras similares pronunciadas cincuenta y dos años atrás. Göring informaba a los soldados desnudos de cuál sería su destino justo antes de empezar a verter el agua. ¿Qué es lo que había respondido el soldado alemán, Mathias?

«Es un honor enfrentarte abiertamente a tu captor.»

Sí, lo seguía siendo.

—Sabes dónde está Chapaev, ¿a que sí?

Borya trató de negar con la cabeza.

Knoll apretó todavía más su presa.

—Sabes dónde se encuentra *das Bernstein-zimmer,* ¿no es así?

Estaba a punto de perder el conocimiento. Knoll aflojó un poco y el aire inundó los pulmones del anciano.

—No soy alguien a quien se deba tomar a la ligera. He recorrido un largo camino para obtener información.

—No diré nada.

—¿Estás seguro? Antes dijiste que te quedaba poco tiempo. Pues ahora es menos aún del que te imaginabas. ¿Y qué hay de tu hija? Y de tu nieto... ¿No te apetece pasar algunos años más con ellos?

Así era, pero no lo bastante como para ser amedrentado por un alemán.

—Váyase a la puta mierda, *Herr* Knoll.

Su frágil cuerpo fue arrojado sobre las escaleras. Intentó gritar, pero antes de reunir el aliento necesario golpeó la barandilla con la cabeza y empezó a rodar sin control escalones abajo. Algo se quebró. Creyó perder la conciencia durante un momento. El dolor le abrasó el espinazo. Al final aterrizó de espaldas sobre el suelo. Lo consumía un dolor agónico en la mitad superior del cuerpo. No sentía las piernas. El techo comenzó a dar vueltas. Oyó que Knoll empezaba a bajar las escaleras y por fin lo vio agacharse y levantarle la cabeza tirando del pelo. Qué irónico. Le debía la vida a un alemán y un alemán sería quien se la quitara.

—Diez millones de euros son diez millones de euros. Pero no permito que me escupa un puto ruso de mierda.

Borya trató de reunir saliva suficiente para escupirle de nuevo, pero tenía la boca seca y la mandíbula paralizada.

Knoll le rodeó el cuello con el brazo.

15

Suzanne Danzer observó a través de la ventana y oyó claramente cómo Knoll partía el cuello del anciano. Vio cómo el cuerpo quedaba laxo, con la cabeza vuelta en un ángulo antinatural.

Después, Knoll arrojó el cuerpo a un lado y le propinó una patada en el pecho.

Había logrado capturar el rastro de su rival esa mañana, después de llegar a Atlanta en un vuelo procedente de Praga. Las acciones del alemán habían sido previsibles hasta ese momento. Lo había localizado mientras Knoll realizaba una misión de exploración del vecindario. Cualquier adquisidor competente estudiaba siempre el escenario antes de actuar, para asegurarse de que la pista seguida no se tratara de una trampa.

Y si algo era Knoll, era bueno en su trabajo.

El alemán se había quedado casi todo el día en el centro, en su hotel, y ella lo había seguido durante su primera visita a Borya. Pero en vez de regresar al hotel, Knoll había esperado en un coche, a tres manzanas de la casa, y tras oscurecer había rehecho sus pasos. Suzanne lo había visto entrar por la puerta trasera, que aparentemente estaba cerrada sin llave porque el picaporte había funcionado al primer intento.

Resultaba evidente que el viejo no se había mostrado colaborador. El temperamento de Knoll era legendario. Había arrojado a Borya por las escaleras con el gesto despreocupado que uno usaría para tirar un papel a la papelera y luego le había quebrado el cuello con aparente placer. Suzanne respetaba los talentos de su adversario y sabía del estilete que ocultaba en el antebrazo, y de su habilidad y disposición para emplearlo.

Pero ella tampoco carecía de talentos.

Knoll se incorporó y miró a su alrededor.

La posición ventajosa ofrecía a Suzanne una visión clara. Vestía un mono negro y un gorro del mismo color que ocultaba su cabello rubio y la ayudaba a fundirse con la noche. La habitación a la que se abría la ventana, un vestíbulo de entrada, estaba a oscuras.

¿Habría sentido su presencia?

Suzanne se encogió bajo el alféizar y se ocultó entre los altos acebos que rodeaban la casa, cuidándose de las hojas espinosas. La noche era cálida. El sudor le cubría la frente en el borde elástico del gorro. Se retiró con cautela y vio cómo Knoll desaparecía escaleras arriba. Regresó seis minutos más tarde con las manos vacías, la chaqueta de nuevo alisada, la corbata perfecta. Lo vio inclinarse y comprobar el pulso de Borya, tras lo que se dirigió hacia la parte trasera de la casa. Unos segundos más tarde, Suzanne oyó que una puerta se abría y cerraba.

Aguardó diez minutos antes de arrastrarse hacia la zona posterior. Con las manos enguantadas, accionó el picaporte y entró. El olor del antiséptico y de la vejez inundaba el aire. Atravesó la cocina y se dirigió hacia el vestíbulo.

Cuando llegó al comedor, un gato se cruzó de repente en su camino. Se detuvo con el corazón a punto de salírsele del pecho y maldijo a la criatura.

Inspiró profundamente y entró en el salón.

La decoración no había cambiado desde su última visita, tres años atrás. El mismo sofá tapizado a mano y de color arena, el reloj de péndulo en la pared, las lámparas de hierro Cambridge. Al principio le habían intrigado las litografías de la pared. Se había preguntado si alguna sería original, pero una inspección cuidadosa le había revelado en su anterior visita que todas eran copias. Se había colado una noche tras marcharse Borya, pero su búsqueda no había revelado más información sobre la Habitación de Ámbar que algunos recortes de revistas y periódicos. Nada de valor. Si Karol Borya conocía algo interesante acerca de la cámara, desde luego no lo había puesto por escrito, o al menos no conservaba esa información en la casa.

Pasó junto al cuerpo tendido y subió las escaleras. Otra inspección rápida en el estudio no reveló más que Borya parecía haber estado leyendo recientemente información acerca de la Habitación de Ámbar. Había varios artículos sobre la misma silla marrón claro que recordaba.

Volvió abajo sigilosamente.

El anciano yacía boca abajo. Le buscó el pulso. Nada.

Bien.

Knoll le había ahorrado el esfuerzo.

16
Domingo, 11 de mayo, 8:35

Rachel giró el volante para embocar el camino de entrada a la casa de su padre. El cielo de aquella mañana de mediados de mayo era de un azul incitador. La puerta del garaje estaba levantada y el Oldsmobile descansaba fuera. Su carrocería marrón estaba salpicada por el rocío. Aquella visión resultaba extraña, ya que su padre solía estacionar el coche dentro.

La casa había cambiado poco desde su niñez. Ladrillo rojo, alero blanco, cubierta de pizarra negra. Las magnolias y cornejos delante, plantados hacía ya veinte años, cuando llegó la familia, ahora se elevaban altos y frondosos junto a los acebos y enebros que rodeaban las fachadas principal y laterales. Los postigos mostraban su edad y el añublo avanzaba lentamente por el ladrillo. El exterior necesitaba atención. Decidió hablar al respecto de ello con su padre.

Detuvo el coche y los chicos salieron disparados hacia la puerta trasera.

Rachel comprobó el coche de su padre. No estaba cerrado con llave. Sacudió la cabeza. Aquel hombre se negaba a cerrar nada. El *Constitution* del día estaba en el camino de entrada. Se acercó a él y lo recogió, antes de recorrer el camino de hormigón hacia la zona trasera. Marla y Brent estaban en el patio, llamando a *Lucy*.

La puerta de la cocina tampoco tenía la llave echada. La luz sobre el fregadero estaba encendida. Su padre era totalmente despistado con las llaves, pero se obsesionaba con las luces y solo las encendía cuando era absolutamente necesario. No había duda de que antes de irse a dormir la habría apagado.

—¿Papá? ¿Estás ahí? —llamó—. ¿Cuántas veces tengo que decirte que eches la llave de la puerta?

Los chicos llamaron a *Lucy* antes de abrir la puerta basculante y dirigirse hacia el comedor y la salita.

—¿Papá? —Su voz se hacía cada vez más fuerte.

Marla regresó corriendo a la cocina.

—El abu está dormido en el suelo.

—¿Qué quieres decir?

—Que está dormido en el suelo, junto a las escaleras.

Rachel llegó corriendo al vestíbulo. El extraño ángulo del cuello le indicó al instante que no estaba dormido.

—Bienvenido al High Museum of Art —decía el recepcionista a cada una de las personas que atravesaban las amplias puertas de cristal—. Bienvenido, bienvenida. —La gente pasaba en ordenada fila a través del torno. Paul aguardaba su turno.

—Buenos días, señor Cutler —dijo el hombre—. No tenía por qué esperar. ¿Por qué no se ha acercado?

—Eso no sería justo, señor Braun.

—Ser miembro del Consejo debería tener algún privilegio, ¿no cree?

Paul sonrió.

—Puede ser. ¿Me está esperando un reportero? Había quedado con él a las diez.

—Sí. Lleva desde la hora de apertura en la galería principal.

Paul se dirigió hacia allí. Sus zapatos de cuero repicaban contra el terrazo resplandeciente. El atrio de cuatro plantas estaba abierto hasta el techo y unas rampas semicirculares se ceñían a las altísimas paredes. La gente subía y bajaba por ellas sin cesar, y en el aire flotaba un constante murmullo de fondo.

Paul no concebía mejor modo de pasar una mañana de domingo que visitar el museo. Nunca le había gustado acudir a los servicios religiosos. No es que no fuera creyente, pero admirar los logros reales del hombre le parecía más satisfactorio que cavilar acerca de un ser omnipotente. Rachel era de la misma opinión. Paul se preguntaba a menudo si aquella relajada actitud hacia la religión afectaría a Marla y a Brent. Quizá los chicos necesitaran verse expuestos a ciertas ideas, había dicho él una vez. Pero Rachel no estuvo de acuerdo. «Que saquen sus propias ideas a su debido tiempo.» Ella tenía firmes ideas contrarias a la religión.

Otra más de sus discusiones.

Llegó a la galería principal, cuyos lienzos eran una emocionante muestra de lo que esperaba en el resto del edificio. El periodista, un hombre delgaducho y de aspecto nervioso, barba desarreglada y la bolsa de una cámara colgada al hombro derecho, se encontraba frente a un gran óleo.

—¿Es usted Gale Blazek?

El joven se volvió y asintió.

—Paul Cutler. —Se dieron la mano y Paul señaló la pintura—. Encantador, ¿no cree?

—Tengo entendido que es el último de Del Sarto —respondió el reportero.

Paul asintió.

—Tuvimos la suerte de que un coleccionista privado nos lo prestara durante una temporada, junto con otros lienzos estupendos. Están en la segunda planta, con los demás italianos de los siglos XIV y XVIII.

—Los visitaré antes de marcharme.

Paul se fijó en el enorme reloj de pared. Las diez y cuarto de la mañana.

—Siento haberme retrasado. ¿Por qué no damos un paseo mientras me hace sus preguntas?

El hombre sonrió y sacó una minigrabadora de la mochila. Empezaron a caminar por la amplia galería.

—Pues me gustaría ir al grano. ¿Cuánto tiempo lleva en el Consejo del museo? —preguntó el reportero.

—Hace ya nueve años.

—¿Es usted coleccionista?

Paul sonrió.

—En absoluto. Solo poseo algunos óleos pequeños y alguna acuarela. Nada importante.

—Me han contado que su talento está en la organización. La administración tiene una gran opinión de usted.

—Me encanta el trabajo de voluntariado. Este lugar es muy especial para mí.

Un ruidoso grupo de adolescentes llegó en tromba desde la entreplanta.

—¿Ha recibido alguna educación artística?

Paul negó con la cabeza.

—Lo cierto es que no. Saqué una licenciatura en Ciencias Políticas en Emory y realicé algunos cursos de posgrado en Historia del Arte. Pero entonces descubrí a qué se dedican en realidad los historiadores del arte y me metí en Derecho. —Se dejó el asunto de que no fuera aceptado al primer intento. No era cuestión de vanidad: pensaba que, después de trece años, el asunto ya no tenía la menor importancia.

Rodearon a dos mujeres que admiraban un lienzo de María Magdalena.

—¿Qué edad tiene? —preguntó el reportero.

—Cuarenta y uno.

—¿Casado?

—Divorciado.

—Como yo. ¿Qué tal lo lleva?

Paul se encogió de hombros. No tenía el menor sentido realizar comentarios al respecto durante una entrevista grabada.

—Lo llevo.

En realidad, el divorcio significaba un austero apartamento de dos dormitorios y cenas en soledad o con socios profesionales, salvo por las dos noches a la semana en que comía con los niños. Su vida social se limitaba a las actividades del Colegio de Abogados, único motivo por el que servía en tantos comités, algo que ocupaba su tiempo libre y los fines de semana en que no tenía a los niños. Rachel no ponía problemas con las visitas. Podía ir siempre que quisiera, en realidad. Pero Paul no quería interferir en la relación de ella con los chicos y comprendía la importancia de seguir con coherencia el programa establecido.

—¿Querría describirse?

—¿Disculpe?

—Es algo que pido a toda la gente a la que entrevisto. Se hacen el perfil mucho mejor que yo. ¿Quién va a conocerlo mejor que usted mismo?

—Cuando el administrador me pidió que le concediera esta entrevista y le enseñara el lugar, supuse que se trataba de un artículo acerca del museo, no de mí.

—Y así es. Saldrá en la revista *Constitution* del domingo que viene. Pero el editor también quiere algunos recuadros laterales con información sobre la gente clave. Sobre las personalidades que se esconden tras las exposiciones.

—¿Y qué hay de los encargados?

—El administrador dice que es usted un verdadero puntal. Alguien en quien puede confiar ciegamente.

Paul se detuvo. ¿Cómo podía describirse? ¿Uno setenta y ocho de estatura, pelo y ojos castaños, con el cuerpo de quien corre cinco kilómetros diarios? No.

—¿Qué tal un tipo con una cara normal, un cuerpo normal y una personalidad normal? Alguien en quien confiar. La clase de tipo con quien te gustaría estar si te vieras atrapado en una trinchera.

—¿La clase de tipo que se asegura de que tus posesiones se repartan como corresponde cuando ya no estás?

Paul no había hecho comentario alguno acerca de su trabajo como legalizador de testamentos. Era evidente que el reportero había hecho los deberes.

—Algo así.

—Ha mencionado las trincheras. ¿Ha estado en el ejército?

—La llamada a filas me pilló demasiado joven. Post Vietnam y todo eso.

—¿Cuánto tiempo lleva ejerciendo?

—Como sabe que soy abogado legalizador, asumo que también sabe cuánto tiempo llevo en esta profesión.

—La verdad es que se me olvidó preguntarlo.

Una respuesta honesta. Bien.

—Llevo ya trece años en Pridgen & Woodworth.

—Sus colegas hablan muy bien de usted. Hablé con ellos el viernes.

Paul enarcó una ceja asombrado.

—Nadie me lo ha comentado.

—Les pedí que no lo hicieran. Al menos hasta después de hoy. Quería que nuestra charla fuera espontánea.

Llegaron más visitantes. La galería empezaba a llenarse y a resultar ruidosa.

—¿Por qué no vamos a la Galería Edward? Hay menos gente. Tenemos expuestas algunas esculturas excelentes.

Abrió el camino por la entreplanta. La luz del sol caía sobre las pasarelas desde los amplios y gruesos ventanales que se abrían en el edificio, blanco como la porcelana. La pared norte estaba ocupada por un gigantesco dibujo a tinta. Desde la cafetería abierta les llegaba el aroma del café y las almendras.

—Es magnífico —dijo el reportero mientras echaba un vistazo alrededor—. ¿Cómo lo denominó el *New York Times?* ¿«El mejor museo que ninguna ciudad haya construido en una generación»?

—Nos sentimos muy complacidos con el entusiasmo del periódico. Nos ayudó a llenar las paredes. Después de aquello, los donantes empezaron a sentirse cómodos con nosotros.

Delante de ellos, en el centro del atrio, se alzaba un monolito de granito rojo pulimentado. Paul se dirigió instintivamente hacia él. Nunca pasaba por allí sin detenerse un momento. El periodista lo siguió. En la piedra había grabada una lista con veintinueve nombres. Su mirada siempre se dirigía hacia el centro.

YANCY CUTLER
4 DE JUNIO DE 1936 – 23 DE OCTUBRE DE 1998
JURISTA ABNEGADO
MECENAS DE LAS ARTES
AMIGO DEL MUSEO

MARLENE CUTLER
14 DE MAYO DE 1938 – 23 DE OCTUBRE DE 1998
ESPOSA DEVOTA
MECENAS DE LAS ARTES
AMIGA DEL MUSEO

—Su padre era miembro del Consejo, ¿no? —preguntó el joven.

—Sirvió durante treinta años. Ayudó a conseguir los fondos para el edificio. Mi madre también participó de forma activa.

Guardó silencio, reverente como siempre. Era el único monumento que existía en recuerdo de sus padres. El avión había estallado mar adentro. Veintinueve personas muertas. Todo el Consejo de dirección del museo, sus cónyuges y varios empleados. No se encontró ningún cuerpo. Tampoco hubo más explicación del suceso que una escueta conclusión de las autoridades italianas sobre la responsabilidad de un grupo terrorista separatista. Se presumía que el objetivo del atentado era el ministro italiano de Cultura, que se encontraba a bordo. Yancy y Marlene Cutler simplemente estaban en el lugar equivocado, en el momento equivocado.

—Eran buenas personas —dijo Paul—. Todos los echamos de menos.

Se volvió para guiar al reportero hacia la Galería Edwards, pero una guardia se dirigía hacia ellos desde el atrio.

—Señor Cutler, espere, por favor. —La mujer se acercó apresuradamente con expresión preocupada—. Acabamos de recibir una llamada para usted. Lo siento mucho. Su ex suegro ha muerto.

17

ATLANTA, GEORGIA
MARTES, 13 DE MAYO

Karol Borya fue enterrado a las once de una mañana de primavera encapotada y fría, impropia de mayo. El funeral fue muy concurrido. Paul ofició la ceremonia y presentó a tres viejos amigos de Borya, que ofrecieron conmovedores discursos. Después, también él pronunció algunas palabras.

Rachel estaba sentada delante, con Marla y Brent a su lado. Presidía el mitrado de la Iglesia ortodoxa de St. Methodius, de la que Karol era parroquiano. Fue una ceremonia pausada, bañada en lágrimas y acompañada por las interpretaciones que el coro hizo de la música de Chaikovski y Rachmaninov. El enterramiento se produjo en el cementerio ortodoxo adyacente a la iglesia, una tierra ondulada de arcilla roja y hierba que recibía la sombra de numerosos sicómoros. Cuando el ataúd fue introducido en la fosa, las palabras del sacerdote resonaron con el poder de la verdad: «Polvo eres y en polvo te convertirás».

Aunque Borya había adoptado por completo la cultura norteamericana, siempre había conservado una conexión religiosa con su patria y se había adherido de forma estricta a la doctrina ortodoxa. Paul no recordaba a su ex suegro como un hombre especialmente devoto, solo como alguien que creía solemnemente, y que había convertido esa creencia en una vida bondadosa. El anciano había mencionado muchas veces que le gustaría ser enterrado en Bielorrusia, entre los bosques de abedules, las tierras pantanosas y las colinas cubiertas de lino azul. Sus padres, hermanos y hermanas yacían en fosas comunes cuya localización exacta había muerto junto a los oficiales de las SS y los soldados alemanes que los habían asesinado. Paul pensó en hablar con alguien del Departamento de Estado sobre la posibilidad de un entierro en el extranjero, pero Rachel rechazó la idea y dijo que quería tener cerca a su padre y a su madre. También insistió en que la reunión posterior al funeral tuviera lugar en su propia casa y, durante más de dos horas, más de setenta personas no dejaron de entrar y salir. Los vecinos proporcionaron la comida y la bebida. Rachel habló educadamente con todo el mundo, aceptó las condolencias y expresó su agradecimiento.

Paul la observaba con atención. Parecía estar soportándolo bien. Alrededor de las dos de la tarde, desapareció en la planta alta. La encontró en el dormitorio que ambos habían compartido, sola. Hacía algún tiempo ya que no había pisado aquel cuarto.

—¿Estás bien? —le preguntó.

Ella estaba sentada al borde de la cama con dosel y miraba la alfombra. Tenía los ojos hinchados de llorar. Paul se acercó.

—Sabía que este día tenía que llegar —dijo—. Ahora que los dos se han ido... Recuerdo cuando murió mamá. Creí que iba a ser el fin del mundo. No alcanzaba a entender por qué se la habían llevado.

Paul se había preguntado a menudo cuál era el origen de la actitud antirreligiosa de ella: resentimiento hacia un dios supuestamente misericordioso que privaba de forma tan cruel a una muchacha de su madre. Paul quería decírselo, consolarla, explicarle que la quería y que nunca dejaría de quererla. Pero se quedó quieto y luchó por contener las lágrimas.

—Mamá me leía constantemente. Es raro, pero lo que más recuerdo de ella es su voz. Su voz, tan amable. Y las historias que contaba... Apolo y Dafne. Las batallas de Perseo. Jasón y Medea. A los demás niños les contaban cuentos de hadas. —Sonrió débilmente—. A mí me contaban mitología.

Aquel comentario había supuesto una de las raras ocasiones en que ella mencionaba algo concreto sobre su niñez. No era un tema que a ella le gustara y en el pasado ya le había dejado claro que consideraba una intrusión cualquier pregunta al respecto.

—¿Por eso lees a los chicos esa clase de cosas?

Rachel se limpió las lágrimas de la mejilla y asintió.

—Tu padre era un buen hombre. Lo quería mucho.

—Aunque lo nuestro no funcionara, siempre te vio como a un hijo. Me dijo que siempre sería así. —Lo miró—. Su mayor deseo era que volviéramos a estar juntos.

Y también lo era el de él, pero Paul no dijo nada.

—Tú y yo no hacíamos más que pelear —dijo Rachel—. Somos dos personas tercas.

Paul sintió la necesidad de responder ante aquello.

—No era lo único que hacíamos.

Rachel se encogió de hombros.

—En casa siempre fuiste el optimista.

Paul reparó en la fotografía familiar que había sobre la cómoda. Se la habían sacado un año antes del divorcio. Él, Rachel y los niños. También había una fotografía de la boda, similar a la de abajo.

—Siento lo del otro martes por la noche —dijo ella—. Lo que dije cuando te marchaste. Ya sabes cómo me funciona la boca.

—No debería haberme entrometido. Lo que sucediera con Nettles no es asunto mío.

—No, tienes razón. Me excedí en mi reacción con él. Este temperamento no deja de meterme en líos. —Se limpió algunas lágrimas—. Tengo mucho que hacer. Este verano va a ser complicado. No había pensado en una carrera con oposición. Y ahora esto.

Paul no quiso poner voz a lo evidente: si fuera un poco más diplomática, quizá los abogados que se presentaban ante ella no se sintieran tan amenazados.

—Oye, ¿podrías encargarte tú de la herencia de papá? Yo ahora mismo no me veo con fuerzas.

Paul se acercó y le dio un débil apretón en el hombro. Ella no se resistió al gesto.

—Claro.

Rachel levantó la mano hacia la de él. Era la primera vez que se tocaban en muchos meses.

—Confío en ti. Sé que harás las cosas bien. Él hubiera querido que te encargaras tú de todo. Te respetaba.

Retiró la mano.

Paul hizo lo propio y empezó a pensar como un abogado. Necesitaba cualquier cosa para apartar su mente de aquella situación.

—¿Sabes dónde puede estar su testamento?

—Mira por la casa. Probablemente esté en el estudio. O podría estar en el banco, en su caja de seguridad. No lo sé. Tengo la llave.

Se acercó al aparador. ¿La Reina de Hielo? No para él. Paul recordó su primer encuentro, doce años atrás, en una reunión del Colegio de Abogados de Atlanta. Él era entonces un callado socio de primer año en Pridgen & Woodworth. Ella, una agresiva ayudanta del fiscal del distrito. Salieron durante dos años antes de que ella sugiriera al fin la posibilidad de casarse. Al principio habían sido felices y los años pasaron rápidamente. ¿Qué salió mal? ¿Por qué no podían las cosas volver a ser como antes? Quizá ella tuviera razón. Quizá estuvieran mejor como amigos que como amantes.

Pero esperaba que no fuera así.

Aceptó la llave de la caja de seguridad que ella le ofrecía.

—No te preocupes, Rach. Yo me encargaré de todo.

Dejó la casa de Rachel y se dirigió directamente hacia la de Karol Borya. Tardó menos de media hora en atravesar una combinación de bulevares comerciales atestados y caóticas calles vecinales.

Estacionó en el camino de entrada de la casa y vio el Oldsmobile de Borya en el garaje. Rachel le había dado la llave de la casa y abrió la puerta principal. Su mirada se vio atraída de inmediato hacia el suelo del vestíbulo y después hacia la barandilla de la escalera; algunos de sus barrotes se habían partido y otros sobresalían en ángulos extraños. Los escalones de roble no mostraban señal alguna de impacto, pero la policía había dicho que el anciano se había golpeado con uno y que después había caído dando tumbos hasta morir. Su viejo cuello de ochenta y un años se había roto en el proceso. La autopsia confirmó las heridas y la causa aparente.

Un trágico accidente.

Allí de pie, rodeado por el silencio y la quietud, se vio atravesado por una extraña combinación de arrepentimiento y tristeza. Siempre había disfrutado al acudir a aquella casa a hablar de arte y de los Braves. Ahora el anciano se había marchado. Otro vínculo más con Rachel que quedaba roto. Pero también era un amigo el que había partido. Borya había sido como un padre para él. Se habían acercado especialmente después de la muerte de sus padres. Borya y su consuegro habían sido buenos amigos, unidos como estaban por el mundo del arte. Recordó a los dos hombres y se le encogió el corazón.

Hombres buenos que habían desaparecido para siempre.

Decidió seguir el consejo de Rachel y mirar primero arriba, en el estudio. Sabía que el testamento existía. Él mismo había realizado el borrador hacía algunos años y dudaba que Borya lo hubiera llevado a cualquier otro abogado para modificar la redacción. Sin duda había un ejemplar en la empresa, en el archivo de jubilados, y de ser necesario, podría usar ese. Pero el original superaría mucho más rápidamente todos los trámites legales.

Subió las escaleras y registró el estudio. Había artículos de revistas sobre el sillón y algunos dispersos por la alfombra. Hojeó las páginas. Todos ellos estaban relacionados con la Habitación de Ámbar. Borya había hablado muchas veces de aquella reliquia a lo largo de los años y a Paul le habían parecido las palabras de un ruso blanco que añoraba ver el tesoro restaurado en el Palacio de Catalina. Sin embargo, no había llegado a comprender la intensidad del interés de aquel hombre, que aparentemente lo había llevado a coleccionar artículos y recortes que en algunos casos se remontaban treinta años en el tiempo.

Revisó los cajones del escritorio y los archivadores, pero no encontró el testamento.

Miró en las estanterías. A Borya le encantaba leer. Homero, Hugo, Poe y Tolstoi se alineaban en las estanterías, junto a un volumen de cuentos de hadas rusos, un ejemplar de las *Histories* de Churchill y otro encuadernado en cuero de las *Metamorfosis* de Ovidio. Parecía que también le gustaban los escritores sureños, ya que las obras de Flannery O'Connor y Katherine Anne Porter formaban parte de su colección.

Su mirada se vio atraída hacia el banderín en la pared. El anciano lo había comprado en un quiosco de Centennial Park, durante las olimpiadas. Un caballero plateado a lomos de un caballo sobre sus cuartos traseros, el hombre con la espada desenvainada y una cruz dorada de seis puntas adornando el escudo. El campo era de color rojo sangre, el símbolo del valor y el coraje según había dicho Borya, bordeado en blanco para encarnar la libertad y la pureza. Se trataba del emblema nacional de Bielorrusia, un desafiante icono de determinación.

El propio Borya era muy similar.

Le habían encantado las olimpiadas. Habían acudido a varias competiciones y allí estuvieron cuando Bielorrusia ganó la medalla en remo femenino. Su nación se hizo con otras catorce medallas (seis de plata y ocho de bronce en disco, heptatlón, gimnasia y lucha) y Borya se sintió orgulloso de todas y cada una de ellas. Aunque era estadounidense por ósmosis, no había duda de que su suegro seguía siendo un ruso blanco de corazón.

Paul volvió abajo y registró cuidadosamente los cajones y armarios, aunque no dio con lo que buscaba. El mapa de Alemania seguía desplegado sobre la mesilla de café. Allí estaba también el *USA Today* que le había dado a Borya.

Se dirigió hacia la cocina y la registró con la extraña esperanza de que allí hubiera guardado los papeles importantes. Una vez se había hecho cargo del caso de una mujer que guardaba el testamento en el congelador, así que en un acceso absurdo abrió las puertas dobles del refrigerador. Le sorprendió ver una carpeta junto a la máquina del hielo.

La sacó y la abrió. Estaba muy fría.

Más artículos acerca de la Habitación de Ámbar. Algunos se remontaban a los años 40 y 50, pero había otros de hacía apenas dos años. Se preguntó qué estarían haciendo en el congelador. Decidió que en aquel momento era más importante dar con el testamento, de modo que se quedó con la carpeta y se dirigió al banco.

El cartel que anunciaba el Georgia Citizens Bank en Carr Boulevard marcaba las tres y veintitrés de la tarde cuando entró en el estacionamiento atestado. Desde que había trabajado allí antes de entrar en Derecho, siempre había tenido cuenta en el banco.

El director, un hombre ratonil con cada vez menos pelo, se negó en un primer momento a acceder a la caja de seguridad de Borya. Después de una rápida llamada telefónica a su despacho, la secretaria de Paul envió por fax una carta de representación que Paul firmó, con lo que atestiguaba que era el encargado de la herencia del fallecido Karol Borya. La carta pareció satisfacer al director. Al menos, en caso de que apareciera un heredero quejándose por encontrar vacía la caja de seguridad, tendría algo que enseñarle.

La ley de Georgia incluía una provisión específica que permitía a los representantes de herencias acceder a las cajas de seguridad con el fin de buscar testamentos. Paul había hecho uso de dicha ley en numerosas ocasiones y casi todos los directores de sucursal estaban familiarizados con la provisión. Sin embargo, de vez en cuando surgía alguna dificultad.

El hombre lo condujo hasta la cámara y las hileras de casilleros de acero inoxidable. La posesión de la llave número cuarenta y cinco pareció confirmar la autenticidad de todo el procedimiento. Paul sabía que la ley requería que el director se quedara, revisara los contenidos y anotase con exactitud quién se llevaba qué. Abrió la caja y deslizó el estrecho rectángulo con el chirrido del metal contra el metal.

Dentro había un único fajo de papeles unido con goma elástica. Uno de los documentos tenía pastas azules y Paul reconoció de inmediato el testamento que había escrito hacía años. Junto a él había más de una decena de sobres blancos. Los revisó por encima. Todas eran cartas de un tal Danya Chapaev dirigidas a Borya. Plegadas cuidadosamente, en el fajo había también copias de cartas de Borya dirigidas a Chapaev. Todas las misivas estaban escritas en inglés. El último documento era un sobre blanco liso, sellado, con el nombre de Rachel escrito con tinta azul.

111

—Las cartas y este sobre están unidos al testamento. Es evidente que el señor Borya pretendía que se trataran como una unidad. No hay nada más en la caja. Me lo llevo todo.

—Se nos ha instruido que en situaciones así solo debemos desprendernos del testamento.

—Todo estaba en un único paquete. Estos sobres pueden estar relacionados con el testamento. La ley estipula que puedo llevármelos.

El director titubeó.

—Tendré que llamar al despacho legal general para que me den el visto bueno.

—¿Qué problema hay? No hay queja posible. Yo escribí este testamento. Sé lo que dice. La única heredera del señor Borya era su hija. Yo estoy aquí en su nombre.

—Da igual, tengo que consultarlo con nuestro abogado.

Paul ya se había cansado.

—Hágalo. Dígale a Cathy Holden que Paul Cutler está en su banco aguantando las gilipolleces de alguien que demuestra a todas luces desconocer la ley. Dígale que si tengo que ir al juzgado a conseguir una orden que me permita llevarme lo que podría coger ahora mismo, el banco tendrá que compensarme los doscientos veinte dólares la hora que pienso exigir por las molestias.

El director pareció considerar aquellas palabras.

—¿Conoce a nuestra consejera general?

—Antes trabajaba para ella.

El director ponderó su predicamento en silencio.

—Lléveselos —dijo por fin—. Pero firme aquí.

18

Danya,

Cómo me duele el corazón todos los días por lo que le ha sucedido a Yancy Cutler. Qué buen hombre fue y su esposa qué buena mujer. Los demás pasajeros de ese avión eran también buena gente. Buena gente que no debería morir ni tan violenta ni tan repentinamente. Mi yerno sufre profundamente y me consume pensar que yo podría ser el responsable. Yancy me telefoneó la noche anterior al accidente. Había logrado localizar al viejo que tú mencionabas y cuyo hermano trabajaba en la hacienda Loring. Tenías razón. Nunca debería haber pedido a Yancy que siguiera indagando mientras estaba en Italia. No estuvo bien involucrar a otros. Esa carga descansa sobre mis hombros y sobre los tuyos. ¿Pero por qué hemos sobrevivido nosotros? ¿No saben dónde estamos? ¿Lo que sabemos? Quizá ya no representemos una amenaza. Solo aquellos que hacen preguntas y se acercan demasiado llaman su atención. Quizá la indiferencia sea mucho mejor que la curiosidad. Han pasado tantos años ya que la Habitación de Ámbar parece más un recuerdo que una de las maravillas del mundo. ¿A alguien le sigue importando, acaso? Cuídate mucho, Danya. Mantente en contacto.

Karol

Danya,

Hoy ha venido la KGB. Un gordo checheno que olía a alcantarilla. Me ha dicho que encontró mi nombre en los registros de la Comisión. Yo pensaba que el rastro sería demasiado antiguo y demasiado frío ya como para poder seguirlo. Pero me equivocaba. Ten cuidado. Me preguntó si seguías vivo. Le dije lo de siempre. Creo que somos los dos únicos que quedamos entre los viejos. Tantos amigos muertos ya... Qué triste. Puede que tengas razón. Nada de cartas, por si acaso. Especialmente ahora que saben dónde me encuentro. Mi hija está a punto de dar a luz. Mi segundo nieto. Una niña, me han dicho. Ciencia moderna. Prefería cómo era antes, cuando se mantenía la duda hasta el final. Pero una niñita estaría muy bien. Mi nieto es toda una alegría. Espero que los tuyos estén bien. Cuídate, viejo amigo.

Karol

Querido Karol,

El recorte adjunto pertenece al periódico de Bonn. Yeltsin ha llegado a Alemania proclamando que sabe dónde está escondida la Habitación de Ámbar. Los periódicos y revistas se pusieron patas arriba con el anuncio. ¿Ha llegado hasta el otro lado del océano? Asegura que unos estudiosos han descubierto la información en los viejos registros soviéticos. La Comisión Extraordinaria para los Crímenes contra Rusia, nos llamó Yeltsin. ¡Ja! Lo único que consiguió ese estúpido fue sacar quinientos millones de marcos en ayudas a Bonn y después pidió disculpas y dijo que los registros no hacían referencia a la Habitación de Ámbar, sino a otros tesoros robados en Leningrado. Más mierda rusa. Rusos, soviéticos, nazis... Son todos iguales. El discurso actual sobre la restauración de la herencia rusa no es más que propaganda. Lo que hacen es vender nuestra herencia. Los periódicos se llenan todos los días con noticias sobre la venta de cuadros, esculturas y joyas. Están vendiendo nuestra historia de cualquier manera. Debemos mantener a salvo los paneles. Se acabaron las cartas, al menos durante un tiempo. Te agradezco la fotografía de tu nieta. Qué alegría debe procurarte... Salud, amigo mío.

Danya

Danya,

Espero que esta carta te encuentre con buena salud. Ha pasado demasiado desde la última vez que te escribí. He pensado que después de tres años es probable que sea seguro. No ha habido más visitas y he encontrado muy pocas informaciones referentes a los paneles. Desde nuestra última comunicación, mi hija y su marido se han divorciado. Se quieren, pero simplemente son incapaces de vivir juntos. Mis nietos están bien. Espero que los tuyos también lo estén. Los dos somos viejos. Sería bonito aventurarse y ver si los paneles siguen realmente ahí. Pero ninguno de los dos es capaz de acometer el viaje. Además, podría seguir siendo peligroso. Alguien aguardaba al acecho cuando Yancy Cutler estuvo haciendo preguntas acerca de Loring. Sé en lo más profundo que esa bomba no iba dirigida a un ministro italiano. Sigo doliéndome por los Cutler. Ya han muerto muchos buscando la Habitación de Ámbar. Quizá debería permanecer perdida. No importa. Ninguno de los dos podrá seguir protegiéndola mucho tiempo. Buena salud, viejo amigo.

Karol

Rachel,

Mi preciado tesoro. Mi única hija. Tu padre descansa ya en paz con tu madre. Sin duda estaremos juntos, ya que un Dios misericordioso no negaría a dos personas que se aman la posibilidad de vivir en dicha eterna. Me he decidido a escribir esta nota para decirte lo que probablemente debería haberte dicho en vida. Siempre has sabido de mi pasado, has conocido lo que hice para los soviéticos antes de emigrar. Robé obras de arte. No era más que un ladrón, aunque sancionado y animado por Stalin. En aquellos tiempos lo justificaba todo con mi odio hacia los nazis, pero estaba equivocado. Robamos muchas cosas a mucha gente en nombre de supuestas reparaciones. Lo que buscamos con más ahínco fue la Habitación de Ámbar. Nuestra por herencia, robada por los invasores. Las cartas adjuntas a esta nota narran parte de la historia de nuestra búsqueda. Mi viejo amigo Danya y yo hemos buscado muchísimo. ¿Que si la encontramos? Quizá. Ninguno de los dos llegó a ir al lugar para comprobarlo. En aquellos días había demasiados ojos atentos y, para cuando logramos estrechar el cerco, los dos comprendíamos ya que los soviéticos eran mucho peores que los alemanes. De modo que la dejamos en paz. Danya y yo juramos no revelar jamás lo que sabíamos, o quizá lo que creíamos saber. Solo cuando Yancy se ofreció voluntario para realizar discretas indagaciones, y así comprobar una información que yo había considerado creíble en el pasado, comencé a investigar de nuevo. Yancy estaba indagando durante su último viaje a Italia. El que la explosión del avión sea o no achacable a esta cuestión es algo que bien podría no llegar a saberse nunca. Lo único que sé es que la búsqueda de la Habitación de Ámbar ha demostrado ser peligrosa. Quizá el peligro proceda de aquellos que Danya y yo sospechamos. Quizá no. Hace años que no sé nada de mi viejo camarada. La última carta que le envié no tuvo respuesta. Quizá esté también aquí conmigo. Mi preciosa Maya. Mi querido Danya. Buenos compañeros para la eternidad. Espero que tardes muchos, muchos años en unirte a nosotros, mi amor. Que tengas una buena vida. Que tengas éxito. Cuida de Marla y de Brent. Los quiero muchísimo. Estoy orgulloso de ti. Sé buena. Quizá podrías dar a Paul otra oportunidad. Pero nunca, absolutamente nunca te entrometas con la Habitación de Ámbar. Recuerda la historia de Faetón y las lágrimas de las Helíades. Aprende de su ambición y su desdicha. Quizá algún día los paneles sean encontrados. Yo espero que no. No se deberían confiar tesoros tales a los políticos. Hay que dejarlos en su tumba. Dile a Paul que lo lamento mucho. Te quiero.

19
18:34

El corazón de Paul latía desbocado mientras Rachel leía la nota de despedida de su padre con lágrimas en los ojos. Podía sentir su dolor. Era difícil distinguir dónde terminaba el de él y comenzaba el de ella.

—Escribía con mucha elegancia... —dijo Rachel.

Él estaba de acuerdo.

—Aprendió muy bien el inglés y leía constantemente. Sabía mucho más que yo sobre verbos adjetivados y gramática, y... Creo que hablaba como lo hacía de forma consciente, para no alejarse demasiado de su herencia. Pobre papá.

Rachel llevaba el pelo castaño rojizo recogido en una coleta. No se había maquillado y vestía un albornoz blanco sobre un pijama de franela. Todos los invitados se habían marchado por fin de la casa. Los niños estaban en su respectivo cuarto, aún conmocionados por las emociones de la jornada. *Lucy* correteaba por el salón.

—¿Has leído todas estas cartas? —preguntó Rachel.

Paul asintió.

—Cuando salí del banco. Fui directamente a casa de tu padre para recoger todo lo demás.

Estaban sentados en el comedor. Su viejo comedor. Las dos carpetas con artículos sobre la Habitación de Ámbar, un mapa de Alemania, el *USA Today,* el testamento, todas las cartas y la nota para Rachel estaban repartidas sobre la mesa. Paul le había explicado todo lo que había encontrado y dónde. También le habló del artículo del *USA Today* que su padre le había pedido específicamente el martes y de sus preguntas acerca de Wayland McKoy.

—Papá estaba viendo algo sobre eso en la CNN cuando le dejé a los niños. Recuerdo el nombre. —Rachel se estremeció en la silla—. ¿Qué hacía esa carpeta metida en el congelador? No es algo propio de él. ¿Qué está sucediendo, Paul?

—No lo sé. Pero es evidente que Karol estaba interesado en la Habitación de Ámbar. —Señaló la última nota de Borya—. ¿A qué se refiere con eso de Faetón y las lágrimas de las Helíades?

—Es otra historia que mamá me contaba cuando era pequeña. Faetón era el hijo mortal de Helios, el dios del Sol. A mí me fascinaba. A papá le encantaba la mitología. Decía que esas fantasías fueron una de las cosas que le permitieron sobrevivir a Mauthausen. —Revisó los recortes y fotografías, y estudió alguno de ellos con atención—. Se creía responsable por lo que les sucedió a tus padres y a los demás en aquel avión. No lo entiendo.

Tampoco Paul lo comprendía. Y no había pensado en mucho más desde hacía dos horas.

—¿No estaban tus padres en Italia por asuntos del museo?

—Estaba todo el Consejo. El viaje pretendía asegurar el préstamo de algunas obras por parte de varios museos italianos.

—Papá parecía pensar que había alguna conexión.

Paul también recordaba algo de lo escrito por Borya: «Nunca debería haberle pedido a Yancy que siguiera indagando mientras estaba en Italia».

¿A qué se referiría con «siguiera»?

—¿Es que no quieres saber lo que sucedió? —preguntó de repente Rachel, elevando la voz.

A Paul nunca le había gustado ese tono y tampoco le gustó entonces.

—Yo no he dicho eso. Pero ya han pasado seis años y sería prácticamente imposible descubrir nada. Dios mío, Rachel, ni siquiera se hallaron los cuerpos.

—Paul, ¿cabe la posibilidad de que tus padres fueran asesinados y no quieres saber nada al respecto?

Impetuosa y testaruda. ¿Qué había dicho Karol? «Eso también sacó de su madre.» Cierto.

—Tampoco he dicho eso. Pero no hay nada práctico que podamos hacer.

—Podemos encontrar a Danya Chapaev.

—¿A qué te refieres?

—Chapaev. Podría seguir vivo. —Miró en los sobres las direcciones del remitente—. Kehlheim no puede ser muy difícil de encontrar.

—Está en el sur de Alemania, en Baviera. Lo encontré en el mapa.

—¿Ya lo has buscado?

—No es que fuera muy difícil. Karol lo había rodeado con un círculo.

Rachel desplegó el mapa y lo comprobó.

—Papá decía que sabían algo acerca de la Habitación de Ámbar, pero que nunca llegaron a comprobarlo en persona. Quizá Chapaev pueda decirnos de qué se trataba.

Paul no daba crédito a lo que acababa de oír.

—¿Pero no has leído lo que ha escrito tu padre? Te ha dicho que te olvides de la Habitación de Ámbar. Si algo quería que no hicieras, es precisamente buscar a Chapaev.

—Chapaev podría saber más acerca de lo que les sucedió a tus padres.

—Soy abogado, Rachel, no investigador internacional.

—Muy bien. Pues llevemos el caso a la policía. Ellos pueden investigarlo.

—Eso es mucho más práctico que tu primera sugerencia. Pero sigue tratándose de un rastro de varios años.

Ella endureció el semblante.

—Espero sinceramente que Marla y Brent no hereden tu complacencia. Prefiero pensar que ellos sí querrían saber lo sucedido si un avión saltara por los aires contigo y conmigo dentro.

Rachel sabía exactamente qué botones pulsar. Aquella era una de las cosas que menos soportaba de ella.

—¿Has leído esos artículos? —preguntó Paul—. La gente muere al buscar la Habitación de Ámbar. Quizá también mis padres. Quizá no. Pero una cosa es segura: tu padre no quería que te involucraras. Estás completamente fuera de tu elemento. Tus conocimientos de arte caben en un dedal.

—Junto con tus arrestos.

Paul le clavó la mirada con dureza, se mordió la lengua y trató de ser comprensivo. Rachel había enterrado a su padre esa misma mañana. Sin embargo, una palabra no dejaba de retumbar dentro de su cerebro.

Perra.

Inspiró profundamente.

—Tu segunda sugerencia es la más práctica —repitió en voz baja—. ¿Por qué no dejamos que la policía se encargue de esto? Entiendo lo disgustada que estás. Pero, Rachel, la muerte de Karol fue un accidente.

—El problema, Paul, es que de no ser así habría que añadir a mi padre a la lista de bajas, junto con los tuyos. —Lo taladró con una de las miradas patentadas que tantas veces Paul había tenido que soportar—. ¿Sigues queriendo ir por la vía práctica?

20
MIÉRCOLES 14 DE MAYO, 10:25

Rachel se obligó a salir de la cama y vestir a los niños. Después los dejó en el colegio y se dirigió, reacia, al juzgado. No pisaba el despacho desde el pasado viernes, pues se había tomado libres el lunes y el martes.

Su secretaria le facilitó las cosas cuanto pudo a lo largo de la mañana, redirigiendo llamadas y rechazando visitantes, abogados y otros jueces. En principio, aquella semana había sido reservada para juicios civiles con jurado, pero todos habían sido pospuestos apresuradamente. Hacía una hora, Rachel había llamado al Departamento de Policía de Atlanta y había solicitado la visita a su despacho de algún agente de Homicidios. No era la jueza más popular entre los miembros del cuerpo. Al principio todos parecieron asumir que, como en el pasado había sido una fiscal batalladora, como jueza sería favorable a la policía. Pero sus decisiones, de tener que etiquetarse de algún modo, tendían a decantarse a favor de las defensas. «Liberal» era el término que les gustaba usar a la prensa y a la Fraternal Orden de la Policía. «Traidora» era el epíteto que, por lo que le habían dicho, empleaban muchos detectives de narcóticos por lo bajo. Pero a ella no le importaba. La Constitución estaba allí para proteger a la gente. Se suponía que la policía debía actuar dentro de sus límites, no fuera de ellos. Su trabajo como jueza era asegurarse de que no se tomaran atajos. ¿Cuántas veces había predicado su padre: «Cuando el Gobierno se enfrenta a la ley, la tiranía no anda lejos»?

Y si alguien sabía de esas cosas, era él.

—Jueza Cutler —dijo su secretaria a través del interfono. La mayoría de las veces se trataban simplemente como Rachel y Sami. Solo cuando había alguien más presente se dirigía a ella como «jueza»—. Está aquí el teniente Barlow de la policía de Atlanta, como respuesta a su llamada.

Rachel se limpió rápidamente los ojos con un pañuelo. La fotografía de su padre sobre el aparador le había arrancado más lágrimas. Se puso en pie y se alisó la falda de algodón y la blusa.

La puerta forrada se abrió para dejar paso a un hombre delgado y con el pelo negro y ondulado. Este cerró la puerta tras él y se presentó como Mike Barlow, asignado a la división de Homicidios.

Rachel recobró su compostura judicial y le ofreció asiento.

—Le agradezco que haya venido, teniente.

—No hay problema. El departamento siempre trata de agradar a las togas.

Aunque Rachel lo dudaba: el tono era cordial hasta lo irritante, rayano en lo condescendiente.

—Tras su llamada, consulté el informe sobre la muerte de su padre. Lamento su pérdida. Parece uno de esos accidentes que suceden en ocasiones.

—Mi padre era bastante independiente. Seguía conduciendo. No tenía problemas reales de salud y durante años subió y bajó esas escaleras sin problemas.

—¿Adónde quiere llegar?

Aquel tono le gustaba cada vez menos.

—Dígamelo usted.

—Jueza, entiendo el mensaje. Pero no veo nada que sugiera juego sucio.

—Sobrevivió a los campos de concentración de los nazis, teniente. Sabía subir una escalera.

Barlow no parecía persuadido.

—El informe no indica que se echara nada en falta. Su cartera estaba en el aparador. El televisor, la cadena de música y el vídeo seguían allí. Ambas puertas estaban cerradas sin llave. No hay evidencia alguna de que se forzaran las entradas. ¿Dónde está el ladrón?

—Mi padre nunca cerraba las puertas con llave.

—Pues eso no es muy inteligente, aunque tampoco parece que haya contribuido a su muerte. Mire, es cierto que, en ocasiones, la falta de pruebas de robo puede llegar a implicar un asesinato, pero nada sugiere que hubiera nadie siquiera cerca en el momento de la muerte.

Rachel sintió curiosidad.

—¿Registró su gente la casa?

—Me han dicho que echaron un vistazo, tampoco muy exhaustivo. No parecía haber necesidad. Me tiene intrigado: ¿cuál cree usted que sería el motivo del asesinato? ¿Su padre tenía enemigos?

Rachel no respondió, sino que contraatacó con otra pregunta:

—¿Qué dijo el médico forense?

—Cuello roto. Causado por la caída. No hay evidencias de otros traumatismos, salvo los golpes en brazos y piernas provocados por la caída. Repito, jueza: ¿qué le hace pensar que la muerte de su padre fuera otra cosa que accidental?

Rachel consideró la posibilidad de hablarle de la carpeta en el congelador, de Danya Chapaev, de la Habitación de Ámbar y de los padres de Paul. Pero aquel imbécil arrogante ni siquiera se sentía cómodo estando allí y ella sonaba como una fanática de las conspiraciones. El policía tenía razón. No había prueba alguna de que su padre hubiera sido empujado escaleras abajo. Nada que relacionara su muerte con ninguna «maldición de la Habitación de Ámbar», como sugería uno de los artículos. ¿Qué más daba que a su padre le interesara aquel tema? Le encantaba el arte. En el pasado se había convertido en su trabajo diario. ¿Qué importancia tenía que estuviera leyendo artículos en su estudio, que ocultara algunos más en el congelador, que tuviera un mapa de Alemania desplegado en la salita y que se sintiera sumamente interesado en un hombre que se dirigía a Alemania para excavar en grutas olvidadas? De ahí al asesinato había un salto muy grande. Quizá Paul tuviera razón. Decidió no seguir ese camino con aquel hombre.

—Nada, teniente. Tiene usted toda la razón. No fue más que una trágica caída. Gracias por acercarse.

Rachel, sentada en su despacho, se sentía deprimida y recordaba el día en que, cuando ella contaba dieciséis años, su padre le habló por primera vez de Mauthausen, de cómo los rusos y los holandeses trabajaban en la cantera subiendo toneladas de piedra por una larga serie de angostos escalones hasta el campamento, donde otros prisioneros la cincelaban para obtener ladrillos.

Sin embargo, los judíos no tenían tanta suerte. Todos los días, algunos eran arrojados por el acantilado hacia la cantera por simple deporte. Sus gritos resonaban mientras volaban por los aires y los guardias apostaban por el número de veces que rebotarían la carne y los huesos antes de quedar silenciados por la muerte. Su padre le explicó que las SS acabaron por abolir esta práctica porque interrumpía los trabajos.

«No porque estuvieran matando a la gente», recordó Rachel, «sino porque afectaba negativamente al trabajo».

Su padre lloró aquel día, una de las pocas veces que le había visto hacerlo, y ella tampoco pudo controlarse. Su madre le había hablado acerca de las experiencias de guerra de su padre y de lo que había hecho después, pero él apenas mencionaba aquella época. Rachel siempre había sabido del tatuaje difuminado en el antebrazo derecho y se había preguntado qué significaba.

«Nos obligaban a chocarnos contra la valla electrificada. Algunos lo hacían voluntariamente, cansados de la tortura. Otros eran fusilados o ahorcados, o recibían una inyección en el corazón. El gas llegó después.»

Recordó haberle preguntado cuántos habían muerto en Mauthausen. Él le dijo sin asomo de dudas que el sesenta por ciento de los doscientos mil reclusos no llegaron a salir. Él llegó en abril de 1944. Los judíos húngaros aparecieron poco después y hasta el último de ellos murió como las ovejas en el matadero. Él mismo había ayudado a transportar los cadáveres desde la cámara de gas hasta el horno crematorio, un ritual diario, rutinario, como sacar la basura, en palabras de los guardias. Rachel recordó cómo le habló de una noche en particular, hacia el final, en que Hermann Göring llegó al campamento vestido con un uniforme gris perla.

«El mal ambulante», lo había llamado.

Göring había ordenado el asesinato de cuatro alemanes y su padre había sido uno de los responsables de verter agua sobre sus cuerpos desnudos hasta que murieron congelados. Göring permaneció todo el tiempo impasible, frotando una pieza de ámbar mientras los interrogaba acerca de la habitación. De todo el horror que había vivido en Mauthausen, le había dicho su padre, aquella noche con Göring fue la que lo acompañaría siempre.

La que decidiría su rumbo en la vida.

Después de la guerra fue enviado a entrevistar a Göring en prisión, durante los juicios de Nuremberg.

«¿Te recordaba?», le había preguntado ella.

«Mi rostro en Mauthausen no significaba nada para él».

Pero Göring sí recordaba la noche de tortura y dijo que había admirado en gran medida a los soldados por resistir. La superioridad alemana, la raza, le aseguró. El amor que Rachel sentía por su padre se multiplicó por diez después de oírlo por fin hablar de Mauthausen. Karol Borya había soportado cosas inimaginables y su mera supervivencia era toda una hazaña. Pero era la supervivencia con la cordura intacta lo que parecía poco menos que un milagro.

Sentada en el silencio de su despacho, Rachel lloró. Aquel hombre maravilloso se había marchado. Su voz permanecería silenciosa para siempre; su amor solo sería un recuerdo. Por primera vez en su vida estaba sola. Toda la familia de sus padres había perecido en la guerra o resultaba imposible acceder a ella, perdida por Bielorrusia, completos extraños en realidad, unidos a ella únicamente por los genes. Solo quedaban sus dos hijos. Recordó cómo había terminado aquella conversación acerca de Mauthausen, veinticuatro años atrás.

«Papá, ¿llegaste a encontrar la Habitación de Ámbar?».

Él la miró con ojos afligidos. Rachel se preguntó entonces, y lo hacía ahora, si había algo que quisiera decirle. Algo que ella necesitara saber. O que quizá debiera no saber. No podía asegurarlo. Sus palabras no la ayudaron a aclarar la cuestión.

«No, mi amor.»

Pero su tono le recordó a las ocasiones en que le aseguró que existían Papá Noel, los Reyes Magos y el Ratoncito Pérez. Palabras huecas que simplemente había que pronunciar. Ahora, después de leer las cartas que su padre y Danya Chapaev se habían cruzado y la nota manuscrita, Rachel estaba convencida de que allí se ocultaba mucho más. Su padre guardaba un secreto y, al parecer, desde hacía años.

Pero había muerto.

Solo quedaba uno vivo.

Danya Chapaev.

Y ella sabía lo que debía hacer.

Salió del ascensor en la planta veintitrés y se dirigió hacia las puertas forradas con el cartel que rezaba «Pridgen & Woodworth». El bufete ocupaba por completo las plantas veintitrés y veinticuatro de aquel rascacielos del centro. La división testamentaria se encontraba abajo.

Paul había empezado a trabajar allí nada más acabar la carrera. Ella había estado primero en la oficina del fiscal del distrito y después en otro bufete de Atlanta. Se conocieron once meses más tarde y se casaron dos años después. El cortejo había sido como todo lo que hacía Paul, que nunca tenía prisa por nada. Cuidadoso. Calculado. Temeroso de arriesgarse, de lanzarse a la piscina, de cometer un fallo. Había sido ella la que había propuesto el matrimonio y él había aceptado de inmediato.

Era un hombre atractivo, siempre lo había sido. No era ni duro ni audaz, solo atractivo de un modo ordinario. Y era honesto. Además de ser fiel hasta el fanatismo. Pero su inasequible dedicación a la tradición se había ido tornando fastidiosa con el tiempo. ¿Por qué no variar la cena de los domingos de vez en cuando? Filete, patatas, maíz, guisantes, rollos y té helado. Todos los domingos, durante años. No es que Paul lo exigiese, pero repetir las mismas cosas una y otra vez lo satisfacía. Al principio a ella le había gustado aquella previsibilidad. Resultaba reconfortante. Era un valor conocido que estabilizaba su propio mundo.

Hacia el final, se había convertido en un auténtico coñazo.

¿Pero por qué?

¿Tan mala era la rutina?

Paul era un hombre bueno, decente, de éxito. Estaba orgullosa de él, aunque raramente lo había expresado. Era el siguiente en la línea para dirigir el departamento testamentario. No estaba mal en un hombre de cuarenta y un años que había necesitado dos intentos para entrar en la carrera de Derecho. Pero Paul conocía las leyes que le correspondían. No estudiaba otra cosa y se concentraba hasta en el más ínfimo de sus detalles, llegando a servir en comités legislativos. Era un experto reconocido en la materia y Pridgen & Woodworth le pagaba una buena suma para evitar que otro bufete se lo arrebatara. La firma gestionaba miles de herencias, muchas de ellas cuantiosas, y Rachel sabía que la mayoría habían llegado gracias a la reputación de Paul Cutler, conocido en todo el estado.

Atravesó las puertas y recorrió el dédalo de pasillos hasta el despacho de Paul. Había llamado antes de salir de su despacho, de modo que la esperaba. Entró directamente y cerró la puerta tras ella.

—Me marcho a Alemania —anunció.

—¿Para encontrar a Chapaev? Probablemente esté muerto. Ni siquiera respondió a la última carta de tu padre.

—Hay algo que necesito hacer.

Paul se levantó de su butaca.

—¿Por qué siempre tienes que estar haciendo algo?

—Papá sabía dónde estaba la Habitación de Ámbar. Le debo comprobar si es cierto.

—¿Le debes? —Paul había empezado a elevar el tono—. Lo que le debes es honrar su última voluntad, que establecía que te mantuvieras alejada de todo ello. Si es que hay un ello, por cierto. Mierda, Rachel, tienes cuarenta años. ¿Cuándo vas a crecer?

Ella permaneció sorprendentemente calmada, teniendo en cuenta lo mal que le sentaban aquellos sermones.

—No quiero pelear, Paul. Necesito que cuides de los niños. ¿Podrás encargarte?

—Qué típico, Rachel. Tírate al vacío. Haz lo primero que se te pase por la cabeza. No pienses. Tú hazlo.

—¿Cuidarás de los chicos?

—Si dijera que no, ¿te quedarías?

—Llamaría a tu hermano.

Paul volvió a sentarse. Su expresión era de rendición.

—Puedes quedarte en casa —le dijo ella—. Será más sencillo para los chavales. Aún están un poco agitados con lo de papá.

—Y lo estarían más si supieran lo que iba a hacer su madre. ¿Y te has olvidado de las elecciones, por cierto? Quedan menos de ocho semanas y tienes a dos rivales dejándose el culo para ganarte, y ahora con el dinero de Marcus Nettles.

—Que le den a las elecciones. Que se quede Nettles con el puto juzgado. Esto es más importante.

—¿Qué es más importante? Ni siquiera sabemos de qué estamos hablando. ¿Y qué hay de tus causas pendientes? ¿Te crees que puedes levantarte y marcharte?

Rachel le concedió dos puntos por el buen intento, pero aquello no iba a desanimarla.

—El jefe del juzgado lo ha entendido. Le dije que necesitaba algún tiempo para reponerme. Hace dos años que no me cojo vacaciones. Me deben muchos días.

Paul negó con la cabeza.

—Te largas a Baviera a la absurda búsqueda de un hombre que probablemente esté muerto, para buscar algo que probablemente se haya perdido para siempre. No eres la primera en buscar la Habitación de Ámbar. Hay gente que ha dedicado toda su vida a buscarla, sin obtener resultado.

Ella no pensaba ceder.

—Papá sabía algo importante. Lo siento. Este Chapaev podría saberlo también.

—Estás soñando.

—Y tú eres patético.

Lamentó al instante tanto las palabras como el tono. No había necesidad de herirlo.

—Voy a ignorar eso porque sé que estás muy afectada —dijo él lentamente.

—Me marcho mañana por la noche en un vuelo a Múnich. Necesito una copia de las cartas de mi padre y de los artículos de su archivo.

—Te los llevaré de vuelta a casa. —Su voz traslucía una absoluta resignación.

—Te llamaré desde Alemania para decirte dónde me alojo. —Se dirigió hacia la puerta—. Mañana tienes que recoger a los niños en la guardería.

—Rachel...

Ella se detuvo, pero no se volvió.

—Ten cuidado.

Abrió la puerta y se marchó.

Segunda parte

21

Knoll dejó su hotel y tomó un tren MARTA que lo acercaría a los juzgados del condado de Fulton. La información de la KGB que había robado en la depositaría de registros de San Petersburgo indicaba que Rachel Cutler era abogada, e incluía la dirección de su trabajo. Pero una visita al bufete el día anterior le había revelado que había dejado aquel trabajo cuatro años antes de ser elegida jueza del tribunal superior. La recepcionista había sido de lo más cortés y le había proporcionado su nuevo número de teléfono y la situación de su despacho en el juzgado. Knoll decidió que una llamada sería respondida con un rápido rechazo. Una visita cara a cara y sin anuncio previo parecía el mejor procedimiento.

Habían pasado cinco días desde que matara a Karol Borya. Tenía que cerciorarse al menos de lo que sabía la hija acerca de la Habitación de Ámbar. Quizá su padre le hubiera mencionado algo a lo largo de los años. Quizá ella supiera algo sobre Chapaev. Era una apuesta arriesgada, pero se estaba quedando sin pistas rápidamente y necesitaba agotar todas las posibilidades. Un rastro que hacía poco le había parecido prometedor se difuminaba a ojos vista.

Entró en un ascensor repleto y subió hasta la sexta planta del jugado. Los pasillos daban a salas de audiencias atestadas y despachos atareados. Vestía el traje de color gris claro, la camisa de rayas y la corbata de seda amarilla pálida que había comprado el día anterior en una tienda del centro. Había escogido conscientemente unos colores suaves y conservadores.

Empujó unas puertas de cristal marcadas como «Despacho de la honorable Rachel Cutler» y pasó a una silenciosa antesala. Una mujer negra de unos treinta años esperaba detrás de un escritorio. En la placa de la mesa se leía «Sami Luffman».

—Buenos días —saludó con su mejor inglés.

La mujer sonrió y le devolvió el saludo.

—Me llamo Christian Knoll. —Le entregó una tarjeta similar a la que había usado con Pietro Caproni, salvo porque esta proclamaba únicamente que era «Coleccionista de arte», no académico, y porque no incluía dirección alguna—. Quería saber si podría hablar con su señoría.

La mujer aceptó la tarjeta.

—Lo siento, la jueza Cutler no ha venido hoy.

—Es muy importante para mí hablar con ella.

—¿Puedo preguntarle si se trata de algún caso pendiente en nuestro juzgado?

Él negó con la cabeza, cordial e inocente.

—En absoluto. Es un asunto personal.

—El padre de la jueza murió el pasado fin de semana y...

—Oh, cuánto lo siento —respondió Knoll fingiendo emoción—. Es terrible.

—Sí, una lástima. Estaba muy afectada y ha decidido tomarse unos días de descanso.

—Pues es una desgracia, tanto para ella como para mí. Solo estoy en la ciudad hasta mañana y esperaba poder hablar con la jueza Cutler antes de marcharme. ¿Podría pasarle una nota para que me llame a mi hotel?

La secretaria pareció considerar aquella petición y se tomó un momento para estudiar una fotografía enmarcada que colgaba tras ella, en la pared decorada con papel pintado. En ella se veía a una mujer junto a un hombre, con el brazo derecho levantado como si le estuvieran tomando juramento. Tenía el cabello castaño a la altura de los hombros, la nariz respingona y una mirada intensa. Vestía una toga negra, de modo que no resultaba fácil opinar sobre su figura. Los pómulos suaves estaban tocados por una sombra de colorete y la sonrisa leve parecía apropiada para tan solemne ocasión. Knoll señaló la foto.

—¿Es la jueza Cutler?

—El día en que juró el cargo, hace cuatro años.

Era la misma cara que había visto el martes en el funeral de Karol Borya, al frente de los dolientes y abrazada a dos niños pequeños, un chico y una chica.

—Puedo dejarle a la jueza Cutler su mensaje, pero no le aseguro que vaya a llamarlo.

—¿Y cómo es eso?

—Hoy mismo sale de la ciudad.

—¿Un viaje largo?

—Se va a Alemania.

—Un lugar maravilloso. —Necesitaba saber adónde se dirigía, de modo que lo intentó con los tres principales puntos de entrada—. Berlín está adorable en esta época del año. Igual que Fráncfort y Múnich.

—Ella va a Múnich.

—¡Ah! Una ciudad mágica. Quizá le ayude a superar su dolor.

—Eso espero.

Ya había descubierto suficiente.

—Le doy las gracias, señora Luffman. Ha sido usted de mucha ayuda. Aquí tiene los datos de mi habitación. —Se inventó un hotel y un número de habitación, pues ya no necesitaba contactar con ella—. Por favor, haga saber a la jueza Cutler que he estado aquí.

—Lo intentaré.

Él se volvió para marcharse, pero no sin antes lanzar una última mirada a la fotografía de la pared y grabar en su mente la imagen de Rachel Cutler.

Dejó la sexta planta y bajó hasta el nivel de la calle. Una hilera de teléfonos de pago ocupaba toda una pared. Se acercó y marcó un número internacional, una línea privada del estudio de Franz Fellner. En Alemania eran casi las cinco de la tarde. No estaba seguro de quién respondería, ni siquiera de a quién debía informar. Era evidente que se estaba produciendo una transición en el poder. Fellner desaparecía poco a poco mientras Monika asumía el control. Sin embargo, el viejo no era de los que se marchan fácilmente, especialmente cuando estaba en juego algo como la Habitación de Ámbar.

—*Guten tag* —respondió Monika después de dos timbrazos.

—¿Hoy te toca hacer de secretaria? —preguntó él en alemán.

—Ya era hora de que llamaras. Ha pasado una semana. ¿Ha habido suerte?

—Tenemos que aclarar una cosa: a mí no se me controla como si fuera un escolar. Me das una misión y me dejas en paz. Ya llamaré cuando sea necesario.

—Estamos quisquillosos, ¿eh?

—No necesito que me supervisen.

—Te recordaré eso la próxima vez que te tenga entre las piernas.

Knoll sonrió. Era difícil rechazarla.

—He encontrado a Borya. Dijo no saber nada.

—¿Y le creíste?

—¿He dicho yo eso?

—Está muerto, ¿no?

—Una trágica caída por las escaleras.

—A papá no va a gustarle nada eso.

—Creía que ahora mandabas tú.

—Así es. Y francamente, me da igual. Pero mi padre tiene razón: asumes demasiados riesgos.

—No asumo riesgos innecesarios.

De hecho, había sido bastante cauto. Durante su primera visita había tenido cuidado de no tocar más que el vaso de té, que en la segunda visita se llevó. Además, en esta ocasión había entrado con las manos enguantadas.

—Digamos que decidí el rumbo necesario según las circunstancias.

—¿Qué hizo, insultar tu orgullo?

Era asombroso cómo podía leer en él incluso a mil quinientos kilómetros de distancia. Knoll nunca había sospechado que fuera tan transparente.

—Carece de importancia.

—Un día se te va a acabar la suerte, Christian.

—Parece que estés deseando ver ese día.

—Lo cierto es que no. Serías difícil de sustituir.

—¿En qué sentido?

—En todos, hijo de puta.

Knoll sonrió. Era bueno saber que también él sabía ponerse en el lugar de ella.

—He descubierto que la hija de Borya va camino de Múnich. Podría tener intención de hablar con Chapaev.

—¿Qué te hace pensar eso?

—El modo en que Borya me esquivó y algo que dijo acerca de los paneles. «Quizá mejor que permanezca perdida.»

—La mujer podría estar simplemente de vacaciones.

—Lo dudo. Demasiada coincidencia.

—¿Vas a seguirla?

—Más tarde. Antes tengo que ocuparme de un asunto.

22

Suzanne vigilaba a Christian Knoll desde el otro lado de la entreplanta. Estaba sentada dentro de una sala de espera atestada en la que se podía leer «Secretaría del juzgado. Multas de tráfico» grabado en la pared exterior de cristal. Unas setenta y cinco personas esperaban su turno para acercarse a un mostrador de formica y realizar sus gestiones. Toda la escena era caótica y una nube de humo flotaba en el aire a pesar de los diversos carteles que prohibían fumar.

Llevaba desde el sábado siguiendo a Knoll. El lunes, su presa había realizado dos visitas al High Museum of Art y una a un edificio de oficinas del centro de Atlanta. El martes había asistido al funeral de Karol Borya. Ella había presenciado el entierro desde el otro lado de la calle. Knoll no había hecho mucho el día anterior, un viaje a la biblioteca pública y a un centro comercial, pero aquel día se había levantado pronto y había desplegado una gran actividad.

Suzanne llevaba el pelo rubio y corto oculto bajo una peluca castaña rojiza. Tenía la cara cubierta de maquillaje adicional y sus ojos quedaban ocultos por unas gafas de sol baratas. Vestía unos vaqueros ajustados, un jersey sin cuello de las Olimpiadas de Atlanta de 1996 y zapatillas de tenis. Sobre un hombro llevaba una mochila negra y barata. Encajaba a la perfección en la multitud y tenía un ejemplar de *People* en el regazo. Su mirada iba constantemente de la página a las cabinas telefónicas al otro lado del concurrido vestíbulo.

Hacía cinco minutos había seguido a Knoll hasta la sexta planta y lo había visto entrar en la zona de Rachel Cutler. Reconoció el nombre y comprendió la conexión. Era evidente que Knoll no pretendía rendirse y lo más probable era que en ese momento estuviese informando a Monika Fellner de sus hallazgos. Esa perra sería sin duda todo un problema. Joven. Agresiva. Hambrienta. Una digna sucesora de Franz Fellner y una molestia en más de un sentido.

Knoll no había pasado mucho tiempo en el despacho de Rachel Cutler, desde luego no lo suficiente como para haberse reunido con ella. De modo que Suzanne se había retirado temerosa de que notara su presencia, pues no estaba segura de que su disfraz resultara un camuflaje eficaz. Había empleado un atuendo distinto cada día y se había cuidado de no repetir nada que él hubiera podido reconocer. Knoll era bueno. Muy bueno. Por fortuna, ella era aún mejor.

Knoll colgó el teléfono y se dirigió hacia la calle.

Ella tiró la revista a un lado y lo siguió.

Knoll detuvo un taxi y regresó a su hotel. Ya había sentido a alguien el sábado por la noche en casa de Borya, después de romperle el cuello al anciano. Pero sin duda alguna se había percatado de la presencia de Suzanne Danzer el lunes y todos los días posteriores. Se disfrazaba bien, pero sus muchos años como agente de campo habían afinado sus habilidades. Pocas cosas escapaban ya a su atención. Casi la había estado esperando. Ernst Loring, el empleador de Danzer, codiciaba la Habitación de Ámbar tanto como Fellner. El padre de Loring, Josef, había estado obsesionado con ese mineral y había llegado a amasar una de las mayores colecciones privadas del mundo. Ernst había heredado no solo los objetos, sino también el deseo de su padre. Muchas veces había oído a Loring predicar acerca del tema y lo había visto comerciar o comprar piezas de ámbar a otros coleccionistas, Fellner incluido. Sin duda alguna, Danzer había sido despachada a Atlanta para enterarse de a qué se dedicaba él.

¿Pero cómo había sabido dónde encontrarlo?

Claro. El encargado curioso de San Petersburgo. ¿Quién si no? Ese idiota debía de haber logrado echar un vistazo a la hoja del KGB antes de que él la robara. Sin duda estaba a sueldo algún posible benefactor. El que Danzer se encontrara allí indicaba que ese benefactor, o el principal de ellos, era Loring.

El taxi llegó al Marriott y Knoll salió a la calle. Sin duda, Danzer lo seguiría desde una cierta distancia. Probablemente estuviera registrada en el mismo hotel. Ahora se metería en uno de los aseos de la planta baja para cambiar su disfraz, la peluca y los accesorios. Quizá subiera corriendo a la habitación para cambiarse de ropa y probablemente pagaría a uno de los botones o conserjes para que la alertara si él dejaba el edificio.

Knoll se dirigió directamente a su habitación en la planta dieciocho. Una vez dentro llamó a las reservas de Delta.

—Necesito un vuelo de Atlanta a Múnich. ¿Hay alguno hoy?

Se oyó el repicar de un teclado de ordenador.

—Sí, señor. Sale uno a las 14:35. Un vuelo directo a Múnich.

Tenía que asegurarse de que no hubiera otros vuelos.

—¿Alguno antes, o después?

Más teclas.

—No con nosotros.

—¿Y de otra compañía?

Más sonido de teclas.

—Ese es el único vuelo directo entre Atlanta y Múnich para hoy. Sin embargo, podría volar mediante conexión con otros dos aviones.

Se la jugó a que Cutler tomara el vuelo directo y no uno a Nueva York, París, Ámsterdam o Fráncfort con conexión a Múnich. Confirmó la reserva, colgó e hizo rápidamente su maleta de viaje. Debía calcular con precisión su llegada al aeropuerto.

Si Rachel Cutler no se encontraba en el vuelo que había elegido, tendría que retomar su rastro de otro modo, quizá cuando llamara a su despacho para hacer saber a su secretaria dónde podría localizarla. Entonces él volvería a llamar, daría un número de teléfono correcto y excitaría la curiosidad de la jueza hasta que se decidiera a devolver la llamada.

Se dirigió abajo para avisar de que dejaba la habitación. El vestíbulo estaba concurrido. La gente corría de un lado a otro, pero no tardó en reparar en una morena de aspecto travieso a unos cincuenta metros, sentada en una mesa exterior, en uno de los salones que salpicaban el atrio central. Como sospechaba, Danzer se había cambiado de ropa. Un mono de color melocotón y unas gafas de sol más elegantes y oscuras que antes reemplazaban su imagen desarreglada anterior.

Pagó la habitación y salió para tomar un taxi que lo llevara al aeropuerto.

Suzanne reparó en la bolsa de viaje. ¿Se marchaba Knoll? No tenía tiempo de regresar a su cuarto. Tendría que seguirlo y ver adónde se dirigía. Por eso siempre viajaba muy ligera de equipaje y no incluía nada que no fuera indispensable, o que pudiera reemplazar.

Se puso en pie, dejó cinco dólares sobre la mesa por la bebida a la que no había dado ni dos sorbos y se dirigió hacia las puertas giratorias.

Knoll salió del taxi una vez en el aeropuerto internacional de Hartsfield y consultó su reloj: la una y veinticinco. Pagó al taxista tres billetes de diez, se echó la bolsa de viaje de cuero al brazo derecho y entró en la terminal sur.

Sentía curiosidad por saber hasta dónde llegaría Danzer, de modo que ignoró el quiosco electrónico, se puso en una de las colas de facturación de Delta y vio cómo la mujer se deslizaba por la terminal hacia otra cola, esta no tan larga. Sin duda se estaría preguntando a dónde se dirigía él. Pero su dilema era complicado. Necesitaba un billete para poder seguirlo por la terminal, así que probablemente compraría cualquier cosa que le diera acceso a las salas que se abrían tras el punto de control.

Era evidente que la repentina partida la había cogido por sorpresa, ya que aún llevaba la misma peluca morena, mono color melocotón y gafas oscuras que en el Marriott. Una negligencia. Debería llevar una mochila. Algo con lo que variar su aspecto, si el disfraz era su único camuflaje. Él prefería la vigilancia electrónica. Le concedía el lujo de la distancia entre el cazador y la presa.

Aguardó pacientemente y cuando le llegó el turno obtuvo su tarjeta de embarque y facturó la bolsa. El estilete estaba dentro, el único lugar seguro porque la hoja nunca superaría un detector de metales. Danzer ya estaba fuera de su cola y se encontraba en uno de los extremos del concurrido punto de control, con el billete en la mano.

Knoll casi sonrió.

Era de lo más previsible.

Tras pasar los detectores, recorrió una larga escalera mecánica hasta la zona comercial. Danzer permanecía en todo momento veinte metros más atrás. Al final de la escalera se dirigió junto al resto de los viajeros vespertinos hacia los trenes automáticos. Se subió al coche delantero y vio a Danzer tomar el segundo y situarse cerca de las ventanillas delanteras.

Knoll conocía bien el aeropuerto. Los trenes se desplazaban entre seis terminales, siendo la internacional la más alejada. En la primera parada, la terminal A, se bajaron él y otras cincuenta personas. Sin duda Danzer se estaría preguntando qué hacía, pues conocería lo bastante el Hartsfield como para saber que ningún vuelo internacional partía de las terminales A a D. Estaría pensando que quizá fuera a tomar un vuelo interior hacia otra ciudad estadounidense.

Remoloneó un poco, como si estuviera esperando a alguien. En realidad estaba contando en silencio los segundos. La precisión era vital. Danzer también aguardaba a unos veinte metros intentando parecer distraída, confiada en que él no hubiera notado nada. Knoll esperó exactamente un minuto antes de dirigirse hacia la escalera mecánica.

Los peldaños ascendían lentamente.

Estaban a treinta metros de altura de la concurrida terminal. Unos amplios tragaluces a cuatro plantas de altura dejaban entrar la luz brillante del sol. Una mediana de aluminio separaba la escalera ascendente de la descendente, decorada cada seis metros con una planta de seda. La escalera mecánica que bajaba hacia la zona de transporte estaba relativamente vacía. No había cámaras ni guardias de seguridad a la vista.

Esperó el momento preciso y entonces se aferró al pasamanos de goma y se deslizó a lo largo de la mediana hasta aterrizar en la escalera descendente. Ahora se dirigía en la dirección contraria, y al pasar junto a Danzer inclinó la cabeza a modo de burlesco saludo.

La expresión de ella lo dijo todo.

Tenía que moverse rápidamente, pues ella no tardaría en copiar su acción. Adelantó a algunos de los viajeros sin dejar de repetir: «seguridad del aeropuerto, háganse a un lado, por favor».

Su cálculo resultó perfecto. Un tren llegó con un rugido a la estación en dirección a las terminales de vuelos internacionales. Las puertas se abrieron. Una voz robótica anunció: «por favor, apártense de las puertas hacia el centro del pasillo». La gente entró. Knoll miró hacia atrás y vio a Danzer deslizarse sobre la mediana con mucha menos elegancia que él. La mujer trastabilló un momento antes de recobrar el equilibrio.

Él subió al tren.

—Las puertas se están cerrando —anunció la voz robótica.

Danzer corrió cuanto pudo escaleras abajo y en dirección al tren, pero ya era demasiado tarde. Las puertas se cerraron y el vagón partió de la estación.

Knoll se bajó en la terminal internacional. Danzer se dirigiría hacia allí, pero sin duda el vuelo a Múnich ya estaría embarcando y para cuando ella atravesara corriendo toda la zona de transporte o esperara al siguiente tren, él ya se habría ido. La terminal era enorme, la más grande de América dedicada a vuelos internacionales. Cinco plantas. Veinticuatro puertas. Llevaría una hora simplemente comprobarlas todas.

Llegó a la escalera mecánica y empezó a subir. Aquel espacio transmitía la misma sensación brillante y amplia, aunque algunos expositores dispuestos de forma regular mostraban una variedad de piezas artísticas mexicanas, egipcias y fenicias. Nada extravagante ni precioso, solo piezas ordinarias con placas que indicaban el museo concreto de Atlanta o el coleccionista que las había cedido.

En el desembarco de la escalera mecánica siguió a los viajeros que se dirigían hacia la derecha. El aroma del café procedía de un establecimiento Starbuck's. Un gentío se congregaba en el W. H. Smith para comprar revistas y periódicos. Estudió la pantalla de salidas. A lo largo de los siguientes treinta minutos dejarían las puertas más de diez vuelos. Danzer no tendría modo de saber cuál de ellos había tomado él..., si es que se había marchado en alguno.

Buscó el vuelo a Múnich, consultó la puerta de embarque y se dirigió hacia ella. Cuando llegó, los pasajeros ya estaban subiendo al avión. Se puso en la cola.

—¿Va completo el vuelo? —preguntó cuando le llegó su turno.

El asistente se concentró en su monitor.

—Sí, señor. Todo lleno.

Bien. Aunque Danzer lo encontrara, no tendría modo de seguirlo. Se dirigió hacia la puerta de embarque. Delante de él tenía unas treinta personas. Echó un vistazo hacia la cabecera de la cola y vio a una mujer con el cabello castaño rojizo a la altura de los hombros y vestida con un espectacular traje pantalón azul oscuro. Tras entregar su tarjeta de embarque, entró en el Jetway.

La reconoció al instante.

Rachel Cutler.

Perfecto.

23

Suzanne entró en el despacho. Paul Cutler se levantó desde detrás de su enorme escritorio de nogal y se dirigió hacia ella.

—Le agradezco que se haya molestado en recibirme —dijo ella.

—No es molestia, señora Myers.

Cutler empleaba el apellido que ella había dado a la recepcionista. Sabía que a Knoll le gustaba usar su propio nombre. Una muestra más de su arrogancia. Ella prefería el anonimato. Tenía menos posibilidades de dejar una impresión duradera.

—¿Por qué no me llama Jo?

Aceptó el asiento y estudió a aquel abogado de mediana edad. Era alto y delgado, con el cabello fino y castaño. No era calvo, simplemente era evidente que no conservaba tanto pelo como tuviera en su juventud. Vestía con la esperada camisa blanca, pantalones oscuros y corbata de seda, pero los tirantes añadían un toque de madurez. Su sonrisa era arrebatadora y le gustaba el brillo de sus ojos castaños. Parecía modesto y carente de pretensiones, alguien a quien, decidió rápidamente, era posible encantar.

Afortunadamente, estaba vestida para ello. Tenía puesta la peluca castaña y unas lentillas azules le tintaban los ojos. Unas discretas gafas octogonales con borde dorado acrecentaban la ilusión. La falda de crepé y la chaqueta cruzada de grandes solapas las había comprado el día anterior en Ann Taylor, y tenían un distintivo toque femenino. La idea era apartar la atención de su rostro. Al sentarse había cruzado las piernas, exponiendo lentamente las medias negras. Trató de sonreír un poco más de lo habitual.

—¿Es usted investigadora artística? —preguntó Cutler—. Debe de ser un trabajo interesante.

—Puede serlo. Pero estoy convencida de que su trabajo es igualmente desafiante.

Suzanne inspeccionó rápidamente la decoración del despacho. Sobre un canapé de cuero colgaba una reproducción enmarcada de Winslow, con una acuarela de Kupka a cada lado. Otra de las paredes estaba cubierta de diplomas y certificados de pertenencia a asociaciones profesionales, así como premios del Colegio de Abogados de Estados Unidos, la Asociación de Abogados Legalizadores y el Colegio de Abogados Judiciales de Georgia. Había dos fotografías en color tomadas en lo que parecía una cámara legislativa: Cutler dando la mano al mismo hombre de edad avanzada.

Señaló los cuadros.

—¿Conoce el mundo del arte?

—No mucho. Tengo algunas cosas. Sin embargo, participo activamente en el High Museum.

—Debe de proporcionarle grandes satisfacciones.

—El arte es importante en mi vida.

—¿Por eso ha aceptado recibirme?

—Por eso y por simple curiosidad.

Suzanne decidió entrar en faena.

—He estado en los juzgados del condado de Fulton. La secretaria de su ex mujer me indicó que la jueza Cutler estaba fuera de la ciudad. No me quería decir adónde había ido y me sugirió que me acercara a hablar con usted.

—Sami me ha llamado hace un rato. Dice que es algo relacionado con mi ex suegro.

—Así es. La secretaria de la jueza Cutler me confirmó que un hombre apareció allí ayer, preguntando por su ex mujer. Europeo, alto, rubio. Usó el nombre Christian Knoll. Llevo toda la semana siguiendo a ese individuo, pero lo perdí ayer por la tarde en el aeropuerto. Temo que pueda estar siguiendo a la jueza Cutler.

La preocupación nubló la expresión del abogado. Excelente. Había acertado en sus suposiciones.

—¿Para qué iba a seguir a Rachel ese tal Knoll?

La franqueza era un riesgo calculado. Quizá el miedo hiciera bajar las barreras al abogado y pudiera descubrir exactamente adónde había ido Rachel Cutler.

—Knoll vino a Atlanta para hablar con Karol Borya. —Decidió omitir cualquier referencia a que Knoll, de hecho, había llegado a hablar con Borya el sábado por la noche. No había necesidad de ofrecer demasiadas pistas—.

Debe de haberse enterado de la muerte de Borya y haber empezado a buscar a su hija. Es la única explicación lógica para el hecho de que fuera a verla a su despacho.

—¿Cómo puede saber él, o usted misma, nada sobre Karol?

—Sin duda estará usted al tanto de las actividades del señor Borya mientras fue ciudadano soviético.

—Nos lo dijo. ¿Pero cómo lo averiguó usted?

—Los registros de la comisión para la que el señor Borya trabajó en el pasado son públicos hoy día en Rusia. No es complicado estudiar la historia. Knoll está buscando la Habitación de Ámbar y probablemente esperaba que Borya supiera algo al respecto.

—¿Pero cómo supo dónde encontrar a Karol?

—La semana pasada, Knoll estuvo registrando los documentos de una depositaría en San Petersburgo, información que hasta hace muy poco no ha estado disponible para su estudio. Allí obtuvo las señas.

—Eso no explica qué hace usted aquí.

—Como le he indicado, estoy siguiendo a Knoll.

—¿Cómo supo que Karol había muerto?

—No lo supe hasta que llegué el lunes a la ciudad.

—Señora Myers, ¿a qué se debe tanto interés en la Habitación de Ámbar? Estamos hablando de algo que lleva perdido más de cincuenta años. ¿No cree que si fuera posible dar con ella, alguien lo habría hecho ya?

—Estoy de acuerdo, señor Cutler. Pero Christian Knoll opina diferente.

—Dice usted que lo perdió ayer en el aeropuerto. ¿Qué le hace pensar que estaba siguiendo a Rachel?

—Una corazonada. Registré las terminales, pero no logré dar con él. Me fijé en los diversos vuelos internacionales que abandonaron la terminal pocos minutos después de que Knoll me despistara. Uno se dirigía a Múnich. Dos a París. Tres a Fráncfort.

—Ella salió en el de Múnich.

A Suzanne le pareció que Paul Cutler empezaba a entrar en calor. A confiar. A creer. Decidió aprovecharse del momento.

—¿Por qué viaja la jueza Cutler a Múnich, recién muerto su padre?

—Su padre le dejó una nota acerca de la Habitación de Ámbar.

Ese era el momento de presionar.

—Señor Cutler, Christian Knoll es un hombre peligroso. Cuando va detrás de algo, nada se interpone en su camino. Apostaría a que él también tomó ese vuelo a Múnich. Es importante que hable con su ex mujer. ¿Sabe dónde se aloja?

—Me dijo que me llamaría desde allí, pero aún no he sabido nada de ella.

La preocupación resultaba evidente en sus palabras.

—En Múnich son casi las tres y media.

—Estaba pensando eso mismo antes de que llegara usted.

—¿Sabe exactamente a dónde se dirigía? —Cutler no respondió y decidió presionarlo—. Entiendo que soy una extraña para usted, pero le aseguro que soy su amiga. Necesito dar con Christian Knoll. No puedo entrar en detalles por motivos de confidencialidad, pero tengo la firme creencia de que está buscando a su ex mujer.

—Entonces debería hablar con la policía.

—Knoll no es nadie para la policía local

. Este es un asunto de las autoridades internacionales.

Cutler titubeaba, como si estuviera considerando aquellas palabras, sopesando sus opciones. Llamar a la policía llevaría tiempo. Involucrar a las agencias europeas, todavía más. Pero ella estaba allí, dispuesta a actuar de inmediato. La elección no debía de ser muy difícil y Suzanne no se sorprendió cuando la tomó.

—Se fue a Baviera a buscar a un hombre llamado Danya Chapaev, que vive en Kehlheim.

—¿Quién es Chapaev? —preguntó ella con inocencia.

—Un amigo de Karol. Trabajaron juntos hace años, en la Comisión. Rachel pensó que Chapaev podría saber algo acerca de la Habitación de Ámbar.

—¿Y qué le hizo pensar eso?

Cutler rebuscó en un cajón de su escritorio y sacó un paquete de cartas. Se las entregó.

—Mírelo usted misma. Aquí está todo.

Suzanne tardó varios minutos en leer todas las cartas. No había nada definido ni preciso, pero ya no había duda de que tenía que impedir que Knoll se aliara con Rachel Cutler. Porque eso era exactamente lo que el hijo de perra planeaba. No había descubierto nada con el padre, de modo que lo tiró por las escaleras y decidió seducir a la hija para ver si sacaba algo.

Se incorporó.

—Le agradezco la información, señor Cutler. Voy a ver si consigo localizar a su ex mujer en Múnich. Tengo contactos allí. —Le ofreció la mano—. Quiero darle las gracias por su tiempo.

Cutler se levantó y le estrechó la mano.

—Y yo agradezco su visita y su advertencia, señora Myers. Pero no ha llegado a decirme cuál es su interés en todo este asunto.

—No tengo libertad para divulgarlo, pero baste decir que el señor Knoll está siendo buscado por diversas y graves acusaciones.

—¿Pertenece usted a la policía?

—Soy una detective privada contratada para dar con Knoll. Trabajo desde Londres.

—Qué extraño. Su acento suena más del este de Europa que británico.

Suzanne sonrió.

—Y así es. Soy de Praga.

—¿Quiere dejarme un número de teléfono? Si Rachel se pone en contacto podría comunicarla con usted.

—No es necesario. Ya lo llamaré yo más tarde, o mañana, si no es molestia.

Se volvió para marcharse y reparó en la fotografía enmarcada de una pareja mayor.

—Una buena pareja.

—Mis padres. Está tomada unos tres meses antes de su muerte.

—Lo siento.

Él aceptó las condolencias con una leve inclinación de cabeza y Suzanne abandonó el despacho sin decir nada más. La última vez que había visto a aquellas dos personas fue un día lluvioso, mientras subían, junto a otros veinte pasajeros, a un avión de Alitalia. Se preparaban para dejar Florencia, en un corto vuelo sobre el mar Ligurio que los llevaría a Francia. Los explosivos cuya colocación ella había pagado se encontraban a salvo en la bodega de carga. El temporizador ya estaba en marcha y se activaría treinta minutos más tarde, sobre el mar abierto.

24
MÚNICH, ALEMANIA
16:35

Rachel estaba asombrada. Nunca había estado en un salón de cerveza. Una potente banda con trompetas, batería, acordeón y cencerros profería un estrépito ensordecedor. Las largas mesas de madera estaban rebosantes de clientes, olor a tabaco, salchichas y cerveza espesa y fuerte. Camareros sudorosos con pantalones cortos de cuero y mujeres ataviadas con los vestidos tradicionales del sur de Alemania servían sin descanso jarras de litro de una cerveza oscura. *Maibock,* oyó que se llamaba: un brebaje de temporada que solo se servía en aquella época del año para anunciar la llegada del calor.

La mayoría de las más de doscientas personas que la rodeaban parecía pasarlo bien. A ella nunca le había gustado mucho la cerveza; siempre había pensado que se requería un esfuerzo hasta que se le cogía el gusto y para cenar pidió una cocacola con pollo asado. El recepcionista del hotel le había recomendado aquel salón y le indicó que debía evitar los *Hofbrauhaus* cercanos, donde se congregaban los turistas.

El vuelo desde Atlanta había llegado por la mañana e, ignorando los consejos que siempre había oído, había alquilado un coche, se había registrado en un hotel y se había echado una buena siesta. Al día siguiente conduciría hasta Kehlheim, a unos setenta kilómetros al sur y a tiro de piedra de Austria y de los Alpes. Danya Chapaev había esperado tanto tiempo que no le importaría un día más, asumiendo que estuviera allí siquiera.

El cambio de escenario le había hecho bien, aunque le resultaba extraño mirar a su alrededor y ver los techos abovedados y los coloristas uniformes de los empleados del local. Solo había salido de los Estados Unidos una vez, tres años atrás, para visitar Londres con motivo de una conferencia judicial patrocinada por el Colegio de Abogados de Georgia. Siempre le habían interesado los programas de televisión acerca de Alemania y había soñado con visitarla algún día. Y allí estaba.

Se comió el pollo y disfrutó del espectáculo. Aquello la distrajo de su padre, de la Habitación de Ámbar y de Danya Chapaev, de Marcus Nettles y de las inminentes elecciones. Quizá Paul tuviera razón y todo aquello no fuera sino una pérdida de tiempo. Pero se sentía mejor solo por estar allí y eso contaba.

Pagó la cuenta con los euros que había obtenido en el aeropuerto y salió del local. La tarde era fresca y agradable. De estar en su casa, en ese momento hubiera tenido que echar mano del jersey. El sol primaveral proyectaba luces y sombras sobre el adoquinado. Las calles estaban llenas de turistas y comerciantes, y los edificios de la ciudad vieja formaban una intrigante mezcla de piedra, madera y ladrillo que ofrecía la atmósfera provinciana de lo medieval y folclórico. Toda la zona era exclusivamente peatonal y los vehículos se limitaban a alguna camioneta de reparto ocasional.

Giró hacia el este y se dirigió hacia Marienplatz.

Su hotel se encontraba al otro lado de la plaza abierta. En medio había un mercado de alimentación cuyos puestos rebosaban de fruta, carne y especialidades cocinadas. A la izquierda se extendía la terraza de una cervecería. Recordaba algunas cosas acerca de Múnich. Había sido la capital de Baviera, hogar del Duque y elector, trono de los Wittelsbach que habían gobernado la zona durante setecientos cincuenta años. ¿Cómo lo había llamado Thomas Wolfe?: «un toque de cielo alemán».

Pasó junto a varios grupos de turistas con guías que hablaban francés, español y japonés. Frente al ayuntamiento se encontró con un grupo inglés, cuyo acento *cockney* recordaba de su viaje al Reino Unido. Se detuvo al final del grupo para escuchar al guía y contempló el fulgor de ornamentación gótica que se alzaba ante ella. El grupo avanzó lentamente por la plaza hasta detenerse al otro lado del ayuntamiento. Ella los siguió y reparó en que la guía consultaba su reloj. El de la fachada indicaba que eran las cinco menos dos minutos de la tarde.

De repente, las ventanas del reloj de la torre se abrieron y dos hileras de figurillas de cobre pintadas con brillantes colores empezaron a bailar sobre un disco giratorio. La música inundó la plaza. Las campanas anunciaron las cinco en punto y fueron respondidas por otras campanas lejanas.

—Este es el *glockenspiel* —dijo la guía por encima del clamor—. Se activa tres veces al día. A las once, a mediodía y ahora, a las cinco. Las figuras en la parte superior representan un torneo que solía acompañar a las bodas reales alemanas en el siglo XVI. Las de abajo están realizando la danza de los toneleros.

Las vistosas figuras se movían al compás de una animada música bávara. Todo el mundo en la calle se detuvo y miró hacia arriba. La representación duró dos minutos antes de detenerse, y entonces la plaza volvió a la vida. El grupo salió de la plaza y cruzó una de las calles laterales. Ella se quedó unos segundos más hasta ver cómo se cerraban por completo las ventanas del reloj, antes de dirigirse hacia el cruce con los demás.

El sonido de un claxon quebró la tarde.

Rachel volvió la cabeza hacia la izquierda.

La parte delantera de un coche se dirigía hacia ella. Veinte metros. Quince. Diez. Sus ojos se concentraron en el capó y en el emblema de Mercedes, y después en las luces y palabras que indicaban que se trataba de un taxi.

Cinco metros. El claxon seguía sonando. Tenía que moverse, pero los pies no le respondían. Se preparó para sentir el golpe y se preguntó si le dolería más el impacto contra el vehículo o contra los adoquines.

Pobres Marla y Brent.

Y Paul. Dulce Paul.

Entonces, un brazo le rodeó el cuello y la arrastró hacia atrás.

Los frenos empezaron a chirriar hasta que el taxi se detuvo. El olor de la goma quemada empezó a inundarlo todo.

Rachel se volvió para ver quién la había cogido. Se trataba de un hombre alto y fuerte, con un flequillo rubio sobre la piel bronceada. Unos labios finos que parecían cortados con una cuchilla partían un rostro hermoso de tono oscuro. Vestía una camisa de estameña blanca y pantalones a cuadros.

—¿Está usted bien? —le preguntó en inglés.

La situación había apagado las emociones de la mujer, que en ese momento comprendió lo cerca que había estado de morir.

—Creo que sí.

Se reunió una multitud. El conductor del taxi salió del vehículo.

—Está bien —anunció el salvador. Entonces dijo algo en alemán y la gente comenzó a marcharse. Se dirigió en alemán al taxista, que respondió antes de alejarse a toda velocidad.

—El taxista le pide disculpas. Pero dice que apareció usted de repente.

—Creía que la calle era peatonal —respondió ella—. No prestaba atención a los coches.

—Se supone que los taxis no pueden entrar aquí, pero siempre encuentran el modo. Se lo he recordado al conductor, que ha decidido que lo más inteligente era desaparecer.

—Debería haber alguna señal, o algo.

—Estadounidense, ¿no? En los Estados Unidos todo lleva su signo. Aquí no.

Rachel empezó a calmarse.

—Muchas gracias.

Dos filas de dientes tan blancos como regulares mostraron una sonrisa perfecta.

—Ha sido un placer. —Le ofreció la mano—. Soy Christian Knoll.

Ella aceptó la oferta.

—Rachel Cutler. Me alegro de que estuviera aquí, señor Knoll. Ni siquiera vi el taxi.

—Podría haber sucedido una desgracia.

Ella sonrió.

—Desde luego. —Entonces empezó a temblar sin poder evitarlo, al imaginar lo que podría haber sucedido.

—Por favor, déjeme invitarle a tomar algo para que se calme.

—No es necesario.

—Está usted temblando. Un poco de vino le hará bien.

—Se lo agradezco, pero...

—Como recompensa por mis esfuerzos.

Era muy difícil rechazar aquella propuesta, de modo que capituló.

—De acuerdo. Quizá me venga bien un poco de vino.

Siguió a Knoll hasta una cafetería a unas cuatro manzanas de distancia. Las torres gemelas de cobre de la catedral se alzaban justo al otro lado de la calle. Las mesas con mantel se extendían por el adoquinado y en ellas la gente bebía sus jarras de cerveza oscura. Knoll pidió una cerveza para él y un vaso de vino Rhineland para ella, un caldo claro, seco, amargo y delicioso.

Knoll había estado en lo cierto. Tenía los nervios a flor de piel. Nunca se había visto tan cerca de la muerte. Se extrañó por los pensamientos que en aquel momento se le habían pasado por la cabeza. Lo de Brent y Marla era comprensible. ¿Pero Paul? Había pensado claramente en él y durante un instante había sentido una punzada en el corazón.

Bebió el vino y dejó que el alcohol y el ambiente apaciguaran sus nervios.

—Tengo que confesarle una cosa, señora Cutler —dijo Knoll.

—¿Qué tal si me llama Rachel?

—Muy bien. Rachel.

Bebió un poco más de vino.

—¿Qué clase de confesión?

—La estaba siguiendo.

Aquellas palabras centraron su atención. Depositó el vaso sobre la mesa.

—¿A qué se refiere?

—La estaba siguiendo. La llevo siguiendo desde Atlanta.

Ella se incorporó de la mesa.

—Creo que quizá haya que hablar con la policía de este asunto.

Knoll permaneció sentado, impasible, y dio un sorbo a su cerveza.

—No tengo problema con ello, si es lo que desea. Solo le pido que primero me escuche.

Ella consideró la petición. Estaban sentados en plena calle. Al otro lado de una barandilla de hierro había una calle llena de establecimientos nocturnos. ¿Qué daño podía hacerle escuchar? Volvió a sentarse.

—De acuerdo, señor Knoll. Tiene cinco minutos.

Knoll depositó la jarra sobre la mesa.

—Viajé a Atlanta a principios de esta semana para verme con su padre. Al llegar me enteré de su muerte. Ayer me presenté en el despacho de usted y me enteré de su viaje. Incluso dejé mi nombre y mi número de teléfono. ¿No le ha pasado su secretaria mi mensaje?

—Aún no he llamado al despacho. ¿Qué asuntos lo llevaban a hablar con mi padre?

—Estoy buscando la Habitación de Ámbar y pensé que podría serme de ayuda.

—¿Por qué busca la Habitación de Ámbar?

—La busca la persona que me paga.

—Igual que los rusos, no tengo duda.

Knoll sonrió.

—Cierto. Pero, habiendo pasado cincuenta años, consideramos que aquel que la encuentre tiene derecho a quedarse con ella.

—¿En qué podría haberle ayudado mi padre?

—Él la buscó durante muchos años. Los soviéticos dieron una gran importancia al hallazgo de la Habitación de Ámbar.

—De eso hace más de cincuenta años.

—Con este premio en particular, el paso del tiempo carece de importancia. Si acaso, vuelve la búsqueda todavía más interesante.

—¿Cómo localizó a mi padre?

Knoll metió la mano en el bolsillo y le entregó algunas páginas dobladas.

—Las encontré la semana pasada en San Petersburgo. Ellas me llevaron hasta Atlanta. Como puede ver, la KGB lo visitó hace unos años.

Rachel desdobló las hojas y las leyó. El texto estaba en cirílico, pero en un lateral, manuscrita con tinta azul, había una traducción al inglés. Rachel reparó al instante en quién había firmado la primera página. Danya Chapaev. También reparó en lo que la página de la KGB decía sobre su padre:

```
Contacto realizado. Niega cualquier infor-
mación sobre yantarnaya komnata posterior a
1958. No ha podido localizar a Danya Chapaev.
Borya asegura desconocer el paradero de
Chapaev.
```

Pero su padre sí que sabía exactamente dónde vivía Danya Chapaev. Se habían escrito durante años. ¿Por qué había mentido? Además, su padre nunca le había comentado la visita de la KGB. Ni mucho acerca de la Habitación de Ámbar. Resultaba un poco inquietante pensar que la KGB tenía información sobre ella, sobre Marla y Brent. Se preguntó qué más se había callado su padre.

—Por desgracia, no pude hablar con su padre —continuó Knoll—. Llegué demasiado tarde. Lamento mucho su pérdida.

—¿Cuándo llegó usted?

—El lunes.

—¿Y esperó hasta ayer para acudir a mi despacho?

—Supe de la muerte de su padre y no quise entrometerme en su duelo. Mis asuntos bien podían posponerse.

La conexión con Danya Chapaev empezó a aliviar la tensión. Aquel hombre parecía creíble, pero decidió evitar la complacencia. Después de todo, a pesar de ser atractivo y encantador, Christian Knoll no dejaba de ser un extraño. Peor aún, era un extraño en un país extranjero.

—¿Viajó usted en mi mismo vuelo?

Él asintió.

—Apenas si llegué al avión.

—¿Por qué ha esperado hasta ahora para hablar?

—No estaba seguro acerca de la naturaleza de su visita. Si era personal no quería entrometerme. Si estaba relacionada con la Habitación de Ámbar, tenía pensado hablar con usted.

—No me gusta que me sigan, señor Knoll. No me gusta nada.

El hombre clavó la mirada en los ojos de ella.

—Quizá haya sido una suerte el que lo hiciera.

El taxi regresó a la mente de Rachel. ¿Y si tuviera razón?

—Y Christian saldrá adelante —dijo él.

Rachel se obligó a controlarse. No había necesidad de tanta hostilidad. Él tenía razón. Le había salvado la vida.

—De acuerdo. Christian.

—¿Está relacionado su viaje con la Habitación de Ámbar?

—No estoy segura de que deba responder a eso.

—Si yo estuviera en peligro, podría haberme limitado a permitir que la arrollara el taxi.

No le faltaba razón, pero no bastaba.

—*Frau* Cutler, soy un experto investigador. El arte es mi especialidad. Hablo el idioma local y estoy familiarizado con este país. Usted será una excelente jueza, pero intuyo que como detective no pasa de novata.

Ella no respondió.

—Me interesa la información acerca de la Habitación de Ámbar, nada más. He compartido con usted lo que sé. Solo pido lo mismo a cambio.

—¿Y si me niego y acudo a la policía?

—Simplemente desapareceré de la vista, pero la mantendré bajo vigilancia para saber lo que hace. No es nada personal. Es usted un cabo suelto que pretendo explorar hasta el final. Pero pensaba que bien podríamos trabajar juntos y ahorrar tiempo.

En Knoll había algo tosco y peligroso que le gustaba. Sus palabras eran claras y directas, la voz firme. Escudriñó su rostro en busca de alguna señal, pero no obtuvo nada, de modo que tomó la clase de decisión rápida a la que estaba acostumbrada por su trabajo en el juzgado.

—De acuerdo, señor Knoll. He venido para buscar a Danya Chapaev. Al parecer, el mismo nombre que aparece en esta página. Vive en Kehlheim.

Knoll levantó la jarra y dio un sorbo a su cerveza.

—Eso está al sur de aquí, hacia los Alpes, cerca de Austria. Conozco la localidad.

—Al parecer, él y mi padre estaban interesados en la Habitación de Ámbar. Es evidente que mucho más de lo que yo me imaginaba.

—¿Tiene alguna idea de lo que podría saber *Herr* Chapaev?

Rachel decidió no mencionar todavía las cartas.

—Nada, salvo que en el pasado trabajaron juntos, como usted ya parece saber.

—¿Cómo dio con ese nombre?

Decidió mentir.

—Mi padre me ha hablado muchas veces de él a lo largo de los años. En el pasado fueron muy amigos.

—Puedo serle de gran ayuda, *Frau* Cutler.

—Para serle sincera, señor Knoll, tenía la esperanza de pasar algún tiempo sola.

—Lo comprendo perfectamente. Recuerdo la muerte de mi padre. Fue muy difícil.

Aquel sentimiento parecía genuino y Rachel agradeció su preocupación. Pero seguía tratándose de un extraño.

—Necesita ayuda. Si este Chapaev tiene alguna información, yo puedo ayudar a desarrollarla. Dispongo de vastos conocimientos acerca de la Habitación de Ámbar. Cosas que pueden ser de ayuda.

Ella guardó silencio.

—¿Cuándo planea dirigirse hacia el sur? —preguntó Knoll.

—Mañana por la mañana —respondió ella demasiado rápido.

—Déjeme conducir.

—No me gustaría que mis hijos aceptaran subirse a un coche con un extraño. ¿Por qué iba a hacerlo yo?

El hombre sonrió. A Rachel le gustó aquello.

—He sido franco y abierto con su secretaria respecto a mi identidad e intenciones. He dejado un bonito rastro para ser alguien con intención de hacerle daño. —Se tomó la cerveza que quedaba—. En cualquier caso, simplemente la seguiré hasta Kehlheim.

Ella tomó otra decisión rápida. Una que la sorprendió.

—Muy bien. ¿Por qué no? Iremos juntos. Me alojo en el hotel Waldeck, a un par de manzanas.

—Yo estoy en el Elizabeth, enfrente del Waldeck.

Ella negó con la cabeza, sonriente.

—¿Por qué será que no me sorprende?

Knoll observó cómo Rachel Cutler desaparecía en medio del gentío.

Había ido bastante bien.

Depositó algunos euros sobre la mesa y se levantó. Dobló varias esquinas y cruzó de nuevo Marienplatz. Tras pasar el mercado de comestibles, ocupado por los primeros turistas a la búsqueda de la cena, se encaminó por Maximilanstrasse, un elegante bulevar lleno de museos, oficinas gubernamentales y tiendas. El pórtico de pilares del Teatro

Nacional se alzaba delante. Frente a él, una cola de taxis rodeaba la estatua de Maximiliano José, el primer rey de Baviera, mientras esperaba pacientemente los clientes salidos de la primera representación. Cruzó la calle y se acercó al cuarto taxi de la cola. El conductor esperaba fuera con los brazos cruzados, apoyado en el exterior del Mercedes.

—¿Ha bastado? —preguntó el taxista en alemán.

—De sobra.

—¿Ha sido convincente mi actuación posterior?

—Sobresaliente. —Le entregó un fajo de billetes.

—Siempre es un placer hacer negocios contigo, Christian.

—Lo mismo digo, Erich.

Conocía bien al taxista y ya había empleado sus servicios estando en Múnich. El hombre era fiable y corruptible, dos cualidades que siempre buscaba en sus asociados.

—No te estarás ablandando, ¿no, Christian?

—¿Y eso?

—Solo querías asustarla, no matarla. No es propio de ti.

Knoll sonrió.

—No hay nada como un encuentro con la muerte para generar confianza.

—¿Es que te la quieres follar, o algo así?

Knoll no quería decir mucho más, pero quería que aquel hombre siguiera a su disposición en el futuro. Asintió.

—Es un buen modo de meterme entre sus piernas.

El taxista contó los billetes.

—Quinientos euros es una pasta por un culo.

Pero Knoll consideró la Habitación de Ámbar y los diez millones de euros que le reportaría. Y entonces pensó en Rachel Cutler y en su atractivo, que no se le había quitado de la cabeza desde que se fue.

—No, lo cierto es que no.

25
ATLANTA, GEORGIA
12:35

Paul estaba preocupado. Se había saltado el almuerzo y se había quedado en el despacho, con la esperanza de que Rachel llamara. En Alemania eran más de las seis y media de la tarde. Ella había mencionado la posibilidad de permanecer en Múnich una noche antes de dirigirse a Kehlheim, de modo que no estaba seguro de si le llamaría aquel mismo día o al siguiente, después de su viaje hacia los Alpes. No estaba seguro de que fuera a llamar siquiera.

Rachel era franca, agresiva y dura. Siempre lo había sido. Aquel espíritu independiente la había convertido en una buena jueza. Pero también hacía que fuese difícil conocerla y mucho más resultar agradable. No hacía amistades con facilidad, pero en lo más profundo se trataba de una mujer cariñosa y protectora. Él lo sabía. Por desgracia, juntos eran como la paja y el fuego. ¿De verdad era así? A los dos les gustaba más una cena tranquila en casa que un restaurante atestado. Una película alquilada que el teatro. Una tarde con los chicos en el zoo que una noche en la ciudad. Sabía que Rachel echaba de menos a su padre. Habían estado muy unidos, sobre todo desde el divorcio. Karol se había esforzado por volver a juntarlos.

¿Qué decía la nota del anciano?

«Quizá podrías dar a Paul otra oportunidad.»

Pero no había manera. Rachel había decidido que debían vivir separados. Había rechazado todos los intentos de él por reconciliarse. Quizá fuera el momento de aceptarlo y rendirse. Pero había señales. La falta de vida social de Rachel. La confianza que depositaba en él. ¿Y cuántos hombres tenían la llave de la casa de su ex mujer? ¿Cuántos seguían compartiendo el título de propiedad? ¿Cuántos mantenían una cuenta conjunta para sus inversiones bursátiles? Ella nunca había mencionado siquiera el cierre de su cuenta en Merrill Lynch, y él la había gestionado durante los últimos tres años sin que Rachel cuestionara nunca sus decisiones.

Se quedó mirando el teléfono. ¿Por qué no había llamado? ¿Qué estaba sucediendo? Ese hombre, Christian Knoll, supuestamente la estaba buscando. Quizá fuera peligroso. Quizá no. La única información que poseía era la palabra de una morena muy atractiva, de ojos azules y piernas bien formadas. Jo Myers. Se había comportado de forma calmada y dueña de sí misma, había realizado buenas preguntas y había respondido las de él de forma rápida y precisa. Casi parecía que fuera capaz de sentir la aprensión que él sentía hacia Rachel, las dudas que tenía acerca de aquel viaje a Alemania. Él había hablado demasiado y eso le preocupaba. A Rachel no se le había perdido nada en Alemania. De eso estaba seguro. La Habitación de Ámbar no era de su incumbencia, e incluso era dudoso que Danya Chapaev siguiera vivo.

Recogió las cartas de su ex suegro, que seguían sobre el escritorio. Encontró la nota manuscrita para Rachel y leyó hacia la mitad de la página.

> ¿Que si la encontramos? Quizá. Ninguno de los dos llegó a ir al lugar para comprobarlo. En aquellos días había demasiados ojos atentos y, para cuando logramos estrechar el cerco, los dos comprendíamos ya que los soviéticos eran mucho peores que los alemanes. De modo que la dejamos en paz. Danya y yo juramos no revelar jamás lo que sabíamos, o quizá lo que creíamos saber. Solo cuando Yancy se ofreció voluntario para realizar discretas indagaciones y así comprobar una información que yo había considerado creíble en el pasado, comencé a investigar de nuevo. Yancy estaba indagando durante su último viaje a Italia. El que la explosión del avión sea o no achacable a esta cuestión es algo que bien podría no llegar a saberse nunca. Lo único que sé es que la búsqueda de la Habitación de Ámbar ha demostrado ser peligrosa.

Avanzó un poco y volvió a encontrar la admonición:

> Pero nunca, absolutamente nunca te entrometas con la Habitación de Ámbar. Recuerda la historia de Faetón y las

lágrimas de las Helíades. Aprende de su ambición y su desdicha.

Paul había leído mucho a los clásicos, pero no recordaba los detalles. Rachel se había mostrado evasiva hacía tres días, cuando le preguntó acerca de aquella historia en la mesa del comedor.

Se volvió hacia su ordenador y accedió a Internet. Seleccionó un servicio de búsqueda y escribió «Faetón y las Helíades». En la pantalla aparecieron centenares de referencias. Escogió un par al azar. La tercera resultó la mejor, una página titulada *The Mythical World of Edith Hamilton*. Buscó en ella hasta que encontró la historia de Faetón y una bibliografía que indicaba que el mito procedía de la *Metamorfosis* de Ovidio.

Leyó la historia. Era vívida y profética.

Faetón, hijo ilegítimo de Helios, el dios del Sol, por fin había encontrado a su padre. El dios del Sol, que se sentía culpable, concedió a su hijo un único deseo; el muchacho eligió de inmediato tomar el lugar de su padre durante un día y pilotar el carro solar a través del cielo, desde el amanecer hasta el anochecer. El dios comprendió lo insensato de la petición y trató en vano de disuadir al muchacho, pero este no estaba dispuesto a ceder. De modo que Helios le concedió el deseo, pero le advirtió de lo difícil que era controlar el carro. Ninguna de las cautelas del dios del Sol pareció tener efecto alguno. El chico solo se veía sobre el maravilloso carro, guiando aquellos corceles que ni el mismísimo Zeus era capaz de domeñar.

Sin embargo, una vez se hizo a los cielos Faetón descubrió que las advertencias de su padre eran ciertas y perdió el control del carro. Los caballos corrieron hacia lo más alto del cielo y después se acercaron lo bastante a la tierra como para abrasarla. Zeus no tuvo más opción que descargar un relámpago que destruyó el carro y mató a Faetón. El misterioso río Eridano lo recibió y enfrió las llamas que envolvían su cuerpo. Las náyades, que se compadecían de aquel joven tan audaz, lo enterraron. Las hermanas de Faetón, las Helíades, llegaron hasta su tumba y se lamentaron. Zeus se apiadó de este pesar y las transformó en álamos de los que brotaron tristes hojas murmurantes a las orillas del Eridano.

Leyó las últimas líneas de la historia en la pantalla:

Donde se lamentan y eternamente lloran en la corriente,
y donde cada lágrima que cae a las aguas resplandece
como una brillante gota de ámbar.

Recordó al instante el ejemplar de las *Metamorfosis* de Ovidio que había visto en la estantería de casa de Borya. Karol trataba de advertir a Rachel, pero esta se negaba a escuchar. Como Faetón, también ella se había lanzado a una búsqueda insensata sin comprender los peligros ni valorar los riesgos. ¿Sería Christian Knoll su Zeus, aquel que la fulminaría con un relámpago?

Se quedó mirando el teléfono. ¿Cuándo sonaría, maldita sea?

¿Qué podía hacer?

Nada. Quedarse con los niños, cuidar de ellos y esperar a que Rachel regresara de su viaje sin sentido. Podía llamar a la policía y quizá alertar a las autoridades alemanas. Pero si Christian Knoll no era más que un investigador curioso, la reprimenda de Rachel sería de las que hacían época. «Paul el alarmista», diría.

No le apetecía escuchar eso.

Pero había una tercera opción. La más atractiva. Consultó el reloj. Las dos menos diez, ocho menos diez en Alemania. Cogió el listín telefónico, encontró el número y llamó a Delta Airlines. Respondió un encargado de reservas.

—Necesito volar esta misma noche desde Atlanta hasta Múnich.

26
KEHLHEIM, ALEMANIA
SÁBADO, 17 DE MAYO, 8:05

Suzanne se había movido con rapidez. Había salido del despacho de Paul Cutler el día anterior y había volado de inmediato a Nueva York, donde había tomado el Concorde que partía a las seis y media de la mañana hacia París. Llegó poco después de las diez de la noche, hora local, y un vuelo de Air France la puso en Múnich hacia la una de la madrugada. Había logrado dormir un poco en un hotel del aeropuerto antes de correr hacia el sur en un Audi alquilado, siguiendo la *autobahn* E533 directamente hasta Oberammergau, para luego virar hacia el oeste por una serpenteante autopista hacia el lago alpino llamado Förggensee, al este de Füssen.

La localidad de Kehlheim era una colección de casas viejas y encaladas, coronadas por cubiertas elaboradas y empinadas. El lago quedaba muy cerca, al este. La iglesia y su campanario dominaban el centro de la localidad, que estaba ocupado por una pintoresca *markplatz*. Las orillas del otro lado del lago estaban rodeadas por pendientes boscosas. Algunos barcos de velas blancas recorrían las aguas grisáceas como mariposas en la brisa.

Estacionó al sur de la iglesia. Los puestos de los vendedores ocupaban toda la plaza adoquinada en lo que parecía un mercadillo del sábado por la mañana. En el aire pendía el olor de la carne cruda, la fruta fresca y el tabaco. Suzanne recorrió aquella *mélange* en la que abundaban los turistas de temporada. Los niños jugaban en ruidosos grupos. A lo lejos se oía repicar el martillo de un herrero. Le llamó la atención uno de los puestos, atendido por un viejo de cabello plateado y nariz aguileña. Aquel hombre aparentaba la edad que Danya Chapaev debería tener. Se acercó a él y admiró las manzanas y las cerezas.

—Hermosa fruta —dijo en alemán.

—Yo mismo la cultivo —respondió el viejo.

Compró tres manzanas y sonrió ampliamente, para ablandarlo. Su imagen era perfecta. Peluca rubia rojiza, piel clara, ojos de almendra. Sus pechos habían aumentado dos tallas como cortesía de un par de rellenos externos de silicona. También se había puesto relleno en las caderas y los muslos y se había embutido unos vaqueros dos tallas por encima de la suya para acomodar el exceso. Una camisa a cuadros de franela y unas botas marrones completaban el disfraz. Unas gafas de sol le protegían los ojos oscuros, pero no lo bastante como para llamar la atención. Sin duda, cualquier testigo posterior la describiría como una rubia rellenita y pechugona.

—¿Sabe dónde vive Danya Chapaev? —preguntó al fin—. Es un hombre mayor. Vivió aquí durante un tiempo. Era amigo de mi abuelo. He venido para traerle un regalo, pero he perdido sus señas. He encontrado este pueblo por casualidad.

El vendedor negó con la cabeza.

—Qué descuidada, *Fräulein*.

Ella sonrió.

—Lo sé. Pero yo soy así. Siempre tengo la cabeza a miles de kilómetros.

—No sé dónde vive ningún Chapaev. Soy de Nesselwang, al oeste. Pero déjeme hablar con alguien de aquí.

Antes de que ella pudiera detenerlo, el viejo gritó a otro hombre que había al otro lado de la plaza. Suzanne no quería llamar demasiado la atención sobre sus pesquisas. Los dos hombres hablaron en francés, un idioma con el que ella no llegaba a manejarse, pero entendió algunas palabras sueltas. Chapaev. Norte. Tres kilómetros. Cerca del lago.

—Edward conoce a Chapaev. Dice que vive al norte del pueblo, a tres kilómetros. Justo en la orilla del lago. Es por esa carretera de ahí. Un pequeño chalet de piedra con una chimenea.

Ella sonrió y asintió para agradecer la información antes de oír cómo el otro vendedor gritaba desde el otro lado de la plaza.

—¡Julius! ¡Julius!

Un muchacho de unos doce años corrió hacia el puesto. Tenía el pelo castaño claro y un rostro hermoso. El vendedor habló con él y el chico corrió hacia Suzanne. Al fondo, una bandada de patos levantó el vuelo desde el lago y se lanzó hacia el lechoso cielo matutino.

—¿Está usted buscando a Chapaev? —preguntó el chico—. Es mi abuelo. Puedo llevarla.

Los ojos del joven se desviaron hacia sus pechos.

—Pues indícame el camino —dijo cada vez más sonriente.

Los mismos trucos servían para manipular a hombres de todas las edades.

27
9:15

Rachel desvió la mirada hacia Christian Knoll, sentado en el asiento de al lado. Circulaban en dirección sur por la *autobahn* E533 y se encontraban ya a treinta minutos al sur de Múnich. El paisaje que se veía por las ventanas tintadas del Volvo estaba formado por cimas fantasmales que emergían tras un telón de bruma. La nieve blanqueaba las estribaciones más elevadas y las laderas inferiores estaban cubiertas por el verdor de los abetos y los alerces.

—Es muy hermoso —dijo.

—La primavera es la mejor estación para visitar los Alpes. ¿Es la primera vez que visita Alemania?

Ella asintió.

—Le va a gustar mucho esta zona.

—¿Viaja mucho?

—Constantemente.

—¿Dónde está su casa?

—Tengo un apartamento en Viena, pero raramente me quedo mucho. Mi trabajo me lleva por todo el mundo.

Rachel estudió a su enigmático chófer. Era de hombros anchos y musculoso, de cuello grueso y brazos largos y fuertes. De nuevo vestía ropas informales. Camisa de gamuza de cuadros, vaqueros y botas. Tenía un leve olor a colonia dulce. Era el primer hombre europeo con el que cruzaba más de unas palabras. Quizá a ello se debiera su fascinación. Sin duda, aquel individuo había picado su curiosidad.

—El informe de la KGB indicaba que tiene usted un hijo. ¿Está casada? —preguntó Knoll.

—Lo estuve. Estamos divorciados. Y tenemos dos hijos.

—El divorcio parece algo muy habitual en los Estados Unidos.

—Por mi juzgado pasan cien o más cada semana.

Knoll negó con la cabeza.

—Es una pena.

—La gente no parece capaz de convivir.

—¿Su ex marido es abogado?

—Uno de los mejores. —Un Volvo les pasó zumbando por el carril izquierdo—. Es increíble. Ese coche debe de ir a más de ciento sesenta o ciento setenta.

—Más bien doscientos —corrigió Knoll—. Somos nosotros los que vamos casi a ciento setenta.

—Desde luego, en Estados Unidos las cosas son muy diferentes.

—¿Es un buen padre? —preguntó Knoll.

—¿Mi ex? Oh, sí. Muy bueno.

—¿Es mejor padre que marido?

Aquellas preguntas eran extrañas, pero no le importaba responder porque el hecho de no conocer a aquel hombre minimizaba la sensación de intrusión.

—Yo no diría eso. Paul es un buen hombre. Cualquier mujer estaría encantada con él.

—¿Y por qué usted no?

—No he dicho que no lo estuviera. Solo he dicho que no podíamos vivir juntos.

Knoll pareció sentir su reticencia.

—No pretendía fisgar. Es que me interesa la gente. Como carezco de hogar y de raíces, disfruto tanteando a los demás. Es simple curiosidad. Nada más.

—No pasa nada, no me he ofendido. —Rachel guardó silencio durante un trecho antes de decir—: Debería haber llamado a Paul para decirle dónde me alojo. Está cuidando de los niños.

—Puede llamarlo esta noche.

—No le gusta que esté aquí. Él y mi padre me dijeron que me mantuviera apartada de este asunto.

—¿Habló de esto con su padre antes de su muerte?

—En absoluto. Me dejó una nota junto a su testamento.

—Entonces, ¿qué hace usted aquí?

—Es algo que debo hacer.

—Puedo entenderlo. La Habitación de Ámbar es todo un premio. La gente lleva buscándola desde la guerra.

—Eso me han dicho. ¿Qué la hace tan especial?

—Es difícil de explicar. El arte tiene un efecto muy distinto sobre cada persona. Lo más interesante de la Habitación de Ámbar es el hecho de que estimulara a todo el mundo del mismo modo. He leído informaciones del siglo

XIX y de los primeros años del XX. Todos los comentarios coinciden en que se trataba de algo magnífico. Imagine toda una habitación forrada de ámbar.

—Suena asombroso.

—El ámbar es precioso. ¿Sabe algo sobre él? —preguntó Knoll.

—Muy poco.

—No es más que resina de árbol fosilizada, con una edad de entre cuarenta y cincuenta millones de años. Savia endurecida por los milenios hasta formar una alhaja. Los griegos lo llamaban *elektron,* «sustancia del sol», por su color y porque, si frotas un trozo con las manos, produce una carga eléctrica. Chopin frotaba con los dedos cadenas de ámbar antes de tocar el piano. Calienta los dedos y evita la sudoración.

—No sabía eso.

—Los romanos creían que el ámbar traía suerte a los leo. Sin embargo, para los tauro era una fuente de problemas.

—Debería conseguir un poco. Yo soy leo.

Knoll sonrió.

—Si es que cree en esa clase de cosas. Los doctores medievales prescribían el vapor de ámbar para tratar las gargantas doloridas. Los humos son muy fragantes y supuestamente poseen cualidades medicinales. Los rusos lo llaman «incienso del mar». Además... Lo siento, debo de estar aburriéndola.

—En absoluto. Lo encuentro fascinante.

—Los vapores hacen madurar la fruta. Una leyenda árabe cuenta que cierto *sha* ordenó a su jardinero que le trajera peras frescas. Sin embargo, no era temporada de peras y quedaba un mes hasta que la fruta madurara. El *sha* amenazó con decapitar al jardinero si no le llevaba peras maduras. Así las cosas, el hombre tomó algunas peras verdes y se pasó la noche rezando a Alá y quemando incienso de ámbar. Al día siguiente, y como respuesta a sus plegarias, las peras aparecieron rosadas y dulces, listas para comer. —Knoll se encogió de hombros—. ¿Quién sabe si será o no cierto? Pero sí se sabe que el vapor del ámbar contiene etileno, que estimula la maduración temprana. También puede ablandar el cuero. Los egipcios usaban este vapor en el proceso de momificación.

—Mi único conocimiento procede de la joyería, o de las imágenes que he visto con insectos u hojas en su interior.

—Francis Bacon lo llamaba «una tumba más que regia». Los científicos ven el ámbar como una cápsula temporal. Los artistas piensan en él como si fuera pintura. Hay más de doscientos cincuenta tonos distintos. El azul y el verde son los más raros. El rojo, el amarillo, el marrón, el negro y el dorado, los más comunes. Gremios enteros surgieron en la Edad Media para

161

controlar su distribución. La Habitación de Ámbar fue tallada en el siglo XVIII como el epítome de lo que el hombre podía hacer con aquella sustancia.

—Conoce muy bien el tema.

—Es mi trabajo.

El coche frenó.

—Nuestra salida —dijo Knoll mientras abandonaba la *autobahn* por medio de una breve rampa en la que fue disminuyendo la velocidad—. Desde aquí nos dirigimos hacia el este por la autopista. Kehlheim no está muy lejos. —Giró el volante a la derecha y cambió rápidamente de marcha para recuperar velocidad.

—¿Para quién trabaja? —preguntó Rachel.

—No puedo decirlo. Mi empleador es una persona reservada.

—Pero obviamente rico.

—¿Y eso?

—Enviarlo a usted por todo el planeta a buscar obras de arte... No me parece la afición de un hombre pobre.

—¿He dicho que sea un hombre?

Ella sonrió.

—No. No lo ha dicho.

—Buen intento, señoría.

La autopista quedaba enmarcada en verdes praderas salpicadas con agrupaciones de abetos muy altos. Rachel bajó la ventanilla y aspiró el aire cristalino.

—Estamos ascendiendo, ¿no es así?

—Aquí comienzan los Alpes, que se extienden hacia el sur hasta Italia. Antes de que lleguemos a Kehlheim empezará a hacer frío.

Ella ya se había preguntado antes por qué Knoll se había puesto una camisa de manga larga y pantalones largos. Ella vestía unos pantalones cortos de color caqui y una camisa abotonada de manga corta. De repente reparó en que aquella era la primera vez desde el divorcio que un hombre que no fuera Paul la llevaba en coche a algún sitio. Solo iba con los niños, con su padre o con una amiga.

—Cuando ayer le dije que lamentaba la pérdida de su padre lo decía en serio —comentó Knoll.

—Era muy mayor.

—Es lo terrible de los padres. Un día los perdemos.

Parecía hablar en serio. Eran las palabras esperables, y aunque sin duda eran producto de la cortesía, agradecía aquel sentimiento.

Y encontró a aquel hombre todavía más intrigante.

28
11:45

Rachel estudió al anciano que abrió la puerta. Era bajo, con un rostro estrecho coronado por un matojo de pelo plateado. Un vello rubio le cubría el mentón y el cuello avejentados. Era de figura enjuta y su piel poseía el tono del talco. El rostro estaba seco como una nuez. Tendría un mínimo de ochenta años y su primer pensamiento fue para su padre y para lo mucho que aquel hombre le recordaba a él.

—¿Danya Chapaev? Soy Rachel Curler. La hija de Karol Borya.

El anciano se quedó mirándola con intensidad.

—Lo veo en su cara y en sus ojos.

Ella sonrió.

—Él se sentiría orgulloso de ello. ¿Puedo entrar?

—Por supuesto —respondió Chapaev.

Ella y Knoll entraron en la diminuta casa. Tenía una sola planta y estaba construida con madera vieja y yeso cuarteado. El de Chapaev era el último de una serie de chalés que quedaban un poco apartados de Kehlheim y a los que se llegaba a través de un camino entre los árboles.

—¿Cómo ha encontrado mi casa? —preguntó Chapaev. Su inglés era mucho mejor que el de su padre.

—Preguntamos dónde vivía en el pueblo —respondió ella.

La sala era hogareña y cálida gracias a un pequeño fuego chisporroteante. Dos lámparas ardían junto a un sofá guateado en el que se sentaron ella y Knoll. Chapaev ocupó una mecedora de madera situada frente a ellos. En el aire flotaba el olor de la canela y el café. Chapaev les ofreció una bebida, pero ambos declinaron. Rachel presentó a Knoll y después habló a Chapaev acerca de la muerte de su padre. El anciano se sorprendió ante la noticia. Se

163

quedó un rato sentado en silencio. Sus ojos cansados luchaban por contener las lágrimas.

—Era un buen hombre. El mejor —dijo al fin Chapaev.

—Estoy aquí, señor Chapaev...

—Danya, por favor. Llámeme Danya.

—Muy bien, Danya. Estoy aquí debido a las cartas que usted y mi padre se cruzaron en relación con la Habitación de Ámbar. Las he leído. Papá me dijo algo acerca del secreto que los dos compartían y de que eran demasiado viejos para ir a comprobarlo. He venido para descubrir lo que sea posible.

—¿Por qué, niña?

—Parecía importante para papá.

—¿Habló alguna vez con usted de ello?

—Hablaba poco de la guerra y de lo que hizo tras ella.

—Quizá tuviera motivos para guardar silencio.

—Estoy segura de que sí. Pero mi padre ya no está.

Chapaev se sentó en silencio. Parecía contemplar el fuego. Las sombras jugaban sobre su viejo rostro. Rachel miró a Knoll, que observaba atentamente a su anfitrión. Se había visto obligada a decir algo acerca de las cartas y Knoll había reaccionado. No era sorprendente, ya que ella había ocultado intencionadamente esa información. Supuso que más tarde le haría algunas preguntas.

—Quizá sea el momento —dijo Chapaev en voz baja—. Siempre me he preguntado cuándo sería. Puede que sea ahora.

Junto a ella, Knoll inspiró profundamente por la boca. Rachel sintió un escalofrío que le recorrió la columna. ¿Era posible que aquel anciano supiera dónde se encontraba la Habitación de Ámbar?

—Tamaño monstruo, Erich Koch —susurró Chapaev.

Ella no lo comprendió.

—¿Koch?

—Un *gauleiter* —respondió Knoll—. Uno de los gobernadores provinciales de Hitler. Koch gobernaba en Prusia y Ucrania. Su trabajo era exprimir hasta la última tonelada de grano, hasta el último gramo de acero, hasta el último esclavo de la región.

El anciano suspiró.

—Koch solía decir que si llegara a encontrar a un ucraniano digno de sentarse a su mesa, lo fusilaría. Supongo que deberíamos estar agradecidos a su brutalidad. Logró convertir a cuarenta millones de ucranianos, que saludaron a los invasores como liberadores del yugo de Stalin, en partisanos consumidos por el odio hacia los alemanes. Toda una hazaña.

Knoll guardó silencio. Chapaev continuó su relato:

—Koch jugó con los rusos y con los alemanes después de la guerra, y empleó la Habitación de Ámbar para permanecer con vida. Karol y yo fuimos testigos de la manipulación, pero no podíamos decir nada.

—No entiendo —dijo ella.

—Koch fue juzgado en Polonia después de la capitulación y sentenciado a morir como criminal de guerra. Pero los soviéticos pospusieron la ejecución una y otra vez. Él aseguraba saber dónde estaba enterrada la Habitación de Ámbar. Fue Koch quien ordenó que se sacara de Leningrado y se transportara a Königsberg, en 1941. También ordenó su evacuación hacia el oeste en 1945. Koch usó este supuesto conocimiento para permanecer vivo, pues intuía que los soviéticos lo matarían en cuanto revelara el lugar.

Rachel empezó a recordar parte de lo que había leído en los artículos recopilados por su padre.

—Pero al final consiguió una garantía, ¿no?

—A mediados de los sesenta —respondió Chapaev—. Pero el estúpido aseguró que era incapaz de recordar la localización exacta. Para entonces Königsberg había sido rebautizada como Kaliningrado y era parte de la Unión Soviética. La localidad había sido bombardeada durante la guerra hasta quedar reducida a escombros y los soviéticos la limpiaron a golpe de máquina y la reconstruyeron. No quedó nada de la antigua ciudad. Culpó a los rusos de todo. Dijo que habían destruido los hitos necesarios para localizar el lugar. Que era culpa de ellos el que ahora no pudiera encontrarla.

—Koch no sabía nada de nada, ¿no es así? —preguntó Knoll.

—Nada. No era más que un oportunista que quería sobrevivir.

—Díganos, señor, ¿encontraron ustedes la Habitación de Ámbar?

Chapaev asintió.

—¿La vieron? —preguntó Knoll.

—No. Pero estaba allí.

—¿Por qué guardaron el secreto?

—Stalin era maligno. El diablo encarnado. Había saqueado y robado la herencia de Rusia para construir el Palacio de los Soviets.

—¿El qué? —preguntó Rachel.

—Un inmenso rascacielos en Moscú —explicó Chapaev—. Y quería coronar aquella mole con una gigantesca estatua de Lenin. ¿Puede imaginar tamaña monstruosidad? Karol, yo y todos los demás estábamos reuniendo piezas para el Museo de Arte Mundial, que iba a formar parte de ese palacio. Pretendía ser el regalo de Stalin al mundo. Idéntico a lo que Hitler planeaba en Austria. Un inmenso museo de arte robado. Gracias a Dios que Stalin no llegó a construir siquiera el monumento. Era una locura. Algo demencial. Y nadie era capaz de detener a ese hijo de puta. Solo la muerte pudo con él. —El anciano negó con la cabeza—. Una locura, una absoluta locura. Karol y yo decidimos cumplir con nuestra parte y no decir jamás nada acerca de lo que creíamos haber encontrado en las montañas. Era mejor dejarlo enterrado a que terminara sirviendo como escaparate para Satán.

—¿Cómo encontraron la Habitación de Ámbar? —preguntó ella.

—Pues por casualidad. Karol se topó con un trabajador ferroviario que nos puso en la pista de las cuevas. Estaban en el sector ruso, lo que se había convertido en la Alemania Oriental. Los soviéticos robaron incluso eso, aunque en este caso se trató de un robo consentido. Cada vez que Alemania se unifica suceden cosas espantosas. ¿No está usted de acuerdo, *Herr* Knoll?

—No opino acerca de política, camarada Chapaev. Además, soy austríaco, no alemán.

—Qué curioso. Creí haber notado en su acento entonaciones bávaras.

—Tiene buen oído para un hombre de su edad.

Chapaev se volvió hacia ella.

—Ese era el apodo de su padre. *Ýxo*. Oídos. Así lo llamaban en Mauthausen. Era el único en los barracones que hablaba alemán.

—No lo sabía. Papá no hablaba mucho sobre el campo.

Chapaev asintió.

—Es comprensible. Yo pasé en uno los últimos meses de la guerra. —Miró con severidad a Knoll—. Respecto a su acento, *Herr* Knoll, se me daban muy bien esas cosas. El alemán era mi especialidad.

—Su inglés también es muy bueno.

—Tengo don de lenguas.

—Sin duda, su antiguo trabajo exigía una gran capacidad de observación y de comunicación.

Rachel sentía curiosidad por la fricción que parecía existir entre ellos. Eran dos extraños, pero actuaban como si se conocieran. O, para ser más precisos, como si se odiaran. Pero aquella pugna estaba retrasando su misión.

—Danya —dijo—, ¿puede decirnos dónde está la Habitación de Ámbar?

—En las cuevas que hay al norte. En las montañas Harz. Cerca de Warthberg.

—Habla usted como Koch —terció Knoll—. Esas cuevas han sido revisadas de arriba abajo.

—No estas. Estaban en la zona oriental. Los soviéticos las cerraron y se negaron a permitir que nadie entrara en ellas. Son numerosísimas. Llevaría décadas explorarlas todas y son como un laberinto para ratas. Los nazis minaron la mayoría con explosivos y almacenaron munición en el resto. Ese es uno de los motivos por los que Karol y yo nunca quisimos ir a mirar. Es mejor dejar que el ámbar descanse en paz que arriesgarnos a que vuele por los aires.

Knoll sacó una pequeña libreta y un bolígrafo del bolsillo trasero del pantalón.

—Dibújenos un mapa.

Chapaev trabajó en el mapa durante algunos minutos. Ella y Knoll guardaban silencio. Solo el chisporroteo del fuego y el sonido del bolígrafo sobre el papel rompían la quietud. Chapaev le entregó la libreta a Knoll.

—Es posible encontrar la cueva correcta gracias al sol —dijo—. La entrada apunta hacia el este. Un amigo que visitó la zona hace poco me dijo que la entrada había sido cerrada con barrotes de hierro y que en el exterior se podía ver la designación «BCR-65». Las autoridades alemanas aún están por entrar para limpiar la zona de explosivos, de modo que nadie se ha aventurado todavía. O eso me han dicho. He dibujado el mejor mapa de los túneles que me permite mi memoria. Al final no se librarán de cavar, pero tras un corto trecho se toparán con la puerta de hierro que conduce a la cámara.

—Lleva décadas guardando este secreto —dijo Knoll—. ¿Por qué se lo suelta ahora a dos extraños?

—Rachel no es una extraña.

—¿Cómo sabe que no le está mintiendo respecto a su identidad?

—Veo claramente a su padre en ella.

—Pero no sabe nada sobre mí. Ni siquiera ha preguntado por qué estoy aquí.

—Me basta con que Rachel lo haya traído aquí. Soy un hombre viejo, *Herr* Knoll. Me queda poco tiempo. Es necesario que alguien sepa lo que yo sé. Quizá Karol y yo tuviéramos razón. Quizá no. Puede que allí no haya nada. ¿Por qué no va a echar un vistazo, para asegurarse? —Chapaev se volvió hacia ella—. Ahora, mi niña, si eso era cuanto querías, me gustaría descansar. Estoy agotado.

—Por supuesto, Danya. Y muchas gracias. Comprobaremos si la Habitación de Ámbar está allí.

Chapaev lanzó un suspiro.

—Hágalo, mi niña. Hágalo.

———

—Muy bien, camarada —dijo Suzanne en ruso cuando Chapaev abrió la puerta del dormitorio. Los visitantes del viejo se acababan de marchar y había oído alejarse su coche—. ¿Ha considerado alguna vez la posibilidad de dedicarse a la interpretación? Christian Knoll es muy difícil de engañar, pero usted lo ha hecho a la perfección. Casi me lo creí yo misma.

—¿Cómo sabe que Knoll irá a la cueva?

—Está ansioso por agradar a su nuevo empleador. Codicia la Habitación de Ámbar hasta tal punto que no dejará pasar la oportunidad de comprobarlo, aunque crea que se trata de un callejón sin salida.

—¿Y si piensa que es una trampa?

—No tiene motivos para sospechar nada, gracias a su notable interpretación.

La mirada de Chapaev se dirigió hacia su nieto, que se encontraba junto a la cama, amordazado y atado a una silla de roble.

—Su precioso nieto agradece enormemente su interpretación. —Le acarició el pelo al muchacho—. ¿A que sí, Julius?

El chico trató de apartarse e intentó hablar a través de la cinta que le cubría la boca. Ella levantó la pistola con silenciador y se la acercó a la cabeza. El joven abrió los ojos como platos cuando el cañón le tocó la sien.

—Eso no es necesario —intervino rápidamente Chapaev—. Hice lo que me pidió. Dibujé un mapa exacto, sin trucos. Aunque me duele el corazón por lo que pueda sucederle a la pobre Rachel. No se merece esto.

—La pobre Rachel debería habérselo pensado mejor antes de decidir involucrarse. Esta no es su guerra, ni el asunto es de su incumbencia. Debería haberse quedado en su casita.

—¿Podemos pasar a la otra habitación? —preguntó Chapaev.

—Como desee. No creo que el querido Julius se vaya a ir a ninguna parte. ¿Y usted?

Entraron en el salón. Chapaev cerró la puerta del dormitorio.

—El muchacho no merece morir —dijo en voz baja.

—Es usted perspicaz, camarada Chapaev.

—No me llame así.

—¿No está usted orgulloso de su herencia soviética?

—Yo no tengo herencia soviética. Soy un ruso blanco. Solo frente a Hitler me uní a ellos.

—Pues no parecía tener reservas a la hora de robar tesoros para Stalin.

—Un error de aquellos tiempos. Santo Dios. Cincuenta años he guardado el secreto. Jamás dije una sola palabra. ¿No es capaz de aceptarlo y dejar vivir a mi nieto?

Ella no respondió.

—Trabaja usted para Loring, ¿verdad? —preguntó Chapaev—. Con toda seguridad Josef estará muerto. Debe de ser para Ernst, el hijo.

—Vuelve a ser muy perspicaz, camarada.

—Sabía que algún día vendría usted. Era un riesgo que corría. Pero el muchacho no forma parte de esto. Déjelo ir.

—Es un cabo suelto. Como lo ha sido usted. He leído la correspondencia que se cruzó usted con Karol Borya. ¿Por qué no podía dejarlo estar? ¿Por qué no dejó que el asunto muriera? ¿Con cuántos más se ha estado escribiendo? Mi empleador no desea correr más riesgos. Borya ha desaparecido. Los demás buscadores han desaparecido. Usted es el único que queda.

—Mató usted a Karol, ¿no es así?

—Lo cierto es que no. *Herr* Knoll se me adelantó.

—¿Rachel no lo sabe?

—Parece que no.

—Pobre niña, en qué peligro se ha colocado.

—Ese es su problema, camarada, como ya he dicho.

—Supongo que va usted a matarme. En cierto modo, lo agradezco. Pero por favor, deje ir al chico. No puede identificarla. No habla ruso. No entiende nada de cuanto hemos dicho. Estoy convencido de que el aspecto que muestra no es el real. El chico no podría ayudar a la policía aunque quisiera.

—Sabe que no puedo permitirlo.

Chapaev se lanzó entonces a por ella, pero los músculos que en el pasado habían escalado acantilados estaban atrofiados por la edad y la enfermedad. Suzanne esquivó fácilmente la patética intentona.

—No hay necesidad de esto, camarada.

Chapaev cayó de rodillas.

—Por favor... Se lo suplico en el nombre de la Virgen María, permita que el chico se vaya. Merece vivir. —Se dobló hacia delante y apretó la cara con fuerza contra el suelo—. Pobre Julius —sollozó—. Pobre, pobre Julius...

Suzanne apuntó la pistola hacia la nuca de Chapaev y consideró su petición.

—*Dasvidániya,* camarada.

29

—¿No ha sido un poco brusco con él? —preguntó Rachel.

Circulaban hacia el norte por la *autobahn*. Kehlheim y Chapaev quedaban ya a una hora al sur. Conducía ella. Knoll había dicho que se pondría al volante pasado un tiempo, cuando tuvieran que empezar a recorrer las serpenteantes carreteras que atravesaban las montañas Harz.

Knoll levantó la vista del boceto de Chapaev.

—Debe comprender, Rachel, que llevo muchos años haciendo esto. La gente miente muchísimas más veces de las que dice la verdad. Chapaev asegura que la Habitación de Ámbar reposa en una de las cuevas de Harz. Esa teoría ha sido explorada ya una y mil veces. Lo presioné para asegurarme de que estaba siendo franco.

—Parecía sincero.

—Me resulta sospechoso que, después de todos estos años, el tesoro esté simplemente esperando al final de un túnel oscuro.

—¿No dijo usted mismo que había cientos de túneles y que la mayoría seguía sin explorar? ¿Que era demasiado peligroso?

—Eso es cierto. Pero estoy familiarizado con la zona general que Chapaev describe. Yo mismo he registrado esas cuevas.

Rachel le habló acerca de Wayland McKoy y su expedición.

—Stod se encuentra a solo cuarenta kilómetros del lugar al que nos dirigimos —respondió Knoll—. Allí también hay montones de cuevas, supuestamente rebosantes de botín. Si es que cree lo que aseguran los buscadores de tesoros.

—¿Usted no lo cree?

—He aprendido que todo aquello que merece la pena suele estar ya en poder de alguien. La verdadera caza es la que persigue a aquellos que poseen las cosas. Se sorprendería si supiera cuántos tesoros perdidos están en realidad encima de una mesa, en el dormitorio de alguien o colgados de una pared, como si se tratara de baratijas compradas en unos grandes almacenes. La gente cree que el tiempo la protege. No es así. En los años sesenta, un turista encontró un Monet en una granja. El dueño lo había aceptado como pago por medio kilo de mantequilla. Existen innumerables historias similares, Rachel.

—¿A eso se dedica usted, a buscar esa clase de oportunidades?

—Entre otras cosas.

Siguieron adelante. A medida que recorrían el centro de Alemania, el suelo se fue nivelando para después volver a elevarse, hasta que viraron al noroeste y se dirigieron directamente hacia las montañas. Tras detenerse en el arcén de la carretera, Rachel ocupó el asiento del pasajero y Knoll se puso al volante.

—Esas son las Harz, las montañas más al norte en la Alemania central.

Aquellas cimas no eran los gigantescos precipicios nevados de los Alpes. Las pendientes se elevaban en ángulos relativamente suaves y su cima era redondeada. La cordillera estaba cubierta de abetos, nogales y hayas. Muchos pueblos y aldeas salpicaban el paisaje, acunados en pequeños valles y amplios collados. A lo lejos se divisaba la silueta de picos aún más altos.

—Me recuerda a los Apalaches —dijo ella.

—Esta es la tierra de los Grimm —respondió Knoll—. El reino de la magia. En la Edad Media fue uno de los últimos bastiones del paganismo. Se creía que hadas, brujas y trasgos vagaban por aquí. Se dice que el último oso y el último lince de Alemania fueron abatidos cerca de estos parajes.

—Es espectacular.

—Aquí se extraía plata, pero la producción se detuvo en el siglo X. Después llegaron el oro, el plomo, el cinc y el óxido de bario. La última mina cerró antes de la guerra, en los años treinta. De esa actividad procede la mayoría de las cuevas y túneles. Viejas minas a las que los nazis dieron un buen uso. Escondrijos perfectos contra los bombarderos y difíciles de invadir con tropas de tierra.

Rachel se fijó en la carretera serpenteante y pensó en la mención que Knoll había realizado sobre los hermanos Grimm. En parte esperaba ver la gallina de los huevos de oro, o las dos piedras negras que en el pasado habían sido crueles hermanos, o al flautista que con su música atraía a ratas y niños.

Una hora más tarde entraron en Warthberg. El contorno oscuro de un muro de contención encajonaba la compacta localidad, suavizada solo por los arbotantes y los bastiones de cubierta cónica. La diferencia arquitectónica respecto al sur resultaba evidente. Los tejados rojos y las viejas murallas de Kehlheim habían sido reemplazados por las casas de estructura de madera vista y tejado de pizarra. En las ventanas y las casas se veían menos flores. Existía allí un claro sabor medieval, aunque parecía atemperado por una pátina de identidad propia. Concluyó que la diferencia no era muy distinta del contraste entre Nueva Inglaterra y el sur profundo.

Knoll estacionó frente a una posada con el interesante nombre de Goldene Krone. «La corona de oro», tradujo él antes de desaparecer dentro. Ella esperó en el exterior y estudió la concurrida calle. Un aire mercantilista emanaba de los escaparates que daban a la avenida empedrada. Knoll regresó unos minutos más tarde.

—He reservado dos habitaciones para esta noche. Son casi las cinco y nos quedan unas cinco o seis horas de sol. Pero iremos a las montañas por la mañana. No hay prisa. Lleva cincuenta años esperando.

—¿Son tan largos los días aquí durante todo el año?

—Nos encontramos a medio camino del Círculo Ártico y estamos casi en verano.

Knoll sacó sus bolsas de viaje del coche de alquiler.

—Póngase cómoda mientras voy a comprar algunas cosas que necesito. Después podemos ir a cenar. He visto un sitio de camino.

—Estaría bien.

Knoll dejó a Rachel en su habitación. Había reparado en la cabina telefónica amarilla al llegar y desanduvo rápidamente sus pasos hasta el ayuntamiento. No le gustaba usar el teléfono de las habitaciones de hotel. Demasiados registros. Lo mismo era aplicable a los teléfonos móviles. Una ignota cabina de pago era siempre más segura para una llamada rápida a larga distancia. Entró y marcó el número de Burg Herz.

—Ya iba siendo hora. ¿Qué está pasando? —preguntó Monika nada más levantar el auricular.

—Estoy intentando encontrar la Habitación de Ámbar.

—¿Dónde estás?

—Cerca.

—No estoy de humor, Christian.

—En las montañas Harz. Warthberg. —Le habló de Rachel Cutler, Danya Chapaev y las cuevas.

—Todo esto ya lo hemos oído antes —respondió Monika—. Esas montañas son como un hormiguero y nadie ha encontrado nunca nada de nada.

—Tengo un mapa. ¿Qué daño puede hacernos?

—Quieres tirártela, ¿a que sí?

—La idea se me ha pasado por la cabeza.

—Está descubriendo demasiado, ¿no crees?

—Nada de relevancia. No tenía más remedio que traerla conmigo. Asumí que Chapaev sería mucho más comunicativo con la hija de Borya que conmigo.

—¿Y?

—Fue sencillo. Y sincero, en mi opinión.

—Cuidado con esa Cutler —le advirtió Monika.

—Cree que estoy buscando la Habitación de Ámbar. Nada más. No hay conexión alguna entre su padre y yo.

—Parece que te está saliendo un corazoncito, Christian.

—No creas. —Le habló de Suzanne Danzer y del episodio en Atlanta.

—Loring está preocupado por lo que estamos haciendo —le dijo Monika—. Mi padre y él hablaron ayer largo y tendido por teléfono. Es evidente que intentaba conseguir algo de información. Un poco obvio, para ser él.

—Bienvenida al juego.

—No estoy en esto para divertirme, Christian. Lo que quiero es la Habitación de Ámbar. Y, por lo que dice mi padre, esta parece la mejor pista que ha habido nunca.

—Yo no estoy tan seguro.

—Siempre tan pesimista. ¿Por qué dices eso?

—Me preocupa Chapaev. No sabría decir. Pero hay algo.

—Ve a la mina, Christian, y echa un vistazo. Quédate a gusto. Después fóllate a la jueza y sigue con el trabajo.

Rachel descolgó el teléfono que había junto a la cama y dio su número de tarjeta de crédito a un operador internacional de AT&T. Después de ocho timbrazos saltó el contestador automático de su casa y su propia voz le indicó que dejara un mensaje.

—Paul, estoy en un pueblo llamado Warthberg, en el centro de Alemania. El hotel y el número... —Le habló del Goldene Krone—. Te llamaré mañana. Dale un beso a los niños. Adiós.

Consultó su reloj: las cinco de la tarde. En Atlanta serían las once de la mañana. Quizá se hubiera llevado a los chicos al zoo o al cine. Se alegró de que estuvieran con Paul. Era una pena que no pudieran estar con él todos los días. Los niños necesitaban un padre y él los necesitaba a ellos. Aquello era lo más duro del divorcio: saber que una familia había desaparecido. Ella llevaba un año ya divorciando a otras parejas antes de que su propio matrimonio se desintegrara. Muchas veces, mientras escuchaba declaraciones que no eran en absoluto necesarias, se preguntaba por qué las parejas que en el pasado se habían querido no tenían de repente nada bueno que decirse. ¿Era el odio un prerrequisito del divorcio? ¿Un elemento necesario? Ella y Paul no se odiaban. Se habían sentado, habían dividido calmadamente sus posesiones y habían decidido lo que sería mejor para los niños. ¿Pero qué elección había tenido Paul? Ella había dejado claro que el matrimonio había terminado. Ese tema no estaba abierto a debate. Él había intentado hacerle cambiar de opinión, pero ella estaba decidida.

¿Cuántas veces se había hecho la misma pregunta? ¿Había hecho lo correcto? ¿Y cuántas veces había llegado a la misma conclusión?

¿Quién sabía?

Knoll llegó a su habitación y ella lo siguió hasta un arcaico edificio de piedra que, según le explicó él, antes de convertirse en restaurante había sido un teatro.

—¿Cómo sabe eso? —le preguntó.

—Me lo han contado antes, cuando me pasé para preguntar a qué hora cerraban.

El interior era una cripta gótica de piedra con techos abovedados, ventanas, vidrieras y linternas de hierro. Knoll se dirigió hacia una de las mesas de borriquetes del fondo. Habían pasado dos horas desde su llegada a Warthberg. Ella había aprovechado para darse un baño rápido y cambiarse de ropa. Su acompañante también se había cambiado. Los vaqueros y las botas habían sido reemplazados por pantalones de lana, un jersey de color vivo y unos zapatos de cuero marrones.

—¿A qué se ha dedicado en este tiempo? —preguntó Rachel mientras se sentaban.

—A comprar las cosas que necesitaremos mañana. Linternas, una pala, un cortador de metal y dos chaquetas. Dentro de la montaña va a hacer mucho frío. Antes llevaba unas botas hasta los tobillos. Llévelas también mañana, las necesitará.

—Actúa como si ya hubiera hecho esta clase de cosas.

—Muchas veces. Pero debemos tener cuidado. Se supone que no se puede entrar en las minas sin permiso. El Gobierno controla el acceso para evitar que la gente se vuele en pedazos.

—Deduzco que no vamos a preocuparnos de obtener un permiso.

—Deduce bien. Por eso he tardado tanto. He comprado en diversas tiendas, para no llamar la atención.

Un camarero se acercó a su mesa y les tomó nota. Knoll pidió una botella de vino, un vigoroso tinto que el camarero presentó con insistencia como producto local.

—¿Le está gustando su aventura hasta el momento? —preguntó.

—Es mejor que el juzgado. —Rachel echó un vistazo a su alrededor. El ambiente era íntimo. Unas veinte personas más estaban repartidas por las mesas, la mayoría en parejas. Había un grupo de cuatro—. ¿Cree que encontraremos lo que buscamos?

—Muy bien —respondió él.

Rachel quedó perpleja.

—¿Cómo dice?

—No ha mencionado nuestro objetivo.

—He supuesto que no querría usted anunciar nuestras intenciones.

—Así es. Y tengo dudas.

—¿Sigue sin confiar en lo que ha oído esta mañana?

—No es que no confíe. Es que ya lo he oído antes.

—Pero no de mi padre.

—No es su padre quien nos guía.

—¿Sigue creyendo que Chapaev ha mentido?

El camarero les llevó el vino y la comida. Knoll había pedido una tajada humeante de cerdo y ella pollo asado, ambos platos acompañados con patatas y ensalada. Rachel quedó impresionada con la rapidez del servicio.

—¿Qué tal si reservo mi juicio para mañana por la mañana? —dijo Knoll—. Demos al anciano el beneficio de la duda, como dicen los norteamericanos.

Ella sonrió.

—Creo que es una buena idea.

Knoll señaló la cena.

—¿Comemos y hablamos de asuntos más agradables?

Tras la cena, Knoll la guió de vuelta al Goldene Krone. Eran casi las diez de la noche, pero aún no había terminado de oscurecer. El ambiente era similar al del otoño en el norte de Georgia.

—Tengo una pregunta —dijo Rachel—. Si encontramos la Habitación de Ámbar, ¿cómo impedirá que el Gobierno ruso reclame los paneles?

—Hay vías legales disponibles. Los paneles llevan abandonados más de cincuenta años. Sin duda su posesión también contará. Además, es posible que los rusos ni siquiera los quieran. Han recreado la cámara con nuevo ámbar y nueva tecnología.

—No lo sabía.

—Sí, la habitación del Palacio de Catalina ha sido reconstruida. Les ha llevado más de dos décadas. Tras el colapso de la Unión Soviética, la pérdida de los Estados Bálticos significó que tenían que comprar el ámbar en el mercado abierto. Resultó bastante costoso. Pero algunos benefactores proporcionaron el dinero. Irónicamente, la mayor contribución fue la de un grupo industrial alemán.

—Razón de más para que quieran recuperar los paneles. Los originales serían mucho más preciados que las reproducciones.

—No lo creo. El ámbar sería de distinto color y calidad. No tendría sentido mezclar las piezas.

—Entonces, de encontrarlos, ¿no estarían intactos?

Él negó con la cabeza.

—El ámbar estaba originalmente pegado a planchas de roble macizo con una masilla de cera y savia. El Palacio de Catalina no era precisamente un lugar con la temperatura controlada, de modo que la madera estuvo contrayéndose y dilatándose durante más de doscientos años, y el ámbar empezó a caerse. Cuando los nazis capturaron la cámara se había caído casi el treinta por ciento de la superficie. Se estima que otro quince por ciento se perdió durante el traslado a Königsberg. De modo que todo lo que quedaría ahora sería un montón de trozos sueltos.

—Entonces, ¿para qué sirven?

Knoll sonrió.

—Existen fotografías. Si tiene las piezas no resultaría difícil reensamblar la cámara entera. Mi esperanza es que los nazis las embalaran bien; la persona que me emplea no está interesada en recreaciones. El original es lo que importa.

—Parece un hombre interesante.

Él sonrió.

—Buen intento... de nuevo. Pero no he dicho que sea un hombre.

Llegaron al hotel. Subieron y se detuvieron ante la puerta de ella.

—¿A qué hora nos levantamos? —preguntó Rachel.

—Nos marcharemos a las siete y media. El recepcionista me ha dicho que se sirve el desayuno a partir de las siete. La zona que buscamos no está lejos, a unos diez kilómetros.

—Le agradezco todo lo que ha hecho. Por no mencionar el que me haya salvado la vida.

Knoll inclinó la cabeza.

—Ha sido un placer.

Ella sonrió ante el gesto.

—Ha mencionado a su marido, pero a nadie más. ¿Hay un hombre en su vida?

Fue una pregunta a bocajarro. Demasiado rápido.

—No. —Rachel lamentó al instante la sinceridad.

—Su corazón sigue añorando a su ex marido, ¿no es así?

No era de la incumbencia de aquel hombre, pero por algún motivo quería responder.

—A veces.

—¿Lo sabe él?

—A veces.

—¿Cuánto tiempo ha pasado?

—¿Cuánto tiempo ha pasado desde qué?

—Desde que hizo el amor con un hombre.

La mirada de él se demoró más de lo que ella esperaba. Era un tipo intuitivo y aquello le preocupaba.

—No lo bastante como para meterme en la cama con un completo desconocido.

Knoll sonrió.

—Quizá ese desconocido pueda ayudar a que su corazón olvide.

—No creo que sea eso lo que necesito. Pero gracias por la oferta. —Metió la llave y abrió la cerradura. Miró hacia atrás—. Creo que es la primera vez que alguien me hace una proposición.

—Y sin duda no será la última. —Knoll inclinó la cabeza y sonrió—. Buenas noches, Rachel.

Y con esto se marchó hacia la escalera y su propia habitación.

Pero algo llamó la atención de Rachel.

Resultaba interesante ver cómo el rechazo parecía haberlo estimulado.

30
Domingo, 18 de mayo, 7: 30

Knoll salió del hotel y observó la mañana. Una bruma algodonosa envolvía la silenciosa localidad y el valle circundante. El cielo era melancólico y el sol de finales de primavera trataba, sin mucho éxito, de calentar el día. Rachel estaba apoyada en el coche, aparentemente preparada. Se acercó a ella.

—La niebla nos ayudará a pasar desapercibidos y también el que hoy sea domingo. Casi todo el mundo está en la iglesia.

Subieron al coche.

—¿No había dicho usted que este era un bastión del paganismo?

—Eso es para los folletos turísticos y las guías de viajes. En estas montañas viven muchos católicos y así ha sido desde hace siglos. Se trata de gente muy religiosa.

El Volvo cobró vida y no tardaron en abandonar Warthberg. Las calles adoquinadas estaban prácticamente desiertas y húmedas por el frío matutino. La carretera que partía hacia el este descendía serpenteante y se perdía dentro de un valle oculto por la bruma.

—Esta zona me recuerda aún más a las montañas Great Smoky de Carolina del Norte —dijo Rachel—. Están veladas del mismo modo.

Knoll siguió el mapa que les había hecho Chapaev y se preguntó si no sería todo un juego absurdo. ¿Cómo podían permanecer toneladas de ámbar ocultas durante más de medio siglo? Muchos las habían buscado. Algunos incluso habían muerto. Era bien consciente de la llamada maldición de la Habitación de Ámbar. ¿Pero qué mal podía haber en echar un vistazo rápido en las entrañas de una montaña más? Al menos, gracias a Rachel Cutler, el viaje sería interesante.

Tras coronar un repecho en la carretera volvieron a descender hacia otro valle. La carretera parecía encajonada entre los hayedos difuminados por la niebla. Llegaron al punto en que terminaba la carretera del mapa de Chapaev y estacionaron entre los árboles.

—El resto habrá que hacerlo a pie —anunció él.

Salieron del coche y sacaron una mochila de espeleólogo del maletero.

—¿Qué lleva ahí? —preguntó Rachel.

—Cuanto necesitamos. —Se echó la mochila a la espalda—. Ahora no somos más que una pareja de excursionistas que ha salido a pasar el día.

Le dio una de las chaquetas.

—No la pierda. Va a necesitarla una vez que estemos bajo tierra.

Él se había puesto la suya en la habitación del hotel. El estilete aguardaba oculto en su brazo derecho, bajo la manga de nailon. Abrió la marcha a través de bosque. El terreno herboso se elevaba a medida que se alejaban de la autopista en dirección norte. Siguieron un camino definido que rodeaba la base de una alta cima. Algunos senderos se separaban y ascendían las laderas boscosas hacia las cumbres. A lo lejos se veía la oscura entrada de tres pozos. Uno estaba vedado por un portón de hierro y en el granito vivo se había fijado un cartel: *«Gefahr Zutritt Verboten-Explosiv».*

—¿Qué dice? —preguntó Rachel.

—«Peligro. Prohibido el paso. Explosivos.»

—No hablaba usted en broma.

—Estas montañas eran como cámaras acorazadas. Los Aliados encontraron en una el tesoro nacional alemán. Cuatrocientas toneladas de obras de arte procedentes del museo Kaiser Friedrich de Berlín también acabaron aquí. Los explosivos eran mucho mejores que las tropas y los perros guardianes.

—¿Son esas obras de arte lo que busca Wayland McKoy?

—Por lo que me ha dicho usted, sí.

—¿Cree que tendrá suerte?

—Es difícil de decir. Pero dudo sinceramente que por aquí queden millones de dólares en viejos cuadros a la espera de ser hallados.

El olor de las hojas húmedas inundaba el pesado ambiente.

—¿Qué sentido tenía? —preguntó Rachel mientras caminaban—. La guerra estaba perdida. ¿Por qué esconder todas esas cosas?

—Tiene que pensar como un alemán de 1945. Hitler ordenó que el ejército debía luchar hasta el último hombre, so pena de muerte. Creía que, si Alemania resistía lo suficiente, los Aliados terminarían por unirse a él contra los bolcheviques. Hitler sabía lo mucho que Churchill odiaba a

Stalin. Supo comprenderlo correctamente y predijo con precisión los planes que los soviéticos tenían respecto a Europa. Razonó que los americanos y los británicos al final se unirían a él contra los comunistas. Entonces podría recuperar todos los tesoros.

—Menuda insensatez —replicó Rachel.

—«Locura» es una descripción más acertada.

El sudor perlaba la frente de Knoll. Tenía las botas de cuero húmedas por el rocío. Se detuvo y comprobó desde lejos las distintas entradas. Miró al cielo.

—Ninguna apunta hacia el este. Chapaev dijo que la buena estaba orientada hacia el este. Y según él, debería estar marcada como «BCR-65».

Avanzaron cada vez más hacia el interior del bosque.

—¡Allí! —gritó Rachel diez minutos más tarde mientras señalaba.

Knoll miró hacia delante. Entre los árboles se distinguía la entrada de otra mina, protegida con barrotes de hierro. Una señal oxidada unida a los barrotes rezaba «BCR-65». Miró hacia el sol. Este.

Hijo de puta.

Se acercaron y Knoll se quitó la mochila. Echó un vistazo alrededor. No había nadie a la vista y ningún sonido parecía romper el silencio más allá de los pájaros y el paso ocasional de las ardillas. Examinó los barrotes y la puerta. Todo el hierro estaba muy oxidado. Una cadena de acero y un gran candado mantenían la puerta firmemente cerrada. Sin duda, la cadena y el candado eran más recientes. Tampoco resultaba extraño, ya que los inspectores federales aseguraban cada cierto tiempo las entradas. Sacó la cizalla de la mochila.

—Me alegro de que haya venido tan bien preparado —dijo Rachel.

Knoll partió la cadena, que cayó al suelo. Devolvió la cizalla a la mochila y abrió la puerta.

Los goznes rechinaron.

Se detuvo. No tenía ganas de atraer atenciones innecesarias.

Abrió lentamente y el chirrido del metal viejo disminuyó en gran medida. Frente a ellos había una abertura de unos cinco metros de altura y cuatro de anchura coronada por un arco. Más allá de esta entrada, se podía ver que los líquenes se habían apoderado de la piedra ennegrecida y tanto la abertura como el aire hedían a moho. *Como una tumba,* pensó.

—Esta entrada es lo bastante grande para admitir un camión.

—¿Un camión?

—Si la Habitación de Ámbar está dentro, también debe de haber camiones. No habría otro modo de transportar las cajas. Veinte toneladas de ámbar son muchas toneladas. Los alemanes las habrían introducido en la cueva en camiones.

—¿No tenían carretillas elevadoras?

—Pues lo dudo. Estamos hablando del final de la guerra. Los nazis estaban desesperados por ocultar su tesoro. No había tiempo para sutilezas.

—¿Y cómo llegaron aquí los camiones?

—Han pasado cincuenta años. Entonces había muchas más carreteras y menos árboles. Toda esa zona era un centro fabril de vital importancia.

Sacó dos linternas y una gruesa madeja de cuerda de su mochila y volvió a echársela al hombro. Cerró la puerta tras ellos y volvió a poner la cadena y el candado entre los barrotes, con lo que la entrada volvía a tener el aspecto de estar cerrada a cal y canto.

—Podríamos tener compañía —dijo—. Esto debería conseguir que se busquen otra cueva. Muchas están abiertas y es mucho más fácil entrar en ellas.

Le entregó una linterna. Los dos estrechos haces apenas perforaban unos metros la impasible oscuridad. De la roca sobresalía un trozo de hierro oxidado. Ató con firmeza un extremo del cordel y le entregó el rollo a Rachel.

—Vaya desenredándolo según avanzamos. De este modo encontraremos la salida si nos desorientamos.

Abrió la marcha con cautela. Las linternas revelaban un tosco pasadizo que se adentraba en las entrañas de la montaña. Rachel lo siguió después de ponerse la chaqueta.

—Tenga cuidado —le dijo Knoll—. El túnel podría estar minado. Eso explicaría la cadena.

—Es reconfortante saberlo.

—Nada que merezca la pena es fácil de obtener.

Se detuvo y echó un vistazo atrás, hacia la entrada, que quedaba ya a unos cuarenta metros. El aire se había tornado frío y fétido. Sacó el dibujo de Chapaev del bolsillo y estudió la ruta con la linterna.

—Ahí delante debería haber una bifurcación. Veamos si Chapaev tenía razón.

Una mortaja asfixiante impregnaba el ambiente. Pútrida. Nauseabunda.

—Guano de murciélago —dijo él.

—Creo que voy a vomitar.

—Respire con bocanadas breves y trate de no pensar en ello.

—Eso es como tratar de ignorar un trozo de bosta de vaca en el labio superior.

—Estas minas están llenas de murciélagos.

—Fantástico.

Él sonrió.

—En China se reverencia a los murciélagos como el símbolo de la felicidad y la larga vida.

—La felicidad es una mierda.

Llegaron a una bifurcación. Knoll se detuvo.

—El mapa indica que vayamos hacia la derecha.

Así lo hizo. Rachel lo siguió mientras desenrollaba el cordel a su paso.

—Avíseme cuando se acabe la cuerda. Tengo más.

El olor se hizo menos intenso. El nuevo túnel era menor que la galería principal, pero aún tenía tamaño suficiente para un camión de transporte. Periódicamente se abrían a los lados ramales que se hundían en las tinieblas. El eco del chillido de los murciélagos a la espera de la noche resonaba con claridad.

La montaña era ciertamente laberíntica. Todas lo eran. Los mineros a la busca de mineral y sal llevaban siglos excavando. Qué maravilloso sería si aquella galería resultara ser la que conducía a la Habitación de Ámbar. Diez millones de euros. Todos para él. Por no hablar de la gratitud de Monika. Quizá entonces Rachel Cutler estuviera lo bastante excitada como para abrirse de piernas. El rechazo de la noche anterior había resultado más incitador que insultante. No le sorprendería que su ex marido fuera el único hombre con el que había estado. Y esa idea resultaba totalmente embriagadora. Era prácticamente virgen. Desde luego lo era desde el divorcio. Qué placer iba a ser poseerla...

La galería comenzó a estrecharse y a ascender.

Su atención regresó al túnel.

Se habían adentrado un mínimo de cien metros en el granito y la caliza. El plano de Chapaev indicaba que más adelante encontrarían otra bifurcación. Pero algo marchaba mal. El túnel no era lo bastante ancho como para permitir el paso de un vehículo. Si la Habitación de Ámbar había sido ocultada allí, habría sido necesario transportar las cajas. Dieciocho, si no le fallaba la memoria. Todas ellas catalogadas e indexadas, los paneles envueltos en papel de fumar. ¿Habría otra cámara allí delante? No era extraño que se excavaran cámaras en la roca. La naturaleza lo hacía con frecuencia. Otras las tallaban los hombres. De acuerdo con Chapaev, una capa de roca y sedimento bloqueaba, veinte metros más adelante, un umbral que conducía a una de tales cámaras.

Siguió avanzando, cuidando cada uno de sus pasos. Cuanto más se adentraban en la montaña, mayor era el riesgo de los explosivos. El haz de su linterna partió la oscuridad que se abría frente a él y sus ojos se enfocaron en algo.

Miró con atención.

¿Qué demonios...?

Suzanne levantó los prismáticos y estudió la entrada de la mina. La señal que había adosado a la puerta de hierro hacía tres años, «BCR-65», seguía allí. Parecía que el truco había funcionado. Knoll se estaba volviendo descuidado. Había corrido directamente hacia la mina, con Rachel Cutler a rastras. Era una pena que las cosas hubieran terminado así, pero no le quedaban muchas más opciones. Knoll era ciertamente interesante. Incluso excitante. Pero era un problema. Un enorme problema. La lealtad de ella hacia Ernst Loring era absoluta. Irreprochable. Se lo debía todo. Él era la familia que nunca le habían dejado tener. Durante toda su vida, el anciano la había tratado como a su propia hija. Quizá su relación fuera más cercana incluso que con sus dos hijos naturales. Su amor por el arte era un nexo que los unía con fuerza. Ernst se había entusiasmado tanto cuando le entregó la caja de rapé y el libro... Agradarlo resultaba para Suzanne muy satisfactorio. Por tanto, si tenía que elegir entre Christian Knoll y su benefactor, no existía duda alguna.

De todos modos, era una pena. Knoll tenía sus cosas buenas.

Se encontraba en un risco boscoso, sin disfrazar. El pelo rubio y rizado le caía sobre los hombros, y se protegía con un jersey de cuello alto. Bajó los prismáticos, cogió el controlador de radio y extendió la antena.

Era evidente que Knoll no había sentido su presencia. Pensaría que se había deshecho de ella en el aeropuerto de Atlanta.

Ni de coña, Christian.

Una simple presión sobre el interruptor activó el detonador.

Consultó el reloj.

Para entonces, Knoll y su damisela ya estarían bastante dentro. Lo suficiente como para no poder salir. Las autoridades advertían repetidamente a la población de que no debían explorar las cavernas. Los explosivos eran frecuentes. Eran muchos los que habían muerto a lo largo de los años, motivo por el que el Gobierno había empezado a imponer licencias de exploración. Tres años atrás se había producido una explosión en la misma galería, dispuesta por ella misma cuando un periodista polaco se acercó demasiado. Lo atrajo hasta allí con visiones de la Habitación de Ámbar y el accidente fue finalmente atribuido a una nueva exploración no autorizada. No se llegó a encontrar el cuerpo, que quedó enterrado bajo los escombros que Christian Knoll estaría estudiando en ese mismo instante.

Knoll examinó la pared de roca y arena. Ya había visto más de uno y más de dos extremos de túneles. Aquello no era una formación natural. Una explosión era la responsable de lo que había ante él, y no había modo de abrirse paso con una pala a través de aquellos escombros que cubrían el túnel de arriba abajo.

Y al otro lado tampoco había ninguna puerta de hierro.

Eso estaba claro.

—¿Qué pasa? —preguntó Rachel.

—Aquí ha habido una explosión.

—Quizá hemos tomado una dirección equivocada.

—No es posible. He seguido las instrucciones de Chapaev con precisión.

Algo iba mal, no había duda. Su mente empezó a repasar los hechos. La información que Chapaev había ofrecido sin resistencia. La cadena y el candado, más nuevos que la puerta. Los goznes de hierro que todavía funcionaban. Un rastro fácil de seguir. Demasiado fácil.

¿Dónde estaba Suzanne Danzer? ¿En Atlanta? Quizá no.

Lo mejor que podía hacer era regresar hacia la entrada, disfrutar de Rachel Cutler y después regresar a Warthberg. Desde el principio había planeado matarla. No había necesidad de dejar viva una fuente de información para que la aprovechara otro adquisidor. Danzer ya estaba sobre la pista. Por tanto, era mera cuestión de tiempo el que diera con Rachel y hablara con ella. Podía descubrir la existencia de Chapaev. A Monika no le gustaría nada eso. Quizá Chapaev sabía de verdad dónde estaba la Habitación de Ámbar, pero los había puesto intencionadamente en aquella senda. De modo que decidió librarse de Rachel Cutler en ese mismo momento y después regresar a Kehlheim y sacarle la información a Chapaev de una forma u otra.

—Vamos —dijo—. Vaya recogiendo el cordel hacia la entrada. Yo la sigo.

Empezaron a deshacer sus pasos a través del laberinto, con Rachel a la cabeza. La linterna de Knoll se detuvo a placer en el firme trasero y en los muslos torneados, embutidos en unos vaqueros pardos. Estudió las piernas esbeltas y los hombros estrechos. Su entrepierna empezó a responder.

Llegaron a la primera bifurcación, después a la segunda.

—Espere —le dijo—. Quiero ver qué hay por ahí.

—La salida es por allí —respondió ella mientras señalaba hacia la izquierda, hacia la cuerda.

—Ya lo sé, pero ya que estamos aquí... Echemos un vistazo. Deje la cuerda; desde aquí ya sabemos salir.

Rachel dejó caer el rollo al suelo y volvió hacia la derecha, aún en cabeza.

Él hizo un movimiento con el brazo derecho. El estilete se liberó y se deslizó hacia abajo. Lo empuñó.

Rachel se detuvo y se volvió. Su luz se posó momentáneamente sobre Knoll.

La de él enfocó su expresión atónita cuando vio el acero resplandeciente.

Suzanne apuntó el controlador de radio y apretó el botón. La señal atravesó el aire matutino hasta alcanzar las cargas explosivas que había colocado la noche anterior entre las rocas. No había la carga suficiente para atraer la atención de Warthberg, a seis kilómetros de allí, pero sin duda bastaba para que la montaña se derrumbara sobre sí misma.

Lo que resolvía otro problema.

La tierra tembló. El techo se desmenuzó. Knoll trató de conservar el equilibrio.

Ahora estaba seguro. Sí, se trataba de una trampa.

Se dio la vuelta y corrió hacia la entrada. Las rocas se desplomaban a su paso en una lluvia de piedra y polvo cegador. El aire se hizo irrespirable. En una mano empuñaba la linterna y en la otra el estilete. Guardó rápidamente el cuchillo, se arrancó la camisa y usó el paño limpio para protegerse la nariz y la boca.

Se produjeron más desprendimientos.

La luz de la entrada se tornó sucia y espesa, velada por una nube, antes de morir anulada bajo las rocas. Era imposible salir por allí.

Se dio la vuelta otra vez y corrió en la dirección contraria, con la esperanza de que hubiera otra salida del laberinto. Afortunadamente, la linterna todavía funcionaba. No veía a Rachel Cutler por ninguna parte, pero daba igual. Las rocas le habían ahorrado la molestia.

Corrió hacia el interior de la montaña por la galería principal. Pasó de largo el último lugar donde la había visto. Las explosiones parecían haberse centrado en un punto a su espalda. Los muros y el techo que tenía delante parecían estables, aunque toda la montaña se sacudía.

A su espalda seguían cayendo rocas. Desde luego, ya no tenía sentido intentarlo por allí. La galería se dividió en dos. Se detuvo para orientarse. La entrada, que ahora quedaba a su espalda, estaba orientada hacia el este. Por tanto, se dirigía hacia el oeste. El ramal izquierdo parecía desviarse hacia el sur y el derecho hacia el norte. Pero ¿quién sabía? Tenía que tener cuidado. Debía evitar cambiar demasiado de dirección, pues sería fácil perderse, y no quería perecer bajo tierra, vagando sin rumbo hasta morir de sed o inanición.

Bajó la camisa y aspiró una bocanada de aire. Intento recordar cuanto sabía acerca de las minas. Nunca había una sola entrada o salida. La simple profundidad y la amplitud de los túneles exigían múltiples entradas. Sin embargo, durante la guerra los nazis habían sellado la mayoría de los portales para proteger sus escondrijos. Deseó que aquella mina no hubiera servido como tal. Lo que lo animaba era el aire. No parecía tan estancado como cuando habían estado más adentro.

Levantó la mano. Una leve brisa llegaba desde el ramal izquierdo. ¿Debía arriesgarse? Si tomaba muchas desviaciones más, nunca encontraría el camino de vuelta. En la oscuridad total carecía de puntos de referencia y solo conocía su posición presente a causa de la orientación de la galería principal. Aunque podía perderse fácilmente ese marco de referencia con un par de movimientos descuidados.

¿Qué debía hacer?

Se decidió por la izquierda.

Cincuenta metros más adelante, el túnel volvió a bifurcarse. Levantó la mano. No había brisa. Recordó haber leído en una ocasión que los mineros diseñaban sus rutas de seguridad siempre en la misma dirección. Virar a la izquierda significaba que debía tomar todas las desviaciones hacia ese lado hasta salir al exterior. ¿Qué elección tenía? Se decantó por la izquierda.

Dos nuevas bifurcaciones. Dos veces más virar a la izquierda.

Ante él vio luz. Débil. Pero estaba allí. Avanzó rápidamente y volvió una esquina.

La luz del día lo esperaba a cien metros de distancia.

31

Paul echó un vistazo por el espejo retrovisor. Un coche se acercaba rápidamente, con las luces puestas y la sirena activada. El pequeño coche verde y blanco, con la palabra «Polizei» escrita en letras azules en la puerta, pasó volando por el carril de la izquierda y desapareció tras un recodo.

Él prosiguió su marcha y llegó a Kehlheim diez kilómetros después.

La tranquila localidad estaba salpicada de edificios de colores brillantes situados alrededor de una plaza adoquinada. Paul no era precisamente viajero. Solo había realizado un viaje hacia ultramar, dos años atrás, cuando visitó París en nombre del museo. La posibilidad de recorrer el Louvre había sido demasiado atractiva como para dejarla pasar. Le había pedido a Rachel que lo acompañara, pero ella había rechazado la oferta. No era una buena idea para una ex mujer, recordó Paul que le había dicho. Nunca llegó a quedarle claro a qué se refería, aunque pensaba sinceramente que le habría encantado ir.

No había logrado conseguir un vuelo que lo sacara de Atlanta hasta el día anterior por la tarde. A primera hora de la mañana había dejado a los niños en casa de su hermano. La ausencia de llamadas de Rachel le preocupaba, pero tampoco había revisado el contestador automático desde las nueve de la mañana del día anterior. Su vuelo se había visto alargado por las paradas en Ámsterdam y Fráncfort, por lo que hasta hacía dos horas no había llegado a Múnich. Se había lavado como mejor había podido en un baño del aeropuerto, pero sin duda le vendrían bien una ducha, un afeitado y un cambio de ropa.

Entró en la plaza y estacionó frente a lo que parecía un mercado de comestibles. Resultaba evidente que Baviera no era una tierra dominical. Todos los edificios estaban cerrados. La única actividad se centraba en las cercanías de la iglesia, cuyo campanario era el punto más elevado del lugar. Los coches se alineaban en filas apretadas sobre el adoquinado irregular. Un grupo de ancianos charlaba en los escalones de la iglesia. Predominaban las barbas, los abrigos oscuros y los sombreros. Debería haber traído una chaqueta, pero había hecho la maleta a toda prisa y no había metido más que lo imprescindible.

Se acercó a ellos.

—Discúlpenme. ¿Habla inglés alguno de ustedes?

Uno de los hombres, el que parecía mayor de los cuatro, fue quien respondió.

—*Ja*. Un poco.

—Estoy buscando a un hombre llamado Danya Chapaev. Tengo entendido que vive aquí.

—Ya no. Estar muerto.

Ya se lo temía. Chapaev debía de ser muy mayor.

—¿Cuándo murió?

—Noche pasada. Asesinado.

¿Había oído bien? ¿Asesinado? ¿La noche pasada? Su mayor miedo se desató en su interior. En su mente se formó inmediatamente la pregunta.

—¿Ha habido alguien más herido?

—*Nein*. Solo Danya.

Recordó el coche de policía.

—¿Dónde sucedió?

Salió de Kehlheim y siguió las indicaciones que le habían dado. Llegó a la casa diez minutos después. Era fácil de distinguir gracias a los cuatro coches patrulla que había frente a la puerta principal abierta. Paul se acercó, pero lo detuvieron inmediatamente.

—*Nicht eintreten. Kriminelle szene* —dijo el policía.

—En inglés, por favor.

—No se puede entrar. Es la escena de un crimen.

—Entonces tengo que hablar con la persona al mando.

—Yo estoy al mando —dijo una voz desde el interior, con un inglés teñido por un gutural acento alemán.

El hombre que se acercó desde la entrada era de mediana edad. Unos mechones de pelo negro rebelde coronaban un rostro tosco. Un abrigo azul oscuro protegía su cuerpo delgado hasta las rodillas. Debajo se veían un traje color verde oliva y una corbata de punto.

—Soy Fritz Pannik, inspector de la policía federal. ¿Y usted?

—Paul Cutler, abogado de los Estados Unidos.

Pannik pasó junto al guardia de la puerta.

—¿Y qué hace un abogado americano aquí, una mañana de domingo?

—Estoy buscando a mi ex mujer. Vino aquí para ver a Danya Chapaev.

Pannik lanzó una mirada al agente.

Paul reparó en la curiosa expresión.

—¿Qué pasa?

—Una mujer estuvo ayer en Kehlheim preguntando por esta casa. Es sospechosa del asesinato.

—¿Tiene una descripción?

Pannik buscó en el bolsillo de su abrigo y sacó una libreta. Abrió la cubierta de cuero.

—Mediana altura. Pelo rubio rojizo. Grandes pechos. Vaqueros. Camisa de franela. Botas. Gafas de sol. Fuerte.

—Esa no es Rachel. Pero sí podría ser otra persona.

Le habló rápidamente acerca de Jo Myers, Karol Borya y la Habitación de Ámbar, y le describió a su visitante tal como se le apareció: delgada, de pecho normal, pelo castaño, ojos azules y unas gafas doradas octogonales.

—Tengo la impresión de que el pelo no era suyo. Llámelo intuición de abogado.

—Pero leyó las cartas que se cruzaron Chapaev y ese Karol Borya...

—De cabo a rabo.

—¿En los sobres aparecían estas señas?

—Solo el nombre de la localidad.

—¿Tiene más ramificaciones esta historia?

Le contó al inspector lo que sabía acerca de Christian Knoll y le habló de las preocupaciones de Jo Myers y de las suyas propias.

—¿Y ha venido usted hasta aquí para advertir a su ex mujer? —preguntó Pannik.

—Sobre todo para ver si estaba bien. Debería haber venido con ella desde el principio.

—¿Pero no consideraba usted el viaje una pérdida de tiempo?

—Por completo. Su padre le pidió expresamente que no se involucrara. —Tras Pannik, dos policías entraron en la casa—. ¿Qué ha sucedido ahí dentro?

—Si tiene estómago se lo enseñaré.

—Soy abogado —respondió, como si tuviera algún sentido. No mencionó que nunca había visto un caso criminal en toda su vida y que jamás había visitado la escena de un crimen. Pero la curiosidad pudo con él. Primero Borya muerto, ahora Chapaev asesinado... Aunque Karol se había caído por las escaleras.

¿O no?

Siguió a Pannik al interior. La cálida habitación desprendía un olor peculiar, enfermizamente dulzón. Las novelas de misterio siempre hablaban acerca del olor de la muerte. ¿Sería aquel?

La casa era pequeña. Cuatro habitaciones. Un salón, una cocina, un dormitorio y un baño. Por lo que podía ver, el mobiliario era viejo y astroso, aunque el lugar estaba limpio y parecía acogedor. La tranquilidad quedaba hecha pedazos por el anciano que yacía despatarrado sobre la alfombra pelada. Un gran charco carmesí surgía de los dos orificios del cráneo.

—Un disparo a bocajarro —dijo Pannik.

La mirada de Paul estaba clavada en el cadáver. La bilis le empezó a subir por la garganta. Se resistió al impulso de vomitar, sin éxito.

Salió corriendo de la habitación.

Estaba doblado, presa de las arcadas. El escaso almuerzo que había tomado en el avión se desparramaba ahora sobre la hierba húmeda. Inspiró profundamente varias veces para recuperar la compostura.

—¿Ha terminado? —le preguntó Pannik.

Paul asintió.

—¿Cree que lo hizo la mujer?

—No lo sé. Lo único que sé es que una mujer estuvo preguntando dónde vivía Chapaev y que el nieto se ofreció a mostrarle el camino. Dejaron el mercado juntos ayer por la mañana. La hija del muerto empezó a preocuparse anoche, cuando el muchacho no apareció. Vino aquí y se encontró al chico atado a la cama. Al parecer, la mujer no tenía tripas para matar niños, pero no le importó acribillar a un anciano.

—¿Está bien el niño?

—Muy nervioso, pero bien. Confirmó la descripción, pero no tenía mucho más que ofrecer. Estaba en la otra habitación. Recuerda haber oído voces, pero no pudo distinguir nada de la conversación. Su abuelo y la mujer entraron un momento. Hablaban en otra lengua. He probado con algunas palabras y parece que se trataba de ruso. Entonces el viejo y la mujer salieron de la habitación. El chico oyó un disparo. Después silencio, hasta que su madre apareció algunas horas después.

—¿Le disparó directamente en la cabeza?

—Y a corta distancia. Las apuestas deben de ser altas.

Un policía llegó desde el interior.

—*Nichts im haus hinsichtlich des Bernstein-zimmer.*

Pannik miró a Paul.

—Le he pedido que registren la casa en busca de cualquier cosa acerca de la Habitación de Ámbar. Ahí no hay nada.

Una radio carraspeó desde la cadera del alemán que montaba guardia en la puerta principal. El hombre tomó el transmisor y se aproximó a Pannik.

—Tengo que irme —dijo el policía en inglés—. Ha llegado una llamada de los equipos de rescate. Este fin de semana estoy de guardia.

—¿Qué ha pasado? —preguntó Pannik.

—Una explosión en una de las minas cerca de Warthberg. Han sacado a una mujer estadounidense, pero aún siguen buscando a un hombre. Las autoridades locales han solicitado nuestra ayuda.

Pannik negó con la cabeza.

—Menudo domingo.

—¿Dónde está Warthberg? —preguntó Paul de inmediato.

—En las montañas Harz. A cuatrocientos kilómetros al norte. A veces tiran de nuestros equipos alpinos de rescate cuando hay accidentes.

Wayland McKoy y el interés de Karol en las montañas Harz destellearon en la mente de Paul.

— ¿Había una estadounidense? ¿Cómo se llama?

Pannik pareció entender el sentido de la pregunta y se volvió hacia el oficial. Intercambiaron algunas palabras y el oficial volvió a hablar por la radio.

Dos minutos después llegó la contestación por el auricular:

—*Die frau ist Rachel Cutler. Amerikanerin.*

32
15:10

El helicóptero de la policía atravesó como un cuchillo la tarde de mayo. Pasado Würzburg empezó a llover. Paul estaba sentado junto a Pannik. Tras ellos iba sujeto con correas el personal de búsqueda.

—Un grupo de excursionistas oyó las explosiones y alertó a las autoridades —informó Pannik por encima del rugido de la turbina—. Su ex mujer fue encontrada cerca de la entrada de una de las galerías. La han llevado al hospital local, pero logró contar a sus rescatadores que había otro hombre. Su nombre es Christian Knoll, *Herr* Cutler.

Paul escuchaba con gran preocupación, pero no era capaz de pensar en otra cosa que en Rachel tendida en una cama de hospital, sangrando. ¿Qué estaba sucediendo? ¿En qué se había metido Rachel? ¿Cómo la había encontrado Knoll? ¿Qué había sucedido en esa mina? ¿Estarían Marla y Brent en peligro? Tenía que llamar a su hermano para alertarlo.

—Parece que Jo Myers tenía razón —dijo Pannik.

—¿Hablan los informes del estado de Rachel?

Pannik negó con la cabeza.

El helicóptero voló primero hacia la escena de la explosión. La entrada de la mina se encontraba en lo profundo del bosque, en la base de una de las elevaciones más importantes. El claro más cercano se abría medio kilómetro al oeste y allí fue depositado el personal de rescate, desde donde cubrieron el último trecho a pie. Él y Pannik permanecieron en el helicóptero y volaron al este de Warthberg hasta el hospital regional al que habían llevado a Rachel.

Una vez dentro se dirigió directamente hasta la cuarta planta. Rachel estaba vestida con un pijama azul. Un gran vendaje le cubría la cabeza. Sonrió desde la cama en cuanto lo vio.

—¿Por qué sabía yo que aparecerías aquí?

Paul se acercó. Rachel tenía arañazos y contusiones en las mejillas, la nariz y los brazos.

—No tenía más que hacer este fin de semana, así que, ¿por qué no acercarme un momento a Alemania?

—¿Están bien los niños?

—Están bien.

—¿Cómo has llegado tan rápido?

—Salí ayer.

—¿Ayer?

Antes de que pudiera explicarse, Pannik, que hasta el momento había permanecido en silencio junto a la puerta, se acercó a la cama.

—*Frau* Cutler, soy el inspector Fritz Pannik, de la policía federal.

Paul le habló a Rachel acerca de Jo Myers, Christian Knoll y lo sucedido con Danya Chapaev.

La expresión de Rachel reflejó su estupefacción.

—¿Chapaev está muerto?

—Tengo que llamar a mi hermano para que vigile de cerca a los chicos —dijo Paul a Pannik—. Quizá debería alertar a la policía de Atlanta.

—¿Crees que están en peligro? —preguntó ella.

—No sé qué pensar, Rachel. Te has metido en algo de lo más feo. Tu padre te advirtió que te mantuvieras apartada de todo esto.

—¿A qué te refieres?

—No te hagas la tonta. Puedo leer a Ovidio. Quería que no metieras las narices. Ahora Chapaev ha muerto.

El rostro de ella se endureció.

—Eso no es justo, Paul. Yo no lo hice. No lo sabía.

—Pero quizá señaló el camino a otros —dejó claro Pannik.

Rachel se quedó mirando al inspector. Lo comprendía perfectamente. De repente Paul lamentó haberla reprendido. Quería ayudarla a superar la culpa, como siempre.

—Eso no es del todo cierto —dijo—. Yo le di las cartas a esa mujer. Supo de Kehlheim gracias a mí.

—¿Y lo hubiera hecho de no pensar que *Frau* Cutler estaba en peligro?

No, no lo hubiera hecho. Miró a Rachel, que estaba al borde de las lágrimas.

—Paul tiene razón, inspector. Es culpa mía. Debería haberme quedado en mi casa, sí. Mi padre y él me lo advirtieron.

—¿Qué hay de ese Christian Knoll? —preguntó Pannik—. Hábleme de él.

Rachel le informó de lo que sabía, que no era mucho.

—Ese hombre me salvó de ser arrollada por un coche. Era encantador y atento. Creí sinceramente que quería ayudar.

—¿Qué sucedió en la mina? —preguntó Pannik.

—Estábamos siguiendo las indicaciones del mapa de Chapaev. El túnel era bastante ancho, y de repente sentí algo como un terremoto y una avalancha cortó la galería en dos. Me volví hacia la entrada y empecé a correr. Solo llegué a mitad de camino antes de que las piedras me derribaran. Por fortuna, no me sepultaron. Me quedé allí tendida hasta que unos excursionistas me sacaron.

—¿Y Knoll? —preguntó Pannik.

Rachel sacudió la cabeza.

—Le estuve llamando después de que terminara el derrumbamiento, pero... nada.

—Probablemente siga ahí dentro.

—¿Fue un terremoto? —preguntó Paul.

—Aquí no tenemos terremotos. Probablemente fueran explosivos de la guerra. Las galerías están llenas de ellos.

—Eso mismo dijo Knoll —añadió Rachel.

Entonces se abrió la puerta de la habitación y un policía recio hizo un gesto a Pannik. El inspector se excusó y salió al pasillo.

—Tienes razón —dijo Rachel—. Debería haber escuchado.

Paul no estaba interesado en sus concesiones.

—Tenemos que salir de aquí y regresar a casa.

Rachel no dijo nada y él estaba a punto de insistir en el asunto cuando Pannik regresó.

—Ya han despejado la galería. No se ha encontrado a nadie más dentro. Había otra entrada, desbloqueada, al otro lado de un largo túnel. ¿Cómo entraron usted y *Herr* Knoll en la mina?

—Cogimos un coche de alquiler y después caminamos.

—¿Qué clase de coche?

—Un Volvo marrón.

—No se ha encontrado ningún coche en la autopista —dijo Pannik—. El tal Knoll se ha largado.

El inspector parecía saber algo más.

—¿Qué más le ha dicho ese policía? —preguntó Paul.

—Esa galería nunca llegó a ser utilizada por los nazis. No había explosivos dentro. Pero es la segunda explosión que se produce allí en tres años.

—¿Qué significa eso?

—Significa que está sucediendo algo muy extraño.

Paul dejó el hospital y aprovechó para subir a un coche de policía que se dirigía a Warthberg. Pannik lo acompañó. Ser inspector federal le proporcionaba ciertos privilegios.

—Es similar a su FBI —le dijo—. Trabajo para la fuerza policial nacional. Las policías locales cooperan con nosotros constantemente.

Rachel les había dicho que Knoll había alquilado dos habitaciones en el Goldene Krone. La placa de Pannik les proporcionó acceso inmediato a la habitación de Rachel, que estaba ordenada, con la cama hecha. La maleta había desaparecido. La habitación de Knoll estaba igualmente vacía. No había Volvos marrones por ninguna parte.

—*Herr* Knoll se marchó esta mañana —les dijo el propietario—. Pagó las dos habitaciones y se fue.

—¿A qué hora?

—Alrededor de las diez y media.

—¿Ha oído lo de la explosión?

—Se producen muchas explosiones en las minas, inspector. No presto mucha atención a los detalles.

—¿Vio regresar a Knoll esta mañana? —preguntó Pannik.

El hombre calvo negó con la cabeza. Le dieron las gracias y salieron.

—Knoll tiene una ventaja de cinco horas, pero quizá sería posible localizar el coche con una orden —dijo Paul.

—*Herr* Knoll no me interesa. Ahora mismo, lo máximo que ha hecho ha sido entrar donde no debía.

—Abandonó a Rachel en la mina, a su suerte.

—Eso no es un delito. A la que busco es a la mujer. Es una asesina.

Pannik tenía razón. Pero comprendía el dilema del inspector. No había ninguna descripción precisa. No tenía un nombre real. No había pruebas físicas. No conocía su pasado. Nada.

—¿Tiene alguna idea de por dónde empezar?

Pannik se quedó mirando la silenciosa plaza.

—*Nein, Herr* Cutler. Absolutamente ninguna.

33

Suzanne aceptó la copa de peltre de Ernst Loring y se acomodó en una silla imperio. Su empleador parecía satisfecho con el informe.

—Esperé media hora en la escena y me marché cuando empezaron a llegar las autoridades. Nadie salió de la galería.

—Mañana lo comprobaré. Llamaré a Fellner con cualquier excusa. Quizá diga que a Christian le ha sucedido algo.

Ella dio un sorbo a su vino, satisfecha con las actividades de aquel día. Tras conducir directamente desde Alemania hasta la República Checa, había cruzado la frontera y se había apresurado en dirección sur, hacia el castillo de Loring. Había sido pan comido para el Porsche recorrer los trescientos kilómetros en dos horas y media.

—Has sido muy astuta al manejar de ese modo a Christian —dijo Loring—. No es una persona fácil de engañar.

—Fue demasiado ansioso. Pero tengo que decir que Chapaev resultó de lo más convincente. —Bebió más vino. Aquel caldo añejo y afrutado procedía de las propias bodegas de Loring—. Es una pena. Ese hombre tenía una voluntad muy firme. Guardó silencio durante mucho tiempo. Por desgracia, no tuve más elección que silenciarlo.

—Hiciste bien en no hacer daño al chico.

—Yo no mato niños. No sabía nada que los otros testigos del mercado no pudieran decir. Era mi baza para conseguir que el viejo hiciera lo que yo quería.

La expresión de Loring era cansada, hastiada.

—Me pregunto cuándo terminará. Cada pocos años nos vemos obligados a encargarnos de este asunto.

—Leí las cartas. Dejar con vida a Chapaev hubiera sido correr un riesgo innecesario. Tantos cabos sueltos podrían habernos dado muchos problemas.

—Desgraciadamente, *drahá,* tienes razón.

—¿Pudiste descubrir algo más de San Petersburgo?

—Solo confirmé que Christian volvió a visitar los registros de la comisión. Vio el nombre de mi padre en un documento que Knoll estaba leyendo, pero cuando fue a consultarlo tras la marcha de Knoll, el papel había desaparecido.

—Menos mal que Knoll ya no es un problema. Con Borya y Chapaev fuera del mapa, todo debería ser más seguro.

—Me temo que no —replicó Loring—. Hay otro problema.

Suzanne dejó su vino a un lado.

—¿Qué?

—Cerca de Stod ha empezado una excavación. Un empresario estadounidense a la busca de tesoros.

—La gente no se rinde ni para atrás.

—El cebo es demasiado embriagador. No sabría decir si esta última aventura dará con la cueva correcta. Por desgracia, no hay modo de saberlo hasta que la caverna esté explorada. Pero sí sé que han acertado con la zona general.

—¿Tenemos una fuente?

—Directamente en el interior. Me ha mantenido informado, pero ni siquiera él tiene información clara. Por desgracia, mi padre se guardó esa información precisa para sí. Ni siquiera confió en su hijo.

—¿Quieres que vaya allí?

—Por favor. Vigila las cosas. Mi fuente es fiable, pero avariciosa. Exige demasiado y, como bien sabes, no tolero la avaricia. Espera un contacto de una mujer. De momento, ha sido mi secretaria personal la única que ha hablado con él y solo por teléfono. La fuente no sabe nada de mí. Te conocerá como Margarethe. Si se encuentra algo, asegúrate de que la situación permanezca controlada. Que no quede ningún rastro. Si el lugar no está relacionado, olvídate, y si es necesario, elimina la fuente. Pero, por favor, intenta minimizar las muertes.

Suzanne sabía a qué se refería.

—Con Chapaev no tuve ninguna opción.

—Lo entiendo, *drahá,* y agradezco tus esfuerzos. Esperemos que esa muerte sea el fin de la llamada maldición de la Habitación de Ámbar.

—Junto con otras dos más.

El viejo sonrió.

—¿Christian y Rachel Cutler?

Ella asintió.

—Te veo complacida con tus esfuerzos. Aunque es extraño. El otro día creí sentir cierta reticencia respecto a Christian. ¿Podría existir una pequeña atracción?

Suzanne levantó la copa y brindó con su empleador.

—Nada sin lo que no pueda vivir.

Knoll conducía en dirección sur, hacia Füssen. Había demasiados policías en Kehlheim y sus alrededores como para pasar la noche allí. Había huido de Warthberg y regresado a los Alpes para hablar con Danya Chapaev, solo para descubrir que el viejo había sido asesinado durante la noche. La policía estaba buscando a una mujer que había preguntado por la casa del muerto el día anterior y que había abandonado el mercado con el nieto de Chapaev. Su identidad era desconocida. No para él.

Suzanne Danzer.

¿Quién si no? De algún modo había conseguido retomar el rastro y había llegado antes que él hasta Chapaev. Toda la información que este les había proporcionado libremente procedía de ella. No había ninguna duda. Lo habían llevado hacia una trampa y por poco no había muerto.

Recordó lo que Juvenal había escrito en sus *Sátiras*: «La venganza es el deleite del espíritu malvado y la mente mezquina. Prueba de ello es que nadie se regocija más en la venganza que una mujer».

Correcto. Pero él prefería a Byron: «Los hombres aman con prisa, pero odian con calma».

Cuando sus caminos volvieran a encontrarse se iban a abrir las puertas del infierno. De un infierno tan sangriento como doloroso. La próxima vez, él tendría la ventaja. Estaría preparado.

Las estrechas calles de Füssen estaban atestadas de turistas de primavera atraídos por el castillo Ludwig, al sur del pueblo. Resultaba muy sencillo mezclarse con la avalancha nocturna de ociosos a la busca de la cena y de espíritus sentados en los cafés. Se detuvo media hora a cenar en uno de los menos llenos, mientras escuchaba la deliciosa música de cámara de un concierto de primavera que llegaba desde el otro lado de la calle. Cuando terminó, encontró una cabina telefónica cerca del hotel y llamó a Burg Herz. Respondió Franz Fellner.

—He oído que ha habido hoy una explosión en las montañas. Sacaron a una mujer, pero siguen buscando al hombre.

—Pues no van a encontrarme —respondió—. Era una trampa. —Le contó a Fellner lo que había sucedido desde que dejó Atlanta hasta el momento en que supo del asesinato de Chapaev, hacía muy poco—. Qué interesante que Rachel Cutler haya sobrevivido. Pero no importa. Con toda seguridad regresará a Atlanta.

—¿Estás seguro de que Suzanne estaba involucrada?

—No sé cómo consiguió adelantarse.

Fellner rió entre dientes.

—Quizá te estés haciendo viejo, Christian.

—No fui lo bastante cuidadoso.

—Pensaste con la polla. Esa es una explicación más acertada —dijo de repente Monika. Era evidente que se encontraba en una extensión.

—Ya me preguntaba dónde andarías.

—Probablemente estarías pensando por dónde se la ibas a meter.

—Qué suerte tengo de que estés aquí para recordarme todos mis fallos.

Monika rió.

—La mitad de la diversión de mi trabajo, Christian, es verte a ti hacer el tuyo.

—Parece que la pista se ha congelado. Quizá debería centrarme en otras adquisiciones.

—Díselo, niña —intervino Fellner.

—Un americano, Wayland McKoy, está excavando cerca de Stod. Asegura que va a encontrar el Museo de Arte de Berlín y quizá la Habitación de Ámbar. Ya ha hecho cosas así en el pasado, con cierto éxito. Ve allí para asegurarnos. Como mínimo podrías obtener buena información y quizá alguna nueva pieza.

—¿Es conocida esta excavación?

—Está en los periódicos locales y CNN International ha emitido varias noticias —respondió Monika.

—Ya estábamos sobre aviso antes de que fueras a Atlanta —terció Fellner—, pero pensamos que Borya merecía una actuación inmediata.

—¿Está Loring interesado en esta excavación?

—Parece interesado en todo lo que nosotros hacemos —dijo Monika.

—¿Espera que despache a Suzanne? —preguntó Fellner.

—Con entusiasmo.

—Buena caza, Christian.

—Gracias, señor. Y cuando Loring llame para comprobar si estoy muerto, no lo defraude.

—¿Necesita algo de anonimato?

—Ayudaría.

34
WARTHBERG, ALEMANIA
20:45

Rachel entró arrastrando los pies en el restaurante y siguió a Paul hasta una mesa, saboreando el aire cálido aromatizado por el clavo y el ajo. Se moría de hambre y se sentía mejor. El vendaje completo del hospital había sido reemplazado por una gasa y un esparadrapo en la sien. Llevaba unos pantalones chinos y una camisa de manga larga que Paul le había comprado en una tienda de la localidad. Sus ropas de la mañana habían quedado inutilizables.

Paul la había sacado del hospital dos horas antes. Estaba bien, exceptuado el chichón en la cabeza y algunos cortes y arañazos. Le había prometido al doctor que tendría cuidado los días siguientes y Paul le dijo que en cualquier caso regresaban a Atlanta.

Se les acercó un camarero y Paul preguntó a Rachel qué clase de vino quería.

—Me apetece un tinto bueno. Algo de aquí —añadió, recordando la cena de la noche anterior con Knoll.

El camarero se marchó.

—He llamado a la compañía aérea —dijo Paul—. Mañana sale un vuelo desde Fráncfort. Pannik dice que puede arreglarlo para que nos lleven hasta el aeropuerto.

—¿Dónde está ese inspector?

—Ha regresado a Kehlheim para supervisar la investigación de lo de Chapaev. Me ha dejado un número de teléfono.

—No puedo creer que mis cosas hayan desaparecido.

—Es evidente que Knoll no quería dejar ninguna pista tuya.

—Parecía tan sincero... Encantador, incluso.

Paul pareció sentir la atracción en su voz.

—¿Te gustaba?

—Era interesante. Me dijo que era un investigador que buscaba la Habitación de Ámbar.

—¿Y eso te va?

—Venga, Paul. ¿No dirías que llevamos una vida mundana? Del trabajo a casa y de casa al trabajo. Piensa en ello. Viajar por el mundo buscando obras de arte perdidas... No me digas que no es emocionante.

—Ese hombre te abandonó para que murieras.

La expresión de Rachel se tensó. Siempre le sucedía cuando Paul usaba aquel tono.

—Pero también me salvó la vida en Múnich.

—Debería haber estado contigo desde el principio.

—No recuerdo haberte invitado. —Su irritación iba en aumento. ¿Por qué se enfurecía tan fácilmente? Paul solo intentaba ayudarla.

—No, no me invitaste. Pero debería haberte acompañado.

Ella se sorprendió por la reacción de Paul ante Knoll. No sabía distinguir si se trataba de celos o de preocupación.

—Tenemos que volver a casa —dijo él. Aquí ya no queda nada pendiente. Estoy preocupado por los niños. No me saco el cuerpo de Chapaev de la cabeza.

—¿Crees que lo mató la mujer que fue a verte?

—Vete a saber. Pero desde luego sabía dónde buscarlo, gracias a mí.

Aquel parecía el momento adecuado.

—Paul, quedémonos.

—¿Qué?

—Quedémonos.

—Rachel, ¿es que no has aprendido la lección? La gente está muriendo. Tenemos que salir de aquí antes de que nos toque a nosotros. Hoy has tenido suerte. No la fuerces. Esto no es una novela de aventuras. Es de verdad. Y es una locura. Nazis. Rusos. Somos como peces fuera del agua.

—Paul, mi padre debía de saber algo. Y Chapaev. Les debemos intentarlo.

—¿Intentar qué?

—Queda un rastro por seguir. Recuerda a Wayland McKoy. Knoll me dijo que Stod no queda lejos de aquí. Podría estar en el camino correcto. A papá le interesaba lo que estaba haciendo.

—Déjalo estar, Rachel.

—¿Qué mal puede haber?

—Eso es exactamente lo que dijiste acerca de buscar a Chapaev.

Ella echó la silla hacia atrás y se levantó.

—Sabes que no está bien lo que acabas de decir. —Levantó la voz—. Si quieres irte a casa, vete. Yo voy a ir a hablar con Wayland McKoy.

Algunos comensales se fijaron en ellos. Rachel esperaba que ninguno de ellos hablara inglés. Paul mostraba su habitual cara de resignación. Nunca había sabido cómo tratarla. Aquel era otro de sus problemas. El ímpetu era totalmente ajeno a su espíritu. Era un planificador meticuloso. Nunca había detalle demasiado nimio. No era obsesivo. Solo consistente. ¿Había hecho algo espontáneo en toda su vida? Sí. Había volado hasta allí sin pensárselo dos veces. Y Rachel esperaba que eso contara para algo.

—Siéntate, Rachel —dijo él en voz baja—. Por una vez, ¿no podemos discutir algo de forma racional?

Se sentó. Quería que Paul se quedara, pero nunca lo admitiría.

—Tienes una campaña electoral de la que encargarte. ¿Por qué no canalizas en ella toda esta energía?

—Tengo que hacer esto, Paul. Algo me dice que siga adelante.

—Rachel, en las últimas cuarenta y ocho horas dos personas han salido de la nada buscando lo mismo. Una es probablemente una asesina y la otra lo bastante insensible como para darte por muerta y largarse. Karol ha muerto. Igual que Chapaev. Es posible que tu padre fuese asesinado. Ya tenías serias sospechas al respecto antes de venir aquí.

—Y sigo teniéndolas, y eso en parte es lo que me mueve. Por no hablar de tus padres. Puede que también hayan sido víctimas de todo esto.

Rachel casi alcanzaba a oír los engranajes de la mente analítica de su ex marido. Sopesaba las opciones. Trataba de pensar su próximo argumento para convencerla de que debía volver a casa con él.

—Muy bien —dijo—. Vamos a ver a McKoy.

—¿Lo dices de verdad?

—Es una locura. Pero no pienso dejarte aquí sola.

Rachel se inclinó hacia delante y le apretó la mano.

—Nos cubriremos las espaldas mutuamente, ¿vale?

Paul sonrió.

—Claro. Vale.

—Papá estaría orgulloso.

—Tu padre probablemente esté revolviéndose en su tumba. Estamos ignorando todos sus deseos.

El camarero llegó con el vino y llenó dos vasos. Rachel levantó el suyo.

—Por el éxito.

Él devolvió el brindis.

—Por el éxito.

Rachel bebió, satisfecha de que Paul se quedara con ella. Pero la visión volvió como un destello a su mente. Lo que vio cuando la linterna reveló a Christian Knoll un segundo antes de la explosión. Un cuchillo reluciente en la mano.

No le había contado nada ni a Paul ni al inspector Pannik. No era difícil imaginar cuál sería la reacción de ambos. Especialmente la de Paul.

Miró a su ex marido, recordó a su padre y a Chapaev, y pensó en los niños.

¿Estaba haciendo lo correcto?

Tercera parte

35

STOD, ALEMANIA
LUNES, 19 DE MAYO, 10:15

Wayland McKoy entró en la caverna. Lo rodeó un aire frío y húmedo, y la oscuridad engulló la luz de la mañana. Se maravilló ante la antigua galería. *Ein Silberbergwerk*. Una mina de plata. Antaño conocida como el «tesoro de los sacros emperadores romanos», ahora la tierra yacía agotada y abandonada como un sórdido recordatorio de la plata mexicana barata que había acabado a principios del siglo XX con la mayoría de las minas de Harz.

Toda la zona era espectacular. Agrupaciones de colinas cubiertas de pinos, enormes arbustos y praderas alpinas. Hermoso y tosco, aunque lo impregnaba todo una sensación extraña. Como Goethe había escrito en *Fausto:* «Donde las brujas celebraban su Sabbath».

Aquello había sido en el pasado la esquina suroeste de la Alemania oriental, la temible zona prohibida, y los bosques seguían salpicados de postes fronterizos ya olvidados. Los campos de minas, los cañones automáticos de metralla, los perros guardianes y las vallas de alambre de espinos ya habían desaparecido. La *Wende,* la unificación, había puesto fin a la necesidad de contener a toda una población y había abierto las oportunidades. Como la que él aprovechaba en ese momento.

Recorrió la amplia galería. El camino quedaba marcado cada treinta metros por una bombilla de cien vatios y un cable eléctrico culebreaba hasta alcanzar el generador exterior. La pared de roca era tosca y el suelo estaba cubierto de escombros. El fin de semana pasado había enviado un equipo avanzado con la misión de despejar el pasadizo.

Aquella había sido la parte sencilla. Martillos neumáticos y cañones de aire. No había que preocuparse por explosivos perdidos de los nazis: el túnel había sido revisado por perros adiestrados y por expertos en demoliciones. La ausencia de cualquier cosa relacionada siquiera remotamente con explosivos le preocupaba. Si se trataba realmente de la mina correcta, aquella que los alemanes habían usado para almacenar las obras de arte del museo Káiser Friedrich de Berlín, casi con toda certeza hubiera estado minado. Pero no habían encontrado nada. Solo roca, piedras, arena y miles de murciélagos. Esos hijos de perra pequeños y desagradables ocupaban las arterias secundarias de la galería durante el invierno, y de todas las especies que había en el mundo, esa tenía que estar en peligro de extinción. Lo que explicaba por qué el Gobierno alemán había sido tan reticente a concederle el permiso de exploración. Por suerte, los murciélagos abandonaban las mina en mayo y no regresaban hasta mediados de julio. Tenían cuarenta y cinco preciosos días para explorar. El Gobierno no les había concedido nada más. El permiso exigía que la mina estuviera vacía para cuando regresaran las bestezuelas.

Cuanto más se adentraba en la montaña más grande se volvía la galería, lo que también era fuente de problemas. Lo habitual era que los túneles se estrecharan hasta impedir el paso y que entonces los mineros excavaran hasta que resultara imposible seguir adelante. Todas las galerías eran testamento de los muchos siglos de actividad minera. Cada generación había tratado de superar a la anterior descubriendo una veta de mineral hasta entonces desconocida. Pero, a pesar de su anchura, el tamaño de la galería no dejaba de preocuparle. Era demasiado estrecha para almacenar algo tan grande como el botín tras el que marchaba.

Se acercó al equipo de trabajo, compuesto por tres hombres. Dos de ellos estaban subidos a escaleras y otro esperaba abajo. Los tres abrían orificios en la roca formando entre ellos ángulos de sesenta grados. Los generadores y compresores se encontraban unos cincuenta metros más atrás, al aire libre. Unas ásperas y calientes luces azuladas iluminaban la escena y cubrían a los operarios de sudor.

Los taladros se detuvieron y los hombres se quitaron las protecciones auditivas. También él se quitó los tapones.

—¿Tenéis idea de qué tal vamos? —preguntó.

Uno de los hombres se quitó unas gafas empañadas y se limpió el sudor de la frente.

—Hoy hemos avanzado unos treinta centímetros. No hay modo de saber cuánto nos queda y tengo miedo de meter los martillos neumáticos.

Otro de los hombres cogió un jarro. Con cuidado llenó los barrenos practicados con disolvente. McKoy se acercó a la pared de roca. El granito y la caliza porosos se tragaban al instante el sirope marrón vertido en cada orificio. Entonces los productos químicos cáusticos se expandían y creaban fisuras en la piedra. Otro hombre de gafas se acercó con un martillo pilón. De un solo golpe logró que una sección de roca se partiera en láminas y cayera al suelo. Habían avanzado algunos centímetros más.

—Es muy lento —dijo.

—Pero es el único modo de hacerlo —pronunció una voz a su espalda.

McKoy se volvió para ver a *Herr Doktor* Alfred Grumer en la caverna. Era un hombre alto, de brazos y piernas largos y delgados, delgado hasta el punto de la caricatura. Una perilla canosa enmarcaba unos labios finísimos. Grumer era el experto de la expedición y poseía un doctorado en Historia del Arte por la Universidad de Heidelberg. McKoy se había asociado con él hacía tres años, durante su última intentona en las minas Harz. Se trataba de un hombre experto y avaricioso, dos atributos que él no solo admiraba, sino que necesitaba en sus socios.

—Se está acabando el tiempo —dijo McKoy.

Grumer se acercó unos pasos.

—Su permiso nos concede cuatro semanas más. Lo conseguiremos.

—Asumiendo que haya algo que conseguir.

—La cámara está ahí. Los sondeos del radar lo confirman.

—¿Pero cuánta roca hay que horadar, por todos los demonios?

—Es difícil de decir. Pero ahí dentro hay algo.

—¿Y cómo demonios llegó allí? Usted dijo que los sondeos del radar confirmaban la presencia de múltiples objetos metálicos de buen tamaño. —Hizo un gesto hacia las luces que conducían al exterior—. Por esa galería apenas cabrían tres personas hombro con hombro.

Una débil sonrisa apareció en la cara de Grumer.

—Asume usted que esa es la única vía de entrada.

—Y usted asume que mi cartera es un pozo sin fondo.

Los otros hombres volvieron a arrancar los taladros y comenzaron a trabajar en un nuevo barreno. McKoy desanduvo sus pasos hacia la galería, más allá de las luces, donde el ambiente era más fresco y silencioso. Grumer lo siguió.

—Si para mañana no hemos hecho progresos, a la mierda con los barrenos —dijo McKoy—. Nos pondremos con la dinamita.

—Su permiso indica otra cosa.

McKoy se pasó una mano por el cabello negro empapado en sudor.

—Que le den al permiso. Necesitamos hacer progresos cuanto antes. Tengo un equipo de televisión muerto de risa en el pueblo y me cuesta dos mil al día. Y esos burócratas hijos de puta de Bonn no esperan mañana la visita de un grupo de inversores ansiosos por ver obras de arte.

—Esto no se puede hacer con prisas —replicó Grumer—. No se puede saber lo que espera tras la roca.

—Se espera que haya una enorme cámara.

—Y la hay. Y contiene algo.

McKoy suavizó el tono. No era culpa de Grumer que la excavación procediera con lentitud.

—Algo que provocó un orgasmo múltiple en el radar de tierra, ¿no?

Grumer sonrió.

—Es un modo poético de expresarlo.

—Pues más le vale tener razón, o nos dan por culo a los dos.

—La palabra alemana para «cueva» es *höhle* —dijo Grumer—. La palabra para «infierno» es *hölle*. Siempre he pensado que la similitud no carecía de significado.

—Eso es interesantísimo, Grumer. Pero no es lo que necesito oír en este momento, si usted me entiende.

Grumer no parecía preocupado. Como siempre. Aquella era otra cosa de aquel hombre que a McKoy lo sacaba de sus casillas.

—He venido a decirle que tiene visita.

—No será otro periodista...

—Un abogado y una jueza norteamericanos.

—¿Ya han empezado las demandas?

Grumer mostró una de sus sonrisas condescendientes. McKoy no estaba de humor. Debería despedir a aquel idiota irritante. Pero los contactos de Grumer en el Ministerio de Cultura eran demasiado valiosos como para prescindir de ellos.

—No son demandas, *Herr* McKoy. Quieren hablar sobre la Habitación de Ámbar.

A Wayland McKoy se le iluminó el rostro.

—Pensé que podría interesarle. Aseguran disponer de información.

—¿Son unos tarados?

—No lo parecen.

—¿Qué quieren?

—Hablar.

McKoy echó un vistazo en dirección a la pared de roca y los taladros.

—¿Por qué no? Aquí no pasa nada, joder.

Paul se volvió cuando la puerta del diminuto cobertizo se abrió. Vio entrar en la estancia encalada a un hombre similar a un oso pardo, con un cuello de toro, cintura gruesa y cabello moreno y enredado. El pecho prominente y los grandes brazos daban de sí una camisa de algodón que llevaba bordadas las palabras «McKoy Excavations». Sus ojos oscuros valoraron con intensidad la situación. Alfred Grumer, a quien Rachel y él habían conocido unos minutos antes, lo siguió al interior.

—*Herr* Cutler, *Frau* Cutler, este es Wayland McKoy —los presentó.

—No pretendo ser grosero —dijo McKoy—, pero nos encontramos en una fase vital y no tengo mucho tiempo para charlas. ¿Qué puedo hacer por ustedes?

Paul decidió ir al grano.

—Hemos tenido unos últimos días muy interesantes...

—¿Quién de ustedes es el juez? —preguntó McKoy.

—Yo.

—¿Qué hacen un abogado y una jueza de Georgia en medio de Alemania, molestándome?

—Estamos buscando la Habitación de Ámbar —respondió Rachel.

McKoy rió entre dientes.

—¿Y quién no?

—Debe de creer usted que se encuentra cerca. Quizá incluso en el punto en que está excavando —dijo Rachel.

—Estoy seguro de que, como expertos legales, saben que no voy a ponerme a discutir con usted los detalles de esta excavación. Tengo inversores que exigen confidencialidad.

—No le estamos pidiendo que divulgue nada —terció Paul—. Pero podría encontrar interesante lo que nos ha sucedido en los últimos días.

Y entonces contó a McKoy y a Grumer todo lo sucedido desde la muerte de Karol Borya hasta el rescate de Rachel en la mina.

Grumer se sentó en uno de los bancos.

—Hemos oído lo de esa explosión. ¿No han encontrado al hombre?

—No había nada que encontrar. Knoll ya se había marchado hacía mucho.

Paul le explicó lo que él y Pannik habían descubierto en Warthberg.

—Todavía no me han dicho qué es lo que quieren —insistió McKoy.

—Podría empezar dándonos algo de información. ¿Quién es Josef Loring?

—Un industrial checo —respondió McKoy—. Lleva muerto unos treinta años. Se dijo que había encontrado la Habitación de Ámbar justo después de la guerra, pero nunca se llegó a verificar nada. Otro rumor para los libros.

—Loring era conocido por sus fastuosas obsesiones —intervino Grumer—. Poseía una colección de arte considerable. Y una de las mayores colecciones privadas de ámbar del mundo. Por lo que tengo entendido, sigue en poder de su hijo. ¿Cómo llegó a conocerlo su padre?

Rachel le habló acerca de la Comisión Extraordinaria y del trabajo de su padre. También le habló de Yancy y Marlene Cutler, y de las sospechas de Borya respecto a su muerte.

—¿Cómo se llama el hijo de Loring? —preguntó.

—Ernst —respondió Grumer—. Ahora tendrá unos ochenta años. Sigue viviendo en la hacienda familiar, en el sur de la República Checa. No está muy lejos de aquí.

En aquel Alfred Grumer había algo que a Paul simplemente no le gustaba. ¿El ceño fruncido? ¿Aquellos ojos, que parecían estar considerando algo distinto a lo que estaba escuchando? Por alguna razón, el alemán le recordó al pintor que hacía dos semanas había intentado estafar doce mil trescientos dólares a la herencia que él representaba, pero que había aceptado tranquilamente mil doscientos cincuenta. No había tenido el menor problema en mentir. Todo cuanto decía estaba teñido de más falsedad que veracidad. Era alguien en quien no debía confiar.

—¿Tiene usted aquí la correspondencia de su padre? —preguntó Grumer a Rachel.

Paul no quería enseñársela, pero pensó que aquel gesto sería una demostración de su buena fe. Buscó en su mochila y sacó las hojas. Grumer y McKoy estudiaron cada una de las cartas en silencio. McKoy parecía particularmente fascinado.

—¿Y este tal Chapaev está muerto? —preguntó Grumer cuando hubieron terminado.

Paul asintió.

—Su padre, señora Cutler... Por cierto, ¿están ustedes casados? —preguntó McKoy.

—Divorciados —replicó Rachel.

—¿Y viajan juntos por toda Alemania?

Rachel torció el gesto.

—¿Tiene eso alguna relevancia?

McKoy le lanzó una mirada curiosa.

—Quizá no, su señoría. Pero son ustedes dos los que están descabalándome la mañana con sus preguntas. Como iba diciendo, ¿su padre trabajó para los soviéticos en busca de la Habitación de Ámbar?

—Le interesaba lo que estaba haciendo usted aquí.

—¿Y dijo algo en particular?

—No —respondió Paul—. Pero vio el reportaje de la CNN y me pidió el artículo de USA Today. Cuando me quise dar cuenta, estaba estudiando un mapa de Alemania y leyendo viejos artículos acerca de la Habitación de Ámbar.

McKoy se inclinó y se dejó caer sobre una silla giratoria de madera. Los muelles protestaron ante el peso.

—¿Creen ustedes que podríamos haber dado con el túnel correcto?

—Karol sabía algo acerca de la Habitación de Ámbar —dijo Paul—. Chapaev también. Puede que incluso mis padres supieran algo. Y es posible que alguien haya querido silenciarlos a todos.

—¿Pero tienen algo que demuestre que eran el objetivo de aquella bomba?

—No —admitió Paul—. Pero después de la muerte de Chapaev no puedo por menos que preguntármelo. Karol sentía muchos remordimientos por lo que les había sucedido. Estoy empezando a creer que aquí hay más de lo que parece.

—Demasiadas coincidencias, ¿no?

—Podría decirse así.

—¿Y qué hay del túnel hacia el que los dirigió Chapaev? —preguntó Grumer.

—No había nada —respondió Rachel—. Y Knoll pensaba que el derrumbamiento de la galería era producto de una explosión. Al menos eso fue lo que dijo.

McKoy sonrió.

—¿Una celada?

—Lo más probable —convino Paul.

—¿Tienen alguna explicación para el hecho de que Chapaev los enviara a un callejón sin salida?

Rachel tuvo que admitir que no tenía ninguna explicación.

—¿Pero qué hay de ese Loring? ¿Por qué iba a estar mi padre tan preocupado como para hacer que los Cutler indagaran en su nombre?

—Los rumores acerca de la Habitación de Ámbar están muy extendidos. Hay tantos que ya resulta complicado seguirles la pista a todos. Quizá su padre estuviera tirando de alguno de esos hilos —ofreció Grumer.

—¿Sabe algo acerca de este Christian Knoll? —le preguntó Paul.

—*Nein*. Nunca había oído ese nombre.

—¿Han venido aquí a sacar tajada? —preguntó McKoy de repente.

Paul sonrió. Ya se había esperado aquella clase de salida comercial.

—Pues no. No somos buscadores de tesoros, solo dos personas metidas hasta las cejas en algo que probablemente no les incumba. Pero como estábamos por aquí pensamos que podría merecer la pena acercarnos a echar un vistazo.

—Llevo años excavando en estas montañas...

La puerta se abrió de repente y entró un hombre sonriente y cubierto de suciedad.

—¡Lo hemos atravesado!

McKoy se levantó como un resorte de la silla.

—¡Mierda puta! ¡Dios santo! Llama al equipo de televisión. Diles que vengan para acá. Y que no entre nadie hasta que llegue yo.

El operario salió corriendo.

—Vamos, Grumer.

Rachel se lanzó hacia delante y bloqueó el paso a McKoy.

—Déjenos ir.

—¿Por qué cojones iba a dejarles?

—Por mi padre.

McKoy titubeó durante unos segundos.

—¿Por qué no? Pero no se pongan en medio.

36

Una sensación desagradable hizo presa en Rachel. La galería era ancha, aunque menos que la que había visitado el día anterior, y la entrada ya había desaparecido a su espalda. Veinticuatro horas antes había estado a punto de ser sepultada viva. Ahora volvía a encontrarse bajo tierra y seguía un rastro de bombillas desnudas, hacia el corazón de otra montaña alemana. El camino terminaba en una galería abierta delimitada por paredes de roca grisácea clara. El muro más alejado aparecía cortado por una hendidura negra. Un operario blandía un martillo pilón y ampliaba esta grieta hasta convertirla en una abertura lo bastante grande como para que pasara una persona.

McKoy descolgó una de las lámparas y se acercó a la oquedad.

—¿Alguien ha mirado dentro?

—No —respondió un operario.

—Bien. —McKoy levantó una pértiga de aluminio de la arena y colgó en un extremo la lámpara. Después extendió las secciones telescópicas hasta que la luz se encontró a unos tres metros de él. Se acercó a la abertura y acercó el fulgor a la oscuridad.

—Qué hija de puta —dijo—. La cámara es enorme. Veo tres camiones. ¡Mierda! —Retiró la luz—. Cuerpos. Dos, que haya alcanzado a ver.

Desde detrás se acercaron pasos. Rachel se volvió y vio cómo tres personas corrían hacia ellos, armados con videocámaras, focos y baterías de reserva.

—Preparen eso —dijo McKoy—. Quiero que la primera entrada quede registrada para el documental. —McKoy se volvió hacia Rachel y Paul—. He vendido los derechos de vídeo. Van a hacer un especial de televisión con esto, pero lo quieren todo tal y como haya sucedido.

Grumer se acercó.

—¿Camiones, ha dicho?

—Parecen Büssing NAG de cuatro toneladas y media. Alemanes.

—Malas noticias.

—¿A qué se refiere?

—No había transportes disponibles para desplazar el material del Museo de Berlín. Tuvieron que moverlo a mano.

—¿Pero de qué cojones está hablando?

—Como le he dicho, *Herr* McKoy, el material del Museo de Berlín fue transportado por tren y después en camiones hasta la mina. Pero los alemanes nunca hubieran abandonado los vehículos. Eran demasiado valiosos; los necesitaban para otras muchas cosas.

—No sabemos qué coño sucedió, Grumer. Puede que esos putos *kraut* decidieran dejar aquí los camiones. ¿Quién sabe?

—¿Y cómo entraron en la montaña?

McKoy se acercó mucho al alemán.

—Como ha dicho usted mismo antes, podría haber otra entrada.

Grumer se encogió.

—Como diga, *Herr* McKoy.

Este le apuntó con un dedo.

—No. Como ha dicho usted.

El hombretón volvió su atención hacia el equipo de vídeo. Los focos estaban encendidos y ya había dos cámaras preparadas y al hombro. El encargado del sonido que sostenía un micrófono en una pértiga se mantenía apartado a un lado.

—Yo entraré el primero. Graben desde mi perspectiva.

Los hombres asintieron.

McKoy se introdujo en las tinieblas.

Paul fue el último en entrar, seguido por dos operarios que arrastraban dos tubos fosforescentes dentro de la cámara. Los rayos blanquiazules evaporaron la oscuridad.

—Esta cámara es natural —dijo Grumer. Su voz resonó en las paredes.

Paul estudió la roca, que se alzaba formando un arco de un mínimo de veinte metros. Aquella visión le recordó al techo de algunas grandes catedrales, salvo porque la cubierta y las paredes estaban plagados de estalactitas que resplandecían ante la brillante iluminación. El suelo era blando y arenoso, como el de la galería que conducía hasta allá. Inspiró entre los dientes y no se preocupó por el olor del aire estancado. Las luces de vídeo estaban apuntadas hacia la pared más alejada. Otra apertura, o al menos lo que quedaba de ella, aparecía a la vista. Era mayor que la galería que habían empleado, más que suficiente para admitir los transportes, pero estaba en parte bloqueada por una densa barrera de escombros y roca.

—La otra entrada, ¿eh? —dijo McKoy.

—*Ja* —respondió Grumer—. Pero es extraño. La idea tras la ocultación era recuperar las cosas más tarde. ¿Por qué sellar la cámara de ese modo?

Paul volvió su atención hacia los tres camiones. Se encontraban estacionados en ángulos extraños, con las dieciocho ruedas desinfladas. Los neumáticos se habían aplastado debido al peso. Allí seguían, aunque enmohecidos, los lienzos oscuros que cubrían las cajas alargadas. Tanto las cabinas de acero como las estructuras habían sufrido una fuerte oxidación.

McKoy se introdujo un poco más en la sala, seguido por un cámara.

—No se preocupen por el sonido. Ya lo grabaremos encima más tarde. Concéntrense en obtener una buena imagen.

Rachel avanzó.

Paul se mantuvo junto a ella.

—Qué extraño, ¿no? Es como entrar en un cementerio.

Ella asintió.

—Eso es exactamente lo que estaba pensando.

—Miren esto —dijo McKoy.

Las luces revelaron dos cuerpos tendidos sobre la arena, con rocas y escombros a ambos lados. No quedaban sino huesos, harapos y botas de cuero.

—Les dispararon en la cabeza —anunció McKoy.

Un operario acercó un tubo luminoso.

—Intenten no tocar nada hasta que tengamos un registro fotográfico completo. Son exigencias del ministerio. —La voz de Grumer era firme.

—Aquí hay dos cuerpos más —advirtió otro operario.

McKoy y el equipo de filmación acudieron hacia allí, seguidos por Grumer y por Rachel. Paul se quedó junto a los dos primeros cadáveres. La ropa se había podrido, pero incluso bajo aquella luz débil se veían los restos de lo que parecían uniformes. Los huesos estaban ennegrecidos. La carne y el músculo se habían rendido al polvo hacía ya mucho tiempo. No había duda de que los cráneos estaban perforados por un orificio. Ambos parecían haber estado tendidos de espaldas y la columna vertebral y las costillas seguían dispuestas en su sitio. A un lado yacía una bayoneta adosada a lo que quedaba de un cinturón cosido. La pistolera de cuero estaba vacía.

Su mirada se desvió más hacia la derecha.

Parcialmente cubierto de arena, en las sombras, reparó en algo negro y rectangular. Ignoró la admonición de Grumer y lo recogió.

Una cartera.

Separó cuidadosamente el cuero cuarteado. En la billetera vio los restos arruinados de lo que parecían haber sido billetes. Metió un dedo en una de las solapas laterales. Nada. Después en otra. Se deslizaron restos de una tarjeta. Los bordes eran frágiles y la tinta prácticamente había desparecido, pero aún quedaban parte de la escritura. Se esforzó para distinguir las letras.

«*Ausgegeben* 15-2-51. *Verfällt* 15-3-55. Gustav Müller».

Había más palabras, pero solo habían sobrevivido letras sueltas, nada legible. Cerró la cartera y se dirigió hacia el grupo principal. Rodeó la parte trasera de un transporte y divisó de repente a Grumer, que se encontraba a un lado. Estaba a punto de acercarse a él para preguntarle por la cartera, cuando vio que el alemán se inclinaba sobre otro esqueleto. Rachel, McKoy y los demás estaban reunidos a unos diez metros a su izquierda y les daban la espalda. Las cámaras seguían grabando y McKoy se dirigía directamente a ellas. Los operarios habían erigido un soporte telescópico y habían adosado un tubo de luz halógena en el centro, lo que generaba luz más que suficiente para que Grumer pudiera registrar la arena que rodeaba los huesos.

Paul se retiró hacia las sombras tras el camión y siguió observando. La linterna de Grumer recorrió los huesos embebidos en la arena. Se preguntó por la carnicería que se había producido allí. La luz de Grumer terminó con su examen al final de un brazo extendido. Paul veía con claridad las falanges de la mano. Se esforzó para enfocar la vista. Había letras grabadas en la arena. Algunas habían desaparecido con el tiempo, pero aún quedaban tres, espaciadas de forma irregular.

O   I   C.

Grumer se incorporó y sacó tres fotografías. El *flash* de su cámara produjo un efecto estroboscópico.

Entonces, el alemán volvió a agacharse y borró rápidamente las letras de la arena.

McKoy estaba impresionado. El vídeo iba a ser espectacular. Tres transportes alemanes oxidados de la Segunda Guerra Mundial hallados relativamente intactos en las profundidades de una mina de plata abandonada.

Cinco cuerpos, todos ellos con agujeros de bala en la cabeza. Menudo espectáculo. Su porcentaje sobre los derechos residuales iba a ser impresionante.

—¿Tenemos suficientes tomas exteriores? —preguntó a uno de los camarógrafos.

—De sobra.

—Entonces veamos qué coño hay ahí dentro. —Cogió una linterna y avanzó hacia el transporte más cercano—. ¿Grumer, por dónde anda?

El *Doktor* apareció desde las sombras.

—¿Está preparado? —preguntó McKoy.

Grumer asintió.

También él lo estaba.

En la caja de los camiones verían cajones de madera fabricados apresuradamente y embalados de cualquier manera. Se habrían usado para envolver las piezas tapices centenarios, vestidos y alfombras. Había oído historias acerca de cómo los encargados del Hermitage emplearon los trajes reales de Nicolás II y Alexandra para envolver los cuadros que se enviaban hacia el este para protegerlos de los nazis. Prendas de valor incalculable se usaron indiscriminadamente como relleno de los cajones de madera. Se echó mano de cualquier cosa para proteger los lienzos y las frágiles cerámicas. McKoy esperaba que los alemanes hubieran sido igualmente frívolos. Si aquella era la cámara correcta, la que contenía el inventario del Museo de Berlín, el hallazgo sería la crema de la colección. Quizá estuvieran la *Calle de Delft* de Vermeer, la *Cabeza de Jesús* de Da Vinci o *El parque* de Monet. Cada uno de ellos podía alcanzar en el mercado abierto un precio millonario. Aunque el Gobierno alemán insistiera en quedarse con ellos, lo que era probable, su retribución por el hallazgo sería de millones de dólares.

Apartó cuidadosamente el lienzo rígido y apuntó la luz hacia el interior.

La caja estaba vacía. No había más que óxido y arena.

Corrió hacia el siguiente camión.

Vacío.

Hacia el tercero.

También vacío.

—Me cago en todo —dijo—. Apaguen esas putas cámaras.

Grumer inspeccionó con su linterna cada una de las cajas.

—Me temía algo así.

McKoy no estaba de humor.

—Todas las señales indicaban que esta podría no ser la cámara —dijo Grumer.

Aquel atildado alemán casi parecía estar disfrutando con el predicamento de su empleador.

—¿Y por qué coño no me lo dijo en enero?

—Entonces no lo sabía. Los sondeos de radar indicaban que aquí dentro había algo grande y metálico. Solo en los últimos días, al acercarnos, comencé a sospechar que podría tratarse de una cámara seca.

Paul se acercó a él.

—¿Cuál es el problema?

—El problema, señor abogado, es que los malditos camiones están vacíos. Dentro no hay una puta mierda. Me acabo de gastar un millón de dólares para recuperar tres camiones oxidados. ¿Cómo cojones voy a explicar esto a la gente que va a llegar aquí mañana con la esperanza de hacerse rica con su inversión?

—Ya conocían los riesgos cuando invirtieron —opinó Paul.

—A ver si esos hijos de puta aceptan esa respuesta.

—¿Fue sincero con ellos respecto a los riesgos? —preguntó Rachel.

—Tanto como puedes serlo cuando estás pidiendo dinero. —Sacudió la cabeza disgustado—. ¡Dios, Dios, Dios todopoderoso! ¡Joder!

Knoll arrojó su bolsa de viaje sobre la cama y echó un vistazo a la caótica habitación de hotel. El Christinenhof se elevaba cinco plantas. El exterior era en parte de madera y el interior rezumaba historia y hospitalidad. Había escogido intencionadamente una habitación en la tercera planta y con vistas a la calle, despreciando la lujosa y más cara fachada del jardín. No le interesaba el ambiente, sino la localización, ya que el Christinenhof se encontraba justo enfrente del hotel Garni, donde Wayland McKoy y todo su grupo ocupaban por completo la cuarta planta.

Había sabido por un servicial empleado de la oficina local de turismo bastantes cosas acerca de la excavación de McKoy. También le había dicho que al día siguiente llegaría a la localidad un grupo de inversores. El Garni se había ocupado al cien por cien y había sido necesario echar mano de otros dos hoteles para absorber la saturación.

—Es bueno para los negocios —le había dicho el empleado.

Y también para él. No había nada mejor como distracción que una multitud.

Abrió la cremallera de la bolsa de cuero y sacó una cuchilla eléctrica.

El día anterior había sido duro. Danzer lo había superado. Probablemente en ese mismo momento estuviera presumiendo con Ernst Loring de cómo lo había engañado para llevarlo a la mina. ¿Pero por qué matarlo? Nunca antes sus duelos habían llegado a tales extremos. ¿Qué era lo que había subido las apuestas? ¿Qué era tan importante para que Danya Chapaev, él mismo y Rachel Cutler tuvieran que morir? ¿La Habitación de Ámbar? Quizá. No había duda de que necesitaba seguir investigando y pretendía hacer exactamente eso una vez que completara aquella misión secundaria.

Se había demorado en llegar desde Füssen hasta Stod. No tenía prisa. Los periódicos de Múnich informaban de la explosión del día anterior en la mina de Harz, y mencionaba a Rachel Cutler y el hecho de que había sobrevivido. No se hacía referencia alguna a él mismo, solo que se estaba buscando a un varón blanco sin identificar, aunque los equipos de rescate no tenían esperanzas de encontrar nada. Sin duda Rachel habría hablado de él a las autoridades y la policía habría descubierto que se había marchado del Goldene Krone con sus cosas y las de ella. Pero no se hacía ninguna mención... Interesante. ¿Un truco de la policía? Posiblemente. Pero le daba igual. No había cometido ningún delito. ¿Para qué iba a quererlo la policía? Lo único que sabían las autoridades es que estaba asustadísimo y que había decidido marcharse del pueblo. Un encuentro tan cercano con la muerte podía afectar a cualquiera. Rachel Cutler estaba viva y seguramente de regreso a América. Su aventura alemana no sería más que un recuerdo desagradable. Ahora regresaría a su vida de jueza de una gran ciudad. La búsqueda de la Habitación de Ámbar por parte de su padre moriría con él.

Se había duchado por la mañana pero no se había afeitado, de modo que el cuello y el mentón le picaban y tenían el tacto de la lija. Rebuscó en el fondo de su bolsa de viaje y sacó la pistola. Masajeó suavemente el suave polímero no reflectante y empuñó el arma, con el dedo en el gatillo. No llegaba al kilo de peso. Era un regalo de Ernst Loring, una de sus nuevas cz-75b.

«Hice que le ampliaran el cargador a quince balas», le dijo Loring al presentarle el arma. «No lleva el cargador de diez cartuchos de los burócratas. Así que es idéntica a nuestro modelo original. Recuerdo tu comentario de que no te había gustado la modificación posterior de los diez disparos. También he variado la configuración del seguro para que pueda llevarse amartillada y bloqueada, como habrás visto. Ese mismo cambio está presente ahora en todos los modelos.»

Las fábricas checas de Loring eran las principales productoras de armas cortas de la Europa del Este y su calidad era legendaria. Solo en los últimos años los mercados occidentales se habían abierto por completo a sus productos, ya que los altos aranceles y las restricciones a la exportación siguieron el camino del telón de acero. Por suerte, Fellner le había permitido conservar la pistola y él le agradecía el gesto.

«Además, la punta del cañón está roscada para encajar un silenciador», le había dicho Loring. «Suzanne tiene una idéntica. Creí que a los dos os gustaría la ironía. La situación está nivelada, por así decirlo.»

Knoll enroscó el silenciador en la punta del corto cañón y encajó un cargador lleno.

Sí. Le encantaba la ironía.

Tiró la pistola sobre la cama y empuñó su cuchillo. En el camino al baño se había detenido un momento en la única ventana de la habitación. La entrada principal del Garni se encontraba al otro lado de la calle. Las pilastras de piedra se elevaban a los lados de la pesada puerta de bronce y la fachada que daba a la calle se elevaba seis alturas. Le habían dicho que el Garni era el hotel más caro de la ciudad. Era evidente que Wayland McKoy quería lo mejor. También había sabido al registrarse que el Garni poseía un gran restaurante y una sala de reuniones, dos comodidades que la expedición parecía necesitar. Los trabajadores del Christinenhof se alegraban de no tener que estar atendiendo las constantes necesidades de un grupo tan grande. Knoll sonrió ante la observación. El capitalismo era completamente distinto al socialismo europeo. En los Estados Unidos, los hoteles se hubieran dado de tortas por aquella clase de negocio.

Miró a través de una reja de hierro negro que protegía la ventana. El cielo vespertino era gris y sucio, ya que desde el norte se aproximaba un denso banco de nubes. Por lo que le habían dicho, el personal de la expedición solía regresar todos los días alrededor de las seis en punto. Empezaría entonces con su trabajo de campo. Cenaría en el Garni y descubriría lo que pudiera de las conversaciones en el comedor.

Miró hacia la calle. Primero en un sentido, luego en el otro. De repente, sus ojos se clavaron en una mujer. Se abría paso a través de una calle peatonal llena de gente. Cabello rubio. Cara bonita. Vestimenta informal. Una bolsa de cuero sobre el hombro derecho.

Suzanne Danzer.

Sin disfraz. A campo abierto.

Fascinante.

Arrojó el cuchillo a la cama y metió la pistola en la cartuchera que ocultaba bajo la chaqueta. Corrió hacia la puerta.

Una extraña sensación inundó a Suzanne. Se detuvo y miró hacia atrás. La calle estaba atestada. Era mediodía y la gente salía en tropel para comer. Stod era una ciudad intensa. Unos cincuenta mil habitantes, por lo que había oído. La zona más antigua se extendía en todas direcciones y las manzanas estaban compuestas por edificios de varias plantas construidos en madera, piedra y ladrillo. Algunos eran claramente antiquísimos, pero en su mayoría se trataba de reproducciones construidas en los años cincuenta y sesenta, después de que los bombarderos dejaran su marca en 1945. Los constructores habían hecho un buen trabajo y lo habían decorado todo con ricas molduras, estatuas de tamaño real y bajorrelieves. Todo había sido creado especialmente para ser fotografiado.

Sobre ella, la abadía de los Siete Pesares de la Virgen dominaba el cielo. La monstruosa estructura había sido erigida en el siglo xv, en honor de la ayuda de la Virgen María por la victoria en una batalla. El edificio barroco coronaba un acantilado rocoso que dominaba tanto Stod como el fangoso río Eder: la clara personificación del antiguo desafío y del poder señorial.

Miró hacia arriba.

El altísimo edificio de la abadía parecía inclinarse hacia delante y curvarse levemente hacia el interior. Sus torres gemelas de color amarillo estaban conectadas por una balconada que miraba hacia el oeste. Se imaginó una época en que los monjes y prelados supervisaran sus dominios desde aquel punto aventajado. «La fortaleza de Dios», recordaba que un cronista medieval había denominado aquel lugar. El exterior estaba formado por murallas de piedra de color alternativamente ambarino y blanco, coronadas por un techo de placas del color del óxido. Qué adecuado. Ámbar. Quizá fuese una profecía. Y si hubiera creído en algo que no fuera ella misma, habría hecho caso de la advertencia. Pero en ese momento únicamente reparó en la sensación de que estaba siendo observada.

Ciertamente, Wayland McKoy despertaría su interés. Quizá se tratara de eso. Allí había alguien más. Buscando. Observando. ¿Pero dónde? Cientos de ventanas dominaban la angosta calle, la mayoría a muchas plantas sobre el nivel del suelo. Había demasiada gente como para digerir sus rostros. Podría tratarse de alguien disfrazado. O quizá se tratara de alguien que miraba hacia abajo desde la abadía, un centenar de metros por encima de ella. Bajo el sol del mediodía apenas si era capaz de distinguir siluetas, al parecer turistas que disfrutaban de las vistas.

No importaba.

Se volvió y entró en el hotel Garni.

Se acercó a la recepción y se dirigió al encargado en alemán.

—Quería dejarle un mensaje a Alfred Grumer.

—Por supuesto. —El hombre le entregó una libreta.

«Estaré en la iglesia de St. Gerhard, 22:00. No falte. Margarethe», escribió. Dobló la nota.

—Me encargaré de que *Herr Doktor* Grumer la reciba —le aseguró el recepcionista.

Ella sonrió y le dio cinco euros por las molestias.

Knoll se encontraba en el vestíbulo del Christinenhof, apartando discretamente las cortinas para poder ver la calle. Estaba observando a Suzanne Danzer cuando esta, que se encontraba a unos treinta metros, se detuvo y miró alrededor.

¿Lo había sentido?

Era buena. Sus instintos estaban afilados. A él siempre le habían gustado las comparaciones jungianas sobre cómo los antiguos veían en las mujeres a Eva, a Helena, a Sofía o a María, en correspondencia con la impulsividad, la emoción, el intelecto y la moral. Sin duda Danzer poseía las tres primeras cualidades, pero nada en ella podía considerarse moral. Y también era otra cosa: peligrosa. Aunque probablemente tuviera la guardia baja, pues lo creería sepultado bajo toneladas de roca en una mina a cuarenta kilómetros de allí. Con suerte, Franz Fellner habría comunicado a Loring que desconocía el paradero de su agente y el truco le daría el tiempo que necesitaba para descubrir lo que estaba sucediendo. Y lo que era más importante, le daría tiempo para decidir cómo igualar la cuenta con su atractiva colega.

¿Qué estaba haciendo ella allí, a campo abierto y en dirección al hotel Garni? Era demasiada coincidencia que Stod fuera el cuartel general de Wayland McKoy y que fuese en ese hotel donde McKoy y su gente se hospedaban. ¿Tenía algún informante dentro de la expedición? Eso sería lo normal. Muchas veces él había cultivado relaciones en otras excavaciones, de modo que Fellner tuviera la primera opción sobre cualquier descubrimiento. Los aventureros solían estar más que dispuestos a vender al menos parte de su botín en el mercado negro. Nadie se enteraría de nada, ya que para empezar se trataba de piezas que se creían perdidas. Esa práctica evitaba las innecesarias trabas gubernamentales y las molestas confiscaciones. Los alemanes eran bien conocidos por confiscar lo mejor de cuanto salía a la superficie. Existían estrictos requisitos de información y graves penas para los violadores de las normas. Pero siempre se podía contar con el triunfo de la avaricia y Knoll había logrado excelentes compras para la colección privada de Fellner por medio de buscadores de tesoros sin escrúpulos.

Comenzó a caer una llovizna. Los paraguas se abrieron por doquier. A lo lejos resonó un trueno. Danzer volvió a aparecer junto al Garni. Knoll se retiró de la ventana. Esperaba que la mujer no cruzara la calle y entrara en el Christinenhof. En aquel vestíbulo tan pequeño no había dónde esconderse.

Se tranquilizó cuando ella se subió con gesto despreocupado el cuello de la chaqueta y volvió a la calle. Knoll se dirigió a la puerta principal y echó un vistazo con precaución. Danzer estaba entrando en otro hotel que había calle abajo, el Gebler, por lo que anunciaba su cartel, adosado a una fachada de cruces de madera que acusaba el peso de los siglos. Había pasado por delante de camino al Christinenhof. Resultaba lógico que ella se alojara allí. Cercano, conveniente. Regresó al vestíbulo y observó a través de la ventana, tratando de no parecer sospechoso a las pocas personas que allí había. Pasaron quince minutos y no volvió a aparecer.

Sonrió.

Confirmado.

Estaba allí.

38
13:15

Paul estudió a Alfred Grumer con ojos de abogado, examinó cada una de las facetas de su rostro para valorar sus reacciones y calcular las respuestas probables. Él, McKoy, Grumer y Rachel habían regresado a la caseta que había en el exterior de la mina. La lluvia repicaba contra el tejado de chapa. Habían pasado casi tres horas desde el hallazgo y el humor de McKoy, al igual que el clima, no había hecho sino empeorar.

—¿Qué cojones está pasando, Grumer? —preguntó.

El alemán estaba sentado en una banqueta.

—Existen dos posibles explicaciones. Una, que los camiones ya estuvieran vacíos cuando fueron introducidos en la caverna. Dos, que alguien llegara antes que nosotros.

—¿Cómo iba a llegar nadie antes que nosotros? Hemos tardado cuatro días en horadar el camino hasta esa cámara y la otra salida estaba sellada con toneladas de mierda.

—El allanamiento podría haber sucedido hace mucho.

McKoy inspiró profundamente.

—Grumer, mañana van a aparecer aquí veintiocho personas. Han invertido una pasta de la hostia en este agujero de ratas. ¿Qué se supone que voy a decirles? ¿Que alguien ha llegado antes que nosotros?

—Los hechos son los hechos.

McKoy saltó como un resorte de su silla, con la mirada encendida. Rachel lo cortó.

—¿De qué le va a servir eso?

—Me haría sentir muchísimo mejor.

—Siéntese —dijo Rachel.

Paul reconoció su voz de juzgado. Fuerte. Firme. Un tono que no dejaba resquicio para la duda. Un tono que había empleado numerosas veces en casa.

El hombretón dio un paso atrás.

—¡Joder!

Volvió a sentarse.

—Parece que voy a necesitar un abogado. Es evidente que la jueza no puede ser. ¿Está disponible, Cutler?

Paul negó con la cabeza.

—Me dedico a los testamentos. Pero en mi bufete hay buenos litigadores para dar y tomar, y especialistas en la ley de contratos.

—Ellos están al otro lado del charco y usted aquí. ¿A quién voy a coger?

—Supongo que todos los inversores firmaron dispensas y reconocimientos de los riesgos —terció Rachel.

—Anda que me va a servir de mucho. Esa gente tiene pasta propia y abogados propios. Para la semana que viene voy a estar de papelajos legales hasta las cejas. Nadie va a creerse que no supiera que eso era un agujero seco.

—No estoy de acuerdo con usted —protestó Rachel—. ¿Por qué iba nadie a pensar que quería usted excavar sabiendo que no había nada que encontrar? Parecería un suicidio financiero.

—¿Quizá por los pequeños honorarios de centenares de miles de dólares que tengo garantizados, encuentre algo o no?

Rachel se volvió hacia Paul.

—Deberías llamar al bufete. Este hombre necesita un abogado.

—Miren, vamos a dejar una cosa bien clarita —dijo McKoy—. En casa tengo un negocio que atender. No hago todo esto para ganarme la vida. Estas gilipolleces tienen un coste. En la última excavación recibí los mismos honorarios y volví a casa con más. Los mismos inversores obtuvieron un buen pico. Nadie se quejó.

—Esta vez no será así —dijo Paul—. Salvo que esos camiones tengan algún valor, cosa que dudo. Y eso asumiendo que sea capaz siquiera de sacarlos de ahí.

—Eso no es posible —intervino Grumer—. La otra caverna es infranqueable. Costaría millones despejarla.

—Váyase a tomar por culo, Grumer.

Paul se quedó mirando a McKoy. La expresión del hombretón le resultaba familiar, una combinación de resignación y preocupación. Muchos de sus clientes ponían esa cara en un momento u otro. En realidad quería quedarse allí. No dejaba de recordar a Grumer en la caverna, borrando las letras sobre la arena.

—De acuerdo, McKoy. Si quiere que lo ayude, haré lo que esté en mi mano.

Rachel le dirigió una mirada extraña, pero su expresión le resultó fácil de leer. El día anterior él había insistido en regresar a casa y dejar toda aquella intriga a las autoridades. Pero allí estaba al día siguiente, presentándose voluntario para representar a Wayland McKoy, pilotando su propio carro de fuego por los cielos, al capricho de fuerzas que ni comprendía ni era capaz de controlar.

—Bien —dijo McKoy—. Me vendrá bien la ayuda. Grumer, haga algo útil y disponga habitaciones para esta gente en el Garni. A mi cuenta.

Grumer no pareció complacido recibiendo órdenes de ese modo, pero el alemán no discutió y se dirigió hacia el teléfono.

—¿Qué es el Garni? —preguntó Paul.

—El hotel en el que nos alojamos en la ciudad.

Paul señaló a Grumer.

—¿Él también se aloja allí?

—¿Dónde si no?

Stod impresionó mucho a Paul. Se trataba de una ciudad de tamaño considerable, cruzada por avenidas venerables que parecían sacadas directamente de la Edad Media. Se veía una hilera tras otra de edificios blancos y negros con estructura de madera, apretados como los libros en una estantería. Por encima de todo, una monstruosa abadía coronaba un promontorio montañoso. Las laderas que conducían hasta ella estaban cubiertas de alerces y hayas en pleno florecimiento primaveral.

Él y Rachel marchaban hacia la ciudad detrás de Grumer y McKoy. Su camino los llevó al núcleo de la zona antigua y terminó justo delante del hotel Garni. Un pequeño estacionamiento reservado a los huéspedes esperaba calle arriba, en dirección al río, nada más salir de la zona peatonal.

Una vez en el hotel se enteró de que el grupo de McKoy ocupaba por completo la cuarta planta. La tercera estaba ya reservada a los inversores que llegarían al día siguiente. Después de un regateo de McKoy y de la entrega a hurtadillas de algunos euros, el recepcionista consiguió liberar una habitación en la segunda planta. McKoy les preguntó si querían una o dos habitaciones y Rachel respondió inmediatamente que solo una.

Una vez arriba, Paul apenas había depositado la maleta sobre la cama cuando Rachel lanzó la pregunta.

—Muy bien. ¿De qué vas, Paul Cutler?

—¿De qué vas tú? Una habitación. Creía que estábamos divorciados. Por lo menos a ti te encanta recordármelo a la primera de cambio.

—Paul, estás tramando algo y no voy a permitir que te escapes. Ayer me estuviste dando la plasta para volver a casa. Hoy vas y te ofreces voluntario para representar a este individuo. ¿Y si es un estafador?

—Razón de más para que necesite un abogado.

—Paul...

Él señaló la cama doble.

—¿Día y noche?

—¿Qué?

—¿Vas a vigilarme día y noche?

—No vamos a ver nada que no hayamos visto ya. Estuvimos siete años casados.

Paul sonrió.

—Me va a acabar gustando la intriga esta.

—¿Me lo piensas contar o no?

Paul se sentó en el borde de la cama y le explicó lo que había sucedido en la cámara subterránea, y entonces le mostró la cartera, que llevaba desde que la encontrara en el bolsillo del pantalón.

—Grumer borró esas letras a propósito. De eso no cabe la menor duda. Eso hombre prepara algo.

—¿Por qué no se lo has dicho a McKoy?

Paul se encogió de hombros.

—No lo sé. Lo pensé, pero, como bien has dicho, podría ser un estafador.

—¿Estás seguro de que las letras eran O-I-C?

—Es lo que vi.

—¿Crees que puede tener algo que ver con papá y la Habitación de Ámbar?

—En este momento no veo la conexión, salvo que Karol estaba realmente interesado en las actividades de McKoy. Pero eso no tiene por qué significar nada.

Rachel se sentó junto a él. Paul reparó en los cortes de los brazos y la cara, que ya habían formado costra.

—Ese McKoy nos subió a bordo sin pensárselo dos veces —dijo ella.

—Bien podríamos ser todo lo que tiene. Parece que Grumer no le cae muy bien. Nosotros somos solo dos extraños que hemos salido de la nada.

No tenemos interés en nada. No somos una amenaza. Supongo que nos considera seguros.

Rachel tomó la cartera y estudió cuidadosamente las trizas de papel avejentado.

—«*Ausgegeben* 15-3-51. *Verfällt* 15-3-55. Gustav Müller.» ¿Le pedimos a alguien que nos lo traduzca?

—No me parece buena idea. Ahora mismo no confío en nadie, exceptuando la presente compañía, claro está. Sugiero que busquemos un diccionario alemán-inglés y lo hagamos nosotros.

A dos manzanas al oeste del Garni encontraron un diccionario bilingüe en una atestada tienda de regalos. Era un volumen delgado que parecía pensado para turistas, pues incluía palabras y expresiones comunes.

—*Ausgegeben* significa «enviado» —dijo Paul—. *Verfällt* significa «expira» o «termina». —Miró a Rachel—. Los números deben de ser fechas, en formato europeo, al revés. Enviado el 15 de marzo de 1951. Expira el 15 de marzo de 1955. Gustav Müller.

—Eso es después de la guerra. Grumer tenía razón. Alguien llegó antes de McKoy a hacerse con lo que hubiera allí. En algún momento anterior a marzo de 1951.

—¿Pero qué era?

—Buena pregunta.

—Tiene que ser algo serio. Cinco cadáveres con orificios de bala en la cabeza...

—E, importante, los tres camiones estaban limpios. No dejaron absolutamente ninguna pista.

Devolvió el diccionario a la estantería.

—Grumer sabe algo. ¿Por qué iba a tomarse el trabajo de realizar las fotografías antes de borrar las letras? ¿Qué está documentando? ¿Y para quién?

—Quizá deberíamos contárselo a McKoy.

Paul sopesó la sugerencia.

—Yo no lo haría. Al menos de momento.

39
22:00

Suzanne apartó el telón de terciopelo que separaba la galería exterior y el portal de la nave interior. La iglesia de St. Gerhard estaba vacía. El tablón de anuncios del exterior proclamaba que el santuario permanecía abierto hasta las once de la noche, razón principal para que eligiera aquel lugar como punto de reunión. El otro motivo era su situación. Se encontraba a pocas manzanas de la zona de hoteles de Stod, en el límite de la ciudad vieja y lejos de las muchedumbres.

La arquitectura era claramente románica, con mucho ladrillo y una elevada fachada adornada con dos torres gemelas. Dominaban las proporciones lúcidas y espaciosas. Una arcadas ciegas formaban interesantes dibujos. Una cancela de hermosa factura ocupaba el otro extremo del templo. El altar, la sacristía y los bancos del coro estaban vacíos. Algunos cirios parpadeaban en un altar lateral. Su brillo se reflejaba como estrellas en la ornamentación dorada del techo.

Avanzó y se detuvo en la base de un púlpito dorado. La rodeaban figuras cinceladas de los cuatro evangelistas. Observó los escalones que conducían arriba. A ambos lados se alineaban más figuras. Alegorías de los valores cristianos. Fe, esperanza, caridad, prudencia, fortaleza, templanza y justicia. Reconoció al artesano de inmediato: Riemenschneider. Siglo XVI. El púlpito estaba vacío. Pero podía imaginarse al obispo dirigiéndose a la congregación, exaltando las virtudes de Dios y las ventajas de la creencia.

Se dirigió hacia el otro extremo de la nave con los ojos y los oídos alerta. El silencio era enervante. Llevaba la mano derecha embutida en el bolsillo de la chaqueta y los dedos sin guante se cerraban alrededor de la Sauer automática del calibre 32, un regalo que Loring le había hecho hacía tres años, procedente de su colección privada. Había estado a punto de llevar la nueva CZ-75B que Loring le había dado. Había sido sugerencia de ella que

Christian recibiera una idéntica. Loring sonrió ante la ironía. Era una lástima que Knoll no llegara a tener ocasión de usar la suya.

Captó un movimiento por el rabillo del ojo. Sus dedos se cerraron alrededor de la culata y se volvió. Un hombre alto y enjuto apartaba un telón y se dirigía hacia ella.

—¿Margarethe? —preguntó en voz baja.

—¿*Herr* Grumer?

El hombre asintió y se acercó. Olía a cerveza amarga y salchichas.

—Esto es peligroso.

—Nadie sabe de nuestra relación, *Herr Doktor*. Usted simplemente se ha acercado a la iglesia para hablar con Dios.

—Así debe seguir siendo.

A Suzanne no le incumbía la paranoia de aquel hombre.

—¿Qué ha descubierto?

Grumer buscó en el bolsillo de la chaqueta y extrajo cinco fotografías. Ella las estudió bajo la luz ambiente. Tres camiones. Cinco cuerpos. Letras sobre la arena.

—Los transportes están vacíos. Hay otra entrada a la cámara, pero está bloqueada con escombros. Los cuerpos son con seguridad posteriores a la guerra. Lo indican sus ropas y el equipo.

Suzanne señaló la fotografía que mostraba las letras sobre la arena.

—¿Qué hizo con esto?

—Lo borré con la mano.

—Entonces, ¿por qué lo fotografió?

—Para que usted me creyera.

—Y para poder elevar el precio.

Grumer sonrió. Suzanne odiaba la palidez de la codicia.

—¿Algo más?

—Dos estadounidenses han aparecido en la mina.

Ella escuchó mientras Grumer le hablaba de Rachel y Paul Cutler.

—La mujer es la que se vio involucrada en la explosión de la mina cercana a Warthberg. Le han calentado la cabeza a McKoy con la Habitación de Ámbar.

El hecho de que Rachel Cutler hubiera sobrevivido resultaba interesante.

—¿Ha dicho ella algo acerca de algún otro superviviente de la explosión?

—Solo que hubo otro. Un tal Christian Knoll. Se largó de Warthberg después de la explosión, llevándose las pertenencias de *Frau* Cutler.

Suzanne se enderezó inmediatamente y se puso alerta. Knoll estaba vivo. La situación, que hacía un momento parecía totalmente bajo control, se le antojaba ahora terrorífica. Pero tenía que completar la misión.

—¿Sigue escuchándole McKoy?

—Cuando le da. Está muy molesto con que los camiones estuvieran vacíos. Teme que los inversores de la excavación presenten demandas. Ha contratado los servicios legales de *Herr* Cutler.

—Son unos desconocidos.

—Pero creo que confía más en él que en mí. Además, los Cutler tienen cartas cruzadas entre el padre de *Frau* Cutler y un hombre llamado Danya Chapaev. Están relacionadas con la Habitación de Ámbar.

Noticias ya conocidas. Las mismas cartas que ella había leído en el despacho de Paul Cutler. Pero debía parecer interesada.

—¿Ha visto usted esas cartas?

—Así es.

—¿Quién las tiene ahora?

—*Frau* y *Herr* Cutler.

Un cabo suelto que requería su atención.

—La obtención de esas cartas podría mejorar considerablemente mi estima por usted.

—Eso pensaba yo.

—¿Y cuál es su precio, *Herr* Grumer?

—Cinco millones de euros.

—¿Qué le hace valer tanto a usted?

Grumer señaló las fotografías.

—Creo que esto demuestra mi buena fe. Hay claras evidencias de un saqueo posterior a la guerra. ¿No es eso lo que busca su empleador?

Suzanne no respondió la pregunta.

—Comunicaré su precio.

—¿A Ernst Loring?

—Yo nunca he dicho para quién trabajo y tampoco debería importar. Tal y como entiendo la situación, nadie ha hablado nunca de la identidad de mi benefactor.

—Pero el nombre de *Herr* Loring ha sido mencionado tanto por los Cutler como por el padre de *Frau* Cutler.

Aquel hombre se estaba convirtiendo a pasos agigantados en otro cabo suelto que requería atención. Igual que los Cutler. ¿Cuántos más quedarían?

—Ni que decir tiene que las cartas son importantes —señaló—, al igual que las actividades de McKoy. Y el tiempo. Quiero resolver esto cuanto antes y estoy dispuesta a recompensar la premura.

Grumer inclinó la cabeza.

—¿Es aceptable mañana para las cartas? Los Cutler tienen habitación en el Garni.

—Me gustaría estar presente.

—Dígame dónde se aloja y la llamaré cuando el camino esté despejado.

—Estoy en el Gebler.

—Lo conozco. Sabrá de mí hacia las ocho de la mañana.

La cortina del otro extremo de la nave se apartó. Un prior vestido con una túnica entró en silencio y recorrió el pasillo central. Suzanne consultó su reloj. Eran cerca de las once de la noche. Probablemente estuviera allí para cerrar la iglesia.

Knoll se retiró hacia las sombras. Danzer y un hombre salieron de la iglesia de St. Gerhard a través de las puertas talladas de bronce y permanecieron frente al pórtico delantero, a no más de veinte metros. La calle adoquinada estaba vacía y a oscuras.

—Mañana tendré una respuesta —dijo Danzer—. Nos reuniremos aquí.

—No creo que sea posible. —El hombre señaló un cartel fijado a la piedra, junto al portal de bronce—. Los martes hay servicio a las nueve.

Danzer consultó el anuncio.

—Es cierto, *Herr* Grumer.

El hombre hizo un gesto hacia lo alto. La abadía resplandecía blanca y dorada en la noche, iluminada por los focos.

—La iglesia de allí arriba permanece abierta hasta medianoche. No suele haber muchas visitas por la noche. ¿Qué tal a las diez y media?

—Muy bien.

—Y no estaría de más un adelanto como demostración de la buena voluntad de su benefactor. Pongamos un millón de euros.

Knoll no conocía a aquel hombre, pero el idiota estaba cometiendo una insensatez al tratar de exprimir a Danzer. Él respetaba demasiado sus habilidades como para ello y Grumer debería darse cuenta de con quién estaba tratando. Sin duda se trataba de un aficionado al que ella utilizaba para enterarse de las actividades de Wayland McKoy.

¿O había algo más?

¿Un millón de euros? ¿Como adelanto?

El hombre llamado Grumer descendió los escalones de piedra hasta la calle y dobló hacia el este. Danzer lo siguió, pero tomó la dirección contraria. Knoll sabía dónde se alojaba. Así había dado con la iglesia: la había seguido desde el Gebler. Desde luego que su presencia complicaba las cosas, pero en ese momento era aquel Grumer quien le interesaba de verdad.

Esperó a que Danzer desapareciera tras una esquina y se dirigió a por su presa. Se mantuvo alejado. Seguir a aquel hombre hasta el Garni fue tarea sencilla.

Ya lo sabía.

Y también sabía exactamente dónde estaría Suzanne Danzer a las diez y media de la noche del día siguiente.

Rachel apagó la luz del cuarto de baño y se dirigió hacia la cama. Paul estaba incorporado, leyendo el *International Herald Tribune* que había comprado antes en la tienda de regalos en la que habían encontrado el diccionario inglés-alemán.

Pensó en su ex marido. En muchos divorcios había visto a la gente disfrutar con la destrucción del otro. Cada pequeño detalle de sus vidas, irrisorio hacía años, se tornaba de repente vital para la demostración de la crueldad mental o el abuso, o simplemente para demostrar, como la ley requería, que el matrimonio estaba roto de forma irrecuperable. ¿Realmente se podía obtener placer de aquello? ¿Cómo era posible? Afortunadamente, ellos no se habían rendido a aquel impulso. Ella y Paul habían resuelto sus diferencias un triste jueves por la tarde, sentados tranquilamente en la mesa del comedor. La misma en la que, el pasado martes, Paul le había hablado acerca de su padre y de la Habitación de Ámbar. Durante la última semana había sido muy arisca con él. No había tenido necesidad de decir que no tenía sangre en las venas. ¿Por qué le hacía esas cosas? Era una actitud contraria a la que mostraba en el juzgado, donde cada palabra y cada acto eran calculados.

—¿Te sigue doliendo la cabeza? —preguntó Paul.

Ella se sentó en la cama. El colchón era firme. La colcha, blanda y cálida.

—Un poco.

La imagen del cuchillo resplandeciente le atravesó la cabeza. ¿Pretendía Knoll matarla con él? ¿Hacía bien en no contárselo a Paul?

—Tenemos que llamar a Pannik. Hay que decirle lo que ha sucedido y dónde estamos. Debe de estar preocupado.

Paul levantó la vista del periódico.

—Tienes razón. Mañana lo haremos. Asegurémonos primero de que aquí haya algo que contar.

Rachel volvió a pensar en Christian Knoll. Su confianza y seguridad la habían intrigado y habían agitado sensaciones que llevaban largo tiempo reprimidas. Tenía cuarenta años y solo había amado a su padre, a un novio fugaz de universidad que creyó que sería el hombre de su vida, y a Paul. No era virgen cuando Paul y ella se casaron, aunque tampoco es que tuviera mucha experiencia. Paul era un hombre tímido y retraído al que no le costaba sentirse cómodo en soledad. Desde luego no era Christian Knoll, pero en cambio era leal, fiel y honesto. ¿Por qué aquello le había parecido tan aburrido en el pasado? ¿Sería por su propia inmadurez? Probablemente. Marla y Brent adoraban a su padre, que por su parte los consideraba su principal prioridad. No resultaba fácil culpar a un hombre de querer a sus hijos y de ser fiel a su esposa. ¿Qué había sucedido, pues? ¿Se habían separado? Esa era la explicación más sencilla. ¿Pero era correcta? Quizá el estrés se había cobrado su precio. Dios sabía que los dos estaban sometidos a una gran presión. Sin embargo, la pereza parecía la explicación más apropiada: no querer trabajar por lo que sabía correcto. Una vez había leído una frase, «el desprecio de la familiaridad», que supuestamente describía lo que, por desgracia, sucedía en muchos matrimonios. Era una buena observación.

—Paul, te agradezco el que estés haciendo esto. Más de lo que te imaginas.

—Te mentiría si te dijera que esto no resulta fascinante. Además, puedo conseguir un nuevo cliente para el bufete. Wayland McKoy tiene toda la pinta de ir a necesitar asesoría legal.

—Tengo la sensación de que, cuando mañana lleguen esos inversores, aquí se va a montar la de Dios es Cristo.

Paul arrojó el periódico a la alfombra.

—Creo que tienes razón. Va a ser interesante. —Apagó la luz de la mesilla. La cartera recogida en la cámara subterránea se encontraba junto a la lámpara, donde también se encontraban las cartas de Karol.

Ella apagó su luz.

—Esto es de lo más raro —dijo él—. Dormir juntos, después de tres años...

Ella se encogió bajo la colcha. Llevaba una de las camisas de tela cruzada de manga larga de él. Le proporcionaba el consolador aroma que ella recordaba de sus siete años de matrimonio. Paul se volvió en su lado de la cama y le dio la espalda. Parecía querer asegurarse de respetar el espacio de Rachel, que decidió moverse y acercarse a él.

—Eres un buen hombre, Paul Cutler.

Lo rodeó con un brazo. Sintió cómo Paul se tensaba y se preguntó si se debería a los nervios o a la sorpresa.

—Tú tampoco eres tan mala.

40
MARTES, 20 DE MAYO, 9:10

Paul siguió a Rachel por la húmeda galería que conducía a la cámara donde esperaban los tres camiones. En la caseta les habían dicho que McKoy llevaba allí desde las siete de la mañana. Grumer aún no había aparecido, lo que tampoco resultaba inusual según el hombre de guardia, ya que Grumer no solía presentarse antes del mediodía.

Entraron en la cámara iluminada.

Paul dedicó un momento a estudiar los tres vehículos con atención. Con las emociones del día anterior no había tenido tiempo para echar un vistazo detallado. Todos los faros, espejos retrovisores y parabrisas estaban intactos. La estructura que soportaba las lonas sobre las cajas parecía asimismo intacta. Salvo por la costra de óxido, las ruedas deshinchadas y las lonas mohosas, los vehículos tenían todo el aspecto de poder salir sin problemas de su garaje rocoso.

Estaban abiertas las puertas de dos cabinas. Echó un vistazo dentro de una de ellas. El asiento de cuero estaba rasgado y desmenuzado por el tiempo. Los diales y medidores del salpicadero estaban quietos. No había a la vista el menor trozo de papel, nada tangible. Se descubrió preguntándose de dónde procedían los camiones. ¿Habían sido utilizados para transportar tropas alemanas? ¿O judíos, camino de los campos de concentración? ¿Habían sido testigos del avance ruso sobre Berlín, o de la carrera simultánea de los americanos desde el oeste? Resultaba extraño y surrealista verlos allí, en las entrañas de una montaña alemana.

Una sombra destelló sobre la pared rocosa, revelando movimiento al otro lado del vehículo más alejado.

—¿McKoy? —llamó.

—Aquí.

Él y Rachel rodearon los camiones. El hombretón se volvió para mirarlos.

—Sin duda se trata de Büssing NAG. Cuatro toneladas y media, motor diésel. Seis metros de longitud, dos con tres de anchura. Tres metros de altura. —McKoy se acercó a un panel lateral oxidado y lo golpeó con el puño. Una nieve rojiza cayó sobre la arena, pero el metal resistió el impacto—. Acero sólido y hierro. Estas cosas pueden llevar casi siete toneladas. Aunque son lentos como ellos solos. No más de treinta o treinta y cinco kilómetros por hora, como mucho.

—¿Adónde quiere llegar? —preguntó Rachel.

—Pues mire, señoría, quiero llegar a que estos malditos chismes no fueron utilizados para mover un montón de cuadros y vasijas. Se trataba de máquinas preciosas para cargamentos importantes. Para grandes cargas. Y seguro que los alemanes no los hubieran dejado aquí perdidos en una mina.

—¿Y...?

—Todo esto no tiene el menor sentido. —McKoy buscó en el bolsillo y sacó un trozo de papel doblado que entregó a Paul—. Necesito que eche un vistazo a esto.

Paul desdobló la hoja y se acercó a uno de los tubos de luz. Se trataba de un memorando. Él y Rachel leyeron en silencio.

GERMAN EXCAVATIONS CORPORATION
6798 Moffat Boulevard
Raleigh, North Carolina 27615

Para:	Socios potenciales
De:	Wayland McKoy, gerente
Asunto:	Posea un trozo de Historia y consiga unas vacaciones gratuitas en Alemania

German Excavations Corporation se complace en patrocinar y colaborar con el programa descrito a continuación, junto con las siguientes empresas colaboradoras: Chrysler Motor Company (Jeep Division), Coleman, Eveready, Hewlett-Packard, IBM, Saturn Marine, Boston Electric Tool Company y Olympus America, Inc.

Durante los últimos días de la Segunda Guerra Mundial, un tren partió de Berlín con un tesoro a bordo compuesto por mil doscientas obras de arte. El convoy llegó a las afueras de la ciudad de Magdeburgo antes de ser desviado hacia el sur, hacia las montañas Harz. No se lo volvió a ver. Tenemos preparada una expedición para localizar y desenterrar ese tren.

Según la legislación alemana, los dueños legítimos tienen noventa días para reclamar sus obras. Aquellas no reclamadas salen entonces a subasta, en cuyo caso el 50% de las ganancias revierte al Gobierno alemán, mientras que el otro 50% corresponde a la expedición y a sus socios patrocinadores.

Existe a disposición de quien lo solicite un inventario de las obras a bordo del tren. Se calcula que las obras tienen un valor mínimo estimado de trescientos sesenta millones de dólares, la mitad de los cuales correspondería al Gobierno alemán. La suma restante de ciento ochenta millones de dólares correspondiente a los socios se repartiría de acuerdo con las unidades adquiridas, no estando incluidas las obras reclamadas por sus legítimos propietarios y tras descontarse las tasas de subasta, impuestos, etcétera.

La inversión de los socios se devolverá con el dinero de los derechos multimedia, ya vendidos. Todos los socios y sus cónyuges serán nuestros invitados durante la expedición en Alemania. Resumiendo: hemos dado con el lugar correcto. Tenemos el contrato. Hemos investigado. Hemos vendido los derechos multimedia. Disponemos de la experiencia y el equipo para realizar la excavación. German Excavations Corporation ha obtenido una licencia de cuarenta y cinco días para excavar. De momento ya se han vendido los derechos de cuarenta y cinco unidades a veinticinco mil dólares por unidad para la fase final de la expedición (Fase III). Todavía disponemos de diez unidades, al precio de quince mil dólares cada una. No duden en ponerse en contacto conmigo si están interesados en esta emocionante inversión.

Atentamente,

Wayland McKoy
Presidente
German Excavations Corporation

—Eso es lo que envié a los inversores potenciales —dijo McKoy.

—¿A qué se refiere con «la inversión de los socios se devolverá con el dinero de los derechos multimedia, ya vendidos»? —preguntó Paul.

—Exactamente a lo que dice. Unas cuantas compañías pagaron por los derechos para grabar y emitir nuestros hallazgos.

—Pero eso presupone que iba a encontrar algo. No le pagaron por adelantado, ¿no?

McKoy negó con la cabeza.

—Coño, claro que no.

—El problema —terció Rachel— es que eso no lo ha indicado en la carta. Los inversores podían pensar con toda justicia que usted ya disponía del dinero.

Paul señaló el segundo párrafo.

—«Tenemos preparada una expedición para localizar y desenterrar ese tren.» Esto puede dar a entender que ya lo habían encontrado.

McKoy lanzó un suspiro.

—Y creía que así era. El radar terrestre indicaba que aquí dentro había algo grande. —Señaló los camiones con la mano—. Y vaya si lo había.

—¿Es cierto esto de las cuarenta y cinco unidades a veinticinco mil dólares cada una? —preguntó Paul—. Eso son millón y cuarto de dólares.

—Eso es lo que conseguí. Después vendí las unidades de los otros ciento cincuenta mil. Sesenta inversores en total.

Paul señaló la carta.

—Aquí los llama «socios». Eso no es lo mismo que inversores.

McKoy sonrió.

—Suena mejor.

—¿Las empresas que se nombran aquí han invertido también?

—Suministraron equipo, ya fuera mediante donación o con precios reducidos. Así que, en cierto modo, así es. Aunque no esperan nada a cambio.

—Habla usted de sumas de trescientos sesenta millones de dólares, la mitad de los cuales podrían acabar en manos de los socios. No puede ser cierto.

—Vaya si lo es. En esa cifra valoran los investigadores el valor del tesoro de Berlín.

—Asumiendo que se encuentren las obras —dijo Rachel—. Su problema, McKoy, es que la carta lleva a malas interpretaciones. Podría incluso llegar a ser considerada fraudulenta.

—Como vamos a pasar mucho tiempo juntos, ¿por qué no me llaman Wayland? Y, mi pequeña dama, hice lo que era necesario para obtener el dinero. No mentí a nadie y no estaba interesado en estafar a esa gente. Quería excavar y eso es lo que he hecho. No me he quedado un centavo, excepto los honorarios que ya sabían que me iba a quedar.

Paul aguardó la reprimenda por el «pequeña dama», pero no llegó.

—Entonces tiene usted otro problema —respondió Rachel—. En esta carta no se dice una palabra sobre sus honorarios de cien mil dólares.

—Se lo dije a todos. Y, por cierto, es usted todo un rayo de sol en medio de esta tormenta.

Rachel no cejó.

—Debe usted oír la verdad.

—Mire, la mitad de esos cien mil han ido para Grumer, por su tiempo y esfuerzos. Fue él quien consiguió el permiso del Gobierno. Sin él no hubiera habido excavación. El resto es lo que me corresponde por mi tiempo. Este viaje me está costando mucho. Y no cogí mi parte hasta el final. Esas últimas unidades han sido las que nos han pagado a Grumer y a mí, y las que han costeado nuestros gastos. Si no las hubiera logrado vender las habría pedido al banco. Tan seguro estaba de esta empresa.

—¿Cuándo llegarán los inversores? —quiso saber Paul.

—Son veintiocho, contando a sus respectivas parejas, y se los espera para después del almuerzo. Son todos los que aceptaron el viaje que les ofrecimos.

Paul había empezado a pensar como un abogado y estudiaba la letra de cada palabra, analizando la dicción y la sintaxis. ¿Había sido una proposición fraudulenta? Quizá. ¿Ambigua? Desde luego. ¿Debería contarle a McKoy lo de Grumer y enseñarle la cartera? ¿Debía explicarle lo de las letras en la arena? McKoy seguía siendo una incógnita. Un desconocido. ¿Pero no lo eran casi todos sus clientes? Eran completos desconocidos que en un instante pasaban a ser confidentes. No. Decidió guardar silencio y esperar un poco más, para ver cómo se desarrollaban las cosas.

Suzanne entró en el Garni y subió la escalera de mármol hasta la segunda planta. Grumer la había llamado diez minutos antes para decirle que McKoy y los Cutler se habían marchado a la excavación. El alemán la esperaba en el extremo del pasillo de la segunda planta.

—Ahí —dijo—. Habitación veintiuna.

Suzanne se detuvo ante la puerta, una hoja forrada en roble y teñida para oscurecerla. El marco parecía afectado por el tiempo y el uso. La cerradura era parte del picaporte, una pieza de bronce con una llave normal. La cerrajería nunca había sido su especialidad, de modo que deslizó en la jamba un abrecartas que había despistado del mostrador de recepción de su hotel y movió la punta. No tuvo problema en extraer el retentor de la placa.

Abrió la puerta.

—Tengamos cuidado con el registro. No anunciemos nuestra visita.

Grumer empezó con el mobiliario. Ella buscó el equipaje y descubrió únicamente una bolsa de viaje. Revisó las ropas (en su mayoría de hombre) y no encontró las cartas. Miró en el cuarto de baño. Casi todos los utensilios eran de hombre. Después buscó en los sitios más evidentes: bajo el colchón y la cama, encima del armario, bajo los cajones de las mesillas.

—Las cartas no están aquí —dijo Grumer.

—Siga buscando.

Esta vez no se pararon en cuidados. Cuando terminaron, la habitación era un caos, pero las cartas seguían sin aparecer. A Suzanne se le estaba acabando la paciencia.

—Vaya a la mina, *Herr Doktor,* y encuentre esas cartas, o no le pagaré ni un euro. ¿Entendido?

Grumer pareció entender que la mujer no estaba de humor y se limitó a asentir antes de marcharse.

41
Burg Herz
10:45

Knoll introdujo más profundamente su miembro erecto. Monika estaba a cuatro patas y le daba la espalda. Tenía el culo levantado y la cara enterrada en una almohada de plumas.

—Vamos, Christian. Enséñame lo que se ha perdido esa puta de Georgia.

Knoll empujó con más fuerza y el sudor empezó a acumularse en su frente. Ella extendió una mano y le masajeó con cuidado los testículos. Sabía exactamente cómo trabajárselo. Y aquello preocupaba a Knoll. Monika lo conocía demasiado bien.

La cogió por la cintura estrecha con ambas manos y acometió contra ella. Monika aceptó el gesto y suspiró como una gata tras acabar con una presa. Knoll sintió cómo la mujer llegaba al orgasmo poco después y confirmaba su satisfacción con un gemido. Él siguió unos segundos más antes de eyacular. Monika no dejó de acariciarle los testículos. Disfrutaba de cada gota de placer del hombre.

No está mal, pensó Knoll. No estaba nada mal.

Ella lo soltó. Knoll se retiró y se relajó sobre la cama. Ella permaneció a su lado, boca abajo. Knoll contuvo el aliento y permitió que lo atravesaran los últimos espasmos del orgasmo. Se mantuvo muy quieto, para no dar a aquella perra la satisfacción de saber lo mucho que había disfrutado.

—No tiene nada que ver con una mierda de abogada, ¿eh?

Él se encogió de hombros.

—No llegué a probar la mercancía.

—¿Y qué hay de la puta italiana a la que rajaste? ¿Estuvo bien?

Knoll se besó los dedos índice y corazón.

—*Buono.* Merecía lo que cobrara.

—¿Y Suzanne Danzer?

El resentimiento era evidente.

—Tus celos resultan de lo menos elegante.

—No te crezcas.

Monika se incorporó sobre un codo. Había estado esperándolo en la habitación de él cuando llegó, hacía media hora. Burg Herz estaba a solo una hora al oeste de Stod. Knoll había regresado a su base a recibir nuevas instrucciones, pues pensaba que una charla cara a cara con su empleador sería mejor que el teléfono.

—No lo entiendo, Christian. ¿Qué es lo que ves en Danzer? A ti te van las cosas buenas de la vida, no esa huerfanita criada por Loring.

—Esa huerfanita, como la llamas, se graduó con honores en la Universidad de París. Habla más de diez lenguas, por lo que yo sé. Está más que versada en el mundo del arte y dispara con la pistola como una experta. Y además es atractiva, y folla fenomenal. Yo diría que las credenciales de Suzanne son admirables.

—¿Como la de jugártela?

Knoll sonrió.

—A cada uno lo suyo, sí. Pero la venganza va a ser la hostia.

—No lo conviertas en algo personal, Christian. La violencia atrae demasiadas atenciones. El mundo no es un parque para que juegues a tu capricho.

—Soy bien consciente de mis deberes y mis limitaciones.

Monika le dedicó una sonrisa maliciosa, una que a él nunca le había gustado. Parecía decidida a hacer las cosas lo más difíciles posible. Todo era mucho más sencillo cuando Fellner dirigía el espectáculo. Ahora los negocios se mezclaban con el placer. Quizá no se tratara de una buena idea.

—Mi padre ya debe de haber terminado su reunión. Nos pidió que fuéramos al estudio.

Knoll se levantó de la cama.

—Entonces no le hagamos esperar.

Siguió a Monika hasta el despacho de su padre. El anciano estaba sentado tras un escritorio de nogal de siglo XVIII que había adquirido en Berlín hacía dos décadas. Chupaba una pipa de marfil con boquilla de ámbar, otra rara pieza que había pertenecido a Alejandro II de Rusia y que había sido liberada de un ladrón en Rumanía.

Fellner parecía cansado y Knoll deseó que el tiempo que les quedaba juntos no fuera breve. Sería una pena. Echaría de menos sus diatribas acerca de arte y literatura clásica, además de sus debates políticos. Knoll había aprendido mucho durante sus años en Burg Herz, una educación práctica obtenida mientras recorría el mundo a la busca de tesoros perdidos. Agradecía la oportunidad que le había dado y daba gracias a la vida. Estaba decidido a cumplir hasta el final las instrucciones de aquel anciano.

—Christian... Bienvenido. Siéntese. Cuénteme todo lo que ha sucedido. —El tono de Fellner era animado, y una sonrisa cálida le iluminaba el rostro.

Monika y él se sentaron. Informó de lo que había descubierto acerca de Danzer y su reunión de la noche pasada con un hombre llamado Grumer.

—Lo conozco —dijo Fellner—. *Herr Doktor* Alfred Grumer. Una prostituta académica. Va de universidad en universidad. Pero tiene contactos en el Gobierno alemán y sabe vender esa influencia. No me sorprende que un hombre como McKoy se haya asociado con él.

—Obviamente, Grumer es el contacto de Danzer dentro de la excavación —dijo Monika.

—Estoy de acuerdo —respondió Fellner—. Y Grumer no estaría aquí de no poder sacar tajada. Esto podría ser más interesante de lo que parecía en un principio. Ernst se está tomando esto en serio. Esta mañana ha vuelto a llamar para curiosear. Parece que está preocupado por tu salud, Christian. Le he dicho que hace días que no sé nada de ti.

—Todo esto encaja a la perfección en el patrón —dijo Knoll.

—¿Qué patrón? —preguntó Monika.

Fellner sonrió a su hija.

—Quizá sea hora, *leibling,* de que lo sepas todo. ¿Qué me dice usted, Christian?

Monika pareció desconcertada. Knoll disfrutó de su evidente confusión. A aquella perra le venía bien comprender que no lo sabía todo.

Fellner abrió uno de los cajones y extrajo una gruesa carpeta.

—Christian y yo llevamos años investigando esto. —Extendió sobre la mesa diversos recortes de periódico y artículos de revistas—. La primera muerte de la que tenemos constancia se produjo en 1957. Un periodista alemán de uno de mis periódicos de Hamburgo vino aquí para pedirme una entrevista. Le di gusto y resultó estar extraordinariamente bien informado. Una semana más tarde fue arrollado por un autobús en Berlín. Los testigos aseguran que lo empujaron.

»La siguiente se produjo dos años después. Otro reportero. Italiano. Un coche lo sacó de la carretera en una zona alpina. Otras dos muertes en 1960, una sobredosis de droga y un robo que acabó torciéndose. Desde 1960 hasta

1970 se produjeron otras doce por toda Europa. Periodistas. Investigadores de aseguradoras. Policías. Sus muertes iban desde los presuntos suicidios hasta los evidentes asesinatos.

»Cariño, todas estas personas buscaban la Habitación de Ámbar. Los predecesores de Christian, mis dos primeros adquisidores, revisaban cuidadosamente la prensa. Investigaban concienzudamente cuanto pudiera parecer relacionado. En los años setenta y ochenta el número de incidentes pareció disminuir. Solo seis muertes, que sepamos, en esos veinte años. El último fue un periodista polaco muerto en la explosión dentro de una mina, hace tres años. —Miró a Monika—. No estoy seguro del lugar exacto, pero fue cerca del lugar donde Christian tuvo su tropiezo.

—Yo apostaría a que se trata de la misma mina —opinó Knoll.

—Muy extraño, ¿no te parece? Christian encuentra un nombre en San Petersburgo, Karol Borya, y de repente, ese hombre y su antiguo colega aparecen muertos. *Liebling,* Christian y yo sospechamos desde hace mucho que Loring sabe mucho más acerca de la Habitación de Ámbar de lo que quiere admitir.

—A su padre le encantaba el ámbar —dijo Monika—. Y a él también.

—Josef era un hombre al que le gustaban mucho los secretos. Más que a Ernst. Era muy difícil saber lo que estaba pensando. Muchas veces hablamos acerca de la Habitación de Ámbar. Llegué una vez a ofrecerle compartir una búsqueda generalizada de los paneles, pero se negó. Dijo que se trataba de una pérdida de tiempo y de dinero. Pero algo en aquella negativa me preocupaba. De modo que empecé a llevar este archivo y a comprobar todas las cosas que podía. Descubrí que se producían demasiadas muertes, demasiadas coincidencias, como para tratarse de una casualidad. Ahora Suzanne intenta matar a Christian y paga un millón de euros por un simple dato acerca de una excavación. —Fellner negó con la cabeza—. Yo diría que el rastro que parecía helado ya está considerablemente caliente.

Monika señaló los recortes que había sobre la mesa.

—¿Crees que todas esas personas fueron asesinadas?

—¿Es que hay otra conclusión lógica?

Monika se acercó a escritorio y miró por encima los artículos.

—La pista de Borya era buena, ¿no?

—Yo diría que sí —respondió Knoll—. No sabría decir por qué. Pero bastó para que Suzanne matara a Chapaev e intentara eliminarme.

—Esa mina en la que están excavando podría ser importante —dijo Fellner—. Creo que ha llegado la hora de dejarse de juegos. Christian, tienes mi permiso para encargarte de la situación como estimes conveniente.

Monika se quedó mirando a su padre.

—Pensé que era yo quien iba a estar al mando.

Fellner sonrió.

—Debes conceder a este anciano una última misión. Christian y yo llevamos años trabajando en esto. Creo que ya estamos muy cerca. Te pido tu permiso, *liebling,* para inmiscuirme en tus dominios.

Monika logró mostrar una débil sonrisa, aunque era evidente que no se sentía complacida. ¿Pero qué podía decir?, pensó Knoll. Nunca había desafiado abiertamente a su padre, aunque en privado muchas veces había mostrado su exasperación ante su perpetua paciencia. Fellner había sido criado en la vieja escuela, donde los hombres gobernaban y las mujeres parían. Dirigía un imperio financiero que dominaba el mercado europeo de la comunicación. Políticos e industriales solicitaban su favor. Pero su esposa y su hijo habían muerto, y Monika era la única Fellner que quedaba. De modo que se había visto obligado a convertir a una mujer en la idea que él tenía de un hombre. Por fortuna, era dura. Y lista.

—Por supuesto, papá. Haz lo que desees.

Fellner se inclinó hacia delante y acarició la mano de su hija.

—Sé que no lo entiendes, pero te quiero por tu deferencia.

Knoll no pudo resistirse.

—Toda una novedad.

Monika lo perforó con la mirada.

Fellner rió entre dientes.

—Bien cierto es, Christian. La conoce bien. Forman todo un equipo.

Monika se recostó sobre su silla.

—Christian —dijo Fellner—, vuelva a Stod y descubra qué está pasando. Encárguese de Suzanne como desee. Quiero saber dónde está la Habitación de Ámbar antes de morir, sea lo sea. Si le entran dudas, recuerde la galería de esa mina y sus diez millones de euros.

Knoll se levantó.

—Se lo aseguro. No olvidaré ninguna de las dos cosas.

42
STOD
13:45

El gran salón del Garni estaba lleno. Paul se encontraba a un lado, junto a Rachel, y observaba cómo se desarrollaba el melodrama. Qué duda cabía de que, si el ambiente contaba, la decoración de la sala ayudaría claramente a Wayland McKoy. Unos coloridos mapas de la vieja Alemania enmarcados de forma recargada colgaban de las paredes forradas de roble. Una reluciente lámpara de bronce, sillas antiguas barnizadas y una alfombra oriental de exquisito diseño completaban la atmósfera.

Cincuenta y seis personas ocupaban las sillas, y sus rostros mostraban una mezcla de maravilla y agotamiento. Habían sido conducidos allí directamente en autobús desde Fráncfort, después de llegar cuatro horas atrás en avión. Su edad variaba desde los treinta y pocos hasta los sesenta y muchos. Las razas también eran diversas. La mayoría eran blancos, pero había dos parejas negras, ambas de edad avanzada, y una japonesa. Todos parecían inquietos y expectantes.

McKoy y Grumer se encontraban al frente de la estancia alargada, junto a cinco empleados de la excavación. Un televisor con un vídeo descansaba sobre un soporte metálico. Detrás había sentados dos hombres sombríos con sus cuadernos en la mano. Parecían ser periodistas. McKoy había querido excluirlos, pero los dos mostraron identificaciones de la ZDF, la organización periodística alemana que había optado a la historia, e insistieron en quedarse.

—Por favor, vigile lo que diga —le había recomendado Paul.

—Bienvenidos, socios —dijo McKoy, sonriente como un evangelista televisivo. El murmullo de conversaciones remitió.

—Fuera tienen café, zumo y galletitas danesas. Sé que han tenido un viaje muy largo y que están cansados. El *jet lag* es infernal, ¿eh? Pero estoy seguro de que estarán también ansiosos por saber cómo van las cosas.

Aquella aproximación directa había sido idea de Paul. McKoy prefería paralizar las cosas, pero Paul había argüido que aquello no haría sino levantar suspicacias. «Mantenga un tono agradable y tranquilo», le había advertido. «Nada de "que los jodan" cada dos palabras como lo que oí ayer, ¿de acuerdo?». McKoy le había asegurado repetidamente que ya tenía callo sobre el modo de encargarse de grupos de gente.

—Sé cuál es la pregunta que todos ustedes se hacen. ¿Hemos encontrado algo? No, todavía no. Pero ayer hicimos progresos. —Hizo una señal a Grumer—. Les presento a *Herr Doktor* Alfred Grumer, profesor de antigüedades artísticas en la Universidad de Maguncia. *Herr Doktor* es nuestro experto en la excavación. Dejaré que sea él quien les explique lo que ha sucedido.

Grumer dio un paso adelante, interpretando el papel de un avejentado profesor con una chaqueta de lana de *tweed*, pantalones de pana y corbata de punto. Se metió la mano derecha en el bolsillo del pantalón. El brazo izquierdo estaba libre. Los saludó con una sonrisa demoledora.

—Me pareció buena idea contarles un poco acerca de los progresos de nuestra aventura.

»El saqueo de tesoros es una tradición honrada por los tiempos. Los griegos y los romanos siempre despojaban a las naciones derrotadas de sus objetos de valor. Los cruzados, durante los siglos XIV y XV, cometieron pillajes por toda la Europa oriental y el Oriente Medio. Las iglesias y catedrales europeas occidentales siguen adornadas hoy en día con el fruto de este botín.

»En el siglo XVII comenzó a producirse un método de pillaje más refinado. Tras una derrota militar se adquirían las grandes colecciones reales en vez de robarlas. En aquellos tiempos no existían museos. Un ejemplo: cuando los ejércitos del zar ocuparon Berlín en 1757, no se tocaron las colecciones de Federico II. La incautación se hubiera considerado un acto bárbaro, incluso para los rusos, que ya eran considerados bárbaros por los europeos.

»Quizá fuera Napoleón el mayor saqueador de todos. Los museos de Alemania, España e Italia fueron despojados y vaciados para poder llenar las arcas del Louvre. Tras Waterloo, en el Congreso de Viena de 1815 se ordenó a Francia la devolución de las obras de arte robadas. Algunas fueron repuestas, pero muchas permanecieron en su poder y a día de hoy siguen expuestas en París.

»Su presidente Lincoln promulgó durante la Guerra Civil americana una orden para la protección de las obras de arte, bibliotecas, colecciones científicas e instrumentos preciosos del sur. Una conferencia en Bruselas, en 1874, propuso algo similar. Nicolás II, Zar de Rusia, promocionó protecciones aún más ambiciosas que fueron aprobadas en La Haya en 1907, aunque tales códigos demostraron ser de valor limitado durante las dos guerras mundiales posteriores.

»Hitler ignoró por completo la Convención de La Haya e imitó a Napoleón. Los nazis crearon todo un departamento administrativo dedicado únicamente al robo. Hitler pretendía crear una superexposición, el Führermuseum, que se convirtiera en la mayor colección de arte del mundo. Quiso localizar el museo en Linz, Austria, su lugar de nacimiento. El *Sonderauftrag Linz,* lo llamó: "Misión Especial Linz". Pretendía convertirse en el corazón del Tercer Reich, diseñado por el mismísimo Hitler.

Grumer se detuvo un momento, al parecer para permitir que su audiencia absorbiera la información.

—Sin embargo, para Hitler el pillaje servía a otro propósito: desmoralizaba al enemigo, lo cual resultaba especialmente cierto en Rusia, donde los palacios imperiales que rodeaban Leningrado fueron desmantelados a la vista de la población. Desde los godos y los vándalos, Europa no había sido testigo de un asalto tan despreciable contra la cultura humana. Museos de toda Alemania se abarrotaron con el arte robado, especialmente en Berlín. Fue en los últimos días de la guerra, mientras los rusos y los americanos se acercaban, cuando un convoy ferroviario lleno de piezas fue evacuado desde Berlín en dirección sur, hacia las montañas Harz. Aquí, en esta región donde nos encontramos.

El televisor cobró vida para mostrar una imagen panorámica de una cordillera. Grumer apuntó un mando a distancia y detuvo el vídeo en una escena boscosa.

—A los nazis les encantaba esconder cosas bajo tierra. Las montañas Harz que ahora nos rodean eran la caja fuerte subterránea más cercana a Berlín. Los ejemplos de lo hallado tras la guerra demuestran este punto. El tesoro nacional de Alemania fue enterrado aquí, junto con más de un millón de libros, pinturas de todas las descripciones y toneladas de esculturas. Pero quizá el alijo más extraño se encontrara cerca. Un equipo de soldados americanos informó del descubrimiento de una tapia reciente de ladrillos, de casi dos metros de espesor, quinientos metros montaña adentro. El muro fue retirado, solo para descubrir al otro lado una puerta de acero sellada.

Paul observó la expresión de los socios. Estaban clavados a la silla. Él también.

—Dentro, los americanos encontraron cuatro enormes ataúdes. Uno estaba decorado con una guirnalda y símbolos nazis, con el nombre de Adolf Hitler en un lado. Los otros tres féretros estaban cubiertos con estandartes de regimientos alemanes. También se encontraron un cetro enjoyado, dos coronas y espadas. La disposición del conjunto era teatral. Allí estaba la tumba de Hitler. Pero, ay, no lo era. Los ataúdes contenían los restos del mariscal de campo Von Hindenburg, la esposa de este, Federico el Grande y Federico Guillermo I.

Grumer apuntó con el mando a distancia y liberó el vídeo. La imagen en color cambió al interior de la cámara subterránea. McKoy había vuelto a la mina y había rehecho el vídeo del día anterior, tras lo que había editado una versión que le permitiría ganar un poco de tiempo ante los socios. Ahora, Grumer empleaba ese vídeo para explicar la excavación, los tres transportes y los cuerpos. Cincuenta y seis pares de ojos permanecían pegados a la pantalla.

—El hallazgo de esos camiones resultó de lo más emocionante. Obviamente, aquí se trajo algo de gran valor. Los camiones eran un recurso precioso en aquellas fechas y la pérdida de tres en una montaña significaba que había algo muy importante en juego. Los cinco cadáveres no hacen sino acrecentar el misterio.

—¿Qué han encontrado dentro de los camiones? —fue la primera pregunta desde la audiencia.

McKoy dio un paso al frente.

—Están vacíos.

—¿Vacíos? —preguntaron varios a la vez.

—Así es. Las tres cajas están vacías. —McKoy señaló a Grumer, que metió otra cinta de vídeo.

—Eso no resulta extraño —explicó.

Volvió a materializarse un área de la cámara que intencionadamente no aparecía en la primera cinta.

—Aquí se muestra la otra entrada de la cámara. —Grumer señaló la pantalla—. Nuestra hipótesis es que tras este punto podría existir otra cámara. Y ahí es donde excavaremos a partir de ahora.

—Nos está diciendo que los camiones están vacíos... —insistió un hombre mayor.

Paul comprendió que habían llegado a la parte complicada. Las preguntas. La realidad. Pero lo habían repasado todo muy bien. Rachel y él habían preparado a McKoy como a un testigo a punto de pasar su examen. Paul había aprobado la estrategia de decir que podía haber otra cámara. Qué demonios, podía ser verdad. ¿Quién sabía? Al menos, aquello mantendría algunos días contentos a los socios hasta que el equipo de McKoy pudiera excavar la otra entrada y saberlo con seguridad.

McKoy rechazó bien las suspicacias, respondiendo a todas las preguntas de forma completa y sonriente. El hombretón tenía razón: sabía cómo camelarse a una multitud. La mirada de Paul recorría constantemente el espacioso salón, tratando de valorar las reacciones individuales.

De momento, todo iba bien.

La mayoría parecía satisfecha con la explicación.

Hacia el fondo de la sala, en las puertas dobles que conducían al vestíbulo, reparó en que una mujer entraba en la sala. Era baja, con el pelo rubio hasta los hombros, y permanecía en las sombras, por lo que no se distinguía su rostro. Sin embargo, de algún modo le resultaba familiar.

—Paul Cutler, aquí presente, es mi consejero legal —les dijo McKoy.

Paul se volvió ante la mención de su nombre.

—El señor Cutler está aquí para ayudarnos a *Herr Doktor* Grumer y a mí con cualquier posible problema legal en la excavación. No los esperamos, pero el señor Cutler, un abogado de Atlanta, ha ofrecido generosamente su tiempo.

Paul sonrió al grupo, incómodo con aquella representación, pero incapaz de decir nada. Saludó a la multitud con la cabeza y se volvió hacia el umbral.

La mujer había desaparecido.

43

Suzanne salió a toda prisa del hotel. Ya había visto y oído suficiente. McKoy, Grumer y los dos Cutler estaban allí, y aparentemente ocupados. Creía haber contado también cinco operarios. Según la información de Grumer, eso dejaba a otros dos miembros de la plantilla, que probablemente se encontraran en la mina montando guardia.

Había captado la mirada momentánea de Paul Cutler, pero aquello no tenía por qué ser un problema. Su aspecto físico era muy distinto al que había ofrecido la semana anterior en su despacho de Atlanta. Para asegurarse se había mantenido en las sombras y solo se había quedado un momento, lo suficiente para enterarse de lo que estaba sucediendo y para realizar inventario. Acudir al Garni había sido un riesgo, pero no confiaba en Alfred Grumer. Era demasiado alemán, demasiado codicioso. ¿Un millón de euros? Ese idiota debía de estar soñando. ¿Pensaba de verdad que su benefactor era tan crédulo?

Una vez fuera, se dirigió apresuradamente a su Porsche y corrió en dirección este hacia la excavación. Estacionó en un espeso bosque, a medio kilómetro de distancia. Tras una rápida caminata encontró una caseta de trabajo y la entrada de una mina. Los generadores zumbaban en el exterior. No había a la vista ni camiones, ni coches, ni gente.

Se coló por la galería abierta y siguió un rastro de bombillas hasta la galería a oscuras. Tres tubos halógenos estaban apagados y la única iluminación disponible era la que llegaba desde una cámara cavernosa que había más allá. Se arrastró sigilosamente y tanteó el aire sobre una de las luces. Caliente. Miró abajo y descubrió que las tres lámparas habían sido desenchufadas.

En las sombras descubrió, al otro lado de la galería, una forma tendida. Se acercó. Un hombre con un mono yacía sobre la arena. Le buscó el pulso. Débil, pero estaba vivo.

Observó la cámara a través de una apertura en la roca. Una sombra danzaba en la pared más alejada. Se agazapó y se deslizó dentro. Ninguna sombra traicionó su entrada y la fina arena amortiguaba el sonido de sus pasos. Decidió no preparar la pistola hasta haber visto quién estaba allí.

Llegó hasta el camión más cercano y se agachó para mirar desde debajo del chasis. Al otro lado del camión más alejado vio un par de piernas calzadas con botas. Se movían con tranquilidad, sin prisa. Era evidente que su presencia pasaba de momento desapercibida. Se incorporó y decidió permanecer en el anonimato.

Las piernas se detuvieron en la parte trasera del transporte más alejado.

La lona crujió. Fuera quien fuese, debía de estar buscando en la caja del camión. Suzanne aprovechó el momento para rodear la parte delantera del transporte más cercano y correr hacia el capó del siguiente. El otro se encontraba situado en posición diagonal respecto a ella, en el lado opuesto, a unos siete metros. Se asomó cuidadosamente para ver de quién se trataba.

Christian Knoll.

La recorrió un escalofrío.

Knoll comprobó la caja del último de los camiones. Vacía. Alguien los había dejado limpios. ¿Pero quién había sido? ¿McKoy? Ni hablar. No había oído en la ciudad nada respecto a ningún hallazgo significativo. Además, habría restos. Cajones del embalaje. Relleno. Pero allí no había nada. ¿E iba McKoy a dejar protegido por un hombre fácil de derrotar el lugar donde acababa de encontrar una fortuna en arte robado? La explicación más lógica era que aquellos camiones ya estaban vacíos cuando McKoy entró en la cámara.

¿Pero cómo?

Y los cuerpos. ¿Se trataba de los ladrones de hacía décadas? Quizá. No había nada de raro en ello. Muchas de las cámaras de las Harz habían sido saqueadas, la mayoría por los ejércitos estadounidense y soviético, que asolaron la región tras la guerra, y algunas más tarde, por carroñeros y buscadores de tesoros, antes de que el Gobierno se hiciera con el control del área. Se acercó a uno de los cuerpos y se quedó mirando los huesos ennegrecidos. Aquel escenario le resultaba extraño. ¿Por qué estaría Danzer tan interesada en lo que obviamente no era nada? Interesada lo suficiente como para cultivar una fuente infiltrada que pretendía obtener un millón de euros como mero adelanto de la información.

¿Qué clase de información?

Lo asaltó una sensación. Una en la que había aprendido a confiar. Una que en Atlanta le había avisado de que Danzer andaba tras sus pasos. Una que le advertía de que, en ese momento, había alguien más en la cámara.

Se obligó a mantener movimientos naturales. Si se volvía repentinamente asustaría al visitante. Recorrió lentamente el lateral del coche y alejó a quien fuera un poco más de la entrada. Sin embargo, el intruso había evitado intencionadamente los tubos de luz, lo que impedía que alguna sombra delatara sus movimientos. Se detuvo y se agachó, y miró bajo los tres transportes en busca de piernas.

No vio nada.

Suzanne se hallaba paralizada ante una de las ruedas desinfladas. Había seguido a Knoll cámara adentro y había oído cómo sus pasos se detenían. Knoll no hacía esfuerzo alguno por enmascarar los sonidos y eso le preocupaba. ¿La había sentido, como en Atlanta? Quizá estuviera mirando debajo de los camiones, como ella había hecho. De ser así, no vería nada. Pero aquello no dudaría mucho tiempo. Suzanne no estaba acostumbrada a un adversario así. La mayoría de sus oponentes carecía de la astucia de Christian Knoll. Y una vez que este descubriera que se trataba de ella, no le daría cuartel. Sin duda, para entonces ya habría descubierto lo de Chapaev y que el asunto de la mina había sido una trama. Y habría estrechado la lista de posibles sospechosos para aquella celada a uno solo.

También le preocupaba el camino que Knoll seguía a lo largo de la cámara.

La estaba conduciendo hacia el interior. Ese hijo puta sabía que estaba allí.

Desenfundó la Sauer y colocó de inmediato el dedo en el gatillo.

Knoll giró el brazo derecho y liberó el estilete. Empuñó el mango de jade color lavanda y se preparó. Echó otro vistazo bajo los camiones. No vio pies. Fuera quien fuese sin duda había usado los neumáticos como protección. Decidió actuar. Se apoyó sobre el capó oxidado del transporte más cercano y saltó al otro lado.

Suzanne Danzer se encontraba a siete metros de distancia, pegada a una rueda trasera. Al verlo pareció quedar anonadada. La mujer levantó su arma. Knoll saltó hacia la parte delantera del transporte cercano. Dos disparos apagados abandonaron el cañón y dos balas rebotaron en la roca.

Knoll se incorporó y arrojó el estilete.

Suzanne se arrojó al suelo, pues esperaba el cuchillo. Era la marca de la casa de Knoll y había visto brillar la punta al aterrizar Christian antes del primer asalto. Comprendió que los disparos no harían más que distraerlo momentáneamente, así que cuando Knoll se recuperó, alzó el brazo y propulsó la hoja, ya estaba preparada.

El estilete pasó sobre su cabeza y rajó la lona petrificada que cubría la caja del transporte más cercano. El acero perforó la débil capa de tela rígida y se hundió hasta la empuñadura. Solo tendría un segundo antes de que Knoll cargara hacia ella. Realizó otro disparo, pero de nuevo la bala se limitó a morder la roca.

—Esta vez no, Suzanne —dijo Christian lentamente—. Eres mía.

—Estás desarmado.

—¿Tú crees?

Suzanne miró su arma y se preguntó cuántas balas le quedarían en el cargador. ¿Cuatro? Echó un vistazo a la cámara y pensó en una alternativa a toda velocidad. Knoll se encontraba entre ella y la única salida. Necesitaba algo que detuviera a ese hijo de puta lo suficiente como para escapar de aquella ratonera. Revisó las paredes de roca, los camiones, las luces.

Las luces.

La oscuridad sería su aliada.

Sacó rápidamente el cargador de la pistola y lo reemplazó con uno nuevo que sacó del bolsillo. Ahora tenía siete disparos. Apuntó hacia el tubo luminoso más cercano y disparó. Las lámparas explotaron con una lluvia eléctrica de chispas y humo. Suzanne se incorporó y corrió hacia la entrada, disparando al otro tubo. Se produjo una nueva explosión que apagó la última luz. La cámara quedó sumida en la oscuridad total. Fijó su rumbo justo cuando la última brizna de luz desaparecía. Deseó no equivocarse.

Si era así, la estaría esperando una pared de roca.

———

Knoll corrió a por el estilete cuando explotó el primer tubo luminoso. Comprendió que no le quedaban más de unos segundos de visibilidad, y Danzer tenía razón: sin su cuchillo estaba desarmado. Hubiera estado bien tener una pistola. Estúpidamente se había dejado la CZ-75B en la habitación del hotel, pues no la había considerado necesaria para aquella breve misión. Prefería el sigilo del acero a una pistola, pero quince proyectiles le hubieran venido muy bien en ese momento.

Liberó el estilete de la lona y se volvió. Danzer corría hacia la apertura de la galería. Preparó un nuevo lanzamiento.

Un tubo de luz estalló con un destello cegador.

Las tinieblas se apoderaron de la cámara.

Suzanne corrió hacia delante para salvar la apertura que conducía a la galería. Delante de ella, la mina principal estaba iluminada con bombillas. Se concentró en el brillo más cercano a ella y corrió hacia él. Entonces se lanzó por la angosta galería y usó su arma para ir rompiendo las bombillas y apagar así el camino.

Knoll quedó cegado por el último destello. Cerró los ojos y se obligó a quedarse quieto y permanecer calmado. ¿Cómo había llamado Monika a Danzer antes?

«Huerfanita.»

Ni mucho menos. «Peligrosa como el infierno» hubiera sido una descripción más apropiada.

El olor acre de la quemadura eléctrica llenó sus fosas nasales. La cámara empezó a enfriarse ante la oscuridad. Abrió los ojos. El negro se disolvió lentamente hasta que aparecieron formas todavía más negras. Al otro lado de la abertura, pasado el pasillo que conducía a la galería principal, las luces destellaban al explotar las bombillas.

Corrió hacia ellas.

Suzanne corrió en dirección a la luz del sol. Los pasos resonaban a su espalda. Knoll venía tras ella. Tenía que moverse rápido. Salió a una tarde apagada y corrió a través del denso bosque, en dirección a su coche. Tardaría un minuto en recorrer el medio kilómetro. Con suerte, la ventaja que le llevaba a Knoll bastaría. Quizá no supiera en qué dirección se había marchado su presa cuando lograra salir.

Suzanne zigzagueó entre los pinos y los densos helechos. Respiraba con pesadez y tenía que obligar a sus piernas a no detenerse.

Knoll salió del túnel y echó un rápido vistazo a los alrededores. A su derecha, a unos cincuenta metros de distancia, vio algo entre los árboles. Distinguió la forma.

Una mujer.

Danzer.

Se lanzó en su dirección, con el estilete en la mano.

Suzanne alcanzó el Porsche y saltó dentro. Arrancó, metió la primera de un golpe y pisó el acelerador hasta la tabla. Las ruedas giraron en vacío antes de agarrarse y entonces el coche saltó hacia delante. Por el espejo retrovisor vio a Knoll surgir de entre los árboles con el cuchillo en la mano.

Condujo a toda velocidad hasta la autopista y, una vez allí, se detuvo. Entonces sacó la cabeza por la ventanilla y saludó antes de arrancar y desaparecer.

Knoll casi sonrió ante el gesto. Le devolvía la burla en el aeropuerto de Atlanta. Probablemente Danzer se sintiera orgullosa de sí misma por aquella huida. Otra victoria sobre él.

Knoll consultó su reloj. Las cuatro y media de la tarde.

Daba igual.

Sabía exactamente dónde estaría ella dentro de seis horas.

44
16:45

Paul observó cómo el último de los socios salía del salón. Wayland McKoy sonrió a todos y cada uno de ellos, les estrechó la mano y les aseguró que todo iba a salir a las mil maravillas. El hombretón parecía complacido. La reunión había ido bien. Durante casi dos horas se había enfrentado a las preguntas y había endulzado las respuestas con nociones románticas sobre nazis codiciosos y tesoros olvidados, y había usado la historia como narcótico para acallar la curiosidad de los inversores.

McKoy se acercó a él.

—Ese cabrón de Grumer es bueno, ¿eh?

Paul, McKoy y Rachel se encontraban solos. Todos los socios habían subido a sus habitaciones para descansar. Grumer los había dejado hacía unos minutos.

—Se portó muy bien —respondió Paul—. Pero no me siento cómodo con esta huida hacia delante.

—¿Quién huye? Pretendo excavar esa otra entrada y bien podría conducir hasta otra cámara.

Rachel frunció el ceño.

—¿Los sondeos de su radar de tierra apuntan en esa dirección?

—No tengo ni puta idea, señoría.

Rachel recibió la respuesta con una sonrisa. Parecía que McKoy empezaba a caerle bien. Aquella actitud brusca y el lenguaje malsonante no eran muy diferentes de los de ella.

—Mañana llevaremos al grupo a la excavación y les dejaremos echar un vistazo —dijo McKoy—. Con eso ganaremos algunos días más. Quizá tengamos suerte con la otra entrada.

—Y veremos cerdos volando —replicó Paul—. Tiene usted un problema, McKoy. Debemos pensar en su posición legal. ¿Qué le parecería que contactara con mi bufete y les enviara por fax la carta de solicitud? El departamento de litigios podría echarle un vistazo.

McKoy lanzó un suspiro.

—¿Cuánto me va a costar?

—Un anticipo de diez mil. De ahí vamos pagando unos honorarios de dos cincuenta la hora. Después se paga por hora, mes a mes, con los gastos a su costa.

McKoy inspiró entre los dientes.

—Ahí van mis cincuenta mil. Menos mal que no me los había gastado.

Paul se preguntó si aquel sería el momento de que McKoy supiera lo de Grumer. ¿Debería mostrarle la cartera? ¿Hablarle de las letras en la arena? Quizá el alemán supiera desde el principio que la cámara estaba vacía y simplemente se hubiera guardado esa información. ¿Qué había dicho Grumer el día anterior? Algo sobre que sospechaba que el sitio estaba seco. Quizá pudieran echarle a él la culpa de todo, un ciudadano extranjero, y exigirle una indemnización justificada. «De no ser por Grumer, McKoy no hubiera excavado.» De ese modo, los socios se verían obligados a ir a por Grumer en los tribunales alemanes. Los costes se dispararían, lo que quizá convirtiera el litigio en algo económicamente inviable. Quizá aquello bastara para obligar a los lobos a volver a sus casas.

—Hay algo que necesito...

—*Herr* McKoy —dijo entonces Grumer, que entró corriendo en el salón—. Ha habido un incidente en la mina.

Rachel examinó el cráneo del operario. Bajo la espesa mata castaña del hombre se veía un chichón del tamaño de un huevo de gallina. Ella, Paul y McKoy se encontraban en la cámara subterránea.

—Yo estaba ahí fuera —dijo el hombre señalando la galería exterior—, y de repente todo quedó a oscuras.

—¿No vio ni oyó a nadie? —preguntó McKoy.

—Nada.

Los operarios estaban muy atareados reemplazando las bombillas rotas y los tubos luminosos. Una lámpara ya estaba encendida. Rachel estudió la escena. Luces rotas, bombillas machacadas en la galería principal, una de las lonas rajada en un costado.

—El tipo debió de atacarme por detrás —dijo el hombre mientras se rascaba la coronilla.

—¿Cómo sabe que era un hombre? —inquirió McKoy.

—Yo lo vi —dijo otro operario—. Estaba en la caseta, fuera, estudiando las rutas de los túneles de la zona. Vi a una mujer que salía corriendo de la galería con una pistola en la mano. Justo después apareció un hombre. Llevaba un cuchillo. Los dos desaparecieron en los bosques.

—¿No fue a por ellos? —preguntó McKoy.

—Sí, hombre.

—¿Cómo que «sí, hombre»?

—Usted me paga para excavar, no para hacer de héroe. Entré. El lugar estaba totalmente a oscuras. Volví a por una linterna. Entonces fue cuando encontré a Danny tirado en la galería.

—¿Qué aspecto tenía la mujer? —intervino Paul.

—Me parece que rubia. Baja. Rápida como una liebre.

Paul asintió.

—Estuvo antes en el hotel.

—¿Cuándo? —dijo McKoy.

—Mientras usted y Grumer hablaban. Entró un momento y se marchó.

McKoy lo comprendió.

—Lo mínimo para comprobar si todos estábamos allí. La hostia.

—Eso parece —respondió Paul—. Creo que es la misma mujer que me visitó en mi despacho. Tenía otro aspecto, pero me resultó familiar.

—Intuición de abogado, ¿no?

—Algo así.

—¿Pudo ver al hombre? —preguntó Rachel al operario.

—Un tipo alto. Pelo claro. Con un cuchillo.

—Knoll. —A su mente regresaron las imágenes de la hoja del cuchillo—. Están aquí, Paul. Los dos están aquí.

Rachel se sentía intranquila cuando ella y Paul subieron las escaleras del Garni hacia su habitación en la segunda planta. Su reloj marcaba las ocho y diez de la tarde. Antes, Paul había telefoneado a Fritz Pannik, pero se había encontrado con un servicio contestador. Le había dejado un mensaje acerca de Knoll, la mujer y sus sospechas, y le pidió al inspector que lo llamara. Pero en la conserjería no había mensaje alguno.

McKoy había insistido en cenar con los socios. A Rachel le parecía bien: cuanta más gente la rodeara, mejor. Ella, Paul, McKoy y Grumer se habían dividido el grupo y solo se hablaba de la excavación y de lo que podrían encontrar. Sin embargo, ella no dejaba de pensar en Knoll y en la mujer.

—Ha sido muy difícil —dijo—. Tuve que vigilar cada una de las palabras para que nadie pudiera acusarme más tarde de engaño. Quizá no haya sido una buena idea.

Doblaron la esquina y se dirigieron hacia su habitación.

—Mira quién se hace ahora la apocada.

—Tú eres un respetado abogado. Yo soy jueza. McKoy se nos ha pegado como el velcro. Si ha estafado a esas personas, podríamos convertirnos en cómplices. Tu padre solía decir todo el tiempo que si no puedes correr con los perros grandes, vuelvas debajo del porche. Yo estoy deseando esconderme ahí abajo.

Paul sacó la llave de la habitación del bolsillo.

—No creo que McKoy haya estafado a nadie. Cuanto más estudio la carta, más la veo como ambigua, no como falsa. Además, creo que McKoy está genuinamente atónito por el descubrimiento. Eso sí, respecto a ese Grumer no estoy tan seguro.

Abrió la puerta y encendió la luz del techo.

La habitación se encontraba patas arriba. Todos los cajones estaban sacados, las puertas del armario abiertas de par en par. El colchón estaba rajado y las sábanas hechas pedazos. Toda su ropa yacía tirada por el suelo.

—El servicio de habitaciones de este hotel es lamentable —comentó Paul.

A ella no le hizo gracia.

—¿Es que te da igual? Alguien ha registrado este sitio. Oh, mierda. Las cartas de papá... Y la cartera que encontraste.

Paul cerró la puerta. Se quitó el abrigo y se sacó la camisa de los pantalones. Llevaba una riñonera puesta en el abdomen.

—No les va a ser tan sencillo encontrarlas.

—Madre de Dios. Nunca jamás volveré a meterme con tus comportamientos obsesivos. Eso ha sido de lo más astuto, Paul Cutler.

Se bajó la camisa.

—En el despacho, en la caja fuerte, hay copias de las cartas de tu padre, por si acaso.

—¿Te esperabas esto?

Él se encogió de hombros.

—No sé qué esperarme. Solo quería estar preparado. Con Knoll y esa mujer merodeando, puede pasar cualquier cosa.

—Quizá deberíamos salir de aquí. Ahora mismo, esa campaña para la judicatura que me espera en casa no me parece tan desagradable. Marcus Nettles es pan comido comparado con esto.

Paul estaba calmado.

—Creo que es el momento de hacer algo distinto.

Rachel comprendió al instante.

—Estoy de acuerdo. Vamos a buscar a McKoy.

Paul observó cómo McKoy atacaba la puerta. Rachel aguardaba detrás de él. Los efectos de tres grandes jarras de cerveza se mostraban en la intensidad del aporreo.

—¡Grumer, abra esta maldita puerta! —gritó McKoy.

La puerta se abrió.

Grumer seguía vestido con su camisa de manga larga y los pantalones que había llevado en la cena.

—¿Qué sucede, *Herr* McKoy? ¿Ha habido otro incidente?

McKoy lo hizo a un lado y entró en la habitación. Paul y Rachel lo siguieron. Dos lámparas de mesilla proporcionaban una iluminación suave. Era evidente que Grumer había estado leyendo. Un ejemplar en inglés del *Dutch Influence on German Renaissance Painting*, de Polk, yacía abierto sobre la cama. McKoy agarró a Grumer por la camisa y lo empujó con fuerza contra la pared, lo que hizo que los marcos temblaran.

—Soy un palurdo de Carolina del Norte. Ahora mismo, un palurdo medio cocido de Carolina del Norte. Quizá no sepa usted lo que eso significa, pero déjeme decirle que nada bueno. No estoy de buen humor, Grumer. No tengo ganas de risitas. Cutler me ha dicho que borró usted unas letras en la arena. ¿Dónde están esas fotografías?

—No sé de qué me está hablando.

McKoy lo soltó y le clavó el puño en el estómago. El alemán se dobló y boqueó en busca de aire.

McKoy lo levantó de un tirón.

—Intentémoslo una vez más. ¿Dónde están las fotografías?

Grumer intentaba respirar y tosía bilis, pero logró señalar hacia la cama. Rachel recogió el libro. Dentro había varias fotografías en color que mostraban el esqueleto y las cartas.

McKoy lo dejó caer sobre la alfombra y estudió las imágenes.

—Quiero saber por qué, Grumer. ¿Por qué cojones ha hecho esto?

Paul se preguntó si debía lanzar una llamada de atención sobre el uso de la violencia, pero decidió que el alemán bien se lo merecía. Además, McKoy tampoco le haría caso.

Grumer logró responder:

—Dinero, *Herr* McKoy...

—¿Los cincuenta mil dólares que le pagué no bastaban?

Grumer guardó silencio.

—Salvo que quiera empezar a toser sangre, más le vale contármelo todo.

Grumer pareció comprender el mensaje.

—Hará un mes hablé con un hombre...

—Nombre.

Grumer inspiró.

—No me dijo su nombre.

McKoy armó el brazo.

—Por favor... Es cierto. No me dio nombres y solo hablamos por teléfono. Había leído acerca de mi participación en esta excavación y me ofreció veinte mil euros a cambio de información. No vi qué mal podría haber. Me dijo que una mujer llamada Margarethe se pondría en contacto conmigo.

—¿Y?

—La conocí anoche.

—¿Fue ella la que registró nuestra habitación? —preguntó Rachel.

—Fuimos los dos. Estaba interesada en las cartas de su padre.

—¿Le dijo ella por qué? —intervino McKoy.

—*Nein*. Pero creo saberlo. —Grumer comenzaba a respirar de nuevo con normalidad, pero se agarraba el estómago con el brazo derecho. Se incorporó un poco hasta quedar sentado, con la espalda contra la pared—. ¿Alguna vez ha oído hablar de *Retter von Verlorenen Antiquitäten*?

—No —respondió McKoy—. Ilumíneme.

—Es un grupo de nueve personas. Sus identidades se desconocen, aunque todos son ricos y amantes del arte. Emplean a localizadores, sus propios recolectores personales, llamados adquisidores. La parte ingeniosa de su asociación queda implicada en su nombre: «recuperadores de antigüedades... perdidas». Solo roban lo que ya ha sido robado. El adquisidor de cada uno de los miembros pelea por un premio. Se trata de un juego caro y sofisticado, pero no deja de ser eso: un juego.

—Vaya al grano —ordenó McKoy.

—Esta Margarethe, sospecho, es una adquisidora. Nunca lo ha dicho ni lo ha dejado traslucir, pero creo no equivocarme.

—¿Y qué hay de Christian Knoll? —preguntó Rachel.

—Lo mismo. Esos dos compiten por algo.

—Me están entrando ganas de darle otra somanta de hostias —dijo McKoy—. ¿Para quién trabaja Margarethe?

—No es más que una suposición, pero yo diría que para Ernst Loring.

Aquel nombre captó la atención de Paul, que vio que Rachel también reaccionaba.

—Por lo que me han dicho, los miembros de ese club son muy competitivos. Hay miles de objetos perdidos que recuperar. La mayoría proceden de la última guerra, pero muchos han sido robados en museos y colecciones privadas de todo el mundo. Es algo muy astuto: robar a los ladrones. ¿Quién va a protestar?

McKoy se movió hacia Grumer.

—No agote mi paciencia. Vaya al grano.

—La Habitación de Ámbar —dijo Grumer entre aspiraciones.

Rachel puso una mano contra el pecho de McKoy.

—Deje que se explique.

—De nuevo no son más que conjeturas por mi parte. Pero la Habitación de Ámbar dejó Königsberg entre enero y abril de 1945. Nadie lo sabe con certeza. Los registros no son claros. Erich Koch, el *gauleiter* de Prusia, evacuó los paneles por orden directa de Hitler. Sin embargo, Koch era el protegido de Hermann Göring, y en realidad, le era más leal a él que al Führer. La rivalidad entre Hitler y Göring por las obras de arte está bien documentada. Göring justificaba su coleccionismo porque quería crear un museo de arte nacional en Karinhall, su hogar. Se suponía que Hitler tenía prioridad a la hora de elegir cualquier botín, pero Göring lo batió en la carrera por muchas de las mejores piezas. A medida que la guerra progresaba, Hitler asumió un control cada vez más personal de la lucha, lo que limitó el tiempo que podía dedicar a otros asuntos. Sin embargo, Göring conservó su movilidad y se volcó en la obtención de piezas con ferocidad.

—¿Qué cojones tiene que ver eso con todo esto? —lo interrumpió McKoy.

—Göring quería que la Habitación de Ámbar se convirtiera en parte de su colección de Karinhall. Algunos argumentan que fue él, y no Hitler, quien ordenó la salida del ámbar desde Königsberg. Quería que Koch mantuviera los paneles a salvo de los rusos, de los americanos y de Hitler. Pero se cree que Hitler descubrió el plan y confiscó el tesoro antes de que Göring pudiera ponerlo a salvo.

—Papá tenía razón —dijo Rachel en voz baja.

Paul se la quedó mirando.

—¿A qué te refieres?

—Una vez me habló de la Habitación de Ámbar y de una entrevista que realizó a Göring después de la guerra. Lo único que decía era que Hitler se le había adelantado.

Después les habló de Mauthausen y de los cuatro soldados alemanes que habían sido congelados hasta la muerte.

—¿Dónde descubrió toda esa información? —preguntó Paul a Grumer—. Mi suegro tenía muchos artículos acerca de la Habitación de Ámbar y ninguno mencionaba nada de lo que acaba de decir. —Había omitido a propósito el «ex» del suegro y Rachel no lo corrigió como solía hacer.

—Ni deberían mencionar nada —respondió Grumer—. Los medios de comunicación occidentales no suelen ocuparse de la Habitación de Ámbar. Son pocos los que saben siquiera de qué se trata. Sin embargo, los investigadores alemanes y rusos llevan mucho tiempo estudiando este asunto. Esta información en concreto acerca de Göring la he oído repetida a menudo, pero nunca de fuentes de primera mano como la que *Frau* Cutler refiere.

—¿Cómo encaja todo esto en nuestra excavación? —preguntó McKoy.

—Uno de los relatos indica que los paneles se cargaron en tres camiones en algún punto al oeste de Königsberg, después de que Hitler se hiciera con el control. Esos camiones se dirigieron hacia el oeste y no volvieron a ser vistos. Debía de tratarse de transportes pesados...

—Como los Büssing NAG —indicó McKoy.

Grumer asintió.

McKoy se desplomó sobre el borde de la cama.

—¿Los tres camiones que encontramos? —Su tono bronco se había suavizado.

—Demasiada coincidencia, ¿no cree?

—Pero los camiones están vacíos —señaló Paul.

—Exacto —respondió el alemán—. Quizá los recuperadores de antigüedades perdidas sepan más de esta historia. Quizá eso explique el intenso interés de dos adquisidores.

—Pero ni siquiera sabe si Knoll y esa mujer tienen algo que ver con ese grupo —respondió Rachel.

—No, *Frau* Cutler, no lo sé. Pero Margarethe no se me antoja una coleccionista independiente. Usted estuvo con *Herr* Knoll. ¿No diría usted lo mismo?

—Knoll se negó a decir para quién trabajaba.

—Lo que lo hace todavía más sospechoso —terció McKoy.

Paul extrajo del bolsillo de su chaqueta la cartera encontrada en la excavación y se la entregó a Grumer.

—¿Y qué hay de esto?

Le explicó cómo la había encontrado.

—Descubrió usted lo que yo andaba buscando —respondió Grumer—. La información que Margarethe me había solicitado concerniente a una posible datación del sitio posterior a 1945. Registré los cinco esqueletos, pero no encontré nada. Esto demuestra que el lugar fue visitado en una fecha posterior a la guerra.

—Hay algo escrito en un trozo de papel en el interior. ¿Qué es?

Grumer lo examinó con atención.

—Parece alguna clase de permiso o licencia. Expedido el 15 de marzo de 1951 y con fecha de expiración de 15 de marzo de 1955.

—¿Y la tal Margarethe quería conocer esto? —preguntó McKoy.

Grumer asintió.

—Estaba dispuesta a pagar una buena suma por la información.

McKoy se pasó una mano por el pelo. El hombretón parecía agotado. Grumer aprovechó para explicarse.

—*Herr* McKoy, yo no tenía ni idea de que el sitio estuviera seco. Estaba tan entusiasmado como usted cuando entramos. Sin embargo, las señales eran cada vez más claras. No había explosivos, ni siquiera restos. Un pasaje de entrada estrecho. La falta de puerta o refuerzo de acero en la galería que conducía a la cámara. Y los camiones. Ahí no debería haber transportes pesados.

—Salvo que la maldita Habitación de Ámbar hubiera estado allí.

—Eso es correcto.

—Díganos más acerca de lo que sucedió —indicó Paul a Grumer.

—No hay mucho que contar. Los relatos atestiguan que la Habitación de Ámbar fue embalada y cargada en tres cajones. Estos se dirigían supuestamente hacia el sur, en dirección a Berchtesgaden y la seguridad de los Alpes. Pero los ejércitos soviéticos y americanos estaban por toda Alemania. No había dónde escapar. Se supone que los camiones fueron ocultados, pero no existe registro alguno del lugar. Quizá su escondrijo fueran las minas Harz.

—Usted se figura que como esta Margarethe está tan interesada en las cartas de Borya y está aquí, la Habitación de Ámbar tiene que tener algo que ver en todo esto —señaló McKoy.

—Parece una conclusión lógica.

—¿Por qué piensa que Loring es su empleador? —preguntó Paul.

—No es más que una suposición basada en lo que he leído y oído a lo largo de los años. La familia Loring estuvo y está interesada en la Habitación de Ámbar.

Rachel tenía una pregunta.

—¿Por qué borró las letras? ¿Le pagó Margarethe para que lo hiciera?

—Lo cierto es que no. Solo me dejó claro que en la cámara no debía quedar resto alguno de fechas posteriores a 1945.

—¿A qué esa preocupación? —preguntó Rachel.

—No tengo ni la menor idea.

—¿Qué aspecto tiene ella? —inquirió Paul.

—Es la misma mujer que describió usted esta tarde.

—¿Usted es consciente de que podría haber matado a Chapaev y al padre de Rachel?

—¿Y no dijo usted ni una palabra? —preguntó McKoy—. Debería molerlo a hostias. Es usted consciente de hasta dónde me llega la mierda ahora que la cámara está seca. Y ahora esto. —El hombre se frotó los ojos, como si intentara calmarse—. ¿Cuándo será el siguiente contacto, Grumer?

—Me dijo que me llamaría.

—Y yo quiero enterarme en cuanto lo haga. Ya he aguantado bastante. ¿Está clarito?

—Perfectamente —replicó Grumer.

McKoy se incorporó y se dirigió hacia la puerta.

—Más le vale, Grumer. En cuanto sepa de esa mujer, no tarde un segundo en avisarme.

—Por supuesto. Como usted diga.

El teléfono sonaba en su habitación cuando Paul abrió la puerta. Mientras respondía, Rachel entró tras él. Era Fritz Pannik. Paul lo puso al día rápidamente sobre lo sucedido. Le dijo al inspector que la mujer y Knoll estaban cerca, o que al menos lo habían estado hacía pocas horas.

—Enviaré a alguien de la policía local para tomarles declaración de todo. Mañana a primera hora.

—¿Cree que esos dos seguirán aquí?

—Me temo que lo que Alfred Grumer dice es cierto. Yo diría que sí. Duerma con un ojo abierto, *Herr* Cutler. Mañana nos veremos.

Paul colgó y se sentó en la cama.

—¿Qué piensas? —preguntó Rachel mientras se sentaba a su lado.

—Tú eres la jueza. ¿Parecía creíble Grumer?

—Para mí no. Pero McKoy parece haberse tragado lo que le ha dicho.

—No sé qué decirte. Tengo la sensación de que McKoy también se está callando algo. No sabría decirte qué es, pero hay algo que no nos ha contado. Escuchaba con atención a Grumer cuando hablaba de la Habitación de Ámbar. Pero no nos podemos preocupar ahora por eso. Me preocupan Knoll y la mujer. Andan por aquí sueltos y eso no me gusta nada.

Su mirada reparó en los pechos de Rachel, marcados a través del jersey ajustado de cuello alto. ¿La Reina de Hielo? No para él. Paul había sentido su cuerpo la noche anterior y la cercanía le había puesto los nervios a flor de piel. Varias veces a lo largo del sueño había inspirado profundamente para captar su aroma. En un momento dado trató de imaginarse tres años atrás, aún casado con ella, aún físicamente capaz de amarla. Todo parecía surrealista. Tesoros perdidos. Asesinos al acecho. Su ex mujer en la cama con él.

—Quizá tuvieras razón desde el principio —dijo Rachel—. Todo esto nos supera y deberíamos largarnos de aquí. Tenemos que pensar en Marla y Brent. —Lo miró—. Y en nosotros. —Le cogió la mano.

—¿A qué te refieres?

Lo besó suavemente en los labios. Paul se quedó totalmente quieto. Entonces ella lo rodeó con los brazos y lo besó con fuerza.

—¿Estás segura de lo que haces, Rachel? —preguntó cuando se separaron.

—No sé por qué soy tan hostil en ocasiones. Eres un buen hombre, Paul. No te mereces el daño que te he causado.

—No todo fue culpa tuya.

—Ya estamos otra vez. Siempre ayudando a sobrellevar las cargas. ¿No puedes dejar que me sienta culpable por una vez?

—Claro. Por mí encantado.

—Lo quiero. Y hay algo más que quiero.

Él captó su mirada, comprendió y se levantó instantáneamente de la cama.

—Todo esto es muy raro. Llevamos separados tres años. Ya me he acostumbrado a ello. Pensé que ya habíamos acabado... de ese modo.

—Paul, por una vez en tu vida guíate por el instinto. No todo tiene por qué estar planificado. ¿Qué tiene de malo la lujuria a la antigua usanza?

Él mantuvo su mirada.

—Quiero más que eso, Rachel.

—Y yo también.

Paul se dirigió hacia la ventana para poner distancia entre ellos. Apartó las cortinas, aunque solo fuera por ganar un poco de tiempo. Aquello iba demasiado rápido. Miró hacia la calle y pensó en lo mucho que había soñado con escuchar aquellas palabras. No había ido al juzgado el día en que se decidió su divorcio. Horas más tarde recibió el dictamen final a través del fax. Su secretaria lo depositó sobre la mesa sin decir ni pío. Él se negó a leerlo y lo tiró tal como estaba a la papelera. ¿Cómo podía la firma de un juez silenciar lo que su corazón le indicaba como correcto?

Se volvió.

Rachel estaba adorable, incluso con los cortes y arañazos del domingo anterior.

Sin duda formaban una pareja extraña, de principio a fin. Pero él la amaba y ella lo amaba. Juntos habían creado a dos niños a los que ambos adoraban. ¿Podían darse una segunda oportunidad?

Se volvió de nuevo hacia la ventana y trató de encontrar respuestas en la noche. Estaba a punto de regresar a la cama y rendirse cuando vio a alguien en la calle.

Alfred Grumer.

El *Doktor* caminaba con un paso firme y decidido. Parecía que acababa de salir por la entrada principal del Garni, dos plantas más abajo.

—Grumer sale —dijo.

Rachel saltó de la cama y se acercó para echar un vistazo.

—No dijo nada de salir.

Paul cogió su chaqueta y corrió hacia la puerta.

—Puede que recibiera la llamada de Margarethe. Sabía que estaba mintiendo.

—¿Adónde vas?

—¿Necesitas preguntarlo?

45

Paul precedió a Rachel a través de la entrada del hotel y viró en dirección a Grumer. El alemán les llevaba unos cien metros y recorría a buen paso la calle adoquinada rodeada por tiendas a oscuras y atareados cafés que seguían atrayendo clientes con la cerveza, la comida y la música. Las farolas iluminaban de forma regular la noche con su brillo amarillento.

—¿Qué estamos haciendo? —preguntó Rachel.

—Descubrir cuál es su juego.

—¿Y es una buena idea?

—Quizá no. Pero lo vamos a hacer de todos modos.

Ni dijo que también lo eximía de tomar una decisión importante. Se preguntó si Rachel no estaría simplemente sola, o asustada. Le preocupaba lo que ella había visto en Warthberg, donde había defendido al hijo de perra de Knoll, que la había abandonado a su suerte para que muriera. No le gustaba ser segundo plato de nadie.

—Paul, hay algo que deberías saber.

Grumer seguía delante y aún avanzaba con rapidez. Él no perdía un paso.

—¿Qué?

—Justo antes de la explosión de la mina me volví y vi que Knoll tenía un cuchillo.

Paul se detuvo y se la quedó mirando.

—Tenía un cuchillo en la mano. Justo entonces, el techo de la galería cedió.

—¿Y me lo cuentas ahora?

—Ya lo sé. Debería haberlo hecho antes. Pero tenía miedo de que no te quedaras, o de que se lo contaras a Pannik y él interfiriera.

—Rachel, ¿es que estás loca? Esto es importante, joder. Y tienes razón, nunca me hubiera quedado, ni hubiera permitido que te quedaras. Y no me digas que tú puedes hacer lo que te salga de las narices. —Miró rápidamente hacia la derecha. Grumer había doblado una esquina—. Mierda. Vamos.

Comenzó a correr y la chaqueta se le abrió con el aire. Rachel le seguía el paso. La calle comenzó a empinarse. Alcanzaron la esquina en la que había estado Grumer y se detuvieron. A la izquierda había un *konditorei* cerrado, con una marquesina que doblaba la esquina. El *Doktor* cruzaba una pequeña plaza construida alrededor de una fuente decorada con geranios. Todo (las calles, las tiendas y las plantas) reflejaba la limpieza maníaca del orgullo cívico alemán.

—Debemos permanecer atrás —dijo Paul—. Pero aquí está oscuro y eso nos ayudará.

—¿Adónde va?

—Parece que nos dirigimos hacia la abadía. —Consultó su reloj. Las diez y veinticinco de la noche.

Delante de ellos, Grumer desapareció de repente hacia la izquierda, tras una hilera de setos negros. Se acercaron sigilosamente y vieron una pasarela de hormigón que se perdía en la negrura. Una señal en un poste anunciaba: «Abadía de los Siete Pesares de la Virgen.» La flecha señalaba hacia delante.

—Tenías razón. Va a la abadía —dijo Rachel.

Empezaron a ascender por el camino de piedra, que tenía anchura suficiente para permitir el paso de cuatro personas. Trazaba un empinado recorrido a través de la noche, en dirección al acantilado de roca pelada. A medio camino pasaron junto a una pareja que caminaba cogida del brazo. Llegaron a una curva pronunciada. Paul se detuvo. Grumer seguía delante y caminaba a buen paso.

—Ven aquí —le dijo a Rachel mientras le pasaba un brazo por el hombro y la acercaba—. Si mira para atrás no verá más que a una pareja que pasea. A esta distancia no puede vernos la cara.

Caminaban lentamente.

—No te vas a escapar tan fácilmente —señaló Rachel.

—¿A qué te refieres?

—A la habitación. Sabes hacia dónde nos dirigíamos.

—No pienso escaparme.

—Solo necesitabas tiempo para pensar y esta pequeña carrera te lo ha dado.

Paul no discutió. Ella tenía razón. Necesitaba pensar, pero no en ese momento. Grumer era su principal preocupación presente. La ascensión lo estaba cansando. Sus pantorrillas y muslos se tensaban. Se creía en forma, pero las carreras de cinco kilómetros que se daba en Atlanta solían ser sobre tierra llana. Nada ni remotamente parecido a aquella pendiente asesina.

El camino llegó arriba y Grumer desapareció de la vista.

La abadía había dejado de ser un edificio remoto. Allí la fachada ocupaba lo que dos campos de fútbol y ascendía de forma pronunciada desde el acantilado. Las murallas se elevaban desde una cimentación de piedra abovedada. Brillantes focos de vapor de sodio, ocultos en la base boscosa, bañaban con su luz la piedra coloreada. Tres plantas de ventanas altas y de múltiples maineles resplandecían bajo la luz.

Delante de ellos vieron un portón iluminado con edificios a ambos lados. Dos bastiones flanqueaban esta puerta principal. Más allá se distinguía un jardín en parte velado por las sombras. Cincuenta metros más adelante, Grumer desaparecía a través del portal abierto. A Paul le preocupaban las luces brillantes que rodeaban la puerta. Las palomas arrullaban desde algún punto más allá del fulgor. No había a nadie a la vista.

Abrió el camino y echó un vistazo a las esculturas de los apóstoles Pedro y Pablo, que descansaban sobre sus pedestales de piedra ennegrecida. A ambos lados, santos y ángeles convivían con peces y sirenas. Un escudo de armas decoraba el centro del portal: dos llaves doradas con un fondo azul regio. Sobre el gablete se alzaba una enorme cruz cuya inscripción se veía claramente gracias a los proyectores: «Absit gloriari nisi in cruce».

—«Gloria solo en la cruz» —musitó.

—¿Qué?

Paul señaló hacia arriba.

—La inscripción. «Gloria solo en la cruz». De los Gálatas 6:14.

Cruzaron el portal. Una señal identificaba el espacio que había más allá como el «Jardín del portero». Por fortuna, el jardín no estaba iluminado. Grumer se encontraba ahora al otro lado y ascendía apresuradamente unos amplios escalones de piedra, hasta entrar en lo que parecía una iglesia.

—No podemos entrar ahí —dijo Rachel—. ¿Cuánta gente podría haber a esta hora?

—Estoy de acuerdo. Busquemos otra entrada.

Estudió el patio y los edificios cercanos. Por todas partes se alzaban estructuras de tres plantas de fachada barroca y adornadas con arcos romanos, cornisas historiadas y estatuas que aumentaban el tono religioso de rigor. La mayoría de las ventanas estaba a oscuras. En las pocas que permanecían iluminadas, se podía ver bailar las sombras tras las cortinas echadas.

La iglesia en la que Grumer había entrado sobresalía desde el extremo opuesto del patio a oscuras. Sus torres gemelas simétricas estaban flanqueadas por una cúpula octogonal iluminada con mucha luz. Parecía casi un apéndice del edificio más alejado, que sería la parte frontal de la abadía y cuya fachada daba a Stod y al río sobre los puntos más altos del acantilado.

Paul señaló hacia el otro extremo del patio, más allá de la puerta. Allí había unas puertas dobles de roble.

—Quizá por ahí podamos entrar desde otro punto.

Avanzaron con cuidado sobre el patio adoquinado, dejando atrás alcorques con árboles y arbustos. Soplaba un viento fresco que provocaba un escalofrío. Paul intentó accionar el picaporte. Estaba abierto. Empujó la pesada hoja hacia dentro, con cuidado para minimizar cualquier posible crujido. Ante ellos se extendía un pasillo en uno de cuyos extremos resplandecían cuatro apliques incandescentes. Entraron. A medio camino del pasillo apareció una escalera ascendente con barandilla de madera. La ascensión quedaba amenizada por óleos de reyes y emperadores. Más allá de la escalera, si seguían avanzando por el mustio corredor, los esperaba otra puerta cerrada.

—La iglesia está en este nivel. Esa puerta debería conducir adentro — susurró.

El picaporte funcionó al primer intento. Paul abrió la puerta un poco, hacia sí. Un aire cálido inundó la frialdad del corredor. En ambas direcciones se extendía un pesado telón de terciopelo que formaba un angosto pasaje a izquierda y a derecha. La luz se filtraba a través de ranuras regulares realizadas en el telón y desde la parte inferior. Paul solicitó silencio con un gesto y entró en la iglesia seguido por Rachel.

Espió el interior a través de una de las ranuras en el telón. Unas luces anaranjadas dispersas iluminaban zonas concretas de la inmensa nave. La arquitectura explosiva, los frescos del techo y los coloridos estucos se combinaban en una sinfonía visual que casi resultaba abrumadora tanto en su profundidad como en su forma. Predominaban los caobas, rojos, grises y dorados. Unas pilastras acanaladas de mármol se elevaban hacia el techo abovedado, cada una adornada con elaboradas molduras que soportaban una diversidad de estatuas.

Su mirada se desvió hacia la derecha.

Una corona dorada enmarcaba el centro de un altar alto y enorme. Un gran medallón mostraba la inscripción «*Non coronabiturm nisi legitime certaverit*». «Sin causa justa no hay victoria», tradujo en silencio. De nuevo la Biblia. Timoteo 2:5.

A la izquierda había dos personas, Grumer y la mujer rubia de aquella mañana. Miró por encima del hombro.

—Está aquí —vocalizó a Rachel—. Grumer está hablando otra vez con ella.

—¿Puedes oír? —le susurró Rachel al oído.

Paul negó con la cabeza y señaló hacia la izquierda. El estrecho pasillo que tenían delante los llevaría más cerca de donde estaban los dos conspiradores. El telón de terciopelo quedaba lo bastante cerca del suelo para ocultarlos de la vista. Una pequeña escalera de madera se elevaba al final y ascendía hacia lo que seguramente sería el coro. Concluyó que aquel pasadizo cortinado lo usarían los acólitos que servían en la misa. Avanzaron de puntillas. Otra ranura le permitió mirar. Se asomó con cautela, perfectamente rígido ante el terciopelo. Grumer y la mujer estaban cerca del altar de un mecenas. Había leído algo sobre aquella adición, realizada en muchas iglesias europeas. Los católicos de la Edad Media se sentaban en lo alto del altar y solo pasivamente experimentaban la cercanía de Dios. Los creyentes contemporáneos, gracias a las reformas litúrgicas, demandaban una participación más activa. Por tanto, se habían erigido altares para la gente en las iglesias antiguas. El nogal del podio y el altar concordaban con las hileras de bancos vacíos.

Él y Rachel estaban ahora a unos veinte metros de Grumer y la mujer, cuyos susurros eran difíciles de oír en el mudo vacío del edificio.

Suzanne lanzó una mirada severa a Alfred Grumer, que mostraba hacia ella una actitud sorprendentemente hosca.

—¿Qué ha sucedido hoy en la excavación? —preguntó Grumer en inglés.

—Uno de mis colegas apareció y se puso impaciente.

—Está atrayendo muchísima atención hacia este asunto.

No le gustaba el tono del alemán.

—No tuve elección. Me vi obligado a resolverlo tal y como se presentaba.

—¿Tiene mi dinero?

—¿Tiene mi información?

—*Herr* Cutler encontró una cartera en la cámara. Es de 1951. Alguien entró allí después de la guerra. ¿No es lo que quería usted?

—¿Dónde está la cartera?

—No he podido hacerme con ella. Quizá mañana.

—¿Y las cartas de Borya?

—No he tenido modo de obtenerlas. Tras lo sucedido esta mañana, todo el mundo está alerta.

—¿Dos fallos y quiere cinco millones de euros?

—Usted quería información sobre el lugar y sobre las fechas. Se la he suministrado. También eliminé las pruebas en la arena.

—Eso lo hizo usted por su cuenta. Como un modo de aumentar el precio de sus servicios. La realidad es que no tengo prueba alguna de nada de lo que me ha contado.

—Hablemos de la realidad, Margarethe. Y esa realidad es la Habitación de Ámbar, ¿correcto?

Suzanne no respondió.

—Tres transportes pesados alemanes, vacíos. Una cámara subterránea sellada. Cinco cuerpos, todos con un disparo en la cabeza. Una fecha de entre 1951 y 1955. Esa es la cámara en la que Hitler escondió la habitación y alguien la robó. Yo diría que ese alguien fue el empleador de usted. En caso contrario, ¿por qué tantas molestias?

—Especulaciones, *Herr Doktor*.

—Ni siquiera ha parpadeado ante mi insistencia en los cinco millones de euros. —La voz de Grumer tenía un tono pagado de sí mismo que le gustaba cada vez menos.

—¿Hay algo más? —preguntó.

—Si recuerdo correctamente, durante los años sesenta circuló una historia muy extendida referente a que Josef Loring había colaborado con los nazis. Pero después de la guerra consiguió forjar buenos contactos con los comunistas checoslovacos. Estupendo truco, vaya que sí. Supongo que sus fábricas y fundiciones eran alicientes poderosos para las amistades duraderas. Se decía, creo, que Loring había encontrado el escondrijo donde Hitler había ocultado la Habitación de Ámbar. Las gentes de esta zona juraban que Loring la visitó varias veces con equipos para excavar con discreción las minas, antes de que el Gobierno se hiciera con el control. Imagino que en una encontró los paneles de ámbar y los mosaicos florentinos. ¿Se trataba de nuestra cámara, Margarethe?

—*Herr Doktor,* ni admito ni niego nada de lo que ha dicho, aunque a la lección de historia no le falta atractivo. ¿Qué hay de Wayland McKoy? ¿Ha terminado su actual aventura?

—Pretende excavar la otra abertura, pero no encontrará nada. Algo que usted ya sabe, ¿correcto? Yo diría que la excavación ha terminado. Y ahora, ¿ha traído el pago del que hablamos?

Suzanne estaba cansada de Grumer. Loring tenía razón. Era un hijo de puta codicioso. Otro cabo suelto. Uno que requería su atención inmediata.

—Tengo su dinero, *Herr* Grumer.

Buscó en el bolsillo de la chaqueta y cerró la mano derecha alrededor de la culata estriada de la Sauer, cuyo silenciador ya estaba adosado al corto cañón. Algo pasó de repente sobre su hombro izquierdo y golpeó el pecho de Grumer. El alemán lanzó un gemido, trastabilló hacia atrás y se desplomó sobre el suelo. Bajo la pálida luz del altar, Suzanne reparó inmediatamente en la empuñadura de jade de color lavanda con una amatista en el pomo.

Christian Knoll saltó desde el coro al suelo de piedra de la nave con una pistola en la mano. Ella desenfundó su propia arma y se arrojó tras el podio, con la esperanza de que el nogal tuviera más de madera maciza que de chapado.

Se arriesgó a echar un rápido vistazo.

Knoll realizó un disparo silenciado y la bala rebotó en el podio, a centímetros de su cara. Se echó hacia atrás y se encogió cuanto pudo detrás del podio.

—Tuviste mucha inventiva en la mina, Suzanne —dijo Knoll.

El corazón de la mujer latía desbocado.

—Solo hacía mi trabajo, Christian.

—¿Por qué fue necesario matar a Chapaev?

—Lo siento, amigo mío, no puedo entrar en detalles.

—Es una lástima. Esperaba conocer tus motivos antes de matarte.

—Aún no estoy muerta.

Pudo oír la risa entre dientes de Knoll. Una risa enfermiza que resonó en el silencio.

—Esta vez estoy armado —dijo Knoll—. El regalo de *Herr* Loring, de hecho. Un arma muy precisa.

La cz-75b. Cargador de quince balas. Y solo había usado una. Le quedaban catorce oportunidades para matarla. Demasiadas, se mirara como se mirara.

—Aquí no hay tubos fluorescentes a los que disparar, Suzanne. De hecho, tampoco hay ningún sitio donde ir.

Con terror malsano, ella comprendió que su enemigo estaba en lo cierto.

Paul no había oído más que fragmentos dispersos de la conversación. Era obvio que sus reservas iniciales acerca de Grumer se habían demostrado ciertas. Parecía que el *Doktor* había estado jugando a dos bandas y acababa de descubrir el precio que en ocasiones se cobraba el engaño.

Contempló horrorizado la muerte de Grumer y el enfrentamiento de los dos rivales, los disparos amortiguados que cruzaban la iglesia como golpes de almohadón. Rachel se encontraba detrás de él y miraba por encima de su hombro. Estaban totalmente quietos, por miedo a revelar su presencia. Paul sabía que tenían que salir de la iglesia, pero esta salida debía producirse en el más absoluto silencio. Al contrario que los dos pistoleros de la nave, ellos estaban desarmados.

—Ese es Knoll —le susurró Rachel al oído.

Ya se lo había imaginado. Y la mujer era sin duda Jo Myers, o Suzanne, tal y como Knoll la había llamado. Había reconocido la voz al instante. Era evidente que ella había matado a Chapaev, ya que no había negado la alegación cuando Knoll le había preguntado al respecto. Rachel se apretaba contra él. Estaba temblando. Paul alargó la mano y le apretó la pierna contra la suya para tratar de calmarla. Pero su propia mano también temblaba.

Knoll se agazapó tras la segunda hilera de bancos. Le gustaba aquella situación. Aunque su oponente no estaba familiarizada con la distribución de la iglesia, estaba claro que Danzer no tenía ningún sitio al que ir sin que él dispusiera de al menos algunos segundos para disparar.

—Dime algo, Suzanne. ¿Por qué la explosión de la mina? Nunca antes habíamos cruzado esa línea.

—¿Qué pasa, que te fastidié el plan con esa Cutler? Probablemente fueras a follártela y después a matarla, ¿verdad?

—Ambas ideas se me pasaron por la cabeza. De hecho, estaba preparándome para lo primero cuando nos interrumpiste de forma tan grosera.

—Lo siento, Christian. Pero, en realidad, esa Cutler tendría que darme las gracias. Vi que sobrevivió a la explosión. No creo que hubiera tenido tanta suerte con tu cuchillo. Como nuestro amigo Grumer, ¿eh?

—Como dices tú, Suzanne, solo estaba haciendo mi trabajo.

—Mira, Christian, quizá no debamos llevar esto al extremo. ¿Qué te parece una tregua? Podemos volver a tu hotel y liberar sudando las frustraciones. ¿Qué me dices?

Tentador. Pero aquel era un asunto serio y Danzer no hacía más que ganar tiempo.

—Vamos, Christian. Te garantizo que será mejor que cualquier cosa que hayas hecho con esa puta mimada de Monika. Nunca hasta ahora has tenido motivo de queja.

—Antes de considerarlo, quiero algunas respuestas.

—Haré lo que pueda.

—¿Qué hace tan importante a esa habitación?

—No puedo hablar de eso. Reglas, qué te voy a decir.

—Los camiones están vacíos. Ahí no hay nada. ¿A qué tanto interés?

—Misma respuesta.

—Tenéis untado al conserje de los registros de San Petersburgo, ¿correcto?

—Por supuesto.

—¿Sabías desde el principio que había ido a Georgia?

—Creí que hice un buen trabajo ocultándome. Es evidente que no.

—¿Estabas en la casa de Borya?

—Por supuesto.

—Si no le hubiera roto yo el cuello al viejo, ¿lo habrías hecho tú?

—Me conoces demasiado.

Paul estaba pegado al telón cuando oyó a Knoll admitir que había matado a Karol Borya. Rachel lanzó un jadeo y dio un paso atrás. Este movimiento lo empujó a él hacia delante y provocó una ondulación del paño. Paul comprendió que el movimiento y el sonido de Rachel bastarían para atraer la atención de ambos combatientes. Al instante empujó a Rachel hacia el suelo, se volvió en medio del salto y absorbió la mayor parte del impacto con el hombro derecho.

———

Knoll oyó un jadeo y vio moverse el telón. Realizó tres disparos contra el terciopelo, a la altura del pecho.

Suzanne vio moverse el telón, pero su interés principal era salir de la iglesia. Usó el momento de los disparos de Knoll para realizar uno en su dirección. La bala se estrelló en uno de los bancos. Vio cómo Knoll rodaba para ponerse a cubierto, de modo que saltó hacia las sombras del altar elevado y se encaramó a una arcada a oscuras.

—Vamos —vocalizó Paul mientras ponía a Rachel en pie y corrían hacia la puerta. Las balas habían atravesado el paño y habían encontrado piedra. Esperaba que Knoll y la mujer estuvieran demasiado preocupados entre ellos como para molestarse en perseguirlos. O quizá hicieran equipo contra lo que podía considerarse un enemigo común. No pensaba quedarse allí a ver qué camino decidían tomar los dos asesinos.

Llegaron hasta la puerta.

El hombro le dolía muchísimo, pero la adrenalina que corría por sus venas operaba como anestésico. Salieron al pasillo que había tras la iglesia.

—No podemos volver al patio —dijo—. Allí seríamos blanco fácil.

Se volvió hacia una escalera que conducía arriba.

—Vamos —dijo.

Knoll vio cómo Danzer saltaba hacia la arcada, pero los pilares, el podio y el altar le impedían lograr un disparo claro, y las sombras tampoco ayudaban. Sin embargo, en ese momento estaba más interesado en los que se ocultaban tras el telón. Él había entrado en la iglesia del mismo modo, subiendo la escalera de madera en el extremo del pasillo hasta el coro.

Se acercó con cautela al telón y echó un vistazo con el arma preparada.

No había nadie.

Oyó que una puerta se abría para luego cerrarse. Se acercó rápidamente al cuerpo de Grumer y recuperó el estilete. Limpió la hoja y la devolvió a la manga.

Una vez hecho esto, apartó el telón y siguió a su presa.

———

Paul abría el camino escaleras arriba sin dedicar una segunda mirada a las imágenes fantasmales de reyes y emperadores que decoraban el camino con sus historiados marcos. Rachel no perdía el paso tras él.

—Ese hijo de puta mató a papá —dijo.

—Lo sé, Rachel. Pero ahora mismo estamos en un buen lío.

Se volvió al llegar al descansillo y prácticamente subió a saltos el último tramo. Oyó que una puerta se abría tras ellos. Se quedó inmóvil, detuvo a Rachel y le tapó la boca con la mano. Desde abajo se oían pasos. Lentos. Firmes. En su dirección. Pidió silencio con un gesto y avanzó de puntillas hacia la izquierda, el único camino posible, hacia la puerta cerrada que había al otro extremo.

Intentó bajar el picaporte.

Se abrió.

Abrió la puerta lentamente hacia dentro y se coló.

Suzanne se encontraba en un cubículo oscuro tras el altar elevado, rodeada por el fuerte olor del incienso dulce procedente de los dos cuencos de metal que había contra la pared. Vestimentas eclesiales coloristas colgaban en dos hileras de unas perchas metálicas. Tenía que acabar lo que Knoll había empezado. No había duda de que ese hijo de puta la había superado. Le preocupaba cómo había podido dar con ella. Había tenido cuidado al dejar el hotel y había comprobado su espalda repetidamente durante el ascenso a la abadía. Nadie la había seguido, de eso estaba segura. No. Knoll ya estaba en la iglesia, esperando. ¿Pero cómo? ¿Grumer? Posiblemente. Le preocupaba que Knoll conociera sus asuntos de forma tan precisa. Se había estado preguntando por qué no la había perseguido tras salir de la mina. La cara de frustración de Knoll al quedar atrás en la excavación no había sido tan satisfactoria como cabría esperar.

Lanzó una mirada a través de la arcada.

Knoll seguía en la iglesia y tenía que encontrarlo y solventar aquella cuestión. Es lo que Loring hubiera querido. Se acabaron los cabos sueltos. Se asomó y vio que su rival desaparecía tras un telón. Una puerta se abrió y se cerró.

Oyó pasos que subían por unas escaleras. Con la Sauer en mano se dirigió con cautela hacia la fuente del sonido.

———

Knoll oyó los débiles pasos sobre él. Fuera quien fuese, había subido las escaleras.

Lo siguió con la pistola preparada.

Paul y Rachel se encontraban dentro de un espacio cavernoso. Una señal vertical proclamaba en alemán «Marmoren Kammer» y la leyenda en inglés que había debajo lo traducía como «Salón de mármol». Las columnas de mármol, dispuestas regularmente alrededor de las cuatro paredes, se elevaban más de doce metros y estaban decoradas con pan de oro y colores como el melocotón pálido y el gris claro. El techo estaba decorado con magníficos frescos donde se veían representaciones de carros, leones y héroes, como Hércules. Una pintura arquitectónica tridimensional enmarcaba la habitación y creaba en las paredes una ilusión de profundidad. El motivo podría haber resultado interesante de no ser porque era bastante probable que los persiguiera un hombre con una pistola.

Avanzaron sobre las baldosas ajedrezadas con él a la cabeza. Cuando pisaron una rejilla de bronce notaron el aire caliente que entraba en el salón. Al otro lado los esperaba una puerta muy ornamentada. Por lo que Paul podía determinar, se trataba de la única salida.

La puerta por la que habían entrado se abrió de repente hacia dentro.

Paul abrió en ese mismo instante la puerta que tenía frente a él y se deslizaron hacia una terraza redondeada. Más allá de la gruesa balaustrada de piedra, la negrura se extendía sobre la confusión de Stod. El firmamento estaba cuajado de estrellas. Tras ellos, la fachada blanca y ámbar bien iluminada se alzaba sombría contra la noche. Leones y dragones de piedra miraban hacia abajo y parecían montar guardia. Sintieron una brisa gélida. La terraza, lo bastante ancha como para permitir el paso de diez hombres, se curvaba en forma de herradura y terminaba en otra puerta en el extremo opuesto.

Paul condujo a Rachel hasta llegar a ella.

Estaba cerrada con llave.

A su espalda, la puerta que acababan de atravesar comenzó a abrirse. Paul miró rápidamente a su alrededor y vio que no había ningún sitio adonde ir. Más allá de la barandilla solo los esperaba una caída de cientos de metros hasta el río.

Rachel parecía pensar lo mismo. Lo miró con lágrimas en los ojos.

¿Iban a morir?

46

Knoll abrió la puerta y vio que conducía a una terraza abierta exterior. Se quedó quieto. Danzer seguía acechando en algún lugar a su espalda. Pero quizá hubiera abandonado la abadía. No importaba. En cuanto identificara quién más había en la iglesia, se dirigiría directamente hacia el hotel de su rival. Si no la encontraba allí, ya la alcanzaría en otro sitio. Esta vez no iba a desaparecer.

Se asomó por el borde de la recia puerta de roble y escudriñó la terraza. Allí no había nadie. Salió y cerró la puerta, tras lo que cruzó el ancho lazo. A medio camino lanzó un vistazo rápido hacia un lado. Stod resplandecía a la izquierda y delante tenía el río, aunque a una larga caída de distancia. Llegó hasta la otra puerta y comprobó que estaba cerrada.

De repente, al otro lado del lazo, la puerta del Salón de Mármol se abrió de golpe y Danzer saltó a la noche. Él se arrojó tras la barandilla de piedra y sus gruesos soportes.

Dos disparos apagados lo buscaron.

Dos balas fallaron.

Devolvió el fuego.

Danzer realizó un disparo más. Las esquirlas de piedra lo cegaron momentáneamente. Se arrastró hacia la puerta más cercana. La cerradura de hierro estaba cubierta de óxido. Disparó dos veces contra el picaporte y el mecanismo cedió.

Abrió la puerta de un tirón y entró a toda velocidad.

Suzanne decidió que ya era suficiente. Había visto abrirse la puerta en el otro extremo de la herradura. No vio entrar a nadie, así que debía de ser

Knoll, arrastrándose. Los espacios se iban reduciendo y Knoll era demasiado peligroso como para seguir persiguiéndolo abiertamente. Ahora sabía que estaba en las plantas superiores de la abadía, de modo que lo más inteligente era deshacer sus pasos y bajar a la ciudad antes de que su rival tuviera la ocasión de encontrar el modo de salir. Suzanne tenía que salir de Alemania, preferiblemente en dirección al castillo Loukov y la seguridad de Ernst Loring. Su trabajo allí ya había concluido. Grumer estaba muerto y, como en el caso de Karol Borya, Knoll le había ahorrado el problema. El lugar de la excavación parecía seguro, de modo que lo que estaba haciendo ahora parecía una temeridad.

Se volvió y atravesó el Salón de Mármol a toda velocidad.

Rachel colgaba del frío soporte de piedra de la barandilla. Paul se balanceaba a su lado, aferrado desesperadamente a su propio soporte. Había sido idea de ella saltar por encima de la balaustrada y colgarse mientras su perseguidor recorriera la herradura. Bajo sus botas, Rachel no veía más que una catarata de negrura. Un fuerte viento los sacudía y su agarre se debilitaba por momentos.

Oyeron horrorizados cómo las balas rebotaban en la terraza y se perdían en la noche gélida, y rezaron para que quien fuera que los estuviera siguiendo no mirara hacia un lado. Paul había conseguido echar un vistazo cuando alguien abrió la puerta más cercana a balazos y entró a rastras. «Knoll», había vocalizado. Pero durante el último minuto no había habido más que silencio. No se oía nada extraño.

A Rachel le dolían los brazos.

—No podré aguantar mucho más —susurró.

Paul se arriesgó a echar otro vistazo.

—No hay nadie. Sube.

Paul apoyó la pierna derecha y se alzó sobre la barandilla. Después se asomó y la ayudó a subir. Una vez en terreno firme, ambos se apoyaron en la piedra fría y contemplaron el río.

—No me puedo creer que hayamos hecho eso —dijo ella.

—Tengo que estar loco para encontrarme metido en esto.

—Creo recordar que fuiste tú quien me arrastró aquí arriba.

—No me lo recuerdes.

Paul abrió un poco la puerta medio cerrada y ella lo siguió al interior. La estancia era una elegante biblioteca cubierta desde el suelo hasta el techo con estanterías talladas de nogal reluciente. Todo era dorado, al estilo barroco. Atravesaron una reja de hierro y recorrieron rápidamente el suelo de tarima. Había un enorme globo de madera a cada lado, situados en sendos espacios entre estanterías. El aire cálido olía a cuero añejo. Un rectángulo de luz amarilla se extendía desde un umbral al otro lado de la biblioteca. Más allá se alcanzaba a ver el final de otra escalera.

Paul señaló hacia delante.

—Por ahí.

—Knoll ha entrado aquí —le recordó ella.

—Ya lo sé. Pero después de ese tiroteo debe de haberse largado.

Rachel siguió a Paul hacia la salida de la biblioteca y descendieron la escalera. El pasillo oscuro que los esperaba abajo doblaba inmediatamente hacia la derecha. Ella esperaba que en algún lugar hubiera una puerta que condujera hacia el patio interior. Vio cómo Paul llegaba abajo y se volvía, y entonces una sombra surgió como el rayo de la oscuridad y Paul cayó al suelo.

Una mano enguantada le rodeó a ella la garganta.

Fue levantada desde el último escalón y aplastada contra la pared. Se le nubló la visión y cuando logró enfocarla de nuevo contempló directamente los ojos salvajes de Christian Knoll, que le había puesto la hoja del cuchillo en el cuello.

—¿Es ese su ex marido? —Sus palabras eran un susurro gutural, su aliento cálido—. ¿Ha venido a rescatarla?

Rachel se arriesgó a mirar a Paul, que yacía sobre el suelo de piedra. Estaba inmóvil. Volvió a mirar a Knoll.

—Quizá le cueste creerlo, pero no tengo queja alguna respecto a usted, *Frau* Cutler. Matarla sería sin duda lo más eficiente, pero no tiene por qué ser lo más astuto. Primero la muerte de su padre y después la suya. Y en tan breve plazo. No. Por mucho que me gustara librarme de una molestia, no puedo matarla. Así que, por favor..., márchese a casa.

—Usted mató... a mi padre.

—Su padre comprendía los riesgos que asumió en la vida. Incluso parecía disfrutar de ellos. Debería haber seguido usted el consejo que le dio. Estoy bastante familiarizado con la historia de Faetón. Un relato fascinante acerca del comportamiento impulsivo. La desesperanza de la generación mayor al tratar de educar a la más joven. ¿Qué le dijo el dios del Sol a Faetón? «Mírame a la cara si puedes, mira en mi corazón y allí verás la sangre y la pasión ansiosas de un padre.» Escuche el consejo, *Frau* Cutler. Puedo cambiar fácilmente de idea. ¿Quiere acaso que esos preciosos hijos suyos lloren lágrimas de ámbar si un rayo acaba con usted?

De repente, Rachel visualizó a su padre en el ataúd. Lo había enterrado con su chaqueta de *tweed,* la misma con la que había acudido ante el tribunal el día en que ella le concedió el cambio de nombre. Nunca se había creído la simple caída por las escaleras. Y ahora su asesino estaba allí, apretado contra ella. Se sacudió e intentó asestarle un rodillazo en la entrepierna, pero la mano que le rodeaba el cuello se apretó y el cuchillo perforó la piel.

Rachel se paralizó e inspiró entre dientes.

—Mal, mal, *Frau* Cutler. Nada de eso.

Knoll liberó la mano de la garganta, pero mantuvo la hoja firme bajo el mentón. Con la palma le recorrió el cuerpo, hasta la entrepierna, de donde la agarró con fuerza.

—Sé que me encuentra misterioso. —La mano ascendió y le masajeó los pechos a través del jersey—. Es una pena que no disponga de más tiempo.

De repente, le pellizcó con fuerza el pecho derecho y lo retorció.

El dolor obligó a Rachel a envararse.

—Siga mi consejo, *Frau* Cutler. Vuelva a casa. Tenga una vida feliz. Críe a sus hijos. —Señaló con la cabeza a Paul—. Satisfaga a su ex marido y olvídese de todo esto. No es de su incumbencia.

—Usted... mató... a mi padre... —logró repetir a pesar del dolor.

La mano derecha de Knoll le soltó el pecho y voló hacia el cuello.

—La próxima vez que nos veamos le rajaré la garganta. ¿Me entiende?

Ella no respondió. La punta del cuchillo profundizó un poco más. Rachel quería gritar, pero era incapaz.

—¿Me entiende? —repitió Knoll lentamente.

—Sí —logró pronunciar.

Knoll retiró el cuchillo y la sangre comenzó a manar de la herida en el cuello. Rachel se quedó rígida, apoyada contra la pared. Estaba preocupada por Paul, que todavía no se había movido.

—Haga lo que le he dicho, *Frau* Cutler.

Knoll se volvió para marcharse.

Rachel saltó a por él.

La mano derecha del asesino trazó un arco y el mango del cuchillo la golpeó con fuerza debajo de la sien derecha. Rachel no podía ver más que un destello blanco y el pasillo comenzó a dar vueltas. La bilis estalló en su garganta. Entonces vio a Marla y a Brent que corrían hacia ella con los brazos abiertos. Movían la boca, pero la negrura que se apoderó de ella tornó las palabras inaudibles.

Cuarta parte

Suzanne corrió rampa abajo de vuelta a Stod. Por el camino pasó junto a paseantes nocturnos a los que no prestó atención. Su única preocupación en ese momento era regresar al Gebler, recoger sus pertenencias y desaparecer. Necesitaba la seguridad de la frontera checoslovaca y el castillo Loukov, al menos hasta que Loring y Fellner pudieran resolver aquel asunto entre ellos.

La repentina aparición de Knoll había vuelto a sorprenderla con la guardia baja. Ese hijo de puta tenía determinación, había que reconocérselo. Decidió no subestimarlo una tercera vez. Si Knoll estaba en Stod era mejor salir del país.

Llegó hasta la calle al final de la rampa y corrió hacia el hotel.

Gracias a Dios que había empaquetado antes sus cosas. Todo estaba listo para marcharse, ya que su plan había sido salir de allí una vez que se hubiera encargado de Alfred Grumer. En su camino había menos farolas encendidas que a la ida, aunque la entrada del Gebler sí estaba bien iluminada. Entró en el vestíbulo. El recepcionista de noche que había detrás del mostrador estaba tecleando algo en el ordenador y no llegó a levantar la mirada. Una vez arriba, se echó la bolsa de viaje al hombro y dejó algunos euros sobre la cama. Más que suficiente para cubrir la factura. No había tiempo para salidas formales.

Se detuvo un momento para recobrar el aliento. Quizá Knoll no supiera dónde se alojaba. Stod era una ciudad grande, con muchísimos albergues y hoteles. No, decidió. Lo sabría y lo más probable es que en ese mismo momento se dirigiera hacia allí. Pensó en la terraza de la abadía. Knoll buscaba a quien fuera que estuviera también en la iglesia y esa otra presencia también le preocupaba a ella. Pero no era ella la que le había clavado un puñal a Grumer en el pecho. Cualquier posible testigo sería más un problema para Knoll que para ella.

Sacó de la bolsa de viaje un cargador relleno para la Sauer y lo encajó en el arma, que después guardó en el bolsillo. Una vez abajo, recorrió rápidamente el vestíbulo y salió por la puerta principal. Miró a derecha e izquierda. Knoll se encontraba a unos cien metros y avanzaba directamente en su dirección. Cuando la divisó, empezó a correr. Ella salió disparada por una callejuela desierta y dobló una esquina. Siguió corriendo y dobló dos esquinas más. Quizá lograra perder a Knoll en aquel laberinto de edificios venerables de aspecto similar.

Se detuvo. Respiraba con dificultad.

Le llegó el eco de unos pasos.

Se acercaban.

En su dirección.

El aliento de Knoll se condensaba en el aire seco. Su llegada parecía cronometrada. Unos instantes más y le pondría las manos encima a aquella perra.

Dobló una esquina y se detuvo.

Solo silencio.

Interesante.

Aferró la cz y avanzó con cautela. El día anterior había estudiado aquella parte de la ciudad vieja en un plano obtenido en la oficina de turismo. Los edificios formaban manzanas interrumpidas por angostas calles adoquinadas y callejuelas aún más estrechas. Por todas partes se veían tejados de gran inclinación, ventanas abuhardilladas y arcadas adornadas con criaturas mitológicas. No era difícil perderse en aquella madriguera en la que todas las calles parecían iguales. Pero él sabía exactamente dónde estaba estacionado el Porsche de Danzer. Lo había encontrado el día anterior, en una misión de reconocimiento, pues sabía que tendría cerca un medio rápido de transporte.

Así que se dirigió en esa dirección, la misma hacia la que se habían encaminado desde el principio los pasos.

Se detuvo en seco.

De nuevo, solo silencio.

Ya no se oía el sonido de las suelas sobre los adoquines.

Avanzó con sumo cuidado y se asomó por una esquina. La calle era una línea recta y el único fulgor que rompía la oscuridad se encontraba en su extremo más alejado. A medio camino se veía una intersección. La calle de la derecha se extendía unos treinta metros y moría en lo que parecía la parte trasera de un establecimiento comercial. Justo a la derecha se encontraba un pequeño contenedor negro de basura y a la izquierda un BMW estacionado. Se trataba más de una callejuela que de una calle. Se acercó hasta allí y comprobó el coche. Cerrado. Levantó la tapa del contenedor. Vacío, excepto por algunos periódicos y bolsas de basura que olían a pescado podrido. Lo intentó con los picaportes del edificio. Cerrados.

Regresó a la calle principal con la pistola en la mano y viró hacia la derecha.

Suzanne esperó cinco minutos completos antes de salir arrastrándose de debajo del BMW. Se había podido esconder allí gracias a su pequeño tamaño. Sin embargo, por si acaso, había tenido la pistola de nueve milímetros en la mano. Knoll no había mirado debajo, al parecer satisfecho con que las puertas del coche estuvieran cerradas y la callejuela vacía.

Recuperó la bolsa de viaje del contenedor, donde la había escondido debajo de algunos periódicos. Un penetrante olor a pescado acompañó a la bolsa de cuero. Se guardó la Sauer y decidió usar otro camino para llegar a su coche. Quizá incluso tuviera que dejar aquel maldito trasto y alquilar otro por la mañana. Siempre podía regresar más tarde y recuperar el Porsche cuando todo se hubiera tranquilizado. El trabajo de un adquisidor era hacer lo que su empleador deseaba. Aunque Loring le había dicho que se encargara del asunto a su discreción, la situación con Knoll y el riesgo de llamar la atención estaban saliéndose de madre. Además, matar a su oponente se estaba demostrando mucho más difícil de lo que en un principio había imaginado.

Se detuvo en la callejuela, antes de llegar a la intersección, y escuchó durante algunos segundos.

No oyó paso alguno.

Se asomó y, en vez de volver a la derecha, como Knoll, tomó la izquierda.

Desde un umbral a oscuras surgió un puño que le golpeó en la frente. Su cabeza salió disparada hacia atrás antes de rebotar. El dolor la paralizó momentáneamente y una mano se cerró alrededor de su garganta. La levantaron del suelo antes de estamparla contra una pared húmeda de piedra. Una enfermiza sonrisa dominaba el rostro nórdico de Christian Knoll.

—¿De verdad me crees tan imbécil? —dijo Knoll a unos centímetros de su cara.

—Vamos, Christian. ¿No podemos resolver esto? Mantengo lo que te dije en la abadía. Volvamos a tu habitación. ¿Te acuerdas de Francia? Fue bastante divertido.

—¿Qué es tan importante como para que tengas que matarme? —Cerró aún más su presa.

—Si te lo digo, ¿me dejarás marchar?

—No estoy de humor, Suzanne. Tengo órdenes de hacer lo que me plazca y creo que sabes lo que me place.

Tengo que conseguir tiempo, pensó ella.

—¿Quién estaba en la iglesia?

—Los Cutler. Parece que siguen muy interesados. ¿Me haces el favor de iluminarme al respecto?

—¿Y yo qué sé lo que quieren?

—Creo que sabes mucho más de lo que estás dispuesta a admitir. —Apretó aún más.

—Vale, vale, Christian. Se trata de la Habitación de Ámbar.

—¿Qué pasa con ella?

—En esa cámara es donde Hitler la escondió. Tenía que asegurarme de ello, por eso estoy aquí.

—¿Asegurarte de qué?

—Ya conoces el interés de Loring. La está buscando, igual que Fellner. Disponemos de información que vosotros desconocéis.

—¿Como cuál?

—Sabes que no puedo decírtelo. Esto no es justo.

—¿Lo justo es volarme por los aires? ¿Qué está pasando, Suzanne? Esta no es una misión ordinaria.

—Te propongo un trato. Volvamos a tu habitación. Hablaremos después. Te lo prometo.

—Ahora mismo no me siento muy amoroso.

Pero las palabras tuvieron el efecto deseado. La mano alrededor de su garganta se relajó lo suficiente como para que Suzanne pudiera darse la vuelta y, al alejarse de la pared, propinarle un fuerte rodillazo en la entrepierna.

Knoll se desplomó por el dolor.

Ella volvió a patearlo entre las piernas, clavándole el tacón de la bota en las manos, con las que trataba de protegerse. Su adversario cayó al empedrado y Suzanne aprovechó para escapar corriendo.

Una agonía cegadora castigaba la entrepierna de Knoll. Las lágrimas se le agolpaban en los ojos. Aquella puta había vuelto a hacerlo. Era rápida como una gata. Se había relajado solo un segundo para reafirmar su presa. Pero no había necesitado más para golpear.

Mierda.

Levantó la vista y vio a Danzer desaparecer calle abajo. El dolor era terrible. Le costaba respirar, pero probablemente pudiera dispararle una vez. Buscó la pistola en el bolsillo, pero se detuvo.

No hacía falta.

Al día siguiente se ocuparía de ella.

48
MIÉRCOLES, 21 DE MAYO, 1:30

Rachel abrió los ojos. La cabeza le palpitaba por el dolor. Tenía el estómago revuelto, como si se hubiera mareado a bordo de un barco. Su jersey olía a vómito. Le dolía la barbilla. Trazó con cuidado el rastro de sangre y recordó el pinchazo del cuchillo.

Sobre ella había un hombre vestido con la casulla parda de un monje. Su rostro era viejo y arrugado, y la miraba atentamente a través de unos ojos acuosos. Ella estaba apoyada contra la pared, en el pasillo en el que Knoll la había atacado.

—¿Qué ha sucedido? —preguntó al hombre.

—Díganoslo usted —dijo Wayland McKoy.

Rachel miró más allá del monje y trató de enfocar la mirada.

—No puedo verlo, McKoy.

El hombretón se acercó.

—¿Dónde está Paul?

—Aquí está; sigue fuera de combate. Le han dado un golpe muy feo en la cabeza. ¿Está usted bien?

—Sí. Pero tengo un dolor de cabeza espantoso.

—No me extraña. Los monjes oyeron algunos disparos en la iglesia. Encontraron a Grumer y después a ustedes dos. Las llaves de su habitación los llevaron al Garni y yo vine corriendo.

—Necesitamos un médico.

—Este monje es médico. Dice que su cabeza está bien. No hay brecha.

—¿Qué hay de Grumer? —preguntó.

—Le estará dando el coñazo al diablo, probablemente.

—Fueron Knoll y la mujer. Grumer vino aquí para verse de nuevo con ella y Knoll lo mató.

—Ese hijo de puta tiene lo que se merecía. ¿Hay algún motivo por el que no me invitaran ustedes?

Rachel se masajeó la cabeza.

—Tiene suerte de que no lo hiciéramos.

Paul gimió a unos metros de distancia. Ella se arrastró por el suelo de piedra. El estómago empezó a calmársele.

—Paul, ¿estás bien?

Paul se estaba frotando el lado izquierdo de la cabeza.

—¿Qué ha sucedido?

—Knoll nos estaba esperando.

Rachel se acercó a él y le examinó la cabeza.

—¿Cómo se ha hecho ese corte? —pregunto McKoy a Rachel.

—No es importante.

—Mire, señora, tengo arriba un alemán muerto y a la policía haciéndome mil preguntas. Ustedes dos aparecen desparramados por el suelo y va y me dice que no es importante. ¿Qué cojones está pasando aquí?

—Tenemos que llamar al inspector Pannik —dijo Paul.

—Estoy de acuerdo.

—Ejem, disculpen. Hola, ¿se acuerdan de mí? —dijo McKoy.

El monje ofreció a Rachel un paño húmedo. Ella lo colocó en la sien de Paul. La tela se empapó de sangre.

—Creo que te ha hecho un corte.

Paul llevó una mano al mentón de ella.

—¿Qué te ha pasado?

Decidió ser sincera.

—Una advertencia. Knoll me dijo que nos volviéramos a casa y nos olvidáramos de todo esto.

McKoy se inclinó sobre ellos.

—¿Olvidarse de qué?

—No lo sabemos —respondió ella—. Lo único que tenemos claro es que esa mujer mató a Chapaev y que Knoll mató a mi padre.

—¿Cómo sabe eso?

Le contó lo que había sucedido.

—No pude oír todo lo que Grumer y la mujer hablaron en la iglesia —explicó Paul—. Solo algunas cosas sueltas. Pero un comentario, creo que de Grumer, mencionaba la Habitación de Ámbar.

McKoy negó con la cabeza.

—Nunca soñé siquiera con que las cosas llegaran tan lejos. ¿Pero qué coño he hecho?

—¿A qué se refiere con «hecho»? —preguntó Paul.

McKoy permaneció en silencio.

—Responda —demandó Rachel.

Pero McKoy no soltó prenda.

McKoy se encontraba en la cámara subterránea. Su mente era un torbellino de aprensión. Miró los tres transportes oxidados. Volvió lentamente la cabeza hacia la antigua pared de piedra, en busca de un mensaje. Un viejo cliché, «si las paredes pudieran hablar», no dejaba de darle vueltas por la cabeza. ¿Podían aquellos muros contarle más de lo que ya sabía? ¿O más de lo que ya sospechaba? ¿Le explicarían por qué los alemanes habían introducido tres valiosos camiones en las profundidades de una montaña, para después dinamitar la única salida? ¿O no habían sido los alemanes los que habían sellado la cámara? ¿Podrían describir cómo un industrial checo había alcanzado la caverna años después, había robado su contenido y después había volado la entrada para sellarla? O quizá no supieran nada de nada. Silenciosas como las voces que a lo largo de los años habían tratado de abrir un camino, solo para encontrar la senda que conducía a la muerte.

Oyó pasos que se acercaban a su espalda desde la apertura de la galería exterior. La otra salida de la cámara seguía sellada por rocas y escombros y sus hombres aún no habían comenzado a excavar. No lo harían, como pronto, hasta el día siguiente. Consultó el reloj y vio que eran casi las once de la mañana. Se volvió para ver a Paul y Rachel Cutler aparecer de entre las sombras.

—No los esperaba tan pronto. ¿Qué tal esas cabezas?

—Queremos respuestas, McKoy. Basta de largas —respondió Paul—. Estamos en esto nos guste o no, o le guste a usted o no. Ayer estuvo preguntándose qué había hecho. ¿A qué se refería?

—Así que no piensan seguir el consejo de Knoll y regresar a casa.

—¿Deberíamos? —preguntó Rachel.

—Dígamelo usted, jueza.

—Deje de dar vueltas —terció Paul—. ¿Qué está sucediendo?

—Vengan aquí. —Cruzaron la cámara y se dirigieron hacia uno de los esqueletos embebidos en la arena—. No queda mucho de las ropas de estos tipos, pero por los restos los uniformes parecen de la Segunda Guerra Mundial. No hay duda de que el patrón de camuflaje es el de los marines estadounidenses. —Se agachó y señaló—. Esta vaina es la de una bayoneta M4, la empleada por la infantería de los Estados Unidos durante la guerra. No estoy seguro, pero creo que la cartuchera es francesa. Los alemanes no vestían uniformes americanos ni usaban equipo francés. Sin embargo, después de la guerra toda clase de fuerzas militares y paramilitares comenzaron a tirar de material estadounidense. La Legión Extranjera francesa. El ejército nacional griego. La infantería holandesa. —Señaló al otro lado de la cámara—. Uno de los esqueletos de ahí viste pantalones y botas sin bolsillos. Los *soviets* húngaros vestían así después de la guerra. La ropa. Los camiones vacíos. Y la cartera que encontró usted es el remache.

—¿Qué remache? —preguntó Paul.

—Este lugar fue robado.

—¿Cómo puede saber lo que llevaban estos hombres? —preguntó Rachel.

—Contrariamente a lo que puedan pensar, no soy un palurdo retrasado de Carolina del Norte. Soy un apasionado de la historia militar, que también es parte de mi preparación para estas excavaciones. Sé que tengo razón. Lo presentí el lunes. Esta cámara fue expoliada después de la guerra. No hay duda alguna. Estos pobres hombres eran ex militares, militares en activo o trabajadores vestidos con excedentes del ejército. Los abatieron una vez terminado el trabajo.

—Entonces, ¿todo lo que hizo con Grumer era teatro? —preguntó Rachel.

—Coño, no. Yo quería que esto estuviera lleno de obras, pero después de aquel primer vistazo el lunes, supe que teníamos un escenario expoliado. Simplemente no comprendí hasta ahora hasta qué punto había sido expoliado.

Paul señaló la arena.

—Ese es el cadáver de las letras. —Se inclinó y volvió a trazar la «O», la «I» y la «C» en la arena, separando las letras en la medida que lo recordaba—. Era más o menos así.

McKoy sacó las fotografías de Grumer del bolsillo.

Paul añadió entonces tres letras más («L», «R» y «N») entre los espacios y cambió la «C» por una «G». La palabra se convirtió en «LORING».

—Qué hijo de puta —dijo McKoy mientras comparaba la fotografía con el suelo—. Creo que tiene usted razón, Cutler.

—¿Qué te hizo pensar en eso? —le preguntó Rachel.

—No se veía bien. Podría ser una «G» inconclusa. En cualquier caso, el nombre encaja. Tu padre llegaba a nombrarlo en una de sus cartas. —Paul sacó del bolsillo una hoja doblada—. La volví a leer hace poco.

McKoy estudió el párrafo manuscrito. Hacia la mitad, su atención se centró en el nombre de Loring.

Yancy me telefoneó la noche anterior al accidente. Había logrado localizar al viejo que tú mencionabas y cuyo hermano trabajaba en la hacienda Loring. Tenías razón. Nunca debería haberle pedido a Yancy que siguiera indagando mientras estaba en Italia.

McKoy lo miró a los ojos.

—¿Cree que sus padres eran el blanco de esa bomba?

—Ya no sé qué pensar. —Paul señaló la arena—. Anoche, Grumer habló sobre Loring. Karol habló sobre él. Puede que incluso este pobre hombre estuviera hablando de él. Lo único que sé es que Knoll mató al padre de Rachel y que la mujer mató a Chapaev.

—Déjenme enseñarles algo —dijo McKoy. Los condujo hasta un mapa que había extendido cerca de uno de los tubos fluorescentes—. Esta mañana he realizado algunas lecturas con la brújula. La galería sellada se dirige hacia el nordeste. —Se inclinó y señaló—. Este es un mapa de la zona de 1943. Antes había una carretera pavimentada que corría paralela a la base de la montaña, en dirección nordeste.

Paul y Rachel se acuclillaron junto al mapa.

—Yo apostaría a que esos camiones llegaron aquí a través de la otra entrada sellada, por medio de esa carretera. Habrían necesitado una superficie compactada. Son demasiado pesados para el barro y la arena.

—¿Cree lo que Grumer dijo anoche? —preguntó Rachel.

—¿Que la Habitación de Ámbar estuvo aquí? No me cabe la menor duda.

—¿Cómo puede estar tan seguro? —preguntó Paul.

—Mi hipótesis es que esta cámara no fue sellada por los nazis, sino por quien la saqueó después de la guerra. Los alemanes hubieran querido recuperar los paneles de ámbar pasado un tiempo. No tiene sentido cerrar las entradas a base de explosivos. Pero el tipo que vino aquí en los años cincuenta... Ese hijo de puta no querría que nadie supiera lo que había encontrado. De modo que asesinó a sus ayudantes y derrumbó la galería. El que nosotros encontráramos esto fue algo fortuito, gracias al radar de tierra. El que lográramos llegar, lo mismo.

Rachel pareció comprender.

—Menuda potra.

—Es probable que los alemanes y el saqueador ni siquiera supieran que otra galería pasaba tan cerca de la cámara. Como ha dicho usted, no fue más que chiripa por nuestra parte, mientras buscábamos vagones de tren llenos de obras de arte.

—¿Llegaban vías férreas a estas montañas? —preguntó Paul.

—Ya le digo. Así metían y sacaban municiones.

Rachel se enderezó y miró los camiones.

—Entonces, ¿podría ser este el lugar que mi padre decía querer visitar?

—Bien podría serlo —respondió McKoy.

—Volvamos a la pregunta original, McKoy. ¿A qué se refería con eso de «lo que he hecho»? —insistió Paul.

McKoy se incorporó.

—La verdad es que no tengo ni puta idea de quiénes son, pero por algún motivo confío en ustedes. Volvamos a la caseta y les hablaré de ello.

Paul observó el sol del mediodía, que proyectaba un matiz polvoriento a través de las sucias ventanas de la caseta.

—¿Cuánto saben acerca de Hermann Göring? —preguntó McKoy.

—Lo que echan en el canal de Historia —respondió Paul.

McKoy sonrió.

—Era el nazi número dos. Pero Hitler ordenó finalmente su arresto en abril de 1945, gracias a Martin Bormann. Él convenció al Führer de que Göring pretendía organizar un golpe para hacerse con el poder. Bormann y Göring nunca se llevaron bien. De modo que Hitler lo tildó de traidor, lo despojó de sus títulos y lo arrestó. Los americanos lo encontraron justo al fin de la guerra, cuando se hicieron con el control del sur de Alemania.

»Mientras estuvo preso, a la espera de los juicios por crímenes de guerra, fue sometido a numerosos interrogatorios. Las conversaciones fueron reunidas en lo que llegó a conocerse como los Informes Compilados de Interrogatorios, que durante años se consideraron documentos secretos.

—¿Por qué? —quiso saber Rachel—. Tienen más pinta de ser un documento histórico que uno secreto. La guerra ya había terminado.

McKoy les explicó que existían dos buenas razones para que los Aliados suprimieran los informes. La primera fue la avalancha de peticiones de restitución de obras de arte que se produjo tras el fin de la guerra. Muchas eran dudosas o directamente falsas. Ningún gobierno disponía ni del tiempo ni del dinero para investigar a fondo y procesar los cientos de miles de reclamaciones. Los ICI no hubieran hecho más que amplificar dichas demandas. La segunda razón era más pragmática. Se asumió de forma general que todo el mundo, exceptuados unos pocos corruptos, se habían resistido noblemente al terror nazi. Pero los ICI revelaban cómo muchos tratantes de arte franceses, holandeses y belgas se habían beneficiado de los invasores suministrando obras para el proyecto *Sonderauftrag Linz*, el Museo de Arte Mundial de Hitler. La supresión de los informes evitaba los problemas que este hecho hubiera causado a muchos.

»Göring trató de lograr la primera opción sobre el botín de guerra antes de que los ladrones de Hitler llegaran a cualquier país conquistado. Hitler quería purgar el mundo de lo que consideraba arte decadente: Picasso, Van Gogh, Matisse, Nolde, Gauguin y Grosz. Göring reconocía un valor en estas obras maestras.

—¿Qué tiene todo esto que ver con la Habitación de Ámbar?—preguntó Paul.

—La primera esposa de Göring fue una condesa sueca, Karin von Kantzow. Esta visitó el Palacio de Catalina en Leningrado, antes de la guerra, y le encantó la Habitación de Ámbar. Cuando murió en 1931, Göring la enterró en Suecia, pero los comunistas profanaron la tumba. De modo que construyó al norte de Berlín un lugar llamado Karinhall y allí, en un inmenso mausoleo, depositó su cuerpo. Se trataba de un lugar estrafalario y vulgar, más de cuarenta mil hectáreas que se extendían hacia el norte hasta el Mar Báltico y al este hasta Polonia. Göring quería duplicar la Habitación de Ámbar en su memoria, de modo que construyó una cámara de exactamente diez por diez metros, preparada para recibir los paneles.

—¿Cómo ha sabido eso?—preguntó Rachel.

—Los ICI contenían entrevistas con Alfred Rosenberg, cabecilla del ERR, el departamento creado por Hitler para supervisar el saqueo de Europa. Rosenberg habló repetidamente de la obsesión de Göring respecto a la Habitación de Ámbar.

McKoy describió entonces la feroz competencia entre Göring y Hitler por obtener obras de arte. El gusto del Führer reflejaba la filosofía nazi: cuanto más al este se encontraba el punto de origen de una obra, menos valía.

—Hitler no tenía interés alguno en el arte ruso. Consideraba que toda esa nación estaba formada por subhumanos. Pero no consideraba rusa la Habitación de Ámbar. Federico Guillermo I, rey de Prusia, le había dado el ámbar a Pedro el Grande. Por tanto, la reliquia era alemana y su regreso a suelo alemán fue considerado un asunto de importancia cultural.

»El propio Hitler ordenó la evacuación de los paneles desde Königsberg en 1945. Pero Erich Koch, el gobernador provincial prusiano, era leal a Göring. Y aquí está el meollo. Josef Loring y Koch estaban conectados. Koch necesitaba desesperadamente material bruto y fábricas eficientes para cumplir con las cuotas que Berlín imponía a todos los gobernadores provinciales. Loring trabajó con los nazis abriendo minas familiares, fundiciones y fábricas para el esfuerzo de guerra alemán. Para mejorar su apuesta, sin embargo, también trabajó con el espionaje soviético. Esto podría explicar por qué le resultó tan sencillo prosperar bajo el gobierno soviético que se impuso en Checoslovaquia tras la guerra.

—¿Cómo ha descubierto todo eso? —preguntó Paul.

McKoy se dirigió hacia un maletín de cuero que se encontraba ladeado sobre una mesa de trabajo. Sacó de él unas páginas grapadas y se las entregó.

—Vaya a la cuarta página. He marcado los párrafos. Léalos.

Paul hojeó hasta encontrar los fragmentos señalados.

Entrevistas con varios contemporáneos de Koch y Josef Loring confirman que los dos se reunieron a menudo. Loring fue un importante contribuyente financiero de Koch y mantenía al gobernador alemán con un nivel de vida suntuoso. ¿Condujo esta relación a alguna información acerca de la Habitación de Ámbar, o incluso acerca de su obtención real? La respuesta es complicada. Si Loring poseía información acerca de los paneles, o los paneles mismos, parece que los soviéticos no sabían nada.

Muy poco después del fin de la guerra, en mayo de 1945, el Gobierno soviético organizó la búsqueda de los paneles de ámbar. Alfred Rohde, director de las colecciones de arte de Königsberg para Hitler, se convirtió en su primera fuente de información. Rohde sentía un gusto apasionado por el ámbar y dijo a los investigadores soviéticos que los cajones con los paneles seguían en el palacio de Königsberg cuando él abandonó el edificio el 5 de abril de 1945. Rohde mostró a los investigadores la sala quemada en la que según él habían estado almacenados los cajones. Aún quedaban allí restos de madera dorada y bisagras de cobre (piezas de las que se creía que formaban parte de las puertas originales de la Habitación de Ámbar). La conclusión de la destrucción se hacía inevitable y se consideró aquel asunto cerrado. Entonces, en marzo de 1946, Anatoly Kuchumov, encargado de los palacios en Pushkin, visitó Königsberg. Allí, entre las mismas ruinas, encontró restos hechos pedazos de los mosaicos florentinos pertenecientes a la Habitación de Ámbar.

Kuchumov tenía la firme creencia de que, mientras que algunas partes de la habitación habían ardido, la cámara en sí se había salvado. Ordenó una nueva búsqueda.

Para entonces Rohde ya había muerto. Él y su esposa murieron el mismo día en que recibieron la orden de presentarse para una nueva ronda de interrogatorios soviéticos. Resulta interesante el hecho de que el médico que firmó el certificado de muerte de Rohde desapareció aquel mismo día. Llegados a ese punto, el ministerio soviético de Seguridad Estatal tomó las riendas de la investigación junto con la Comisión Estatal Extraordinaria, que prosiguió su búsqueda hasta casi 1960.

Pocos son los que aceptan la conclusión de que los paneles de ámbar se perdieron en Königsberg. Muchos expertos se cuestionan la veracidad de que los mosaicos hubieran sido destruidos. Los alemanes sabían ser muy astutos cuando era necesario y, dadas las personalidades y el precio que había en juego, todo es posible. Además, dados los intensos esfuerzos de Josef Loring durante la posguerra en la ciudad en la región de Harz, su pasión por el ámbar y los recursos y fondos ilimitados a su disposición, quizá sí encontrara el ámbar. Las entrevistas con los herederos de habitantes locales indican que Loring visitó a menudo la región de Harz a la busca de minas, siempre con el conocimiento y aquiescencia del Gobierno soviético. Un hombre llegó a afirmar que Loring trabajaba con la hipótesis de que los paneles hubieran sido llevados hacia el oeste, hacia el interior de Alemania, una vez sacados en camiones de Königsberg, y que su destino último era el sur, las minas austríacas o los Alpes, pero que los camiones fueron desviados por la cercanía de los ejércitos soviético y americano. Las mejores estimaciones consideran que participaron tres camiones. Sin embargo, no ha podido confirmarse nada.

Josef Loring murió en 1967. Su hijo, Ernst, heredó la fortuna familiar. Ninguno de los dos ha hablado públicamente jamás acerca de la Habitación de Ámbar.

—¿Lo sabía? —dijo Paul—. ¿Todo lo sucedido el lunes y ayer fue una actuación? ¿Desde el principio buscaba la Habitación de Ámbar?

—¿Por qué creen que les dejé quedarse? Dos extraños que aparecen de la nada... ¿Se creen que hubiera perdido dos segundos con ustedes si lo primero que salió de sus labios no hubiera sido «estamos buscando la Habitación de Ámbar» y «quién es Josef Loring»?

—Que le den por culo, McKoy —dijo Paul, sorprendido por su propio lenguaje. No recordaba haber dicho nada así, o en tal profusión como en aquellos últimos días. Al parecer, ese palurdo de Carolina el Norte podía con él.

—¿Quién ha escrito esto? —preguntó Rachel, señalando el papel.

—Rafal Dolinski, un periodista polaco. Trabajó mucho siguiendo la pista de la Habitación de Ámbar. En mi opinión, llegó a obsesionarse con el asunto. Cuando estuve aquí hace tres años vino a hablar conmigo. Fue él quien me metió el ámbar en la cabeza. Se había documentado mucho y estaba escribiendo un artículo para no sé qué revista europea. Esperaba poder conseguir una entrevista con Loring para atraer la atención de un editor. Envió a Loring una copia de todo esto, junto con una solicitud para hablar con él. El checo ni siquiera respondió, pero un mes después Dolinski apareció muerto. —McKoy miró directamente a Rachel—. Saltó por los aires en una mina cerca de Warthberg.

—Joder, McKoy —dijo Paul—. Sabía todo esto y no nos dijo nada. Y ahora Grumer está muerto.

—A Grumer que le den. Era un hijo de puta codicioso y embustero. Él solo se mató al venderse. Ese no es mi problema. No le conté nada de todo esto a propósito. Pero algo me decía que esta era la cámara correcta. Desde las lecturas del radar. Podía tratarse de un vagón, pero de no ser así, bien podrían ser los tres camiones con la Habitación de Ámbar dentro. Cuando vi aquellos malditos trastos el lunes, esperando en la oscuridad, creí que me había tocado el premio gordo.

—Así que engañó a los inversores para tener la oportunidad de descubrir si era verdad —dijo Paul.

—Supuse que, fuera lo que fuera, ellos ganaban. O cuadros o ámbar. ¿Qué más les da a ellos?

—Es un actor estupendo —dijo Rachel—. A mí me engañó.

—Mi reacción al ver los camiones vacíos no fue ninguna actuación. Esperaba que mi apuesta se viera recompensada y que a los inversores no les importara un pequeño cambio en el botín. Rezaba para que Dolinski estuviera equivocado y que Loring, o algún otro, no los hubiera llegado a encontrar. Pero cuando vi la otra entrada sellada y las cajas vacías supe que estaba de mierda hasta el cuello.

—Y sigue con la mierda hasta el cuello —le recordó Paul.

McKoy sacudió la cabeza.

—Piense en ello, Cutler. Aquí está pasando algo. Este no es un agujero seco. Esa cámara de ahí no debía ser descubierta. Nosotros nos topamos con ellas, gracias a la bendita tecnología moderna. Y ahora, de repente, aparece alguien enormemente interesado en lo que estamos haciendo y que tanto Karol Borya como Chapaev conocían. Lo bastante interesado como para matarlos. Quizá lo bastante como para matar a sus padres.

Paul perforó a McKoy con la mirada.

—Dolinski me habló de que eran muchos los buscadores del ámbar que habían terminado muertos. Es algo que sucede desde después de la guerra. Algo escalofriante. Pues él bien podría haberse unido a la lista.

Paul no discutió aquel punto. McKoy tenía razón. Estaba sucediendo algo importante relacionado con la Habitación de Ámbar. ¿Qué otra cosa podía ser? Las coincidencias eran demasiado numerosas.

—Asumiendo que tenga usted razón, ¿qué hacemos ahora? —preguntó al fin Rachel con una voz que indicaba resignación.

La respuesta de McKoy fue rápida.

—Voy a ir a la República Checa para hablar con Ernst Loring. Creo que ya es hora de alguien lo haga.

—Nosotros también vamos —dijo Paul.

—¿Cómo dices? —preguntó Rachel.

—Tienes toda la razón. Tu padre y los míos podrían haber muerto por esto. Hemos llegado muy lejos y tengo intención de seguir hasta el final.

Rachel le lanzó una mirada de curiosidad. ¿Estaba descubriendo un lado nuevo en él? Algo que nunca antes había visto. Una determinación que se ocultaba bajo una gruesa cáscara de calma controlada. Quizá fuera así. Sin duda, Paul estaba descubriendo cosas acerca de sí mismo. La experiencia de la noche anterior lo había espoleado. La emoción de la huida de Knoll. El terror de colgar de un balcón, a cientos de metros sobre un río alemán. Habían tenido suerte de escapar con poco más que un par de chichones. Pero ahora él estaba decidido a descubrir lo que había sucedido a Karol Borya, a sus padres y a Chapaev.

—Paul —dijo Rachel—, no quiero que vuelva a suceder nada como lo de anoche. Es una locura. Tenemos dos hijos. Recuerda lo que intentaste decirme la semana pasada en Warthberg. Ahora estoy de acuerdo contigo. Volvamos a casa.

Paul le clavó la mirada.

—Vete. No voy a detenerte.

Lo cortante de su propio tono y la rapidez de la respuesta lo pusieron nervioso. Recordó haber pronunciado palabras similares tres años atrás, cuando ella le dijo que iba a solicitar el divorcio. Una bravuconada del momento. Palabras que pretendían dañarla. La prueba de que él podía controlar la situación. En esta ocasión, las palabras eran algo más. Pensaba ir a la República Checa y ella podía acompañarlo o volverse a casa. Esta vez era cierto que le daba igual.

—No sé si ha pensado algo, señoría... —dijo McKoy de repente.

Rachel lo miró.

—Su padre conservó las cartas de Chapaev y copió las que él había enviado. ¿Por qué? ¿Y por qué dejárselas a usted para que las encontrara? Si de verdad no quería que usted se involucrara, las habría quemado y se hubiera llevado el maldito secreto a la tumba. No lo conocí, pero no me cuesta pensar como él. En el pasado fue un buscador de tesoros. Quería que la cámara fuera encontrada, de existir la menor posibilidad de ello. Solo podía confiarle la información a usted. Sí, es verdad, se hizo la picha un lío para enviar su mensaje, pero este sigue siendo alto y claro: «Ve a buscarla, Rachel».

Paul pensó que tenía razón. Aquello era exactamente lo que Borya había hecho. Hasta entonces no lo había considerado.

Rachel sonrió.

—Creo que mi padre se hubiera llevado muy bien con usted, McKoy. ¿Cuándo nos marchamos?

—Mañana. Antes tengo que encargarme de los socios, para conseguir un poco más de tiempo.

49
NEBRA, ALEMANIA
14:10

Knoll estaba sentado en el silencio de una diminuta habitación de hotel, pensando en *die Retter der Verlorenen Antiquitäten,* los recuperadores de antigüedades perdidas. En su mayoría se trataba de industriales, pero había dos financieros, un barón terrateniente y un doctor entre sus miembros actuales. Hombres con poco que hacer salvo recorrer el mundo en busca de tesoros perdidos. En su mayoría eran coleccionistas privados bien conocidos, de intereses diversos: los viejos maestros, arte contemporáneo, impresionista, africano, victoriano, surrealista, neolítico. La diversidad era lo que hacía interesante aquel club. También definía territorios específicos en los que el adquisidor de cada miembro concentraba sus esfuerzos. La mayoría de las veces no se cruzaban las fronteras de estos territorios. En ocasiones, los miembros se ponían en contacto para intentar localizar más rápidamente el mismo objeto. Era una carrera por la adquisición y el reto estaba en encontrar lo que se creía perdido para siempre. Resumiendo, el club era una vía de escape, un modo de que hombres ricos aventaran un espíritu competitivo que rara vez conocía límites.

No había nada de malo en ello. Él tampoco conocía límites y así le gustaban las cosas.

Pensó en la reunión del mes anterior.

Las reuniones del club se celebraban por rotación en la casa de los miembros, lo que los llevaba desde Copenhague hasta Nápoles. Era costumbre que en cada reunión se revelara una nueva pieza, preferiblemente un hallazgo del adquisidor del anfitrión. En ocasiones eso no era posible y otros miembros ofrecían sus piezas, pero Knoll sabía lo importante que era para ellos poder mostrar algo nuevo cuando les llegaba el turno. Fellner disfrutaba especialmente con esta atención. Igual que Loring. No era más que otra faceta de su intensa competición.

El mes pasado había sido el turno de Fellner. Los nueve miembros se habían reunido en Burg Herz, pero solo seis de los adquisidores habían podido asistir. Aquello no era extraño, ya que las búsquedas tenían prioridad sobre la cortesía de asistir a la presentación de los hallazgos de sus colegas. Pero una ausencia también podía deberse a los celos. Y ese era exactamente el motivo, asumió Knoll, por el que Suzanne Danzer se había saltado el acontecimiento. Él planeaba devolverle la cortesía y boicotear el castillo Loukov. Era una pena, ya que Loring y él se llevaban bien. Muchas veces Loring lo había recompensado con regalos por adquisiciones que terminaban en la colección privada del checo. Los miembros del club agasajaban habitualmente a los demás adquisidores y así multiplicaban por nueve el par de ojos que recorría el mundo a la busca de tesoros que ellos consideraban particularmente atractivos. Era frecuente que los miembros se intercambiaran o vendieran piezas. Las subastas también estaban a la orden del día. Los artículos de interés colectivo se subastaban en la reunión mensual como un modo de obtener fondos de adquisiciones sin un interés personal particular, pero sin sacar los tesoros del entorno del grupo.

Todo era ordenado, civilizado.

Entonces, ¿por qué Suzanne Danzer estaba tan dispuesta a cambiar las reglas?

¿Por qué intentaba matarlo?

Una llamada a la puerta interrumpió sus pensamientos. Llevaba esperando casi dos horas después de conducir desde Stod hasta Nebra, una diminuta aldea a medio camino de Burg Herz. Se levantó y abrió la puerta. Monika entró inmediatamente, acompañada por el aroma de limones dulces. Knoll cerró tras ella y echó la llave.

Ella lo miró de arriba abajo.

—¿Has tenido una noche movida, Christian?

—No estoy de humor.

Ella se desplomó en la cama y levantó una pierna, exponiendo la entrepierna de sus vaqueros.

—Para eso tampoco —dijo Knoll. Aún le dolían los testículos por las patadas de Danzer, aunque no quería contárselo.

—¿Por qué era necesario que viniera hasta aquí para verme contigo? —preguntó Monika—. ¿Y por qué no debía saberlo mi padre?

Knoll le contó lo que había sucedido en la abadía, le habló de Grumer y de la persecución por Stod. Omitió el enfrentamiento final en la calle.

—Danzer se escapó antes de que pudiera alcanzarla, pero mencionó la Habitación de Ámbar. Dijo que la cámara de la montaña era aquella en la que Hitler había escondido los paneles en 1945.

—¿La crees?

Knoll se había pasado todo el día considerando aquello.

—Sí.

—¿Por qué no fuiste tras ella?

—No era necesario. Ha vuelto al castillo Loukov.

—¿Cómo lo sabes?

—Ya son años de lucha.

—Loring volvió a llamar ayer por la mañana. Mi padre hizo lo que le pediste y le dijo que no sabíamos nada de ti.

—Lo que explica por qué Danzer se mostraba tan abiertamente en Stod. Monika lo estudiaba con atención.

—¿Qué piensas hacer?

—Quiero permiso para invadir el castillo Loukov. Quiero ir a la reserva de Loring.

—Ya sabes lo que diría mi padre.

Sí, lo sabía. Las reglas del club prohibían expresamente que un miembro invadiera la privacidad de otro. Tras la presentación de una pieza, su destino no era asunto de nadie. El elemento que vinculaba el secreto colectivo era el mero conocimiento que cada uno tenía de los demás. Las reglas también prohibían la revelación de fuentes, salvo que el miembro adquisidor deseara hacerlo. El secreto protegía no solo al miembro, sino también al adquisidor, lo que aseguraba que una fuente de información pudiera ser empleada de nuevo sin interferencias. La santidad de las respectivas haciendas era una regla inviolable, cuya ruptura exigía la expulsión instantánea.

—¿Qué es lo que pasa? —dijo—. ¿Te falta nervio? ¿No estabas ahora tú al mando?

—Tengo que saber por qué, Christian.

—Esto va mucho más allá de una simple adquisición. Loring ya ha violado las reglas del club al ordenar a Danzer que me mate. Más de una vez, debería añadir. Quiero saber por qué y creo que la respuesta está en Volary.

Esperaba haberla valorado correctamente. Monika era orgullosa y arrogante. Parecía evidente que se había sentido molesta por la usurpación que su padre había forzado el día anterior. Aquella furia debería nublar su buen juicio. No quedó defraudado.

—Claro que sí, joder. Yo también quiero saber qué están haciendo esa furcia y ese viejo chocho. Papá cree que nos lo estamos imaginando todo, que no es más que una especie de malentendido. Quería hablar con Loring, decirle la verdad, pero lo convencí para que no lo hiciera. A ello.

Knoll vio la mirada ansiosa en sus ojos. Para ella, la competición era un afrodisíaco.

—Voy para allá hoy mismo. Sugiero que no haya más contactos hasta que haya entrado y salido. Incluso estoy dispuesto a aceptar las culpas, si me pescan. Actuaba por mi cuenta y tú no sabías nada.

Monika sonrió.

—Cuán noble, caballero mío. Ahora ven aquí y demuéstrame cuánto me has echado de menos.

Paul vio a Fritz Pannik entrar en el comedor del Garni y dirigirse directamente hacia la mesa que él y Rachel ocupaban. El inspector se sentó y les contó lo que sabía hasta entonces.

—Hemos comprobado los hoteles y descubierto que un hombre que encaja con la descripción de Knoll se registró enfrente, en el Christinenhof. Una mujer, que por la descripción podría ser Suzanne, estuvo registrada en el Gebler, unas puertas más abajo.

—¿Sabe algo más acerca de Knoll? —preguntó Paul.

Pannik negó con la cabeza.

—Por desgracia, es un enigma. La Interpol no tiene nada en sus archivos y sin una identificación por huellas dactilares no hay modo realista de descubrir nada más. No sabemos nada de su pasado, ni siquiera de su residencia. La mención a un apartamento en Viena que hizo a *Frau* Cutler es ciertamente falsa. Lo comprobé, para asegurarme. Pero nada sugiere que Knoll viva en Austria.

—Debe de tener pasaporte —indicó Rachel.

—Varios, probablemente, con diversos nombres falsos. Un hombre como este no registraría su verdadera identidad ante ningún gobierno.

—¿Y la mujer? —preguntó Rachel.

—Sobre ella sabemos todavía menos. La escena del crimen de Chapaev estaba limpia. Murió por un balazo de nueve milímetros a corta distancia. Eso sugiere un grado de insensibilidad importante.

Paul le habló a Pannik acerca de los recuperadores de antigüedades perdidas y la teoría de Grumer sobre Knoll y la mujer.

—Nunca había oído nada de una organización así. Sin embargo, el nombre de Loring me resulta familiar. Sus fundiciones fabrican las mejores armas cortas de Europa. También es un importante productor de acero. Es uno de los industriales más destacados del este europeo.

—Vamos a visitar a Ernst —dijo Rachel.

Pannik inclinó la cabeza en su dirección.

—¿Y cuál es el motivo de su visita?

Le contaron lo que McKoy había dicho acerca de Rafal Dolinski y la Habitación de Ámbar.

—McKoy cree que sabe algo acerca de los paneles y quizá algo acerca de mi padre, Chapaev y...

—¿Los padres de *Herr* Cutler? —terminó Pannik.

—Quizá —dijo Paul.

—Discúlpenme, pero ¿no creen que de este asunto deberían encargarse las autoridades apropiadas? Los riesgos parecen estar disparándose.

—La vida está llena de riesgos —dijo Paul.

—Algunos merece la pena asumirlos. Otros son una estupidez.

—Nosotros creemos que merece la pena —replicó Rachel.

—La policía checa no es la más cooperativa que conozco —les advirtió Pannik—. Yo asumiría que Loring dispone de contactos suficientes en el Ministerio de Justicia como para dificultar cualquier investigación oficial, solo para empezar. Aunque la República Checa ya no es comunista, quedan restos de su secretismo. Nuestro departamento se ha encontrado con retrasos frecuentes en las solicitudes oficiales de información, mucho más de lo que consideramos razonable.

—¿Quiere que actuemos como sus ojos y oídos? —preguntó Rachel.

—No crea que no lo he pensado. Son ustedes ciudadanos privados en una misión puramente personal. Si por casualidad descubren lo suficiente como para permitirme iniciar acciones oficiales..., mucho mejor.

—¿No decía que estábamos asumiendo demasiados riesgos? —protestó Paul.

La mirada de Pannik era fría.

—Y es que es así, *Herr* Cutler.

Suzanne se encontraba en el balcón que sobresalía de su dormitorio. El sol de la tarde ardía con un color naranja sanguinolento y le calentaba suavemente la piel. En el castillo Loukov se sentía segura, viva. La hacienda se extendía muchos kilómetros y en el pasado había sido el dominio de príncipes bohemios. Los bosques habían sido cotos de caza donde los ciervos y jabalíes quedaban reservados para la clase dirigente. Antaño los bosques habían estado salpicados de aldeas, lugares en los que canteros, carpinteros, albañiles y herreros vivían mientras trabajaban en el castillo. Se tardaron doscientos años en erigir las murallas, pero a los Aliados les llevó menos de una hora demolerlas a bombazos. Pese a todo, la familia Loring lo había reconstruido y aquella nueva encarnación era igual de magnificente que la original.

Miró por encima de las copas agitadas de los árboles. Su punto de observación estaba orientado hacia el sureste y una leve brisa le refrescaba la cara. Todas las aldeas habían desaparecido, reemplazadas por casas y cabañas aisladas, residencias en las que el servicio de los Loring había residido desde hacía generaciones. Siempre se había proporcionado vivienda a los mayordomos, jardineros, doncellas, cocineros y chóferes. Sumaban unos cincuenta en total y sus respectivas familias habitaban aquellas tierras de forma perpetua. Sus hijos simplemente heredaban el trabajo. Los Loring eran generosos y leales con sus ayudantes y la vida más allá del castillo Loukov era por lo general brutal, de modo que no costaba entender que los empleados sirvieran de por vida.

El padre de Suzanne había sido una de aquellas personas, un dedicado historiador del arte con una vena indomable. Se convirtió en el segundo adquisidor de Ernst un año antes de que ella naciera. Su madre había muerto súbitamente cuando ella tenía solo tres años. Tanto Loring como su padre hablaban de su madre a menudo y siempre de forma elogiosa. Al parecer había sido una dama adorable. Mientras su padre recorría el mundo en busca de tesoros, su madre educaba a los dos hijos de Loring. Eran mucho mayores que Suzanne y nunca se había sentido cercana a ellos, y para cuando ella llegó a la adolescencia ya se habían marchado a la universidad. Ninguno de los dos sabía nada del club, o de las actividades de su padre. Aquel era un secreto que compartían únicamente ella y su benefactor.

El amor que Suzanne sentía por el arte siempre la había hecho especial a ojos de Loring. La oferta para que sucediera a su padre llegó el día después del entierro. Suzanne se sintió sorprendida. Atónita. Insegura. Pero Loring no albergaba dudas acerca de su inteligencia y su resolución, y aquella inquebrantable confianza fue la que la inspiró una y otra vez para triunfar. Mas ahora, sola bajo el sol, comprendió que a lo largo de los últimos días había asumido muchísimos, demasiados riesgos. Christian Knoll no era un hombre al que pudiera tomarse a la ligera y era bien consciente de los intentos que ella había realizado para matarlo. Dos veces se había burlado de él. Una en la mina, la otra con la patada en la entrepierna. Nunca antes sus misiones habían alcanzado aquel nivel. Se sentía incómoda con la escalada, aunque comprendía la necesidad. Pese a todo, aquel asunto requería una conclusión. Loring tenía que hablar con Franz Fellner para alcanzar algún tipo de compromiso.

Alguien llamó a la puerta.

Regresó al dormitorio y abrió. Era uno de los mayordomos.

—*Pan Loring si preje vás vidêt. Va studovnê.*

Loring quería verla en su estudio.

Bien. Ella también tenía que hablar con él.

El estudio se encontraba dos plantas más abajo, en el extremo noroeste de la planta baja del castillo. Suzanne siempre lo había considerado la habitación de un cazador, ya que las paredes estaban cubiertas de astas y cuernos, y el techo decorado con los animales heráldicos de los reyes de Bohemia. Un inmenso cuadro al óleo del siglo XVII dominaba una pared y mostraba mosquetes, bolsas de caza, lanzas y cuernos de pólvora con asombroso realismo.

Loring ya se había acomodado en el sofá cuando ella entró.

—Ven aquí, hija mía —dijo en checo.

Se sentó junto a él.

—He pensado largo y tendido acerca de lo que me has dicho antes, y tienes razón. Es necesario hacer algo. La caverna de Stod es sin duda el lugar. Creí que nunca sería encontrado, pero parece que así ha sido.

—¿Cómo puedes estar seguro?

—No puedo. Pero por las pocas cosas que mi padre me contó antes de morir, el lugar parece ser el auténtico. Los camiones, los cuerpos, la entrada sellada...

—Ese rastro ha vuelto a enfriarse —aclaró Suzanne.

—¿Tú crees, cariño?

La mente analítica de la adquisidora se puso en funcionamiento.

—Grumer, Borya y Chapaev están muertos. Los Cutler son unos aficionados. Y aunque Rachel Cutler sobreviviera a la mina, ¿qué más da? No sabe más que lo que aparecía en las cartas de su padre, que no es mucho. Referencias pasajeras que podemos obviar.

—Decías que su marido estaba en Stod, en el hotel, con el grupo de McKoy.

—Sí, pero ningún rastro llega hasta aquí. Los aficionados no realizarán muchos progresos, como siempre ha sucedido.

—Fellner, Monika y Christian no son aficionados. Temo que hayamos estimulado demasiado su curiosidad.

Suzanne sabía de las conversaciones que Fellner había tenido con Loring a lo largo de los últimos días, conversaciones en las que aquel había mentido aparentemente al asegurar que desconocía el paradero de Knoll.

—Estoy de acuerdo. Esos tres están planeando algo. Pero puedes resolver el asunto con *Pan* Fellner cara a cara.

Loring se levantó del sofá.

—Esto es tan difícil, *drahá*... Me quedan muy pocos años.

—No pienso escuchar tonterías como esas —dijo ella rápidamente—. Tienes buena salud. Te quedan muchos años productivos por delante.

—Tengo setenta y siete. Seamos realistas.

A Suzanne le preocupaba la idea de que él muriera. Su madre había muerto cuando ella era demasiado joven como para sufrir. El dolor por la muerte de su padre fue bastante real y el recuerdo seguía siendo nítido. La pérdida del otro padre que había tenido en la vida sería más difícil.

—Mis dos hijos son buenos hombres. Llevan bien los negocios de la familia y cuando yo ya no esté todo eso les pertenecerá. Es su derecho de nacimiento. —Loring la miró—. El dinero es transparente. Obtenerlo provoca un claro cosquilleo. Pero si se invierte y maneja cuidadosamente, simplemente se rehace a sí mismo. Poca habilidad se necesita para perpetuar los millones en moneda contante y sonante. Esta familia sirve como demostración de ello. El grueso de nuestra fortuna se creó hace doscientos años y simplemente ha ido pasando de generación en generación.

—Creo que subestimas el valor que tú y tu padre tuvisteis en la difícil gestión durante las dos guerras mundiales.

—La política interfiere en ocasiones, pero siempre habrá refugios en los que invertir la moneda con seguridad. Para nosotros, fue América.

Loring regresó al sofá y se sentó en el borde.

Olía a tabaco amargo, como toda la habitación.

—El arte, sin embargo, *drahá,* es mucho más fluido. Cambia a medida que nosotros cambiamos, se adapta como nosotros lo hacemos. Lo que hace quinientos años era una obra maestra podría ser despreciado hoy.

»Pero, sorprendentemente, algunas formas de arte perduran durante milenios. Eso, querida mía, es lo que me excita. Tú comprendes esa excitación. La aprecias. Y debido a ello has sido la mayor alegría de mi vida. Aunque mi sangre no corra por tus venas, sí lo hace mi espíritu. No hay duda de que eres mi hija del alma.

Suzanne siempre lo había sentido así. La esposa de Loring había muerto hacía casi veinte años. No fue nada repentino ni inesperado. Un doloroso enfrentamiento contra el cáncer se la había llevado poco a poco. Sus hijos se habían marchado hacía décadas. Tenía pocos placeres aparte de su arte, la jardinería y la ebanistería. Pero sus articulaciones cansadas y los músculos atrofiados limitaban seriamente esas actividades. Aunque poseía miles de millones, residía en un castillo fortaleza y su nombre era reconocido en toda Europa, en gran medida ella era lo único que le quedaba a aquel anciano.

—Siempre me he visto como tu hija.

—Cuando yo ya no esté, quiero que tengas el castillo Loukov.

Suzanne guardó silencio.

—También te voy a legar ciento cincuenta millones de euros para que mantengas la hacienda, además de toda mi colección de arte, la pública y la privada. Por supuesto, solo tú y yo conocemos el alcance de la colección privada. También he dejado instrucciones para que heredes mi puesto en el club. Es mío y tengo derecho a hacer con él lo que me plazca. Quiero que mi silla la ocupes tú.

Aquellas palabras la conmocionaron. Se esforzó por hablar.

—¿Qué hay de tus hijos? Son tus herederos legítimos.

—Y serán quienes reciban el grueso de mi riqueza. Esta hacienda, mis obras de arte y el dinero ni se acercan a cuanto poseo. Ya he discutido esto con ellos dos y ninguno ha puesto objeción alguna.

—No sé qué decir.

—Di que me harás sentir orgulloso y que todo esto seguirá adelante.

—De eso no hay duda.

Loring sonrió y le apretó suavemente la mano.

—Siempre me has hecho sentir orgulloso. Eres una buena hija. Ahora, sin embargo, debemos hacer una última cosa para garantizar la seguridad de aquello por lo que hemos trabajado tan duro.

Suzanne comprendió. Lo había sabido desde la mañana. No había más que un modo de resolver su problema.

Loring se puso en pie, se acercó al escritorio y marcó lentamente un número de teléfono. Se realizó la conexión con Burg Herz.

—Franz, ¿qué tal estamos hoy?

Se produjo una pausa mientras Fellner hablaba al otro extremo de la línea. Loring tenía el rostro contraído. Suzanne sabía que aquello le resultaba muy difícil. Fellner no era solo su competidor, sino también un amigo de muchos años.

Pero aquello era necesario.

—Necesito hablar contigo, Franz. Es de vital importancia... No, me gustaría enviarte mi avión para que habláramos esta noche. Por desgracia, no tengo modo de dejar el país. Puedo tener el avión allí en una hora y devolverte a casa para la medianoche. Sí, por favor, trae a Monika, esto también la concierne. Y a Christian... Oh, ¿todavía no sabes nada de él? Qué pena. Tendrás el avión en tu aeródromo para las cinco y media. Nos vemos enseguida.

Loring colgó y lanzó un suspiro.

—Es una lástima. Franz insiste en mantener la charada hasta el final.

50

PRAGA, REPÚBLICA CHECA

18:50

El elegante reactor dorado y gris rodó por la pista de aterrizaje hasta detenerse. Los motores comenzaron a disminuir sus revoluciones. Suzanne aguardaba junto a Loring, bajo las pálidas luces de la noche, mientras unos operarios acercaban la escalerilla de metal a la puerta abierta. Franz Fellner salió el primero, vestido con traje oscuro y corbata. Monika apareció tras él con un jersey blanco de cuello alto, un blazer ajustado azul marino y unos vaqueros ceñidos. *Típico,* pensó Suzanne. Una vil mezcolanza de castidad y sexualidad. Y aunque Monika Fellner acababa de salir de un reactor privado multimillonario en uno de los principales aeropuertos metropolitanos de Europa, su rostro reflejaba el desprecio de alguien que visita los barrios bajos.

Suzanne solo era dos años menor que ella, que hacía dos años había empezado a asistir a las reuniones del club, sin pretender ocultar en ningún momento que algún día sucedería a su padre. Todo le había resultado siempre muy sencillo.

La vida de Suzanne había sido radicalmente diferente.

Aunque había crecido en la hacienda Loring, siempre se había esperado de ella que trabajara duro, que estudiara duro, que robara duro. Se había preguntado muchas veces si Knoll no sería un factor de división entre ellas. Monika había dejado claro muchas veces que consideraba a Christian de su exclusiva propiedad. Hasta hacía unas pocas horas, cuando Loring le había dicho que el castillo Loukov sería algún día suyo, Suzanne nunca había considerado una vida como la de Monika Fellner. Pero esa realidad estaba ahora al alcance de su mano y no podía sino preguntarse qué pensaría la querida Monika de saber que pronto sería su igual.

Loring se acercó y dio la mano a Fellner. Después abrazó a Monika y le dio un leve beso en la mejilla. Fellner saludó a Suzanne con una sonrisa y un educado asentimiento, lo adecuado en un miembro del club que se dirigía a un adquisidor.

El trayecto hasta el castillo Loukov en el Mercedes de Loring fue agradable y relativamente tranquilo. Se habló de política y de negocios. La cena los esperaba en el comedor cuando llegaron. Mientras se servía el segundo plato, Fellner preguntó en alemán:

—¿Qué era tan urgente, Ernst, que teníamos que hablarlo esta misma noche?

Suzanne reparó en que, hasta entonces, Loring había mantenido un talante amistoso y había hablado de temas intrascendentes para que sus invitados se sintieran cómodos. Enfrentado a la pregunta, lanzó un suspiro.

—Es por el asunto de Christian y Suzanne.

Monika lanzó a Suzanne una mirada que esta ya había visto antes y que había llegado a detestar.

—Sé que Christian resultó ileso en la explosión de la mina —dijo Loring—. Y como estoy seguro de que ya sabes, Suzanne fue la causante de dicha explosión.

Fellner depositó el cuchillo y el tenedor sobre la mesa y miró a su anfitrión.

—Los dos somos conscientes de ello.

—Pero repetidamente me has dicho durante los dos últimos días que no sabías nada sobre el paradero de Christian.

—Para ser francos, no consideré que esa información fuera de tu incumbencia. Y al mismo tiempo no dejaba de preguntarme: ¿por qué tanto interés? —El tono de Fellner se había agriado. Parecía que ya no había necesidad de mantener las apariencias.

—Sé de la visita que Christian hizo a San Petersburgo hace dos semanas. De hecho, fue esa visita la que comenzó todo esto.

—Sabemos que ustedes pagaban al encargado. —El tono de Monika era brusco, más aún que el de su padre.

—Te lo voy a repetir, Ernst. ¿A qué viene esta visita? —preguntó Fellner.

—La Habitación de Ámbar —respondió lentamente Loring.

—¿Qué pasa con ella?

—Termina tu cena. Después hablaremos.

—Para serte sincero, no tengo hambre. Me has hecho volar sin previo aviso trescientos kilómetros para hablar, de modo que hablemos.

Loring plegó su servilleta.

—Muy bien, Franz. Acompañadme Monika y tú.

Suzanne los siguió mientras Loring guiaba a sus invitados a través del laberinto que era la planta baja del castillo. Los amplios pasillos daban a habitaciones adornadas con obras de arte y antigüedades de valor incalculable. Aquella era la colección pública de Loring, el resultado de seis décadas de adquisición personal, y otras diez anteriores por parte de su padre, su abuelo y su bisabuelo. Algunos de los objetos más valiosos del mundo descansaban en las cámaras cercanas. La extensión completa de aquella colección solo la conocían Suzanne y su empleador, y estaba protegida por gruesas murallas de piedra y el anonimato de una hacienda rural emplazada en un país del antiguo bloque comunista.

Pronto, todo aquello le pertenecería a ella.

—Estoy a punto de romper una de nuestras reglas sagradas —dijo Loring—. Como demostración de mi buena fe, tengo intención de mostraros mi colección privada.

—¿Es necesario? —preguntó Fellner.

—Creo que sí.

Atravesaron el estudio de Loring y prosiguieron por un largo pasillo hasta una habitación solitaria que se abría al final. Se trataba de un estrecho rectángulo coronado por una bóveda aristada cuyos murales representaban el zodíaco y a los apóstoles. Un enorme horno de cerámica ocupaba una esquina. En una pared se alineaban expositores de nogal, piezas del siglo XVII con incrustaciones de marfil africano. Los anaqueles de cristal estaban rebosantes de porcelana de los siglos XVI y XVII. Fellner y Monika dedicaron un momento a admirar algunas de las piezas.

—La Habitación Románica —dijo Loring—. No sé si alguno de los dos había estado antes aquí.

—Yo no —respondió Fellner.

—Yo tampoco.

—Aquí guardo la mayoría de mi cristalería preciosa. —Loring señaló el horno de cerámica—. Solo es decorativo, el aire procede de ahí. —Señaló una reja en el suelo—. Máquinas especiales para mantener el aire, como sin duda también utilizaréis vosotros.

Fellner asintió.

—Suzanne —llamó Loring.

Esta se colocó delante de uno de los expositores de madera, el cuarto en una línea de seis, y dijo lentamente y con voz grave:

—«Un incidente cotidiano del que resulta una confusión cotidiana.»

El mueble y una sección de la pared rotaron entonces alrededor de un eje central y se detuvieron a mitad de camino, creando una entrada a cada lado.

—Se activa con mi voz y con la de Suzanne. Algunos miembros del servicio saben de esta cámara. Por supuesto, es necesario realizar limpieza de vez en cuando. Pero, como estoy seguro de que sucede con tu gente, Franz, la mía es absolutamente leal y jamás ha hablado de esto fuera de estos muros. Pese a todo, por seguridad, cambiamos la contraseña todas las semanas.

—La de esta semana es interesante —dijo Fellner—. De Kafka, creo. La primera frase de *Una confusión cotidiana*. Muy apropiada.

Loring sonrió.

—Debemos ser leales a nuestros escritores bohemios.

Suzanne se hizo a un lado para permitir que Fellner y Monika entraran primero. Monika lo hizo apartándola y lanzándole una mirada de gélido disgusto. Después la propia Suzanne siguió a Loring. La espaciosa cámara que había al otro lado estaba ocupada por más expositores, cuadros y tapices.

—Estoy seguro de que vosotros disponéis de instalaciones similares —dijo Loring a Fellner—. Aquí se condensan más de doscientos años de coleccionismo. Los últimos cuarenta, dentro del club.

Fellner y Monika recorrieron todos los expositores.

—Hay piezas maravillosas —admitió Fellner—. Muy impresionante. Recuerdo muchas de ellas de las reuniones. Pero Ernst, te has guardado bastantes cosas. —Se encontraba frente a un cráneo ennegrecido encerrado en cristal—. ¿El hombre de Pekín?

—Está en poder de nuestra familia desde la guerra.

—Creo recordar que se había perdido en China, durante su transporte a los Estados Unidos.

Loring asintió.

—Mi padre lo obtuvo del ladrón que se lo había robado a los marines encargados.

—Asombroso. Esta pieza remonta nuestro linaje medio millón de años. Los chinos y los americanos matarían por recuperarlo. Pero aquí está, en medio de la Bohemia. Vivimos tiempos extraños.

—Eso es bien cierto, viejo amigo. Bien cierto. —Loring señaló las puertas dobles que se encontraban en el extremo de la larga cámara—. Ahí, Franz.

Fellner se dirigió hacia la pareja de altas puertas esmaltadas. Estaban pintadas de blanco, con molduras doradas. Monika siguió a su padre.

—Vamos, abrid —los animó Loring.

Suzanne reparó en que, por una vez, Monika no abría la boca.

Fellner asió los picaportes de bronce y empujó las puertas hacia dentro.

—Madre de Dios —dijo mientras entraba en una cámara brillantemente iluminada.

La habitación era perfectamente cuadrada, el techo alto y abovedado, decorado con un mural de vivos colores. Un mosaico de ámbar del color del güisqui dividía tres de las cuatro paredes en paneles claramente definidos. Unas pilastras espejadas separaban cada panel. Las molduras de ámbar creaban un efecto de revestido de madera entre los paneles más esbeltos de la zona superior y los más cortos y rectangulares que había abajo. Tulipas, rosas, cabezas esculpidas, figurillas, conchas, flores, monogramas, rocallas, pergaminos y guirnaldas, todos tallados en ámbar, surgían de las paredes. La cresta de los Romanov, un bajorrelieve ambarino del águila bicéfala de los zares rusos, decoraba muchos de los paneles inferiores. Algunas molduras doradas se extendían como vides por los bordes superiores y sobre los tres juegos de puertas dobles. El espacio entre y sobre los paneles superiores quedaba cubierto por tallas de querubines y bustos femeninos, que también adornaban el dintel de puertas y ventanas. Las pilastras espejadas alojaban candelabros dorados con velas eléctricas encendidas. El suelo era un parqué resplandeciente, de manufactura tan intrincada como las paredes de ámbar, y cuya superficie pulimentada reflejaba las bombillas como soles distantes.

Loring entró.

—Está exactamente igual que en el Palacio de Catalina. Diez por diez metros, con un techo de siete metros y medio.

Monika había mantenido el control mejor que su padre.

—¿A esto venían todos los juegos con Christian?

—Os estabais acercando demasiado. Se ha mantenido en secreto durante más de cincuenta años, y no iba a permitir una escalada que podía terminar con la intervención de los gobiernos ruso y alemán. No hay ni que decir cuál sería su reacción.

Fellner cruzó hasta la esquina más alejada de la cámara, admirando la maravillosa mesa de ámbar encajada en la unión de dos paneles inferiores. Después se acercó a uno de los mosaicos florentinos. La piedra coloreada estaba pulimentada y enmarcada en bronce dorado.

—Nunca llegué a creer las historias. Una aseguraba que los soviéticos habían salvado los mosaicos antes de la llegada de los nazis al Palacio de

Catalina. Otra decía que se habían encontrado los restos entre las ruinas de Königsberg y que los bombardeos de 1945 los habían reducido a cenizas.

—La primera historia es falsa. Los soviéticos no fueron capaces de salvar los cuatro mosaicos. Trataron de desmantelar uno de los paneles de ámbar superiores, pero se descompuso. Decidieron dejar el resto, incluidos los mosaicos. Sin embargo, la segunda historia sí es cierta. Fue una ilusión planeada por Hitler.

—¿A qué te refieres?

—Hitler sabía que Göring quería los paneles de ámbar. También era consciente de la lealtad que Erich Koch profesaba a Göring. Por eso el Führer ordenó personalmente el traslado de los paneles de Königsberg y envió un destacamento especial de las SS para realizar la transferencia, en caso de que Göring presentara dificultades. Qué extraña la relación entre estos dos. Una completa desconfianza mutua acompañada de una total dependencia. Solo al final, cuando Bormann logró socavar a Göring, se volvió Hitler contra él.

Monika se dirigió hacia las ventanas, que consistían en tres juegos de veinte paños cada uno. Llegaban desde el suelo hasta media altura y cada una estaba coronada por una media luna. Las hojas inferiores eran en realidad puertas dobles talladas de forma que semejaran ventanas. Tras los paneles se veía luz y lo que parecía un jardín.

Loring reparó en su interés.

—La habitación esta totalmente encerrada entre muros de piedra. El espacio no es visible siquiera desde el exterior. Encargué que pintaran un mural y perfeccionamos la luz hasta obtener la ilusión de estar en el exterior. La sala original se abría al gran patio del Palacio de Catalina, de modo que escogí un ambiente del siglo XIX, en concreto de cuando se amplió el patio y se cerró con una verja. —Loring se acercó a Monika—. La reproducción de la forja es exacta. La hierba, arbustos y flores se realizaron usando como modelo algunos dibujos contemporáneos a lápiz. Es un trabajo bastante notable. Es como estar en la segunda planta del palacio. ¿Puedes imaginarte los desfiles militares que se sucedían con frecuencia, o a los nobles que se deleitaban por la noche, mientras una banda tocaba a lo lejos?

—Muy ingenioso. —Monika se volvió hacia la Habitación de Ámbar—. ¿Cómo han podido reproducir los paneles con tal exactitud? El verano pasado estuve en San Petersburgo y visité el Palacio de Catalina. La Habitación de Ámbar restaurada estaba casi concluida. Ya tenían las molduras, resaltes, las ventanas, las puertas y muchos de los paneles. Es un buen trabajo, pero no hay comparación.

Loring se dirigió al centro de la sala.

—Es muy sencillo, cariño: la gran mayoría de lo que ves es el original, no una reproducción. ¿Conoces la historia?

—En parte —dijo Monika.

—Entonces seguramente sabrás que los paneles se encontraban en un estado deplorable cuando los nazis los robaron en 1941. Los artesanos prusianos originales habían unido el ámbar a los tableros de roble con una tosca masilla de cera de abeja y savia. Conservar intacto el ámbar en tales condiciones es como tratar de preservar un vaso de agua durante doscientos años. Por mucho cuidado que se tenga, el agua terminará derramándose o se evaporará. Aquí sucede lo mismo. El roble se expandió y se contrajo durante dos siglos, y en algunas partes se pudrió. La calefacción con hornos secos, la mala ventilación y el clima húmedo de los alrededores de Tsarskoe Selo no hicieron sino empeorar las cosas. El roble variaba con las estaciones, la masilla terminó por cuartearse y el ámbar empezó a desprenderse. Casi el treinta por ciento había desaparecido cuando llegaron los nazis. Otro diez por ciento se perdió durante el robo. Cuando mi padre los encontró, los paneles se encontraban en un estado lamentable.

—Siempre pensé que Josef sabía más de lo que reconocía —dijo Fellner.

—No te puedes imaginar la decepción de mi padre cuando por fin dio con ellos. Se había pasado siete años buscando, imaginando su belleza, recordando la majestad que había contemplado al verlos en San Petersburgo, antes de la Revolución Rusa.

—Estaban en esa caverna de Stod, ¿no? —preguntó Monika.

—Correcto, querida. En esos tres camiones alemanes estaban los cajones. Mi padre los encontró en el verano de 1952.

—¿Pero cómo? —preguntó Fellner—. Los rusos no dejaban de buscarlos, al igual que muchos coleccionistas privados. Entonces todos querían la Habitación de Ámbar y nadie creía que hubiera sido destruida. Josef estaba bajo el yugo comunista. ¿Cómo pudo lograr una hazaña tal? Y lo que es más importante, ¿cómo logró mantenerla en secreto?

—Mi padre estaba muy cerca de Erich Koch. El gobernador prusiano le confió que Hitler quería llevar los paneles al sur, fuera de la Unión Soviética ocupada, antes de que llegara el Ejército Rojo. Koch era leal a Göring, pero no idiota. Cuando Hitler ordenó la evacuación obedeció y, al principio, no le dijo nada a Göring. Pero los paneles solo llegaron hasta la región de Harz, donde fueron escondidos en las montañas. Koch terminó por decírselo todo a su amigo, pero ni siquiera él sabía exactamente dónde estaban escondidos. Göring localizó a cuatro soldados del destacamento de evacuación. Se rumoreó que los había torturado, pero que no le habían dicho nada acerca del paradero de los paneles. —Loring sacudió la cabeza—. Hacia el final de la guerra, Göring estaba bastante mal de la cabeza. Koch le tenía un miedo cerval y ese fue uno de los motivos de que dispersara en Königsberg piezas de la Habitación de Ámbar: bisagras de puertas, picaportes de bronce, teselas de los mosaicos... De ese modo quería telegrafiar un falso mensaje de destrucción no solo a los soviéticos, sino también a Göring. Pero esos mosaicos eran reproducciones en las que los alemanes llevaban trabajando desde 1941.

—Nunca acepté la historia de que el ámbar había ardido en los bombardeos de Königsberg —dijo Fellner—. Toda la ciudad habría olido a cigarro de incienso.

Loring soltó una risita.

—Es cierto. Nunca entendí cómo nadie había reparado en ello. En ningún informe sobre el bombardeo se hacía mención alguna de olores extraños. Imaginad veinte toneladas de ámbar quemadas lentamente. Su olor se habría extendido a lo largo de kilómetros y habría persistido varios días.

Monika acarició con cuidado una de las paredes pulimentadas.

—Carece de la fría pomposidad de la piedra. Es casi cálido al tacto. Y mucho más oscuro de lo que imaginaba. Desde luego, es más oscuro que los paneles restaurados en el Palacio de Catalina.

—El ámbar se oscurece con el tiempo —dijo su padre—. Aunque se corte en rebanadas, se pula y se vuelva a pegar, sigue envejeciendo. La Habitación de Ámbar del siglo XVIII sería mucho más brillante que esta de hoy en día.

Loring asintió.

—Y aunque las piezas de estos paneles tengan millones de años, son tan frágiles como el cristal, e igual de caprichosas. Eso es lo que hace este tesoro aún más sorprendente.

—Resplandece —dijo Fellner—. Es como estar en el sol. Brillo sin calor.

—Como en los originales, aquí el ámbar está forrado con una lámina de plata. La luz se refleja.

—¿A qué te refieres con «como en los originales»? —preguntó Fellner.

—Como he dicho, mi padre quedó decepcionado cuando entró en la cámara y encontró el ámbar. El roble se había podrido y casi todas las piezas se habían desprendido. Lo recuperó todo cuidadosamente y obtuvo copias de las fotografías que los soviéticos habían realizado en la cámara antes de la guerra. Igual que los actuales restauradores en Tsarskoe Selo, mi padre usó esas imágenes para reconstruir los paneles. La única diferencia es que él poseía el ámbar original.

—¿Dónde encontró a los artesanos?—preguntó Monika—. Creo recordar que el conocimiento sobre el manejo del ámbar se perdió en la guerra. La mayoría de los viejos maestros no sobrevivió.

Loring asintió.

—Algunos sobrevivieron gracias a Koch. Göring pretendía crear una sala idéntica a la original y dio instrucciones a Koch de que encerrara a dichos artesanos para ponerlos a salvo. Mi padre pudo localizar a muchos antes del fin de la guerra. Después les ofreció una buena vida a ellos y a lo que quedara de sus familias. La mayoría aceptó y vivió aquí en reclusión, reconstruyendo esta obra maestra pieza a pieza, paso a paso. Muchos de sus descendientes aún residen aquí y mantienen esta cámara.

—¿No es arriesgado?—preguntó Fellner.

—En absoluto. Todos esos hombres y sus familias son leales. La vida en la antigua Checoslovaquia era difícil. Brutal. Todos ellos estaban agradecidos por la generosidad que los Loring les demostraban. Lo único que les pedíamos era su mejor trabajo y su discreción. Llevó casi diez años completar lo que veis aquí. Por suerte, los soviéticos insistieron en entrenar a sus artistas en la escuela realista, de modo que se trataba de restauradores competentes.

Fellner señaló las paredes.

—Pese a todo, completar esto debe de haber costado una fortuna.

Loring asintió.

—Mi padre compró en el mercado libre el ámbar que necesitaba para las piezas que fue necesario reemplazar. Resultó muy caro, incluso en los años cincuenta. También empleó algunas técnicas modernas en la reconstrucción. Los nuevos paneles no son de roble, sino piezas de pino, fresno y roble encoladas. Permiten la dilatación y además se añadió una barrera de vapor entre el ámbar y la madera. La Habitación de Ámbar no solo ha sido restaurada por completo, sino que además perdurará.

Suzanne permanecía en silencio cerca de las puertas y observaba a Fellner con atención. El viejo alemán estaba francamente atónito. A ella le maravillaba lo que hacía falta para impresionar a un hombre como Franz Fellner, un multimillonario con una colección de arte capaz de rivalizar con cualquier museo del mundo. Pero entendía su pasmo, pues recordaba cómo se había sentido ella al ver por primera vez la cámara.

Fellner señaló.

—¿Adónde conducen los otros dos juegos de puertas?

—Esta habitación es en realidad el centro de mi galería privada. Tapiamos los laterales y colocamos las puertas y ventanas exactamente como en el original. Pero en vez de las salas del Palacio de Catalina, estas puertas conducen a mis otras zonas privadas.

—¿Cuánto lleva aquí todo esto?

—Cincuenta años.

—Es increíble que haya sido capaz de ocultarlo —dijo Monika—. Los soviéticos no son fáciles de engañar.

—Durante la guerra, mi padre cultivó buenas relaciones tanto con los soviéticos como con los alemanes. Checoslovaquia era una ruta conveniente para que los nazis canalizaran su dinero y su oro hacia Suiza. Nuestra familia ayudó en muchas de esas transferencias. Después de la guerra, los soviéticos disfrutaron de la misma cortesía. El precio del favor era la libertad para hacer lo que quisiéramos.

Fellner sonrió.

—Puedo imaginarlo. Los soviéticos no podían permitirse que informaras a americanos y británicos de lo que pasaba.

—Hay un viejo refrán ruso que dice: «Si no fuera por lo malo, no sería bueno». Se refiere a la tendencia irónica que el arte ruso tiene de surgir de los períodos turbulentos. Pero también explica cómo se hizo posible todo esto.

Suzanne vio cómo Fellner y Monika se acercaban a las vitrinas que, a la altura del pecho, ocupaban dos de las paredes de ámbar. Dentro había diversos objetos: un ajedrez del siglo XVII con todos los trebejos, un samovar y un frasco del XVIII, un neceser de mujer, un reloj de arena, cucharas, medallones y cajas ornadas. Todo ello de ámbar elaborado, como les explicó Loring, por artesanos de Königsberg y Gdansk.

—Son piezas preciosas —dijo Monika.

—Como en la *kunstkammer* de tiempos de Pedro el Grande, guardo mis objetos de ámbar en mi sala de curiosidades. La mayoría fueron obtenidas por Suzanne o por su padre. No son de exposición pública. Botín de guerra.

El anciano se volvió hacia Suzanne y sonrió. Después miró a sus invitados.

—¿Vamos a mi estudio, donde podamos sentarnos y hablar?

51

Suzanne se sentó aparte de Monika, Fellner y Loring. Prefería observar desde un lado y conceder a su jefe el momento del triunfo. Se acababa de retirar un mayordomo después de servir café, *brandy* y tarta.

—Siempre me he preguntado por las lealtades de Josef —dijo Fellner—. Sobrevivió a la guerra de forma notable.

—Mi padre odiaba a los nazis —respondió Loring—. Sus fundiciones y fábricas quedaron a su disposición, pero le resultaba sencillo forjar metal débil o producir balas que se oxidaban, o armas a las que no les sentaba bien el frío. Fue un juego peligroso. Los nazis eran unos fanáticos de la calidad, pero las relaciones con Koch lo ayudaron. Raramente se le cuestionó nada. Sabía que los alemanes perderían la guerra y predijo la ocupación del este de Europa por parte soviética. Por tanto, trabajó de forma encubierta desde el principio con el espionaje soviético.

—No lo sabía —dijo Fellner.

Loring asintió.

—Era un patriota bohemio. Trabajaba a su modo. Después de la guerra, los soviéticos le estaban muy agradecidos. También lo necesitaban, de modo que lo dejaron en paz. Yo fui capaz de mantener esa situación. Esta familia ha trabajado junto a todos los regímenes checoslovacos desde 1945. Mi padre tenía razón respecto a los soviéticos. Y también Hitler, debería añadir.

—¿A qué se refiere? —preguntó Monika.

Loring juntó los dedos de las manos en el regazo.

—Hitler siempre había creído que los americanos y los británicos se unirían a él en una guerra contra Stalin. Los soviéticos eran el verdadero enemigo de Alemania y creía que Churchill y Roosevelt eran de la misma opinión. Por eso ocultó tanto dinero y obras de arte. Pretendía recuperar todo una vez que los Aliados se unieran a él en una nueva alianza para acabar con la URSS. No hay ni que decir que estaba loco, pero la historia ha demostrado acertada gran parte de su visión. Cuando Berlín quedó bloqueado por los soviéticos en 1948, Estados Unidos, Inglaterra y Alemania se unieron inmediatamente contra los soviéticos.

—Stalin asustaba a todo el mundo —dijo Fellner—. Más aún que Hitler. Asesinó a sesenta millones de personas, frente a los diez de Hitler. Todos respiramos más tranquilos cuando murió en 1953.

Se produjo un momento de silencio.

—Asumo que Christian os informó de los esqueletos encontrados en la caverna de Stod —dijo Loring.

Fellner asintió.

—Trabajaron en el sitio. Eran extranjeros contratados en Egipto. La galería de entrada era enorme y solo se había dinamitado la entrada exterior para crear una débil barrera. Mi padre la encontró, despejó la entrada y sacó los maltrechos paneles. Después selló la cámara con los cuerpos dentro.

—¿Los mató él?

—En persona. Mientras dormían.

—Y desde entonces han estado matando gente —intervino Monika.

Loring la miró.

—Nuestros adquisidores se aseguraban de que el secreto permaneciera a salvo. Tengo que decir que nos sorprendió la ferocidad y determinación con que la gente ha estado buscando. Muchos se obsesionaron con los paneles de ámbar. Periódicamente filtrábamos pistas falsas, rumores para que los investigadores apuntaran en la dirección equivocada. Quizá recordéis un artículo en el *Rabochaya Tribuna* de hace algunos años. Informaba de que la inteligencia militar soviética había localizado los paneles en una mina, cerca de una vieja base de tanques en la Alemania Oriental, a unos doscientos cincuenta kilómetros al sureste de Berlín.

—Tengo ese artículo —dijo Fellner.

—Pues es todo falso. Suzanne organizó la filtración para que llegara a los oídos adecuados. Nuestra esperanza era que la mayoría de la gente usara el sentido común y abandonara la búsqueda.

Fellner negó con la cabeza.

—Demasiado valioso. Demasiado intrigante. El atractivo es casi embriagador.

—Lo entiendo a la perfección. Muchas veces entro en la habitación y simplemente me siento y la observo. El ámbar resulta casi terapéutico.

—Y de un valor incalculable —añadió Monika.

—Cierto, querida. Una vez leí algo sobre el botín de guerra, sobre las reliquias elaboradas con piedras preciosas y metal. El escritor postulaba que nunca podrían sobrevivir intactas a una guerra, pues sus partes valían mucho más separadas que juntas. Un comentarista, creo que del *London Times*, escribió que el destino de la Habitación de Ámbar bien podría haber sido ese. Concluía que solo piezas tales como libros y cuadros, cuya configuración total era más importante que los materiales brutos empleados en su elaboración, sobrevivirían a una guerra.

—¿Le ayudaste tú con ese postulado? —preguntó Fellner.

Loring levantó su café de la mesa y sonrió.

—Fue idea del escritor. Pero nosotros nos aseguramos de que el artículo recibiera toda la difusión posible.

—Entonces, ¿qué sucedió? —preguntó Monika—. ¿Por qué fue necesario matar a toda esa gente?

—Al principio no teníamos elección. Alfred Rohde había supervisado la carga de los cajones en Königsberg y conocía su destino último. El idiota se lo dijo a su mujer, de modo que mi padre los eliminó a ambos antes de que se lo dijeran a los soviéticos. Para entonces, Stalin ya había creado una comisión de investigación. El engaño nazi en el palacio de Königsberg no frenó a los soviéticos ni dos segundos. Creían que los paneles aún existían y los buscaron removiendo hasta la última piedra.

—Pero Koch sobrevivió a la guerra y habló con los soviéticos —dijo Fellner.

—Eso es cierto. Pero financiamos su defensa legal hasta el día de su muerte. Después de que los polacos lo condenaran por crímenes de guerra, lo único que lo protegía del cadalso era el veto soviético. Estos creían que él sabía dónde se ocultaba la Habitación de Ámbar. La verdad es que Koch solo sabía que los camiones habían dejado Königsberg en dirección oeste, para luego virar hacia el sur. Desconocía por completo lo que había sucedido después. Fue sugerencia nuestra que incitara a los soviéticos con la posibilidad de encontrar los paneles. Hasta los años sesenta no se avinieron por fin a nuestras condiciones: le perdonarían la vida a cambio de la información. Pero a aquellas alturas era muy sencillo echarle la culpa de todo al tiempo transcurrido. El Königsberg de hoy en día es muy distinto del que existía durante la guerra.

—De modo que, pagando la asistencia legal de Koch, os asegurasteis su lealtad. Nunca traicionaría a su única fuente de ingresos ni jugaría su comodín, ya que no había razón alguna para confiar en que los soviéticos cumplieran su palabra.

Loring sonrió.

—Exactamente, viejo amigo. Además, el gesto nos mantuvo en contacto constante con la única persona viva de la que sabíamos que podía proporcionar alguna información significativa acerca de la situación de los paneles.

—Y que además sería difícil de matar sin atraer atenciones indebidas.

Loring asintió.

—Afortunadamente, Koch cooperó y nunca reveló nada.

—¿Y los otros? —preguntó Monika.

—En ocasiones, alguno se acercaba y se hacía necesario preparar algún accidente. A veces nos olvidábamos de las precauciones y simplemente los matábamos, en especial cuando el tiempo resultaba esencial. Mi padre concibió la «maldición de la Habitación de Ámbar» y filtró la historia a un periodista. Como suele ser típico en la prensa, y perdóname la insolencia, Franz, la frase prendió como la pólvora. Dio buenos titulares.

—¿Y Karol Borya y Danya Chapaev? —preguntó Monika.

—Esos dos fueron los más problemáticos de todos, aunque hasta hace muy poco no comprendí hasta qué punto. Estaban muy cerca de la verdad. De hecho, bien podrían haberse topado con la misma información que nosotros encontramos tras la guerra. Por alguna razón se la guardaron para ellos, quizá para proteger lo que consideraban que debía ser secreto. Parece que el odio hacia el sistema soviético contribuyó a su actitud.

»Sabíamos de Borya por su trabajo con la Comisión Extraordinaria. Al final, emigró a los Estados Unidos y desapareció. El nombre de Chapaev también nos resultaba familiar, pero se evaporó en Europa. Como ninguno parecía ser un peligro, los dejamos en paz. Hasta, por supuesto, la reciente intervención de Christian.

—Y ahora guardarán silencio para siempre —dijo Monika.

—Tú habrías hecho exactamente lo mismo, querida.

Suzanne vio cómo Monika se encrespaba ante la represión de Loring. Pero tenía razón. Aquella perra no dudaría en matar a su propio padre para proteger sus inconfesables intereses.

Loring rompió la tensión.

—Descubrimos el paradero de Borya hará unos siete años, por accidente. Su hija estaba casada con un hombre llamado Paul Cutler. El padre de Cutler era un amante del arte estadounidense. A lo largo de varios años, este Cutler realizó indagaciones por toda Europa acerca de la Habitación de Ámbar. De algún modo logró rastrear a un familiar de uno de los hombres que habían trabajado aquí, en la construcción del duplicado. Ahora sabemos que fue Chapaev quien proporcionó el nombre a Borya y que Borya pidió a Cutler que investigara. Hace seis años, estas pesquisas llegaron a un punto que nos obligó a actuar. Hubo una explosión en un avión. Gracias a la laxitud de las autoridades policiales italianas, y a algunas contribuciones bien distribuidas, la explosión fue atribuida a terroristas.

—¿Obra de Suzanne? —preguntó Monika.

Loring asintió.

—Está bastante dotada en ese apartado.

—¿Trabaja para vosotros el encargado de San Petersburgo? —preguntó Fellner.

—Por supuesto. Los soviéticos, pese a su gran ineficacia, tienen una desagradable tendencia a ponerlo todo por escrito. Existen literalmente millones de páginas de registros, ningún modo de saber lo que contienen y ningún medio eficiente para revisarlos. La única forma de evitar que alguien curioso se tope con algo interesante es pagar a los responsables de su cuidado para que estén atentos.

Loring se terminó el café y dejó a un lado la copa y el platillo de porcelana. Miró directamente a Fellner.

—Franz, te estoy contando todo esto como muestra de buena fe. Por desgracia, permití que la presente situación se me escapara de las manos. El intento de Suzanne por matar a Christian y su enfrentamiento de ayer en Stod son un ejemplo de a qué podría llegar todo esto. Podríamos atraer atenciones indeseadas sobre nosotros, por no hablar del club. Había pensado que, si supieras la verdad, podríamos detener este duelo. No hay nada que encontrar en lo referente a la Habitación de Ámbar. Lamento lo sucedido con Christian. Sé bien que Suzanne no quería hacerlo. Actuó siguiendo mis órdenes, unas órdenes que en su momento consideré necesarias.

—Yo también lamento lo que ha sucedido, Ernst. No voy a mentir y a decir que me alegro de que tengas los paneles. Los quería yo. Pero una parte de mí se alegra de que estén intactos y a salvo. Siempre temí que los soviéticos los localizaran. No son mejores que los gitanos a la hora de preservar un tesoro.

—Mi padre y yo pensábamos igual. Los soviéticos permitieron un deterioro tal del ámbar que es casi una bendición que los alemanes lo robaran. ¿Quién sabe lo que habría sucedido si el futuro de la Habitación de Ámbar hubiera estado en manos de Stalin o de Jruschev? Los comunistas estaban mucho más preocupados por la construcción de bombas que por la preservación de la herencia.

—¿Está proponiendo una especie de tregua? —preguntó Monika.

Suzanne casi sonrió ante la impaciencia de aquella zorra. Pobrecita. En su futuro no se vislumbraba el descubrimiento de la Habitación de Ámbar.

—Eso es exactamente lo que deseo. —Loring se volvió—. Suzanne, si me haces el favor...

Ella se levantó y se dirigió hacia la esquina más alejada del estudio. Dos cajas de pino descansaban sobre el suelo de parqué. Las llevó cogidas por unas asas de cuerda hasta el asiento que ocupaba Franz Fellner.

—Los dos bronces que tanto has admirado todos estos años —explicó Loring.

Suzanne abrió la tapa de una de las cajas. Fellner levantó la vasija del lecho de viruta de cedro y la admiró bajo la luz. Suzanne conocía bien las piezas. Siglo x. Ella misma las había liberado de un hombre de Nueva Delhi que las había robado en una aldea del sur de la India. Todavía se encontraban entre los objetos perdidos más codiciados por aquel país, pero llevaban cinco años a buen recaudo en el castillo Loukov.

—Suzanne y Christian pelearon duro por conseguirlas —dijo Loring.

Fellner asintió.

—Otra batalla perdida.

—Ahora son tuyas. Es una disculpa por lo sucedido.

—*Herr* Loring, perdóneme —dijo Monika en voz baja—. Pero yo soy ahora la que toma las decisiones relativas al club. Los bronces antiguos son interesantes, pero a mí no me entusiasman del mismo modo. Me estoy preguntando cuál sería el mejor modo de resolver este asunto. La Habitación de Ámbar ha sido durante mucho tiempo uno de los premios más buscados. ¿Se va a hablar de todo esto a los demás miembros?

Loring frunció el ceño.

—Preferiría que el asunto quedara entre nosotros. El secreto ha permanecido a salvo mucho tiempo y cuantos menos lo conozcan, mejor. Sin embargo, dadas las circunstancias, me plegaría a tu decisión, querida. Confío en que los demás miembros mantengan la información en secreto, como es el caso de todas las demás adquisiciones.

Monika se recostó en su silla y sonrió, al parecer satisfecha con la concesión.

—Hay otro asunto que quería tratar —dijo entonces Loring, esta vez dirigiéndose específicamente a Monika—. Como ya ha sucedido con tu padre y contigo, aquí las cosas también cambiarán, antes o después. He dejado instrucciones en mi testamento para que, cuando yo no esté,

Suzanne herede este castillo, mis colecciones y mi puesto en el club. También le he legado dinero suficiente para encargarse de forma adecuada de cualquier necesidad.

Suzanne disfrutó de la mirada de asombro y derrota que invadió el rostro de Monika.

—Será el primer adquisidor que alcanza la posición de miembro. Es todo un logro, ¿no creéis?

Ni Fellner ni Monika dijeron nada. El anciano parecía cautivado por la pieza de bronce.

—Ernst —dijo tras depositar la vasija en su caja—, considero el asunto zanjado. Es lamentable que las cosas se hayan deteriorado de este modo, pero ahora lo comprendo. Creo que yo hubiera hecho lo mismo que tú, dadas las circunstancias. Suzanne, tienes mis felicitaciones.

La adquisidora agradeció el gesto con un asentimiento.

—Respecto a cómo comunicárselo a los miembros, déjeme considerar la situación —dijo Monika—. Para la reunión de junio tendré una respuesta para ustedes sobre el modo de proceder.

—Eso es todo lo que puede pedir un hombre viejo, querida. Esperaré tu decisión. —Loring miró a Fellner—. Muy bien. ¿Queréis quedaros esta noche?

—Creo que será mejor que regresemos a Burg Herz. Por la mañana tengo asuntos pendientes. Pero te puedo asegurar que el viaje ha merecido todas las molestias. Sin embargo, antes de irnos... ¿podría ver una última vez la Habitación de Ámbar?

—Por supuesto, viejo amigo. Por supuesto.

El camino de vuelta al aeropuerto Ruzynè de Praga fue silencioso. Fellner y Monika se sentaban en el asiento trasero del Mercedes. Loring ocupaba el del pasajero, junto a Suzanne. Varias veces Suzanne miró a Monika a través del espejo retrovisor. La muy zorra mantenía una expresión tensa. Era evidente que no la había gustado que los dos varones hubieran dominado la conversación. Franz Fellner, desde luego, no era un hombre que fuera a soltar fácilmente las riendas del poder y Monika no era de las mujeres a las que les gustara compartir nada.

—Debo pedirle disculpas, *Herr* Loring —dijo Monika a medio camino.

El aludido se volvió hacia ella.

—¿Por qué, querida?

—Por mi brusquedad.

—En absoluto. Recuerdo la época en que mi padre me entregó su puesto en el club. A él, como a tu padre, le costó mucho dejarlo. Pero si te sirve de consuelo, al final se retiró por completo.

—Mi hija es impaciente. Como lo era su madre —dijo Fellner.

—Como eres tú, Franz.

Fellner lanzó una risita.

—Quizá.

—Supongo que le hablaréis a Christian de todo esto —dijo Loring a su colega.

—De inmediato.

—¿Dónde está?

—Pues, sinceramente, no lo sé. —Fellner se volvió hacia Monika—. ¿Y tú, *liebling?*

—No, padre. No sé nada de él.

Llegaron al aeropuerto un poco antes de la medianoche. El reactor de Loring esperaba ya en la pista, repostado y listo para partir. Suzanne se detuvo junto al aparato. Los cuatro salieron del coche y Suzanne abrió el maletero. El piloto del avión bajó las escalerillas metálicas del reactor. Suzanne señaló las dos cajas de pino, que el piloto sacó y llevó hasta una compuerta de carga abierta.

—Las piezas están muy bien empaquetadas —dijo Loring por encima del estruendo de los motores—. Deberían llegar en perfecto estado.

Suzanne entregó un sobre a Loring.

—Aquí van unos papeles de registro que he preparado. Están certificados por el ministerio. Serán útiles si a los oficiales de aduanas les da por investigar al aterrizar.

Fellner se lo guardó en el bolsillo.

—No suelo tener inspecciones.

Loring sonrió.

—Ya lo supongo. —Se volvió hacia Monika y le dio un abrazo—. Me alegro de verte, querida. Espero con ansiedad nuestros duelos en el futuro, como sin duda lo hará Suzanne.

Monika asintió y besó el aire sobre las mejillas de Loring. Suzanne guardó silencio. Conocía bien su papel. El trabajo de un adquisidor era actuar, no hablar. Un día sería miembro del club y esperaba que entonces su propio adquisidor se comportara de un modo similar. Monika le dirigió una mirada rápida y desconcertante antes de subir las escalerillas. Fellner y Loring se dieron la mano antes de que el primero subiera al avión. El piloto cerró las compuertas de carga, subió a bordo y cerró el portón tras él.

Suzanne y Loring aguardaron mientras el reactor se dirigía hacia la pista, rodeados por el aire caliente de los motores. Después se subieron al Mercedes y se marcharon. Justo en la salida del aeropuerto, Suzanne detuvo el coche a un lado de la carretera.

El elegante reactor recorrió la pista a toda velocidad y se elevó hacia el despejado cielo nocturno. La distancia enmascaraba cualquier sonido. Tres aviones comerciales rodaban por la pista. Dos llegaban y uno se preparaba para partir.

Se quedaron sentados, con el cuello inclinado hacia arriba y hacia la derecha.

—Es una lástima, *drahá* —susurró Loring.

—Al menos han tenido una velada agradable. *Herr* Fellner estaba entusiasmado con la Habitación de Ámbar.

—Me alegro de que haya podido verla.

El reactor se desvaneció en el cielo occidental. La altitud hizo invisibles sus luces de posición.

—¿Has devuelto los bronces a los expositores? —preguntó Loring.

Ella asintió.

—¿Las cajas de pino van bien cargadas?

—Por supuesto.

—¿Cómo funciona el mecanismo?

—Un interruptor de presión, sensible a la altitud.

—¿Y el compuesto?

—Potente.

—¿Cuándo?

Suzanne consultó su reloj y calculó velocidad y tiempo. Según la velocidad de ascenso del reactor, alcanzaría los cinco mil pies justo...

A lo lejos, un brillante destello amarillo inundó el cielo durante un instante, como una estrella convertida en nova, cuando los explosivos que había colocado en las cajas de pino prendieron el combustible del reactor y desintegraron cualquier rastro de Fellner, Monika y los dos pilotos.

La luz se apagó.

La mirada de Loring permaneció clavada en la distancia, en el punto de la explosión.

—Qué lástima. Un avión de seis millones de dólares. —Se volvió lentamente hacia ella—. Pero es el precio que hay que pagar por tu futuro.

52

Knoll estacionó en el bosque, aproximadamente a medio kilómetro de la autopista. El Peugeot negro era de alquiler y lo había obtenido el día anterior en Nuremberg. Había pasado la noche a algunos kilómetros al oeste, en un pintoresco pueblo checoslovaco, con la intención de dormir bien, pues sabía que aquel día y su noche iban a ser arduos. Había tomado un desayuno ligero en una pequeña cafetería y se había marchado rápido para que nadie pudiera recordar nada acerca de él. Sin duda, Loring tenía ojos y oídos en toda aquella parte de la Bohemia.

Conocía bien la geografía local. En realidad ya se encontraba en territorio de Loring, pues la antigua hacienda familiar se extendía muchos kilómetros en todas direcciones. El castillo estaba situado hacia la esquina noroeste de la heredad, rodeado por densos bosques de abedules, hayas y chopos. La región de Sumava, al suroeste de Checoslovaquia, era una importante fuente maderera, pero los Loring nunca habían tenido necesidad de comercializar sus bosques.

Sacó la mochila del maletero y comenzó la caminata hacia el norte. Veinte minutos más tarde apareció el castillo Loukov. La fortaleza se encontraba encaramada sobre una elevación rocosa, muy por encima de las copas de los árboles, a menos de un kilómetro de distancia. Al oeste, el fangoso río Orlik se abría paso hacia el sur. Aquel punto ventajoso le ofrecía una vista muy clara de la entrada oriental del complejo, la empleada por los vehículos, y del portón occidental, usado en exclusiva por el personal y los camiones de entrega de mercancías.

El castillo resultaba impresionante. Un variado conjunto de torres y edificios se alzaba hacia el cielo tras las murallas rectangulares. Conocía bien su disposición. Las plantas inferiores eran principalmente salones de ceremonias y salas públicas de exquisita decoración, mientras que las superiores estaban tomadas por los dormitorios y otras zonas habitables. En algún sitio, oculta entre las estructuras de piedra, se encontraba una cámara con la colección privada, similar a la que Fellner y los otros siete miembros poseían. El truco estaba en dar con ella y descubrir el modo de entrar. Tenía una idea bastante aproximada de dónde se encontraría ese espacio, una conclusión a la que había llegado durante una de las reuniones del club mediante el estudio de la arquitectura. Pero tendría que buscar de todos modos. Y rápido. Antes de la mañana.

La decisión de Monika de permitir la invasión no lo había sorprendido. Haría lo que fuera para demostrar que ella tenía el control. Fellner había sido bueno con él, pero Monika iba a ser aún mejor. El anciano no viviría eternamente. Y aunque lo echaría de menos, las posibilidades que se le presentaban con Monika resultaban casi embriagadoras. Ella era dura, pero vulnerable. Estaba convencido de que podría dominarla y de que, al hacerlo, dominaría la fortuna que ella iba a heredar. Sí, era un juego peligroso, pero merecía la pena correr ese riesgo. El que Monika fuera incapaz de amar era una buena ayuda. Lo mismo le sucedía a él. Formaban una pareja perfecta. La lujuria y el poder eran todo el pegamento que necesitaban para que su vínculo fuera permanente.

Se quitó la mochila y buscó los prismáticos. Desde la seguridad de un denso grupo de álamos estudió el castillo de arriba abajo. El cielo azul delineaba a la perfección su silueta. Su mirada se desvió hacia el este. Dos coches ascendían la empinada carretera en dirección al castillo.

Coches de policía.

Interesante.

Suzanne puso un bollo de canela recién horneado en el plato de porcelana y añadió un poco de mermelada de frambuesa. Se sentó a la mesa en la que ya se encontraba Loring. Aquella sala era uno de los comedores más pequeños del castillo, reservado para la familia. Una de las paredes de alabastro estaba ocupada por expositores de roble llenos de copas del Renacimiento. Otra estaba cubierta por incrustaciones de piedras semipreciosas de Bohemia que delineaban iconos de santos checoslovacos. Ella y Loring desayunaban solos, como hacían todas las mañanas cuando ella estaba en casa.

—La prensa de Praga abre con la explosión —dijo Loring. Dobló el periódico y lo depositó sobre la mesa—. El artículo no propone teorías, solo indica que el avión explotó poco después del despegue y que todos sus ocupantes murieron. Sí nombran a Fellner, a Monika y a los pilotos.

Suzanne bebió un poco de café.

—Lo siento por *Pan* Fellner. Era un hombre respetable. Pero que Monika tenga buen viaje. Habría terminado siendo la destrucción de todos nosotros. Sus temeridades no tardarían en ser un problema.

—Creo que tienes razón, *drahá*.

Suzanne saboreó el bollo caliente.

—¿Y van a acabar ya las muertes?

—Eso espero, desde luego.

—Es una parte de mi trabajo con la que no disfruto.

—Y me alegro de que así sea.

—¿Disfrutaba mi padre con ello?

Loring la miró.

—¿A qué viene eso?

—Anoche estuve pensando en él. Era muy cariñoso conmigo. Nunca sospeché que poseyera tales capacidades.

—Cariño, tu padre hacía lo que resultaba necesario. Como tú. Sois muy parecidos. Estaría orgulloso de ti.

Pero, en ese momento, ella no se sentía muy orgullosa de sí misma. El asesinato de Chapaev y de todos los demás... ¿Permanecerían las imágenes siempre en su mente? Temía que sí. ¿Y qué había de su propia maternidad? Siempre la había imaginado como parte de su futuro, pero tras el día anterior, quizá fuera necesario ajustar esa ambición. Las posibilidades que se abrían ahora eran infinitas y emocionantes. El hecho de que mucha gente hubiera muerto para hacerlas posibles era lamentable, pero no podía comerse la cabeza con ello. Ya no más. Era el momento de avanzar y al diablo la conciencia.

Entró un mayordomo que cruzó el suelo de terrazo hasta detenerse junto a la puerta. Loring levantó la mirada.

—Señor, la policía está aquí y desea hablar con usted.

Suzanne miró a su empleador y sonrió.

—Te debo cien coronas.

La noche anterior, al regresar de Praga, él había apostado a que la policía aparecería en el castillo antes de las diez. Eran las diez menos veinte.

—Hazlos pasar.

Unos momentos después, cuatro hombres uniformados entraron raudos en el comedor.

—*Pan* Loring —dijo en checo el que parecía llevar la voz cantante—, nos alegramos de que se encuentre usted bien. El accidente de su reactor ha sido una tragedia.

Loring se levantó de la mesa y se dirigió hacia ellos.

—Estamos todos conmocionados. Anoche invitamos a *Herr* Fellner y su hija a cenar, y los dos pilotos llevaban muchos años con nosotros. Sus familias viven aquí. Ahora marchaba a visitar a sus viudas. Es espantoso.

—Disculpe las molestias, pero necesitábamos hacerle algunas preguntas. En particular, por qué podría haber sucedido esto.

Loring se encogió de hombros.

—No sabría decir. Solo que mis oficinas llevan varias semanas informando de amenazas contra mi persona. Una de mis empresas está considerando una expansión por el Oriente Medio. Llevamos un tiempo desarrollando negociaciones públicas allí. Al parecer, los responsables de las amenazas telefónicas no deseaban mi presencia corporativa en sus países. Informamos de estas amenazas a los saudíes y no puedo sino asumir que todo esto está relacionado. No se me ocurre otra cosa. Nunca imaginé que tuviera enemigos tan violentos.

—¿Dispone de alguna información acerca de estas llamadas?

Loring asintió.

—Mi secretario personal está más que familiarizado con ellas. Le he dado instrucciones para que esté hoy en Praga, a su disposición.

—Mis superiores quieren que me asegure de que lleguemos al fondo de lo sucedido. Mientras tanto, ¿cree que es conveniente que siga aquí, sin protección?

—Estas murallas me proporcionan una gran seguridad y todos los empleados están alerta. Todo está bien.

—De acuerdo, *Pan* Loring. Por favor, no olvide que nos tiene aquí si nos necesita.

Los policías se retiraron y Loring regresó a la mesa.

—¿Impresiones?

—No tienen motivo para no aceptar tus explicaciones. Tus contactos en el Ministerio de Justicia te vendrán bien.

—Llamaré más tarde para agradecerles la visita y ofrecer mi completa cooperación.

—Debes llamar personalmente a los miembros del club. Y dejar clara tu pesadumbre.

—Cierto, cierto. Me encargaré ahora mismo.

―――

Paul conducía el Land Rover. Rachel estaba sentada delante y McKoy detrás. El hombretón llevaba en silencio casi todo el camino desde Stod. La *autobahn* los había llevado hasta Nuremberg. A partir de allí, una serie de autovías de dos carriles recorría la frontera alemana hacia el suroeste de la antigua Checoslovaquia.

El terreno se había ido tornando progresivamente boscoso y elevado, y el paisaje quedaba salpicado de vez en cuando por lagos y campos de cereal. Al consultar antes el mapa de carreteras para determinar la ruta más corta hacia el este, Paul había reparado en Ceské Budejovice, la localidad más grande de la región, y recordó un informe de la CNN sobre su cerveza Buvar, más conocida por su nombre alemán, Budweiser. La compañía estadounidense del mismo nombre había tratado en vano de comprar su tocaya, pero los habitantes habían rechazado una y otra vez los millones ofrecidos, al tiempo que recordaban que llevaban produciendo cerveza muchos siglos antes de que los Estados Unidos existieran siquiera.

La ruta hacia Checoslovaquia los llevó por una serie de pintorescos pueblos medievales, en su mayoría adornados con un castillo en lo alto o unos almenajes de gruesa piedra. Las direcciones del amigable encargado de una tienda ajustaron su ruta y no eran las dos todavía cuando Rachel divisó el castillo Loukov.

La aristocrática fortaleza estaba encaramada sobre un promontorio rocoso que dominaba un bosque muy denso. Dos torres poligonales y tres redondeadas se alzaban sobre una muralla exterior de piedra salpicada de relucientes ventanas con maineles y oscuras aspilleras. La silueta grisácea estaba rodeada por casetones y bastiones semicirculares, y por todas partes se elevaban chimeneas hacia el cielo. Una bandera roja, blanca y azul ondeaba bajo la leve brisa de la tarde. Dos barras gruesas y un triángulo. Paul reconoció la bandera nacional checa.

—Casi te esperas que salgan a recibirte caballeros con armadura montados en sus caballos —dijo Rachel.

—Ese hijo de su puta madre sabe vivir —dijo McKoy—. Loring ya me cae bien.

Paul condujo el Rover por una empinada carretera hacia lo que parecía ser la puerta principal. Unas enormes puertas de roble reforzadas con bandas metálicas aguardaban abiertas de par en par, revelando un patio pavimentado. Los edificios estaban rodeados de coloridos rosales y otras flores primaverales. Paul detuvo el coche y todos bajaron. Un Porsche gris metálico aguardaba junto a un Mercedes de color crema.

—El muy cabrón también sabe conducir —dijo McKoy.

—¿Cuál será la puerta principal? —se preguntó Paul.

Seis puertas diferentes se abrían al patio desde los distintos edificios. Paul dedicó un momento a estudiar las ventanas abuhardilladas, los aleros en punta y la estructura de madera, que formaba complejos patrones. Una interesante combinación arquitectónica de gótico y barroco, prueba, asumió, de una construcción dilatada y de múltiples influencias humanas.

McKoy señaló.

—Yo creo que es esa puerta de ahí —dijo.

La puerta arqueada de roble estaba enmarcada en pilastras de piedra y en el frontón se veía grabado un elaborado escudo de armas. McKoy se acercó y golpeó una aldaba de metal bruñido. Un mayordomo abrió la puerta y McKoy explicó educadamente quiénes eran y el motivo por el que estaban allí. Cinco minutos después se encontraban sentados en una exuberante sala. Cabezas de ciervos, jabalíes y cornamentas sobresalían de las paredes. Un fuego ardía en un enorme hogar de granito y el alargado espacio estaba suavemente iluminado, además de por el fuego, por unas lámparas de vidrio coloreado. Unos recios pilares de madera soportaban un techo decorado con estuco y parte de las paredes estaba adornada con cuadros al óleo. Paul inspeccionó los lienzos. Dos Rubens, un Durero y un Van Dyck. Increíble. Lo que daría el High Museum por poder exponer uno solo...

El hombre que entró silenciosamente a través de las puertas dobles se acercaba a los ochenta. Era alto, con el cabello de un color gris apagado, y la perilla desvaída que le cubría el cuello y el mentón raleaba con la edad. Poseía un rostro hermoso que, para alguien de una riqueza y una estatura tan evidentes, no dejaba un recuerdo indeleble. Paul pensó que quizá la máscara no mostrara de forma intencionada emoción alguna.

—Buenas tardes. Soy Ernst Loring. Normalmente no acepto a nadie que carezca de invitación previa, pero mi mayordomo me ha explicado su situación y, debo confesarlo, me ha dejado intrigado. —El anciano hablaba un inglés claro.

McKoy se presentó y le ofreció la mano. Loring la aceptó.

—Me alegro de conocerlo al fin. Llevo años leyendo acerca de usted.

Loring sonrió. El gesto pareció elegante y esperado.

—No debe creer nada de lo que lea u oiga. Me temo que a la prensa le gusta presentarme como mucho más interesante de lo que soy en realidad.

Paul dio un paso adelante y se presentó a sí mismo y a Rachel.

—Es un placer conocerlos a los dos —dijo Loring—. ¿Por qué no nos sentamos? Ya nos están preparando algo para tomar.

Todos se sentaron en los sillones neogóticos y en el sofá, que estaban orientados hacia la chimenea. Loring miró a McKoy.

—El mayordomo mencionó algo sobre una excavación el Alemania. El otro día leí un artículo al respecto. Sin duda debe requerir su constante atención. ¿Cómo es que están aquí y no allí?

—Porque allí no hay una mierda que encontrar.

La expresión de Loring delató curiosidad, nada más. McKoy habló a su anfitrión acerca de la excavación, los tres camiones, los cinco cuerpos y las letras en la arena. Mostró a Loring las fotografías que Alfred Grumer había tomado, junto con una más que él había sacado el día anterior, después de que Paul trazara las demás letras hasta formar «LORING».

—¿Tiene alguna explicación de por qué ese tipo moribundo escribió su nombre en la arena? —preguntó McKoy.

—No hay indicación de que lo hiciera. Como ha dicho, todo es mera especulación por su parte.

Paul guardaba silencio, satisfecho con que McKoy dirigiera la carga. Él valoraba las reacciones del checo. Aparentemente, Rachel también estudiaba al anciano y lo hacía con la expresión con que observaba al jurado durante un juicio.

—Sin embargo —dijo Loring—, entiendo que puedan pensar eso. Las pocas letras originales son bastante consistentes.

McKoy capturó la mirada de Loring con la suya.

—*Pan* Loring, déjeme ir al grano. La Habitación de Ámbar estaba en esa cámara y creo que usted o su padre estuvieron allí. Si conserva usted o no los paneles, ¿quién sabe? Pero pienso que sí llegaron a tenerlos.

—Aunque poseyera tal tesoro, ¿por qué lo admitiría abiertamente ante ustedes?

—No, no lo haría. Pero podría no gustarle que entregara toda esta información a la prensa. He firmado varios acuerdos de producción con agencias de noticias de todo el mundo. La excavación es un desastre evidente, pero esta información es la clase de dinamita que podría permitirme devolver al menos parte de lo que debo a los inversores. Supongo que a los rusos también les interesará mucho. Por lo que he oído, pueden ser, digamos, persistentes en la recuperación de tesoros perdidos...

—¿Y pensó usted que podría estar dispuesto a pagar por el silencio?

Paul estaba estupefacto. ¿Extorsión? No tenía ni idea de que McKoy había acudido a Checoslovaquia para chantajear a Loring. Al parecer, Rachel era de su opinión.

—Espere, McKoy —dijo ella levantando la voz—. Nunca se habló para nada de extorsión.

—No queremos tener parte en esto —la apoyó Paul.

McKoy no pareció preocuparse.

—Ustedes dos deben seguir con el programa. Lo he pensado durante el camino. Este tío no va a llevarlos a ver la Habitación de Ámbar aunque la tenga. Pero Grumer está muerto. Y tenemos otros cinco muertos en Stod. Sus padres, el suyo, Chapaev, todos muertos. Hay cadáveres por todas partes. —McKoy perforó a Loring con la mirada—. Y creo que este hijo de puta sabe mucho más que la mierda que admite.

Una vena palpitaba en la sien del anciano.

—Es de una grosería extraordinaria para ser un invitado, *Pan* McKoy. ¿Ha venido a mi casa a acusarme de asesinato y robo? —La voz era firme, pero calmada.

—Yo no le he acusado de nada. Pero sabe mucho más de lo que está dispuesto a admitir. Su nombre lleva años ligado a la Habitación de Ámbar.

—Rumores.

—Rafal Dolinski —respondió McKoy.

Loring guardó silencio.

—Era un periodista polaco que se puso en contacto con usted hace tres años. Le envió el borrador de un artículo en el que estaba trabajando. Un buen tipo. Un hombre estupendo. Muy decidido. Unas semanas después voló por los aires en una mina. ¿Lo recuerda?

—No sé nada de eso.

—Una mina cerca de aquella en la que la jueza Cutler, aquí presente, estuvo a punto de palmar. Y eso si no es la misma.

—He leído algo acerca de esa explosión de hace unos días. Entonces no se me ocurrió conexión alguna.

—Desde luego —respondió McKoy—. Creo que a la prensa le van a encantar todas estas conjeturas. Piense en ello, Loring. Tiene todo el aroma de una gran historia: financiero internacional, tesoro perdido, nazis, asesinatos. Por no mencionar a los alemanes. Si encontró usted la Habitación de Ámbar en su territorio, sin duda querrán recuperarla. Sería una excelente arma negociadora con los rusos.

Paul sintió la necesidad de intervenir.

—Señor Loring, quiero que sepa usted que Rachel y yo no sabíamos nada de esto cuando aceptamos venir aquí. Nuestra única preocupación es descubrir algo acerca de la Habitación de Ámbar, satisfacer la curiosidad generada por el padre de Rachel, nada más. Yo soy abogado y ella jueza. Nunca tomaríamos parte en un chantaje.

—No necesitan explicarse —replicó Loring, que se volvió hacia McKoy—. Quizá tenga usted razón: las especulaciones pueden ser un problema. Vivimos en un mundo en el que la percepción es mucho más importante que la realidad. Me tomaré esta situación más como una forma de seguro que como un chantaje. —Una sonrisa curvó los finos labios del anciano.

—Tómesela como le apetezca. Lo único que quiero yo es que me pague. Tengo un grave problema de liquidez y un montón de cosas que contar a un montón de gente. El precio del silencio aumenta a cada minuto que pasa.

La expresión de Rachel se endureció. Paul supuso que estaba a punto de explotar. McKoy no le había gustado desde el principio. Había sospechado de sus modales arrogantes y le había preocupado que las actividades de ellos se mezclaran con las de él. Paul casi podía oírlo: había sido él quien los había metido en aquel follón y era él quien debía resolverlo.

—¿Podría hacer una sugerencia? —ofreció Loring.

—Por favor —respondió Paul con la esperanza de que se impusiera una cierta cordura.

—Me gustaría tener algo de tiempo para pensar en esta situación. Sin duda, no habrán pensado regresar ahora a Stod. Quédense a pasar la noche. Cenaremos juntos y después seguiremos hablando.

—Eso sería maravilloso —respondió McKoy rápidamente—. Ya estábamos pensando en buscar alguna habitación por la zona.

—Excelente. Haré que los mayordomos metan sus cosas.

53

Suzanne abrió la puerta del dormitorio.

—*Pan* Loring quiere verla en la Habitación de los Antepasados —le dijo en checo un mayordomo—. Debe utilizar usted los pasillos traseros. Evitar los salones principales.

—¿Dijo por qué?

—Tenemos invitados para la noche. Podría estar relacionado con ellos.

—Gracias. Bajaré inmediatamente.

Cerró la puerta. Qué extraño: los pasillos traseros. El castillo estaba cruzado por pasadizos secretos que la aristocracia habían empleado en el pasado como medio de escape y que ahora usaba el personal al servicio del castillo. Su habitación estaba hacia la parte trasera del complejo, más allá de los salones principales y las zonas vivideras, a medio camino de la cocina y las áreas de trabajo, pasado el punto en que comenzaban los pasadizos secretos.

Salió del dormitorio y bajó dos plantas. La entrada más cercana de los pasillos ocultos se encontraba en una pequeña salita de la planta baja. Se acercó a una pared forrada de madera. Unas intrincadas molduras enmarcaban unas planchas exquisitamente teñidas de nogal libre de nudos. Sobre el hogar gótico encontró el interruptor, que estaba camuflado como parte de la decoración en forma de pergamino. Una sección de la pared junto a la chimenea se abrió como un resorte. Entró en el pasadizo y cerró el panel.

Aquella ruta laberíntica consistía en un pasaje angosto en el que apenas si cabía una persona y que viraba constantemente en ángulos rectos. Cada cierto trecho aparecía resaltada en la piedra la silueta de una puerta que conducía a un pasillo o una sala. Suzanne había jugado allí de niña a ser una princesa bohemia que huía de los invasores infieles que habían atravesado las murallas del castillo. Estaba bien familiarizada con su disposición.

La Habitación de los Antepasados carecía de entrada al laberinto, pero la Sala Azul era el punto más cercano. Loring llamaba así a aquel espacio por sus colgaduras de cuero azul ribeteadas de dorado. Salió y se quedó junto a la puerta tratando de oír sonidos procedentes del pasillo. Al no escuchar nada, salió rápidamente al corredor, corrió y entró con premura en la Habitación de los Antepasados, cerrando la puerta tras ella.

Loring estaba de pie, en una zona semicircular que hacía las veces de mirador, junto a unos ventanales de cristal plomado. En la pared, sobre dos leones tallados en la piedra, se encontraba el escudo de armas de la familia. Servían como adorno los retratos de Josef Loring y los de los demás antepasados.

—Parece que la providencia ha tenido a bien ofrecernos un regalo —dijo. Le habló acerca de Wayland McKoy y los Cutler.

Suzanne enarcó una ceja.

—Ese McKoy tiene temple.

—Más de lo que te imaginas. No pretende obtener dinero alguno. Imagino que me estaba poniendo a prueba para ver mi reacción. Es más astuto de lo que quiere dejar traslucir a su interlocutor. No ha venido por dinero. Ha venido a encontrar la Habitación de Ámbar. Probablemente quisiera que los invitara a quedarse.

—Entonces, ¿por qué lo has hecho?

Loring juntó las manos tras la espalda y se acercó al viejo retrato al óleo de su padre. La mirada tranquila y compleja de su padre lo observó. En la imagen, unos mechones blancos caían sobre el ceño fruncido. Su mirada era la de un hombre enigmático que dominaba su época y que de algún modo esperaba lo mismo de sus hijos.

—Mis hermanos y hermanas no sobrevivieron a la guerra —dijo Loring en voz baja—. Siempre he creído que se trataba de una señal. Yo no fui el primogénito. Nada de esto estaba destinado a ser mío.

Suzanne ya sabía eso, así que se preguntó si Loring no estaría hablando al cuadro, quizá terminando una conversación que él y su padre habían comenzado décadas atrás. Su propio padre le había hablado acerca del viejo Josef. Acerca de lo exigente, implacable y difícil que podía llegar a ser. Esperaría mucho de su último hijo superviviente.

—Mi hermano tenía que haber heredado. Sin embargo, fui yo quien recibió la responsabilidad. Los últimos treinta años han sido difíciles. Muy difíciles, de hecho.

—Pero has sobrevivido. De hecho, has prosperado.

Loring se volvió hacia ella.

—¿No será otra señal de la providencia? —Se acercó a ella—. Mi padre me legó un dilema. Por una parte me entregó un tesoro de belleza inimaginable: la Habitación de Ámbar. Por otro, me veo obligado constantemente a enfrentarme a los desafíos de esta posesión. En sus tiempos las cosas eran muy distintas. Vivir tras el Telón de Acero tenía la ventaja de poder matar a quien se quisiera. El único deseo de mi padre era que todo esto quedara en la familia. Le daba una especial importancia a esto. Tú eres de la familia, *drahá,* tanto como lo son los hijos de mi sangre. Eres mi hija del alma.

El anciano la miró durante largo rato y le acarició la mejilla con la mano.

—Desde este momento hasta la noche permanece en tu cuarto, fuera de las zonas comunes. Ya te diré más tarde lo que debemos hacer.

Knoll avanzaba a través del bosque, que era denso sin resultar intransitable. Redujo el tiempo escogiendo una ruta abierta bajo el follaje, siguiendo las sendas definidas y desviándose solo al final, para que su acercamiento último resultara desapercibido.

La noche recién caída se presentaba fresca y seca, y prometía hacerse mucho más fría a medida que pasaran las horas. El sol poniente desaparecía por el oeste, aunque sus rayos aún perforaban las hojas primaverales para dejar un fulgor apagado. Los gorriones piaban en lo alto. Pensó en Italia, hacía dos semanas, cuando tuvo que recorrer otro bosque hacia otro castillo. Otra búsqueda. Aquel viaje había terminado con dos muertes. Se preguntó qué le depararía la misión de aquella noche.

El camino consistía en un ascenso constante hacia el promontorio rocoso que formaba la cimentación de las murallas del castillo. Había sido paciente toda la tarde y había esperado en un hayedo, a un kilómetro al sur. Había visto llegar y marcharse los dos coches de policía a primera hora de la mañana, y desde entonces se había preguntado qué asuntos tendrían con Loring. Después, a media tarde, un Land Rover había entrado por la puerta principal y no había salido. Quizá hubiera llevado invitados. Distracciones que podrían mantener ocupados a Loring y a Suzanne lo suficiente como para enmascarar su breve visita, como había esperado que sucediera con la prostituta italiana que estaba visitando a Pietro Caproni. De momento no sabía siquiera si Danzer estaba allí, ya que no había visto entrar ni salir su Porsche. Asumió que estaba dentro.

¿Dónde iba a estar si no?

Detuvo su avance a unos treinta metros de la entrada oeste. Una puerta aparecía bajo una inmensa torre circular. El recio telón de piedra se elevaba veinte metros, liso y desprovisto de más abertura que alguna aspillera ocasional. Los contrafuertes que sobresalían en la base se elevaban inclinados, una innovación medieval que proporcionaba resistencia y ayudaba a que las rocas y proyectiles arrojados desde arriba rebotaran hacia los atacantes. Knoll pensó en su utilidad para un invasor moderno. Mucho había cambiado en cuatrocientos años.

Revisó las murallas desde la base hacia arriba. En las plantas superiores había ventanas rectangulares con rejas de hierro. Sin duda, en tiempos medievales el trabajo de la torre sería defender la entrada posterior. Pero su altura y tamaño también parecían proporcionar una adecuada transición entre la irregular línea de cubierta y las alas adyacentes. Estaba familiarizado con la entrada a causa de las reuniones del club. La usaba principalmente el personal. Más allá se abría una zona pavimentada sin conexión con el resto del castillo y que permitía a los vehículos dar la vuelta.

Necesitaba entrar rápida y silenciosamente. Estudió la pesada puerta de madera reforzada con hierro ennegrecido. Casi sin duda estaría cerrada con llave, pero no protegida por una alarma. Sabía que Loring, como Fellner, no disponía de una seguridad demasiado férrea. La vastedad del castillo, unida a su remota localización, eran mucho más eficaces que cualquier otro sistema. Además, nadie aparte de los miembros del club y sus adquisidores sabía nada de lo que en realidad se ocultaba en las casas de aquellos coleccionistas.

Observó protegido por los densos arbustos y reparó en una rendija negra en el borde de la puerta. Corrió rápidamente hacia ella y descubrió que la puerta estaba abierta. La empujó y esta reveló un pasillo de medio punto. Hacía trescientos años, aquella entrada se habría usado para transportar cañones fuera o para permitir la salida de los defensores. El oscuro pasadizo viraba dos veces. Una a la izquierda, otra a la derecha. Sabía que se trataba de un mecanismo de defensa para frenar a los invasores. Dos rastrillos, uno a medio camino de la rampa y otro al final, podían emplearse para desviar al enemigo.

Otra de las obligaciones para el anfitrión mensual de la reunión del club era proporcionar alojamiento para la noche a miembros y adquisidores, de ser así solicitado. La heredad de Loring disponía de camas más que suficientes para alojarlos a todos. El ambiente histórico era probablemente el motivo por el que la mayoría aceptaba la hospitalidad de Loring. Knoll había permanecido muchas veces en el castillo y recordaba que el anfitrión les había explicado una vez su historia, el modo en que su familia llevaba casi quinientos años defendiendo las murallas. En aquel mismo pasillo se habían librado batallas a vida o muerte. También recordaba las discusiones acerca de la existencia de pasadizos secretos. Tras el bombardeo, durante la reconstrucción, se habían creado cámaras para permitir un modo sencillo de refrescar y calentar las muchas habitaciones, además de proporcionar agua corriente y electricidad a salas que en el pasado solo se habían calentado con chimeneas. Recordaba especialmente una de las puertas secretas que se abrían en el estudio de Loring. El anciano se la había mostrado una noche a sus invitados. El castillo estaba cosido de un lado a otro por un laberinto de aquellos pasadizos. El Burg Herz de Fellner era similar, pues se trataba de una innovación arquitectónica habitual en las fortalezas de los siglos XV y XVI.

Recorrió sigilosamente el oscuro camino y se detuvo al final de una entrada inclinada. Delante lo esperaba un pequeño patio interior. Lo rodeaban edificios de cinco épocas. El más alejado era una de las torres circulares del castillo. Desde su planta baja llegaba el sonido de voces, ollas y cazuelas al entrechocar. El aroma de la carne asada se mezclaba con el potente hedor procedente de los contenedores de basura que había al lado. Las cajas rotas de verduras y frutas se apilaban, junto con otras cajas mojadas de cartón, como si fueran bloques de construcción. El patio estaba limpio, pero sin duda se trataba de las laboriosas entrañas de aquel inmenso escenario: las cocinas, establos, sala de guardia, despensa y salazón de antaño, hoy el lugar donde los empleados se aseguraban de que el resto del lugar permaneciera inmaculado.

Se pegó a las sombras.

Las ventanas abundaban en las plantas superiores, cada una de las cuales podía ocultar un par de ojos que lo descubriera y diera la alarma. Necesitaba entrar sin levantar sospechas. Llevaba el estilete oculto en el brazo derecho, bajo una chaqueta de algodón. El regalo de Loring, la CZ-75B, estaba asegurado en la sobaquera y en el bolsillo llevaba dos cargadores de repuesto. Cuarenta y cinco balas en total. Pero lo último que quería era esa clase de problema.

Se agazapó y avanzó a rastras los últimos metros, pegado siempre a la muralla de piedra. Superó el borde de la muralla y descendió hasta una estrecha pasarela. Corrió entonces hacia la puerta que se encontraba a diez metros de distancia. Probó el picaporte. Abierta. Entró. Lo recibió de inmediato el olor de productos frescos y el aire húmedo.

Se encontraba en un corto pasillo que se abría a una habitación a oscuras. Un grueso soporte octogonal de roble sostenía un techo bajo de vigas. Una pared quedaba dominada por un hogar apagado. El aire era gélido y el interior estaba atestado de cajas apiladas. Parecía tratarse de una vieja alacena que ahora se empleaba como almacén. Dos puertas conducían fuera. Una directamente enfrente, otra a la izquierda. Al recordar los sonidos y olores del exterior, concluyó que la puerta de la izquierda conduciría con toda probabilidad a la cocina. Necesitaba dirigirse hacia el este, de modo que escogió la puerta que tenía delante y pasó a otra sala.

Estaba a punto de proseguir su avance cuando oyó voces y movimiento procedente de la esquina que tenía delante. Regresó rápidamente al almacén. En vez de salir, decidió ocultarse tras uno de los muros formados por las cajas. La única luz artificial era una bombilla desnuda y suspendida de la viga central. Esperaba que las voces estuvieran meramente de paso; no quería matar, ni siquiera herir a ningún miembro del servicio. Bastante grave era ya lo que estaba haciendo, como para empeorar la vergüenza de Fellner con violencia.

Pero no dejaría de hacer lo que considerara necesario.

Se encogió tras una pila de cajones y apoyó la espalda contra la pared de piedra. Pudo echar un vistazo, gracias a la irregularidad de las pilas de material. El silencio quedaba roto únicamente por una mosca atrapada que zumbaba contra las ventanas.

La puerta se abrió.

—Necesitamos pepinos y perejil. Y si ves esas latas de melocotón, también —dijo una voz de hombre en checo.

Por suerte, ninguno de los dos tiró de la cadena que encendía la luz del techo, pues confiaban en la luz del ocaso que se filtraba por las sucias ventanas.

—Aquí —dijo el otro hombre.

Los dos se dirigieron al lado opuesto de la habitación. Knoll oyó cómo echaban al suelo una caja de cartón y abrían la tapa.

—¿Sigue contrariado *Pan* Loring?

Knoll echó un vistazo. Uno de los hombres vestía el uniforme requerido a todo el personal de Loring: pantalones marrones, camisa blanca y corbata negra estrecha. El otro llevaba el conjunto de chaqueta de mayordomo del servicio. Loring presumía a menudo de que él mismo había diseñado aquellos uniformes.

—Él y *Pani* Danzer se han pasado el día muy callados. La policía ha venido esta mañana para hacer preguntas y presentar sus condolencias. Pobres *Pan* Fellner y su hija... ¿La viste anoche? Era toda una belleza.

—Yo les serví bebidas y pastel en el estudio, después de la cena. Ella era deliciosa. Y rica. Qué desperdicio. ¿Tiene alguna idea la policía de lo que sucedió?

—*Ne*. El avión simplemente explotó cuando volvían a Alemania. Todos los ocupantes murieron.

Las palabras golpearon a Knoll en la cara. ¿Había oído bien? ¿Habían muerto Fellner y Monika?

Lo inundó la rabia.

Había explotado un avión con Monika y Fellner a bordo. Solo una explicación tenía sentido. Ernst Loring había ordenado aquella acción y Suzanne había sido el mecanismo. Danzer y Loring habían ido a por él y habían fracasado, de modo que habían matado al anciano y a Monika. ¿Pero por qué? ¿Qué estaba sucediendo? Sintió ganas de extraer el estilete, apartar los cajones y hacer pedazos a aquellos dos hombres, para vengar con su sangre la de sus antiguos empleadores. ¿Pero de qué le valdría eso? Se obligó a calmarse. A respirar lentamente. Necesitaba respuestas. Necesitaba saber por qué. Se alegró de estar allí. La razón de todo lo ocurrido, de todo lo que podía ocurrir, se encontraba dentro de las antiguas murallas que lo rodeaban.

—Coge esas cajas y vamos —dijo uno de los hombres.

Los dos se marcharon en dirección a la cocina y todo quedó de nuevo en silencio. Salió de su escondite tras las cajas. Tenía los brazos en tensión y las piernas le cosquilleaban. ¿Era eso emoción? ¿Pesar? No se creía capaz de tales cosas. ¿O se trataba más bien de la oportunidad perdida con Monika? ¿O del hecho de que de repente se había quedado sin trabajo y que su vida planeada había quedado patas arriba? Expulsó aquella sensación de su cerebro y salió del almacén a través del pasillo interior. Viró a izquierda y derecha hasta que encontró una escalera espiral. Su conocimiento de la geografía del castillo le indicaba que debía subir al menos dos plantas antes de llegar a lo que se consideraba la planta principal.

Se detuvo al llegar arriba. Una hilera de ventanas emplomadas se abría a otro patio. Al otro lado del mismo, en la planta superior de la torre rectangular que se alzaba frente a él, a través de unas ventanas aparentemente abiertas para dejar pasar el aire nocturno, vio a una mujer. Su cuerpo caminaba de un lado a otro. La situación de la habitación era similar a la de su propio dormitorio en Burg Herz. Silenciosa. Apartada de las zonas principales. Pero segura. De repente, la mujer se colocó frente al rectángulo abierto, extendió los brazos y cerró las ventanas hacia dentro.

Vio claramente el rostro aniñado y los ojos traviesos.

Suzanne Danzer.

Bien.

54

Knoll logró entrar a los pasillos ocultos más fácilmente de lo que había esperado. Había esperado oculto tras una puerta entreabierta hasta que había visto que una sirvienta abría un panel oculto en uno de los pasillos de la planta baja. Supuso que se encontraba en el ala sur del edificio occidental. Necesitaba cruzar hacia el bastión más alejado y dirigirse hacia el nordeste, donde se hallaban las salas públicas.

Entró en el pasadizo y avanzó rápidamente, con la esperanza de no toparse con más miembros del servicio. Las horas tardías parecían disminuir las probabilidades de que eso sucediera. Los únicos que se desplazaban ahora eran las doncellas, que se aseguraban de que se satisficieran todas las necesidades de los invitados para pasar la noche. El húmedo pasillo estaba repleto de conductos de aire, tuberías de agua y tubos eléctricos. El camino lo iluminaban bombillas desnudas.

Subió tres escaleras espirales y se encontró en lo que creía el ala norte. Las paredes estaban cubiertas de diminutos orificios situados en nichos y protegidos por chapas de plomo. A medida que avanzaba abrió algunos para espiar las diversas habitaciones. Aquellas mirillas eran otro residuo del pasado, un anacronismo de una época en la que los ojos y los oídos eran el único modo de obtener información. Ahora no eran más que señales adecuadas para saber dónde se encontraba uno, o una deliciosa oportunidad para un *voyeur*.

Se detuvo en otra mirilla y descorrió la chapa de plomo. Reconoció la habitación Carolotta por la hermosa cama y el escritorio. Loring había bautizado aquel espacio en honor de la amante del rey Luis I de Baviera y su retrato adornaba la pared que tenía enfrente. Se preguntó qué elemento de la decoración ocultaría aquel orificio. Probablemente las tallas de madera, recordó, pues en una ocasión le había sido asignado aquel dormitorio.

Siguió adelante.

De repente, a través de la piedra oyó la vibración de unas voces. Buscó una mirilla. Tras dar con ella, echó un vistazo y pudo ver la figura de Rachel Cutler de pie, en medio de una habitación muy bien iluminada. El pelo húmedo y su cuerpo desnudo estaban envueltos con toallas marrones.

Knoll se detuvo.

—Ya te dije que McKoy planeaba algo —dijo Rachel.

Paul estaba sentado frente a un escritorio de palisandro barnizado. Él y Rachel compartían una habitación de la cuarta planta del castillo. A McKoy se le había asignado otra más abajo. El mayordomo que les había subido la bolsa de viaje les había explicado que aquel cuarto era conocido como la Cámara Nupcial, en honor de un retrato del siglo XVII que mostraba a una pareja con trajes alegóricos, y que colgaba sobre la gran cama. Era una pieza espaciosa y dotada de baño privado, oportunidad que Rachel había aprovechado para darse un breve baño y prepararse para la cena que, según Loring, se serviría a las seis.

—No me siento cómodo con todo esto. Imagino que Loring no será un hombre al que se pueda tomar a la ligera. Especialmente si hablamos de chantaje.

Rachel se quitó la toalla de la cabeza y regresó al baño para secarse el pelo con un secador de mano.

Paul estudió uno de los cuadros que colgaban de las paredes. Se trataba de una figura parcial de san Pedro penitente. Un Da Cortona, o tal vez un Reni. Italiano del siglo XVIII, si recordaba bien. Caro, en caso de que fuera posible encontrarlo siquiera fuera de un museo. El lienzo parecía original. Por lo poco que sabía de porcelana, las figuras que descansaban en los saledizos de las paredes, a ambos lados del cuadro, eran Riemenschneider. Alemanas, del siglo XV, y de un valor incalculable. En el camino hacia el dormitorio habían visto más cuadros, así como tapices y esculturas. Qué no daría la gente del museo de Atlanta por exponer una simple fracción de aquellas piezas.

El secador se apagó. Rachel salió del baño, pasándose los dedos por el pelo rojizo.

—Como en un hotel —dijo—. Gel, champú y secador.

—Salvo que la habitación está decorada con obras de arte que valen millones.

—Todo eso es original.

—Por lo que sé.

—Paul, tenemos que hacer algo acerca de McKoy. Esto está yendo demasiado lejos.

—Estoy de acuerdo. Pero Loring me preocupa. No es para nada lo que esperaba.

—Has visto demasiadas películas de James Bond. No es más que un viejo rico amante del arte.

—Se tomó la amenaza de McKoy con demasiada calma, en mi opinión.

—¿Debemos llamar a Pannik para hacerle saber que nos vamos a quedar aquí?

—No creo que haga falta. Ya veremos cómo se desarrollan las cosas. Pero voto por marcharnos de aquí mañana.

—No pienso poner reparos al respecto.

Rachel se quitó la toalla y se puso unas bragas. Él la observaba desde la silla y trataba de permanecer impasible.

—No es justo —dijo.

—¿El qué?

—Que te pongas a bailar desnuda.

Rachel se puso el sujetador, se acercó a él y se sentó en su regazo.

—Lo del martes por la noche te lo dije en serio. Quiero intentarlo otra vez.

Paul contempló a la Reina de Hielo, semidesnuda en sus brazos.

—Nunca he dejado de quererte, Paul. No sé qué sucedió. Creo que mi orgullo y mi furia lo desbarataron todo. Llegué a un punto en el que me sentía asfixiada. No es nada que hicieras tú. Fue culpa mía. Desde que obtuve el estrado, algo sucedió. No sabría explicártelo.

Rachel tenía razón. Sus problemas habían aumentado desde que ella juró su cargo. Quizá, el hecho de que todo el mundo se pasara el día diciéndole «sí, señora» y «señoría» resultara difícil de olvidar en casa. Pero para él era Rachel Bates, una mujer a la que amaba, no un tótem al que respetar o un conducto hacia la sabiduría de Salomón. Él le rebatía, le decía lo que tenía que hacer y se quejaba cuando ella no lo hacía. Quizá, pasado un tiempo, el marcado contraste entre sus dos mundos se hiciera difícil de delinear. Tanto que ella, al final, había decidido librarse de uno de los lados en conflicto.

—La muerte de papá y todo esto me han hecho ver las cosas con claridad. Toda la familia de mis padres murió en la guerra. No tengo más que a Marla y a Brent... Y a ti.

Paul la miró fijamente.

—Lo digo en serio. Eres mi familia, Paul. Hace tres años cometí un gran error. Me equivoqué.

Paul comprendió lo difícil que le estaba resultando decir aquellas palabras, pero necesitaba saber.

—¿Y cómo es eso?

—El martes por la noche... La aventura en la abadía, colgar así del balcón, basta para hacer entrar en razón al más pintado. Viniste aquí porque creías que yo estaba en peligro y arriesgaste mucho por mí. Yo no debería ser tan difícil. No te lo mereces. Lo único que querías era un poco de paz, tranquilidad y consistencia. Y yo lo único que hacía era poner las cosas más difíciles.

Paul pensó en Christian Knoll. Aunque Rachel nunca lo había admitido, se sentía atraída por él. Podía sentirlo. Pero Knoll la había abandonado para que muriera. Quizá aquel acto hubiera servido para que su mente analítica recordara que no todo era lo que aparentaba. Su ex marido incluido. Qué demonios. La quería. Quería recuperarla. Era el momento de decidir o de callarse.

La besó.

Knoll observó cómo los Cutler se abrazaban, excitado por la visión de Rachel Cutler medio desnuda. Durante el viaje juntos desde Múnich hasta Kehlheim, ya había llegado a la conclusión de que a ella todavía le preocupaba su ex marido. Probablemente aquel fuera el motivo de que lo rechazara en Warthberg. Sin duda se trataba de una mujer atractiva. Pecho muy abundante, cadera estrecha, entrepierna incitadora. Quiso poseerla en la mina y esa era su intención justo antes de que Danzer se inmiscuyera con la explosión. ¿Por qué no rectificar la situación aquella noche? ¿Tenía ya alguna importancia? Fellner y Monika estaban muertos. Él se había quedado sin trabajo. Ninguno de los demás miembros del club querría contratarlo después de lo que estaba a punto de hacer.

Una llamada a la puerta de la habitación captó su atención.

Observó a través de la mirilla.

—¿Quién es? —preguntó Paul.

—McKoy.

Rachel dio un brinco, recogió sus ropas y se ocultó en el dormitorio. Paul se levantó y abrió la puerta. McKoy pasó, vestido con unos pantalones de pana verde y una camisa de rayas. En los grandes pies llevaba unos botines marrones.

—Un atuendo informal, McKoy —dijo.

—Tengo el esmoquin en la tintorería.

Paul cerró la puerta.

—¿Qué estaba haciendo con Loring?

McKoy se encaró con él.

—Anímese, letrado, estaba intentado alterar un poco a ese viejo chocho.

—Entonces, ¿qué estaba haciendo?

—Sí, McKoy, ¿de qué iba todo eso? —preguntó Rachel mientras salía del baño. Iba vestida con unos vaqueros plisados y un jersey ajustado de cuello alto.

McKoy la miró de arriba abajo.

—Viste muy bien, su señoría.

—Vaya al grano —protestó ella.

—El grano era ver si el hombre soltaba prenda, cosa que hizo. Lo presioné para ver de qué está hecho. Venga, hombre. Si no tuviera nada que ver en el asunto, nos habría dicho: «*sayonara*, váyanse a tomar por saco». Tal como se le pusieron las cosas, perdió el culo para que nos quedáramos a pasar la noche.

—¿No hablaba en serio? —preguntó Paul.

—Cutler, sé que ustedes dos me consideran una mierda de las ciénagas, pero tengo valores. Bueno, sí, la mayor parte del tiempo andan un poco sueltos, pero por ahí están. Ese Loring... o sabe algo o quiere saberlo. En cualquier caso, está lo bastante interesado como para hacernos pasar aquí la noche.

—¿Cree que es parte de ese club del que hablaba Grumer? —preguntó Paul.

—Espero que no —respondió Rachel—. Eso podría significar que Knoll y esa mujer andan por aquí.

A McKoy no parecía preocuparle aquello.

—Es una posibilidad que habrá que aceptar. Tengo buenas vibraciones. Y también un montón de inversores esperándome en Alemania, así que necesito respuestas. Apuesto lo que sea a que ese viejo hijo de puta las tiene.

—¿Cuánto tiempo podrá su gente contener la curiosidad de los socios? —preguntó Rachel.

—Un par de días. Como mucho. Mañana por la mañana empiezan a trabajar en el otro túnel, pero les dije que se lo tomaran con calma. Personalmente, creo que es una pérdida de tiempo.

—¿Cómo debemos enfrentarnos a esta cena? —preguntó Rachel.

—Es muy sencillo: cómase lo que le pongan, bébase sus licores y encienda la aspiradora de información. Debemos obtener más de lo que demos, ¿entendido?

Rachel sonrió.

—Sí, entendido.

La cena resultó cordial. Loring dirigió una agradable conversación acerca de arte y política. Paul se sentía fascinado por el alcance de los conocimientos de aquel hombre. McKoy presentó su mejor humor. Aceptó la hospitalidad de Loring y le dedicó toda suerte de elogios a propósito de la comida. Paul lo observaba todo cuidadosamente y reparó en el intenso interés que Rachel sentía por McKoy. Parecía que estuviera esperando a que él cruzara la línea.

Tras el postre, Loring los guió por una visita a la amplia planta baja del castillo. La decoración parecía una mezcla de mobiliario holandés, relojes franceses y candelabros rusos. Paul se fijó en el énfasis en el clasicismo, junto con las imágenes claras y realistas de todas las tallas. En conjunto se trataba de una composición bien equilibrada y plásticamente perfecta. Los artesanos sin duda conocían su oficio.

Cada espacio tenía un nombre. La Cámara Walderdorff. La Habitación Molsberg. La Sala Verde. El Cuarto de las Brujas. Todas estaban decoradas con muebles antiguos (originales en su mayoría, les explicó Loring) y obras de arte, hasta tal punto que Paul tuvo problemas para abarcarlo todo, y deseó que hubiera allí dos encargados del museo para que le explicaran las cosas. En lo que Loring denominó Habitación de los Antepasados, el anciano se detuvo junto a un óleo de su padre.

—Mi padre descendía de un largo linaje. Sorprendentemente, siempre por el lado paterno. Por tanto, siempre ha habido varones Loring para heredar. Ese es uno de los motivos por los que hemos dominado este lugar durante quinientos años.

—¿Y qué hay de la época comunista? —preguntó Rachel.

—Incluso entonces, querida. Mi familia aprendió a adaptarse. No había más opción. Adaptarse o morir.

—Es decir, que trabajaron ustedes para los comunistas —dijo McKoy.

—¿Y qué otra cosa podíamos hacer, *Pan* McKoy?

McKoy no respondió y se limitó a devolver su atención al retrato de Josef Loring.

—¿Estaba interesado su padre en la Habitación de Ámbar?

—Mucho.

—¿Había visto la original en Leningrado antes de la guerra?

—De hecho, mi padre vio la sala antes de la Revolución Rusa. Era un gran amante del ámbar, como sin duda ustedes ya saben.

—¿Por qué no nos dejamos de chorradas, Loring?

Paul se encogió ante la repentina intensidad de la voz de McKoy. ¿Era genuina, o se trataba de más juegos?

—Tengo un agujero en una montaña a ciento cincuenta kilómetros de aquí y cuya excavación me ha costado un millón de dólares. Lo único que he obtenido por mis desvelos han sido tres camiones y cinco esqueletos. Déjeme decirle lo que pienso.

Loring se sentó en una de las sillas de cuero.

—Por favor...

McKoy aceptó un vaso de clarete de un mayordomo con una bandeja.

—Dolinski me contó una historia acerca de un tren que abandonó la Rusia ocupada allá por el 1 de mayo de 1945. Se supone que a bordo viajaba la Habitación de Ámbar, embalada en cajas. Algunos testigos aseguraban que las cajas se descargaron en Checoslovaquia, desde donde supuestamente fueron transportadas en camión hacia el sur. Una versión dice que fueron almacenadas en un búnker subterráneo empleado por el mariscal de campo Von Schörner, comandante del ejército alemán. Otra asegura que se dirigieron hacia el oeste, hacia Alemania. Una tercera dice que hacia el este, hacia Polonia. ¿Cuál es la correcta?

—Yo también he oído esas historias. Pero si no recuerdo mal, ese búnker fue revisado de arriba abajo por los soviéticos. Allí no encontraron nada, de modo que esa opción queda eliminada. Respecto a la versión oriental, la de Polonia, la pongo en duda.

—¿Cómo es eso? —preguntó McKoy mientras se sentaba.

Paul permaneció de pie, con Rachel a su lado. Resultaba interesante ver el duelo de aquellos dos hombres. McKoy se había encargado de los socios con habilidad y en ese momento se comportaba con la misma astucia. Parecía saber por intuición cuándo presionar y cuándo liberar la presión.

—Los polacos carecen del cerebro y de los recursos para albergar un tesoro así —dijo Loring—. Alguien lo habría descubierto ya, sin lugar a dudas.

—Me suena usted muy prejuicioso —señaló McKoy.

—En absoluto. Es un hecho. A lo largo de la historia, los polacos nunca han sido capaces de unirse durante mucho tiempo bajo una misma bandera. Son gregarios, no líderes.

—Entonces, ¿apuesta usted por Alemania, el camino occidental?

—Yo no apuesto nada, *Pan* McKoy. Solo que, de las tres que usted me ha presentado, la occidental parece la más probable.

Rachel se sentó.

—Señor Loring...

—Por favor, querida. Llámeme Ernst.

—De acuerdo..., Ernst. Grumer estaba convencido de que Knoll y la mujer que mató a Chapaev trabajaban para los miembros de un club. Él los llamaba «recuperadores de antigüedades perdidas». Se supone que Knoll y la mujer eran adquisidores: robaban obras de arte que ya habían sido robadas y los miembros competían los unos contra los otros por encontrar nuevas piezas.

—Parece intrigante. Pero puedo asegurarle que yo no soy miembro de ninguna organización así. Como puede ver, mi hogar está lleno de obras de arte. Soy un coleccionista público y muestro abiertamente mis tesoros.

—¿Y qué hay del ámbar? De eso no hemos visto mucho —terció McKoy.

—Tengo varias piezas muy hermosas. ¿Quiere verlas?

—Ya le digo.

Loring salió de la Habitación de los Antepasados y los guió por un pasillo enrevesado hacia zonas más profundas del castillo. La sala en la que por fin entraron se trataba de un pequeño cuadrado sin ventanas. Loring encendió un interruptor encajado en la piedra, lo que iluminó los expositores de madera que se alineaban en las paredes. Paul recorrió las vitrinas y reconoció de inmediato vasijas Vermeyen, cristal de Bohemia y orfebrería Mair. Todas las piezas tenían más de trescientos años y estaban en perfectas condiciones. Dos de los expositores estaban ocupados exclusivamente por ámbar. Entre la colección había un cofrecito, un tablero de ajedrez con sus piezas, un cofre de dos pisos, cajitas para rape, una bacinillas de afeitado, una jabonera y un cepillo para enjabonarse.

—En su mayoría son del siglo XVIII —explicó Loring—. Todas proceden de los talleres de Tsarskoe Selo. Los maestros que trabajaron estas bellezas tallaron los paneles de la Habitación de Ámbar.

—Nunca había visto nada igual —dijo Paul.

—Estoy bastante orgulloso de esta colección. Cada pieza me ha costado una fortuna. Pero, desgraciadamente, no dispongo de la Habitación de Ámbar para hacerles compañía, por mucho que me gustara.

—¿Por qué será que no le creo? —preguntó McKoy.

—Francamente, *Pan* McKoy, nada me importa si me cree o no. La pregunta más importante es cómo va a demostrar usted lo contrario. Viene a mi casa a realizar toda clase de acusaciones infundadas, me amenaza con colocarme frente a los medios de comunicación de todo el mundo, y resulta que no tiene para sustentar sus alegaciones nada más que una fotografía trucada de unas letras en la arena, así como los farfullos de un académico comido por la codicia.

—No recuerdo haber comentado que Grumer fuera un académico —dijo McKoy.

—Y no lo ha hecho. Pero conozco a *Herr Doktor.* Poseía una reputación que yo no tacharía de envidiable.

Paul percibió un cambio en el tono de Loring. Había dejado de ser congenial y conciliatorio. Ahora las palabras eran lentas e intencionadas, su significado claro. Parecía que a aquel hombre se le estaba agotando la paciencia.

McKoy no parecía impresionado.

—Yo creía, *Pan* Loring, que un hombre de su cuna y su experiencia sería capaz de manejar a alguien tan tosco como yo.

Loring sonrió.

—Su franqueza resulta refrescante. No sucede muy a menudo que un hombre me hable como usted lo hace.

—¿Ha pensado acerca de mi oferta de esta tarde?

—Para serle sincero, sí lo he hecho. ¿Solucionaría un millón de dólares americanos su problema de inversión?

—Tres millones me vendrían mejor.

—Entonces supongo que se conformará con dos sin necesidad de más regateos.

—Supone bien.

Loring rió entre dientes.

—*Pan* McKoy, somos muy parecidos.

55

Paul despertó. Había tenido problemas para dormir desde que Rachel y él se habían retirado poco antes de la medianoche. Ella estaba a su lado, dormida como un tronco. No roncaba, pero sí tenía la respiración profunda que él recordaba. Volvió a pensar en Loring y McKoy. Aquel viejo había soltado sin más problemas dos millones de dólares. Quizá McKoy tuviera razón. Loring ocultaba algo cuya protección bien valía aquel dinero. ¿Pero el qué? ¿La Habitación de Ámbar? La idea resultaba un tanto fantasiosa. Imaginó a los nazis desgajando los paneles de las paredes del palacio, el viaje en camión por la Unión Soviética, el nuevo desmantelamiento y transporte hacia Alemania, cuatro años más tarde. ¿En qué estado se encontrarían ahora? ¿Tendrían algún valor, aparte del del material bruto con el que elaborar otras obras de arte? ¿Qué había leído en los artículos de Borya? Que los paneles constaban de cien mil piezas de ámbar. Sin duda, aquel material tendría un valor en el mercado libre. Quizá se tratara de eso. Loring había encontrado el ámbar y lo había vendido, obteniendo lo suficiente como para compensar el silencio al respecto con dos millones de dólares.

Se levantó de la cama y buscó a tientas la camisa y los pantalones que había dejado sobre una silla. Se los puso, pero no así los zapatos: descalzo haría menos ruido. No iba a conseguir dormirse con facilidad y tenía ganas de volver a ver las salas de exposición de la planta baja. La cantidad de piezas había resultado abrumadora y difícil de aprehender. Esperaba que a Loring no le importara una pequeña visita privada.

Lanzó una mirada a Rachel. Estaba enroscada bajo la colcha, su cuerpo desnudo cubierto únicamente por una de las camisas de él. Hacía dos horas habían hecho el amor por primera vez en casi cuatro años.

Paul todavía sentía la intensidad entre ellos. Su cuerpo se había visto sacudido por la liberación de unas emociones que pensaba que nunca más volvería a experimentar. ¿Podrían de verdad arreglar las cosas? Dios sabía lo mucho que él lo deseaba. Las dos últimas semanas habían sido ciertamente agridulces. El padre de Rachel había muerto, pero quizá de aquella tragedia quedara restaurada la familia Cutler. Esperaba no ser simplemente algo con lo que rellenar un vacío. Las palabras de Rachel acerca de que formaba parte de su familia seguían resonando en su mente. Se preguntó por qué estaba tan suspicaz. Quizá a causa de la patada en el estómago que había sufrido tres años atrás. Era posible que estuviera escudando su corazón para protegerlo ante otro golpe demoledor.

Abrió lentamente la puerta y salió al pasillo. Unos apliques con bombillas incandescentes proporcionaban una iluminación suave. No se oía ni un alma. Se dirigió hacia una gruesa barandilla de piedra y miró el vestíbulo, cuatro plantas más abajo, un espacio de mármol iluminado por una serie de lámparas de mesa. Una enorme lámpara de cristal apagada colgaba hasta la tercera planta.

Siguió una alfombra hasta una escalera de piedra que en ángulo recto llegaba hasta la planta baja. Descalzo y en silencio se movió por el castillo, recorrió amplios pasillos y cruzó el salón hacia una serie de espaciosas habitaciones en las que se exponían las piezas. No se encontró con ninguna puerta cerrada con llave.

Entró en el Cuarto de las Brujas, que, como Loring les había explicado antes, era donde antaño se celebraba la corte de estos seres. Se acercó a una serie de gabinetes de ébano y encendió las pequeñas luces halógenas. Reliquias de la época romana se alineaban en las estanterías: estatuillas, estandartes, platos, vasijas, lámparas, campanas, herramientas. También había algunas diosas exquisitamente talladas. Reconoció a Victoria, el símbolo romano de la victoria, con una corona y una hoja de palma en las manos extendidas, para ofrecer una elección.

Del pasillo llegó un ruido repentino. No muy fuerte. Como si algo se arrastrara por la alfombra. Sin embargo, en aquel silencio resonó de forma preocupante.

Miró rápidamente hacia la izquierda, hacia el umbral abierto, y se quedó completamente quieto. Apenas respiraba. ¿Eran pasos, o simplemente el asentamiento nocturno de un edificio con siglos de antigüedad? Alzó la mirada y apagó con cuidado la luz de los expositores. Los gabinetes quedaron a oscuras. Se arrastró hacia un sofá y se agazapó detrás.

Oyó otro sonido. Un paso. Sin duda. Había alguien en el pasillo. Se encogió cuanto pudo tras su escondite y esperó, rezando para que quien fuera siguiera su camino. Quizá no era más que uno de los empleados haciendo las obligatorias rondas.

Una sombra cubrió el umbral iluminado. Paul miró por encima del sofá.

Wayland McKoy pasó de largo.

Debería haberlo sabido. Se levantó y se dirigió de puntillas hacia la puerta. McKoy se encontraba a unos metros y se dirigía a una sala al final del pasillo, la llamada Habitación Románica, en la que no habían llegado a entrar.

—¿No podía dormir? —preguntó.

McKoy dio un respingo y se volvió con presteza.

—Joder, Cutler. Se me han puesto los huevos de corbata. —El hombretón vestía unos vaqueros y un jersey.

Paul señaló los pies desnudos de McKoy.

—Empezamos a pensar igual. Es para preocuparse.

—Un poco de «palurdismo» no le hará ningún daño, abogado de ciudad.

Se ocultaron en las sombras de la Habitación de las Brujas y hablaron entre susurros.

—¿También siente curiosidad?

— Qué le voy a decir. Dos millones, la hostia. Loring se tiró a por ello como las moscas a la mierda.

—¿Qué sabrá?

—No lo sé. Pero es algo. El problema es que este Louvre bohemio está tan lleno de basura que bien podríamos no llegar a encontrarlo.

—Podríamos perdernos en este laberinto.

De repente, algo resonó en el pasillo. El sonido del metal contra la piedra. Paul y McKoy inclinaron la cabeza; llegaba por la izquierda. Desde la Habitación Románica vieron un pálido rectángulo amarillo de luz.

—Voto por ir a mirar —dijo McKoy.

—¿Por qué no? Ya que hemos llegado hasta aquí...

McKoy abrió camino por la alfombra del pasillo. Se detuvieron en seco ante la puerta abierta de la Habitación Románica.

—Joder, mierda —dijo Paul.

Knoll había visto a través de la mirilla cómo Paul Cutler se ponía la ropa y se escabullía. Rachel Cutler no había oído salir a su ex marido y seguía profundamente dormida bajo las mantas. Él llevaba horas esperando antes de hacer su movimiento, para permitir que todos se retiraran a dormir. Planeaba empezar con los Cutler, seguir con McKoy y después pasar a Loring y Danzer. Disfrutaría especialmente con los dos últimos y saborearía el momento de su muerte, la compensación por el asesinato de Fellner y Monika. Pero la repentina partida de Paul Cutler había creado un problema. Por lo que Rachel había descrito, su ex marido no era un tipo precisamente intrépido. Pero allí estaba, aventurándose descalzo en medio de la noche. Desde luego, no se dirigía a la cocina a tomar un tentempié nocturno. Lo más probable es que fuera a fisgar. Tendría que encargarse de él más tarde.

Después de Rachel.

Se deslizó por el pasadizo, siguiendo el rastro de bombillas. Encontró la primera salida y activó el cierre de muelle. Una losa de piedra se abrió y salió a uno de los dormitorios vacíos de la cuarta planta. Se dirigió hacia la puerta del pasillo y se apresuró en dirección al cuarto en el que dormía Rachel Cutler.

Entró y cerró la puerta tras él.

Se acercó a la chimenea renacentista y localizó el interruptor disimulado como un trozo de la moldura dorada. No había entrado desde el pasadizo secreto por miedo a hacer demasiado ruido, pero bien podría necesitar realizar una salida apresurada. Pulsó el interruptor y dejó la puerta escondida medio abierta.

Se acercó cuidadosamente hacia la cama.

Rachel Cutler seguía durmiendo pacíficamente.

Knoll hizo un movimiento con el brazo derecho y esperó a que el estilete se deslizara hasta la palma de su mano.

—Es una puta puerta secreta —dijo McKoy.

Paul no había visto nunca algo así. Las viejas películas y las novelas proclamaban su existencia, pero allí, delante de sus ojos, a diez metros, una sección de la pared se había abierto a través de un pivote central. Uno de los expositores de madera estaba fijado firmemente a la sección móvil y un metro a cada lado permitían la entrada a una habitación iluminada.

McKoy dio un paso adelante.

Paul lo sujetó.

—¿Está loco?

—Eche cuentas, Cutler. Se supone que debemos entrar.

—¿A qué se refiere?

—Me refiero a que nuestro anfitrión no se la ha dejado abierta por accidente. No lo defraudemos.

Paul creía que seguir adelante era una insensatez. Ya había forzado las cosas bajando allí y no estaba en absoluto seguro de querer seguir las cosas hasta su conclusión. Quizá debería volver arriba con Rachel. Pero la curiosidad pudo con él.

De modo que siguió a McKoy.

En la sala que se abría al otro lado vieron más expositores alineados a lo largo de las paredes y en el centro. Paul recorrió asombrado aquel laberinto. Estatuas y bustos de Anticox. Tallas de Egipto y Oriente Medio. Grabados mayas. Joyería antigua. Un par de cuadros le llamaron la atención: un Rembrandt del siglo XVII, del que sabía que había sido robado en un museo alemán hacía treinta años, y un Bellini robado en Italia más o menos en la misma época. Ambos estaban entre los tesoros más buscados del mundo. Recordó el seminario que al respecto se había ofrecido en el High Museum.

—McKoy, estas cosas son robadas.

—¿Cómo lo sabe?

Paul se detuvo frente a un expositor que le llegaba al pecho y que mostraba un cráneo oscurecido sobre un pedestal de cristal.

—Este es el Hombre de Pekín. Nadie lo ha visto desde la Segunda Guerra Mundial. Y esos dos cuadros de ahí son indudablemente robados. Mierda. Grumer tenía razón. Loring es parte de ese club.

—Cálmese, Cutler. Eso no lo sabemos. Puede que ese tipo simplemente tenga una pequeña colección privada. No saquemos conclusiones precipitadas.

Paul se quedó mirando unas puertas dobles abiertas, lacadas en blanco. Divisó las paredes formadas por mosaicos del color del güisqui. Empezó a avanzar, seguido por McKoy. Llegaron al umbral y quedaron atónitos.

—Joder... —susurró McKoy.

Paul contempló la Habitación de Ámbar.

—Lo ha clavado.

El espectáculo visual quedó roto por las dos personas que entraron a través de las otras puertas dobles abiertas a la derecha. Una era Loring. La otra, la mujer rubia de Stod, Suzanne. Los dos llevaban pistolas.

—Veo que han aceptado mi invitación —los saludó Loring.

McKoy se envaró.

—No queríamos defraudarlo.

Loring señaló con el arma.

—¿Qué piensan de mi tesoro?

McKoy dio un paso más adelante. La mujer empuñó con más fuerza la pistola y levantó el cañón.

—Mantenga la calma, señorita. Solo quería admirar la artesanía. —McKoy se acercó a las paredes de ámbar.

Paul se volvió hacia la mujer a la que Knoll había llamado Suzanne.

—Encontró a Chapaev a través de mí, ¿no?

—Sí, señor Cutler. La información me resultó de suma utilidad.

—¿Y mató a ese pobre hombre por esto?

—No, *Pan* Cutler —terció Loring—. Lo mató por mí.

Loring y la mujer permanecían apartados, en uno de los lados de aquella cámara de diez por diez metros. Existían puertas dobles en tres de las paredes y ventanas en la cuarta, aunque Paul supuso que eran falsas. Era evidente que aquella era una cámara interior. McKoy siguió admirando el ámbar, masajeando su suavidad. De no ser por la gravedad de su situación, Paul habría estado igualmente fascinado. Pero no muchos legalizadores de testamentos se las veían en un castillo checoslovaco con dos pistolas semiautomáticas apuntando hacia ellos. Desde luego, la universidad no lo había preparado para ello.

—Encárgate —dijo Loring a Suzanne en voz baja.

La mujer salió. Loring se quedó en la sala, con la pistola apuntada. McKoy se acercó a Paul.

—Esperaremos aquí, caballeros, hasta que Suzanne traiga a la otra Cutler.

McKoy se acercó a su compañero.

—¿Qué cojones hacemos ahora? —susurró Paul.

—¿Y yo qué coño sé?

Knoll apartó lentamente la colcha y se metió en la cama. Se acercó a Rachel y empezó a masajearle suavemente los pechos. Ella respondió a sus caricias suspirando levemente, aún medio dormida. Knoll permitió que su mano le recorriera todo el cuerpo y descubrió que bajo la camisa estaba totalmente desnuda. Rachel se dio la vuelta y se acercó a él.

—Paul... —susurró.

Él le cerró la mano alrededor de la garganta, le dio la vuelta para ponerla de espaldas y se colocó encima. Los ojos de Rachel se abrieron con espanto. Knoll le llevó el estilete a la garganta y tanteó con cuidado la herida que le había abierto el martes por la noche.

—Debería haber seguido mi consejo.

—¿Dónde está Paul? —consiguió decir ella.

—En mi poder.

Ella empezó a pelear. Knoll apretó el canto de la hoja contra la garganta.

—Estese quieta, *Frau* Cutler, o dirigiré el estilete hacia su piel. ¿Me entiende?

Ella se detuvo.

Knoll señaló con la cabeza el panel abierto y relajó levemente su presa para permitirle mirar.

—Está ahí.

Volvió a asegurar la mano sobre la garganta y bajó el cuchillo hacia la camisa, donde se dedicó a arrancar los botones uno a uno. Después apartó los faldones. El pecho desnudo de ella sufrió un espasmo. Knoll trazó el contorno de cada uno de los pezones con la punta del cuchillo.

—La he visto antes desde detrás de la pared. Es usted una amante... intensa.

Rachel le escupió en la cara.

Knoll le propinó un revés.

—Puta insolente... Su padre hizo lo mismo y mire lo que le sucedió.

Le asestó un puñetazo en el estómago y oyó cómo Rachel se quedaba sin aliento. Le golpeó una vez más en cara, esta vez con el puño. La mano regresó a la garganta. Rachel cerró los ojos, aturdida. Knoll le pellizcó las mejillas y le sacudió la cabeza de un lado a otro.

—¿Lo ama? ¿Por qué arriesga su vida? Imagine que es usted una puta y que el precio de mi placer es... una vida. No será desagradable.

—¿Dónde... está... Paul?

Knoll negó con la cabeza.

—Cuánta testarudez... Canalice toda esa furia en la pasión y su Paul verá un nuevo amanecer.

La entrepierna le palpitaba, lista para la acción. Devolvió el cuchillo a la barbilla y apretó.

—De acuerdo —dijo ella al fin.

Knoll titubeó.

—Voy a quitar el cuchillo. Pero muévase un milímetro y la mataré. Y después lo mataré a él.

Bajó lentamente la mano y el cuchillo. Se desabrochó el cinturón y estaba a punto de bajarse los pantalones cuando Rachel gritó.

———

—¿Cómo consiguió los paneles, Loring? —preguntó McKoy.

—Un regalo del cielo.

McKoy soltó una risita. Paul estaba impresionado por la calma que demostraba el hombretón. Se alegró de que alguien mantuviera el control. Él estaba muerto de miedo.

—Imagino que su plan es usar esa pistola en algún momento. Así que honre a un hombre condenado y responda algunas preguntas.

—Tenía razón antes —contestó Loring—. Los camiones dejaron Königsberg en 1945 con los paneles. Al final fueron cargados en un tren. Ese tren se detuvo en Checoslovaquia. Mi padre intentó hacerse con ellos, pero no lo consiguió. El mariscal de campo Von Schörner era leal a Hitler y no pudo comprarlo. Von Schörner ordenó que los cajones fueran transportados en camión hacia el oeste, hacia Alemania. Tenían que haber llegado a Baviera, pero no pasaron de Stod.

—¿Mi caverna?

—Correcto. Mi padre encontró los paneles siete años después de la guerra.

—¿Y mató a sus ayudantes?

—Una decisión empresarial necesaria.

—¿Rafal Dolinski fue otra decisión empresarial necesaria?

—Su amigo reportero se puso en contacto conmigo y me proporcionó una copia de su artículo. Demasiado informativo para su propio bien.

—¿Y qué hay de Borya y de Chapaev? —preguntó Paul.

—Muchos han buscado lo que tienen ante ustedes, *Pan* Cutler. ¿No está de acuerdo en que es un tesoro por el que merece la pena morir?

—¿Mis padres incluidos?

—Descubrimos las indagaciones de su padre por toda Europa, pero al encontrar a ese italiano se acercó demasiado. Aquella fue nuestra primera y única ruptura del secreto. Suzanne se encargó tanto del italiano como de sus padres. Por desgracia, otra decisión empresarial necesaria.

Paul se lanzó contra el anciano. El arma se elevó y apuntó. McKoy agarró a Paul por el hombro.

—Cálmese, supermán. De nada sirve que se deje meter una bala en el cuerpo.

Paul forcejeó para liberarse.

—Retorcerle el puto cuello sí que va a servir. —La furia lo consumía. Nunca se había creído capaz de una ira tal. Quería matar a Loring sin importarle las consecuencias y disfrutar de cada segundo de tormento de aquel hijo de perra. McKoy lo empujó hacia el otro extremo de la estancia.

Loring se dirigió hacia la pared de ámbar opuesta. McKoy le daba la espalda al anciano cuando le susurró a Paul:

—Cálmese. Haga lo que yo haga.

Suzanne encendió una lámpara de techo y la luz bañó el vestíbulo y la escalera. No había peligro de que el personal interfiriera con las actividades nocturnas. Loring les había dado instrucciones específicas de que nadie entrara en el ala principal después de aquella medianoche. Ella ya había pensado en el modo de disponer de los cuerpos y había decidido enterrarlos a los tres en los bosques fuera del castillo, antes de que amaneciera. Subió lentamente las escaleras hasta llegar al desembarco de la cuarta planta, con la pistola en la mano. De repente, un grito perforó el silencio desde la Cámara Nupcial. Suzanne corrió por el pasillo, pasó junto a la balaustrada abierta y se lanzó a por la puerta de roble.

Intentó abrirla. Cerrada con llave.

Otro grito llegó desde el interior.

Suzanne realizó dos disparos contra la vieja cerradura. La madera se astilló. Dio una patada a la puerta. Otra. Un nuevo disparo. Una tercera patada abrió la puerta hacia dentro. En la cámara en penumbra vio a Christian Knoll en la cama, con Rachel Cutler forcejeando debajo de él.

Knoll la vio y propinó un fuerte golpe a Rachel en la cara. Después buscó algo en la cama. Suzanne vio el estilete aparecer en su mano. Apuntó la pistola y disparó, pero Knoll rodó hacia un lado de la cama y la bala no acertó su objetivo. Suzanne reparó en el panel abierto junto a la chimenea. El muy hijo de puta había estado usando los pasadizos. Se arrojó al suelo y se protegió detrás de una silla, pues ya sabía lo que iba a suceder. El estilete surcó la oscuridad y perforó la tapicería, fallando por meros centímetros. Suzanne disparó dos veces más en su dirección. Le respondieron cuatro disparos silenciados que destrozaron el respaldo de la silla. Knoll estaba armado. Y demasiado cerca. Le disparó una vez más y se arrastró hacia la puerta abierta de la habitación, desde donde salió al pasillo. Dos disparos de Knoll rebotaron en la jamba. Una vez fuera, Suzanne se incorporó y echó a correr.

—Tengo que llegar hasta Rachel —susurró Paul, que aún hervía.

McKoy seguía dando la espalda a Loring.

—Salga de aquí cuando yo actúe.

—Tiene una pistola.

—Apuesto lo que sea a que ese hijo de puta no dispara aquí. No va a arriesgarse a agujerear el ámbar.

—No cuente con...

Antes de que Paul pudiera preguntar qué pretendía hacer, el hombretón se volvió hacia Loring.

—Supongo que ya puedo olvidarme de mis dos millones, ¿no?

—Desgraciadamente. Pero ha sido un alarde de audacia por su parte.

—Me viene por parte de madre. Trabajó en los campos de pepinos en el este de Carolina del Norte. No dejaba que nadie le tocara los cojones.

—Qué entrañable.

McKoy se acercó un poco.

—¿Qué le hace pensar que nadie sabe dónde estamos?

Loring se encogió de hombros.

—Es un riesgo que estoy dispuesto a asumir.

—Mi gente sabe dónde estoy.

Loring sonrió.

—Lo dudo, *Pan* McKoy.

—¿Qué le parecería llegar a un acuerdo?

—No me interesa.

De repente, McKoy se arrojó a por Loring y cruzó los tres metros que los separaban lo más rápido que permitía su cuerpo grueso. Cuando el anciano disparó, McKoy se encogió y gritó:

—¡Váyase, Cutler!

Paul corrió hacia las puertas dobles que salían de la Habitación de Ámbar, pero echó un instante la vista atrás para ver cómo McKoy se desplomaba sobre el parqué y Loring reajustaba su puntería. Paul salió de un salto de la cámara, rodó sobre el suelo de piedra, se incorporó y corrió por la galería a oscuras, hasta la apertura que daba a la Habitación Románica.

Esperaba que Loring lo siguiera y que le disparara a él, pero desde luego no tendría problemas para dejar atrás a aquel viejo.

McKoy se había dejado disparar para que él escapara. Nunca se le había ocurrido que alguien fuera realmente capaz de algo así. Aquello solo sucedía en las películas. Pero lo último que vio antes de salir de la cámara fue al hombretón tendido en el suelo.

Apartó aquella idea de su mente y se concentró en Rachel mientras corría por el pasillo, hacia la escalera.

————

Knoll oyó a Suzanne salir al pasillo. Cruzó la habitación y recuperó el cuchillo. Después se dirigió hacia la puerta y se arriesgó a echar un vistazo. Danzer se encontraba a unos veinte metros y corría hacia la escalera. Knoll afianzó los pies y le arrojó el estilete perfectamente equilibrado. Alcanzó a Danzer en el muslo izquierdo. La afiladísima hoja se hundió en la carne hasta el mango.

Suzanne dejó escapar un grito y cayó sobre la alfombra, consumida por el dolor.

—Esta vez no, Suzanne —dijo él con calma.

Se aproximó a ella.

La mujer se aferraba la parte trasera del muslo, del que manaba la sangre en abundancia. Suzanne intentó dar la vuelta hacia la pistola y apuntar, pero Knoll le arrebató al instante la CZ-75B de una patada.

La pistola aterrizó lejos de ella.

Knoll le pisó el cuello y la inmovilizó contra el suelo. La apuntó con su propia pistola.

—Se acabaron los juegos y la diversión —dijo.

Danzer tanteó y trató de cerrar la palma alrededor del mango del estilete, pero su rival le pateó la cara con la suela del zapato.

Le disparó dos veces en la cabeza y la mujer dejó de moverse.

—Por Monika —susurró.

Entonces arrancó el cuchillo del muslo del cadáver y limpió la hoja con la ropa de su enemiga. Encontró la pistola de Danzer y regresó al dormitorio, dispuesto a terminar lo que había empezado.

46

McKoy intentó levantarse y enfocar la mirada, pero no era capaz. La Habitación de Ámbar daba vueltas a su alrededor. Tenía las piernas flojas y sentía mareos. Perdía la conciencia a ojos vista. Nunca se había imaginado una muerte así, rodeado por un tesoro que valía millones, incapaz de hacer nada de nada.

Se había equivocado respecto a Loring. No había habido peligro para el ámbar. La bala estaba simplemente alojada en su cuerpo. Esperaba que Paul Cutler consiguiera escapar. Intentó levantarse. Se acercaban pasos desde la galería exterior, en su dirección. Se derrumbó sobre el parqué y se quedó quieto. Abrió el ojo izquierdo y logró ver una imagen borrosa de Ernst Loring, que entraba de nuevo en la Habitación de Ámbar con la pistola todavía en la mano. McKoy trató de quedarse totalmente quieto, para conservar las pocas fuerzas que le quedaban.

Inspiró lenta y profundamente y esperó a que Loring se acercara. El viejo tanteó cuidadosamente la pierna izquierda de McKoy con el zapato, al parecer para comprobar si ya estaba muerto. El americano contuvo el aliento y logró mantener el cuerpo rígido. Comenzó a darle vueltas la cabeza por la falta de oxígeno, combinada con la pérdida de sangre.

Necesitaba que ese hijo de puta se acercara más.

Loring dio dos pasos hacia delante.

De repente, McKoy barrió las piernas del anciano con el brazo, al tiempo que el dolor le abrasaba el hombro y el pecho. De la herida salió un chorro de sangre, pero trató de aguantar lo suficiente para terminar el trabajo.

Loring cayó al suelo y el impacto le hizo soltar la pistola. La mano derecha de McKoy se cerró alrededor del cuello. La imagen de Loring atónito ante la situación aparecía y desaparecía ante él. Tenía que apresurarse.

—Salude al diablo de mi parte —susurró.

Con sus últimas fuerzas, estranguló a Ernst Loring hasta la muerte.

Después fue él quien se rindió a las tinieblas.

Paul atravesó el laberinto de pasillos de la planta baja y se lanzó hacia la escalera que subía hasta el piso de su habitación. Justo antes de entrar en el vestíbulo iluminado, oyó dos disparos procedentes de arriba.

Se detuvo.

Aquello era una locura. La mujer estaba armada. Él no. ¿Pero a quién estaba disparando? ¿A Rachel? McKoy había recibido un disparo para que él pudiera escapar. Parecía que ahora era su turno.

Corrió escaleras arriba, salvando los escalones de dos en dos.

Knoll dejó caer los pantalones. Matar a Danzer había sido un aperitivo satisfactorio. Rachel yacía despatarrada sobre la cama, aún aturdida por el puñetazo. Knoll arrojó la pistola al suelo y empuñó el estilete. Se acercó a la cama, le separó delicadamente las piernas y pasó la lengua por el interior del muslo. Ella no se resistió. Aquello iba a estar bien. Rachel, que al parecer seguía confusa, gimió levemente y respondió a la caricia. Knoll devolvió el estilete a la vaina bajo su manga derecha. Estaba confusa y dócil. No necesitaría el cuchillo. Le agarró los glúteos con las manos y devolvió la lengua a la entrepierna.

—Oh, Paul... —susurró ella.

—Ya le dije que no sería desagradable —dijo él.

Se levantó y se preparó para montarla.

Paul viró en el descansillo de la cuarta planta y acometió el último tramo de escaleras. Estaba cansado y le dolían las piernas, pero Rachel estaba allí arriba y lo necesitaba. Al llegar vio el cuerpo de Suzanne, con la cara destrozada por dos orificios de bala. La visión resultaba repulsiva, pero pensó en Chapaev y en sus padres y no sintió más que satisfacción. Entonces un pensamiento electrificó su cerebro.

¿Quién demonios la había matado?

¿Rachel?

Un gemido resonó en el pasillo.

Y después su nombre.

Se acercó con cuidado a la habitación. La puerta estaba abierta y la bisagra superior parecía arrancada de la jamba. Se asomó a la penumbra. Sus ojos se ajustaron. Había un hombre en la cama y Rachel estaba debajo.

Christian Knoll.

Paul enloqueció y cruzó la habitación a toda prisa, para entonces catapultarse hacia Knoll. El impulso los hizo rodar a ambos por la cama y caer al suelo. Paul aterrizó sobre el hombro derecho, el mismo en el que ya se había hecho daño el martes por la noche en Stod. El dolor recorrió su brazo. Knoll era más grande y más experimentado, pero él estaba furioso más allá de toda medida. Lanzó el puño y la nariz de Knoll se hizo pedazos. El asesino chilló, pero pivotó y utilizó las piernas para proyectar a Paul sobre él. Knoll se lanzó hacia delante y se apartó rodando, antes de saltar y asestar un fuerte puñetazo a Paul en el pecho, que se atragantó con su propia saliva y trató de recuperar el aliento.

Knoll se incorporó y lo levantó del suelo. Entonces le propinó un puñetazo en la mandíbula y lo hizo trastabillar hacia el centro de la habitación. Paul se sentía confuso y trataba de enfocar el mobiliario y a aquel hombre alto que se acercaba a él, y que no dejaba de dar vueltas. Tenía cuarenta y un años y aquella era su primera pelea de verdad. Pensó en lo extraña que era la sensación de recibir golpes. De repente, la imagen del trasero desnudo de Knoll sobre Rachel inundó su mente. Trató de mantener el equilibrio, cogió aliento y se lanzó hacia delante, solo para recibir un nuevo puñetazo, esta vez en el estómago.

Maldición. Estaba perdiendo la pelea.

Knoll lo agarró del pelo.

—Ha interrumpido usted mis placenteras actividades y no me gusta que me interrumpan. ¿Ha visto a *Fräulein* Danzer cuando venía hacia aquí? Ella también me interrumpió.

—Que lo follen, Knoll.

—Qué desafiante. Y qué valiente. Pero qué débil.

Knoll lo soltó y volvió a golpearlo. Paul empezó a sangrar por la nariz. El impulso del golpe lo hizo trastabillar por el umbral abierto y acabó en el pasillo. Tenía problemas para ver con el ojo derecho.

No resistiría mucho más.

———

Rachel era vagamente consciente de que estaba sucediendo algo, pero todo resultaba demasiado confuso. Le había parecido que Paul le estaba haciendo el amor, pero de repente se encontró oyendo una pelea y veía cuerpos volando por toda la habitación. Entonces se oyó una voz.

Se levantó.

Ante ella, apareció la cara de Paul y luego otra.

Knoll.

Paul estaba vestido, pero Knoll estaba desnudo de cintura para abajo. Trató de asimilar la información y sacar algún sentido de lo que al principio parecía imposible.

Entonces escuchó la voz de Knoll.

—Ha interrumpido usted mis placenteras actividades y no me gusta que me interrumpan. ¿Ha visto a *Fräulein* Danzer cuando venía hacia aquí? Ella también me interrumpió.

—Que lo follen, Knoll.

—Qué desafiante. Y qué valiente. Pero qué débil.

Entonces Knoll golpeó a Paul en la cara. La sangre manó en abundancia y Paul salió volando hasta el pasillo. Knoll lo siguió. Ella intentó levantarse de la cama, pero se desplomó sobre el suelo. Se arrastró lentamente por el parqué, en dirección a la puerta. Por el camino se topó con unos pantalones, un zapato y algo duro.

Tanteó. Había dos pistolas. Las ignoró y siguió arrastrándose. En el umbral, se puso como pudo en pie.

Knoll avanzaba hacia Paul.

Paul compendió que aquel era el fin. Apenas podía respirar debido a los golpes en el pecho. Sentía presión en los pulmones, probablemente porque tendría varias costillas rotas. Le dolía la cara más allá de lo que creía posible y tenía dificultades para enfocar la visión. Knoll no hacía más que jugar con él. No era rival para un profesional. Trató de ponerse en pie apoyándose en la balaustrada, una barandilla similar a aquella de la abadía, de la que había colgado el martes por la noche sobre Stod. Miró cuatro plantas más abajo y sintió ganas de vomitar. El resplandor de la lámpara de cristal le ardía en los ojos y parpadeó. De repente tiraron de él hacia atrás y le dieron la vuelta. Lo saludó el rostro sonriente de Knoll.

—¿Ya ha tenido bastante, Cutler?

Paul no podía pensar en otra cosa que en escupirle en la cara. El alemán saltó hacia atrás y después acometió y le clavó el puño en el estómago.

Escupió saliva y sangre mientras intentaba recuperar aire. Knoll le propinó otro golpe en el cuello y lo derribó al suelo. El asesino se agachó para volver a ponerlo en pie. Paul tenía las piernas de goma. Knoll lo apoyó contra la barandilla, dio un paso atrás y giró el brazo derecho.

Apareció un cuchillo.

Rachel observó con la mirada borrosa cómo Knoll destrozaba a Paul. Quería ayudar, pero apenas si tenía fuerzas para mantenerse en pie. Le dolía la cara y la hinchazón en la mejilla derecha comenzaba a afectar a su visión. La cabeza le palpitaba. Todo estaba borroso y daba vueltas. Sentía el estómago como si se encontrara en un bote de remos, en aguas tempestuosas.

Paul se desplomó. Knoll lo recogió y volvió a ponerlo en pie. De repente pensó en las dos pistolas y regresó tambaleante al dormitorio. Tanteó por el suelo hasta que las encontró y después regresó al umbral.

Knoll se había apartado de Paul y le daba la espalda a ella. Un cuchillo apareció en la mano del alemán y Rachel supo que solo tenía un segundo para reaccionar. Knoll avanzó hacia Paul y levantó la hoja. Ella apuntó el arma y, por primera vez en su vida, apretó un gatillo. La bala abandonó el cañón no con un estallido, sino con el chasquido apagado, similar al de un globo al explotar en una de las fiestas de cumpleaños de los niños.

El proyectil alcanzó a Knoll en la espalda.

El asesino trastabilló y se volvió, y entonces avanzó hacia ella con el cuchillo.

Rachel volvió a disparar. El retroceso estuvo a punto de hacerle soltar la pistola, pero la aferró con fuerza.

Y volvió a disparar.

Y otra vez.

Las balas impactaban en el pecho de Knoll. Rachel pensó en lo que debía de haber sucedido en el dormitorio y bajó la pistola, tras lo que realizó tres disparos más contra la entrepierna expuesta. Knoll gritó, pero de algún modo logró mantenerse en pie. Bajó la mirada hacia la sangre que manaba de las heridas. Trastabilló en dirección a la balaustrada. Rachel estaba a punto de disparar de nuevo cuando Paul se lanzó de repente hacia delante para empujar al alemán medio desnudo hacia el vacío que daba al vestíbulo, cuatro plantas más abajo. Ella se acercó corriendo a la barandilla para ver cómo el cuerpo de Knoll topaba con la lámpara y arrancaba la enorme araña de cristal del techo. Entre chispas azules, Knoll y la lámpara de vidrio se precipitaron hacia el suelo de mármol. El impacto del cuerpo quedó acompañado por el sonido de los cristales rotos, que siguieron tintineando sobre el suelo como el aplauso que no termina de morir tras el clímax de una sinfonía.

Y entonces se hizo un silencio absoluto.

Knoll había quedado inmóvil.

Rachel miró a Paul.

—¿Estás bien?

Paul no respondió, pero la rodeó con el brazo. Ella le acarició cuidadosamente la cara.

—¿Duele tanto como parece? —preguntó.

—Joder que si duele.

—¿Dónde está McKoy?

Paul inspiró profundamente.

—Recibió un disparo... para que pudiera venir a ayudarte. Lo último que vi fue... Estaba sangrando en la Habitación de Ámbar.

—¿La Habitación de Ámbar?

—Es una larga historia. Ahora no.

—Creo que voy a tener que retirar todas las cosas desagradables que dije de ese enorme necio.

—Pues ya puede ir empezando —dijo de repente una voz desde abajo.

Rachel miró por la barandilla. McKoy apareció tambaleante en la penumbra del vestíbulo, sujetándose el hombro derecho ensangrentado.

—¿Quién es? —preguntó señalando el cuerpo.

—El hijo de puta que mató a mi padre —respondió Rachel.

—Parece que han igualado la cuenta. ¿Dónde está la mujer?

—Muerta —dijo Paul.

—Pues que se vaya a tomar por culo.

—¿Dónde está Loring? —preguntó Paul.

—He estrangulado a ese hijo de puta.

Paul se encogió por el dolor.

—Pues que se vaya a tomar por culo. ¿Está bien?

—No es nada que no pueda arreglar un buen cirujano.

Paul logró mostrar una débil sonrisa y miró a Rachel.

—Creo que ese tipo empieza a caerme bien.

Ella volvió a sonreír.

—A mí también.

Epílogo
San Petersburgo, Rusia
2 de septiembre

Paul y Rachel se encontraban frente a una capilla lateral. Los rodeaban los elegantes tonos del mármol italiano, aunque el amarillo siena se mezclaba con la malaquita rusa. Los rayos inclinados del sol de la mañana proyectaban un gigantesco iconostasio de tonos dorados resplandecientes detrás del sacerdote.

Brent estaba a la izquierda de su padre y Marla junto a su madre. El patriarca pronunció los votos ceremoniales con voz solemne y la ocasión quedó realzada por los cánticos del coro. La catedral de san Isaac estaba vacía, salvo por los festejantes y por Wayland McKoy. La mirada de Paul se fijó en una vidriera centrada en un muro de iconos: Cristo de pie tras la Resurrección. Un nuevo comienzo. Qué apropiado, pensó.

El sacerdote terminó los votos e inclinó la cabeza al terminar el servicio.

Paul besó suavemente a Rachel.

—Te quiero —susurró.

—Y yo a ti —dijo ella.

—Ah, venga, Cutler, dele un buen morreo —dijo McKoy.

Paul sonrió y siguió el consejo. Besó a Rachel apasionadamente.

—Papáaaaaa —protestó Marla, indicando que ya bastaba.

—Déjalos en paz —respondió Brent.

McKoy dio un paso adelante.

—Chico listo. ¿A cuál de los dos se parece?

Paul sonrió. El hombretón tenía un aspecto extraño con traje y corbata. La herida del hombro parecía habérsele curado. También él y Rachel se habían recobrado. Los últimos tres meses parecían un confuso torbellino en su recuerdo.

Una hora después de la muerte de Knoll, Rachel había telefoneado a Franz Pannik. Fue el inspector alemán quien logró que la policía checa interviniera de inmediato y el propio Pannik apareció en el castillo Loukov por la mañana, acompañado por la Europol. El embajador ruso en Praga había sido convocado a media mañana y los representantes del Palacio de Catalina y del Hermitage llegaron a la tarde siguiente. Un equipo de Tsarskoe Selo se dejó caer una mañana más tarde y los rusos no perdieron ni un momento en desmantelar los paneles de ámbar y transportarlos de vuelta a San Petersburgo. El Gobierno checo no ofreció resistencia alguna después de descubrir los detalles de las sórdidas actividades de Ernst Loring.

Los investigadores de Europol establecieron rápidamente el vínculo con Franz Fellner. Documentos conservados tanto en el castillo Loukov como en Burg Herz confirmaron las actividades de los recuperadores de antigüedades perdidas. Sin herederos para asumir el control de la hacienda Fellner, el Gobierno alemán intervino. Terminó por localizarse la colección privada de Fellner y los investigadores tardaron solo unos pocos días para descubrir la identidad de los demás miembros del club, cuyas mansiones fueron registradas bajo la guía de la división de robo de obras de arte de Europol.

El tesoro obtenido era enorme.

Esculturas, tallas, joyería, dibujos y pinturas, en especial viejas obras de los grandes maestros a las que se creía perdidas para siempre. Miles de millones de dólares en tesoros perdidos se recuperaron prácticamente de la noche a la mañana. Pero como los adquisidores solo robaban lo que a su vez había sido robado, muchas reclamaciones resultaban turbias, como poco, y fraudulentas en gran medida. El número de reclamaciones gubernamentales y privadas presentadas en los tribunales de toda Europa alcanzó rápidamente los varios millares. Fueron tantas que el Parlamento Europeo se vio obligado a alcanzar una solución política, empleando al Tribunal Internacional como árbitro final. Un periodista que cubría el espectáculo observó que probablemente se tardarían décadas en desenmarañar toda la madeja legal. «Al final, los verdaderos ganadores serán los abogados.»

Resultó interesante el hecho de que el duplicado que la familia Loring había hecho de la Habitación de Ámbar fuera tan preciso que los paneles reconstruidos encajaban perfectamente en los espacios del Palacio de Catalina. La idea inicial fue exhibir el ámbar recuperado en otra parte y dejar allí la sala recién restaurada. Pero los puristas rusos debatieron con entusiasmo que el ámbar debía regresar a su verdadero hogar, aquel que Pedro el Grande le había deparado, aunque en realidad a Pedro poco le habían importado aquellos paneles: había sido su hija, la emperatriz Isabel, la que había encargado la versión rusa de la cámara. De modo que, noventa días después de su recuperación, los paneles originales de la Habitación de Ámbar volvieron a adornar la primera planta del Palacio de Catalina.

El Gobierno ruso estaba tan agradecido que invitó a Paul, Rachel, los niños y McKoy a la inauguración, con todos los gastos pagados. Mientras estaban allí, Paul y Rachel decidieron volver a casarse por el rito ortodoxo. Al principio había habido ciertas reticencias debido a que estaban divorciados, pero una vez que se aclararon las circunstancias y quedó claro el hecho de que volvían a casarse entre ellos, la Iglesia aceptó. La ceremonia fue maravillosa y la recordarían siempre.

Paul dio las gracias al sacerdote y se alejó del altar.

—Ha sido muy bonito —dijo McKoy—. Un buen modo de terminar toda esta mie..., esta situación.

Rachel sonrió.

—¿Los niños le condicionan el estilo?

—Solo el vocabulario.

Comenzaron a caminar hacia la puerta de la catedral.

—¿La familia Cutler se marcha a Minsk? —preguntó McKoy.

Paul asintió.

—Queda una última cosa por hacer antes de regresar a casa.

Paul sabía que McKoy había acudido por la publicidad, ya que el Gobierno ruso se sentía agradecido por la devolución de uno de sus más preciados tesoros. El hombretón se había pasado toda la ceremonia de inauguración del día anterior sonriendo y dando y recibiendo palmadas en el hombro, disfrutando de la atención de la prensa. Incluso había aparecido en directo, vía satélite, en el programa de Larry King, para responder preguntas de todo el mundo. National Geographic habló con él acerca de un especial de una hora sobre la Habitación de Ámbar, con distribución mundial. El dinero del que se habló bastaría para satisfacer a los inversores y resolver cualquier posible litigio por la excavación de Stod.

Se detuvieron en las puertas.

—Cuídense los dos —dijo McKoy. Señaló a los niños—. Y cuídenlos a ellos.

Rachel lo besó en la mejilla.

—¿He llegado a darle las gracias por lo que hizo?

—Usted hubiera hecho lo mismo por mí.

—Probablemente no.

McKoy sonrió.

—Encantado, su señoría.

Paul le dio la mano.

—No perdamos el contacto, ¿de acuerdo?

—Ah, es posible que no tarde mucho en volver a necesitar sus servicios.

—No será otra excavación...

McKoy se encogió de hombros.

—¿Quién sabe? Queda un montón de mie..., de porquería por ahí, a la espera de que la encuentren.

El tren partió de San Petersburgo dos horas más tarde y el viaje a Bielorrusia se convirtió en un trayecto de cinco horas a través de densos bosques y campos ondulados de lino azulado. El otoño había llegado y las hojas se rendían al frío en ráfagas rojas, naranjas y amarillas.

Los oficiales rusos habían intervenido ante las autoridades bielorrusas para hacerlo todo posible. Los ataúdes de Karol y Maya Borya habían llegado el día anterior en un vuelo especial. Rachel sabía que su padre quería ser enterrado en su casa, pero también deseaba que los dos estuvieran juntos. Ahora descansarían eternamente en suelo bielorruso.

Los féretros los esperaban en la estación de tren de Minsk. Desde allí fueron transportados en camión hasta un precioso cementerio a cuarenta kilómetros al oeste de la capital, tan cerca como era posible del lugar en el que ambos habían nacido. Los Cutler los seguían en un coche de alquiler. Un enviado de los Estados Unidos los acompañaba para asegurarse de que todo procediera sin problemas.

El mismísimo patriarca de Bielorrusia presidió el nuevo entierro. Rachel, Paul, Marla y Brent se dieron la mano y escucharon palabras solemnes. Una brisa ligera se levantó sobre la hierba parda cuando bajaron los ataúdes hasta las fosas.

—Decid adiós a abu y a nana —dijo Rachel a los niños.

Entregó a cada uno un ramillete de lino. Los niños se acercaron a las tumbas y las arrojaron dentro. Paul se acercó a Rachel y la abrazó. Ella estaba llorando y se fijó en que también Paul estaba al borde de las lágrimas. Nunca habían hablado de lo sucedido aquella noche en el castillo Loukov. Por suerte, Knoll no había podido terminar lo que había empezado. Paul había arriesgado la vida para detenerlo. Ella quería a su marido. El sacerdote les había prevenido por la mañana de que el matrimonio era de por vida, algo que había que tomarse en serio, especialmente habiendo niños de por medio. Y tenía toda la razón. Rachel estaba convencida de ello.

Se acercó a las tumbas. Ya se había despedido de su madre hacía veinte años.

—Adiós, papá.

Paul se situó junto a ellas.

—Adiós, Karol. Descansa en paz.

Se quedaron un rato en silencio antes de dar gracias al patriarca y dirigirse hacia el coche. Un halcón sobrevoló el aire limpio de la mañana. Se levantó una nueva ráfaga de viento que neutralizó el sol. Los niños salieron corriendo hacia la puerta del cementerio.

—De vuelta al trabajo, ¿eh? —dijo Rachel a Paul.

—Es hora de reincorporarse a la vida real.

Rachel había logrado la reelección en julio, aunque apenas si había hecho campaña. Todo se lo debía a la atención que había recibido tras la recuperación de la Habitación de Ámbar, un trampolín hacia la victoria sobre sus dos rivales. Marcus Nettles había sido aplastado, pero Rachel había decidido visitar al atrabiliario abogado para hacer las paces, como parte de su nueva actitud reconciliadora.

—¿Crees que debería seguir en el cargo? —preguntó a Paul.

—Eso tienes que decidirlo tú, no yo.

—Estaba pensando en que quizá no es una buena idea. Me exige demasiada atención.

—Tienes que hacer lo que te haga feliz.

—Antes pensaba que ser jueza me hacía feliz. Ya no estoy tan segura.

—Estoy convencido de que a cualquier bufete le encantaría tener en su departamento de litigios a una ex jueza del Tribunal Superior.

—Y uno de ellos no sería Pridgen & Woodworth, ¿no?

—Quizá. Tengo algunos contactos por ahí, ¿lo sabías?

Ella le rodeó la cintura con el brazo mientras caminaban. Se sentía muy bien junto a él. Durante un momento pasearon en silencio y saborearon su felicidad. Ella pensaba en el futuro, en sus hijos, en Paul. Regresar al ejercicio era lo mejor para todos ellos. Pridgen & Woodworth sería un lugar estupendo para trabajar. Miró a Paul y volvió a oír lo que le acababa de decir: «Tengo algunos contactos por ahí, ¿lo sabías?».

Lo abrazó con fuerza y, por una vez, no discutió.

Nota del autor

Al documentarme para esta novela, recorrí Alemania, Austria y el campo de concentración de Mauthausen, antes de visitar Moscú y San Petersburgo, donde pasé varios días en el Palacio de Catalina, en Tsarskoe Selo. Por supuesto, el principal objetivo de una novela es entretener, pero también quería informar de manera precisa. El asunto de la Habitación de Ámbar está relativamente poco explorado en este país[1], aunque recientemente Internet ha empezado a llenar este vacío. En Europa, la cámara ejerce una inagotable fascinación. Como no hablo ni alemán ni ruso, me vi obligado a confiar en versiones en inglés de sucesos que podrían o no haber sucedido. Por desgracia, un estudio cuidadoso de esos informes refleja conflictos entre las versiones. Los puntos más consistentes se presentan a lo largo de la narración. Los detalles menores han sido ignorados o modificados para encajarlos en mis necesidades narrativas.

Veamos algunos elementos concretos: los prisioneros de Mauthausen eran torturados de la forma descrita. Sin embargo, Hermann Göring nunca apareció por allí. La competencia personal de Göring y Hitler por obtener obras de arte está bien documentada, como lo está la obsesión de Göring respecto a la Habitación de Ámbar, aunque no existen evidencias de que llegara a intentar hacerse con ella. La comisión soviética para la que Karol Borya y Danya Chapaev trabajaban existió en realidad, y buscó activamente y durante años las obras de arte robadas a los rusos. La Habitación de Ámbar estaba en lo más alto de su lista de artículos pendientes. Algunos aseguran

---

[1] El autor se refiere a Estados Unidos. *N. del T.*

que realmente existe una maldición de la Habitación de Ámbar, ya que son varias las muertes (tal y como se describe en el capítulo 41) sucedidas durante su búsqueda. Se desconoce si se trata de coincidencias o de una conspiración. Las montañas Harz fueron empleadas profusamente por los nazis para ocultar sus pillajes, y la información del capítulo 42 es precisa, incluida la referente a las tumbas encontradas. La localidad de Stod es ficticia, pero su localización, junto con la abadía que la domina, está basada en Melk, Austria, un lugar realmente impresionante. Todas las obras de arte detalladas como robadas en diversos puntos de la historia son reales y siguen desaparecidas. Por último, las especulaciones, historias y contradicciones acerca de lo que podría haber sucedido con la Habitación de Ámbar, y que se recogen en los capítulos 13, 14, 28, 41, 44 y 48, incluidas las posibles conexiones checas, se basan en informes reales, aunque mi resolución del misterio es ficticia.

La desaparición de la Habitación de Ámbar en 1945 supuso una tremenda pérdida. En la actualidad se está restaurando la cámara en el Palacio de Catalina. Allí, artesanos modernos trabajan para recrear, panel a panel, aquellas magníficas paredes forradas de ámbar. Tuve la suerte de pasar algunas horas con el restaurador jefe, que me mostró la dificultad de su tarea. Afortunadamente, los soviéticos fotografiaron la cámara a finales de la década de los treinta, pues tenían previsto restaurarla en los años siguientes. Por supuesto, la guerra se interpuso en estos planes. Esas imágenes en blanco y negro son ahora el plano empleado en la reconstrucción de algo que se creó hace más de dos siglos y medio.

El restaurador jefe también me dio su opinión acerca de lo que podría haber sucedido con los paneles originales. Él creía, como muchos otros (y como se postula en el capítulo 51), que el ámbar había quedado totalmente destruido en la guerra o que, como sucede con el oro y otros metales preciosos y joyas, valía más por separado. De ser así, simplemente fue hallado y vendido trozo a trozo para obtener más dinero que conservando la suma de las partes. Como el oro, el ámbar puede moldearse hasta no dejar rastro de su configuración anterior, de modo que es posible que la joyería y otros artículos de ámbar vendidos hoy en día por todo el mundo contengan ámbar de la sala original.

Pero ¿quién sabe?

Tal y como dijo Robert Browning, citado en la narración: «De repente, como sucede con las cosas extrañas, desapareció».

Cuán cierto.

Y qué triste.